Manuel Vermeer
Tod am Taj Mahal

Vom Autor bisher bei KBV erschienen:

Mit dem Wasser kommt der Tod

Dr. Manuel Vermeer, Sohn einer indischen Mutter und eines deutschen Vaters, studierte klassische und moderne Sinologie in Heidelberg, Shanghai und Mainz. Er ist Dozent am Ostasieninstitut der HS Ludwigshafen und Inhaber der Dr. Vermeer-Consult (Unternehmensberatung für China, Indien und Südostasien). Seit über 30 Jahren bereist er Indien, China und andere asiatische Länder. Er ist Autor von Sachbüchern zu Indien und China und gab dazu bereits zahlreiche Interviews in Radio und TV. In »Mit dem Wasser kommt der Tod« verarbeitete er sein Fachwissen zum ersten Mal in einem packenden Thriller.

MANUEL VERMEER

Tod am
Taj Mahal

Originalausgabe
© 2018 KBV Verlags- und Mediengesellschaft mbH, Hillesheim
www.kbv-verlag.de
E-Mail: info@kbv-verlag.de
Telefon: 0 65 93 - 998 96-0
Fax: 0 65 93 - 998 96-20
Umschlaggestaltung: Ralf Kramp
unter Verwendung von © inigocia
und © Marta Jonina - Fotolia.de
Lektorat: Nicola Härms, Rheinbach
Druck: CPI books, Ebner & Spiegel GmbH, Ulm
Printed in Germany
ISBN 978-3-95441-431-4

*Für einen trägen Geist ist auch
eine Weltausstellung kein Anreiz.
Ein reger Geist interessiert sich auch für ein Sandkörnchen.*

(Raymond Hull)

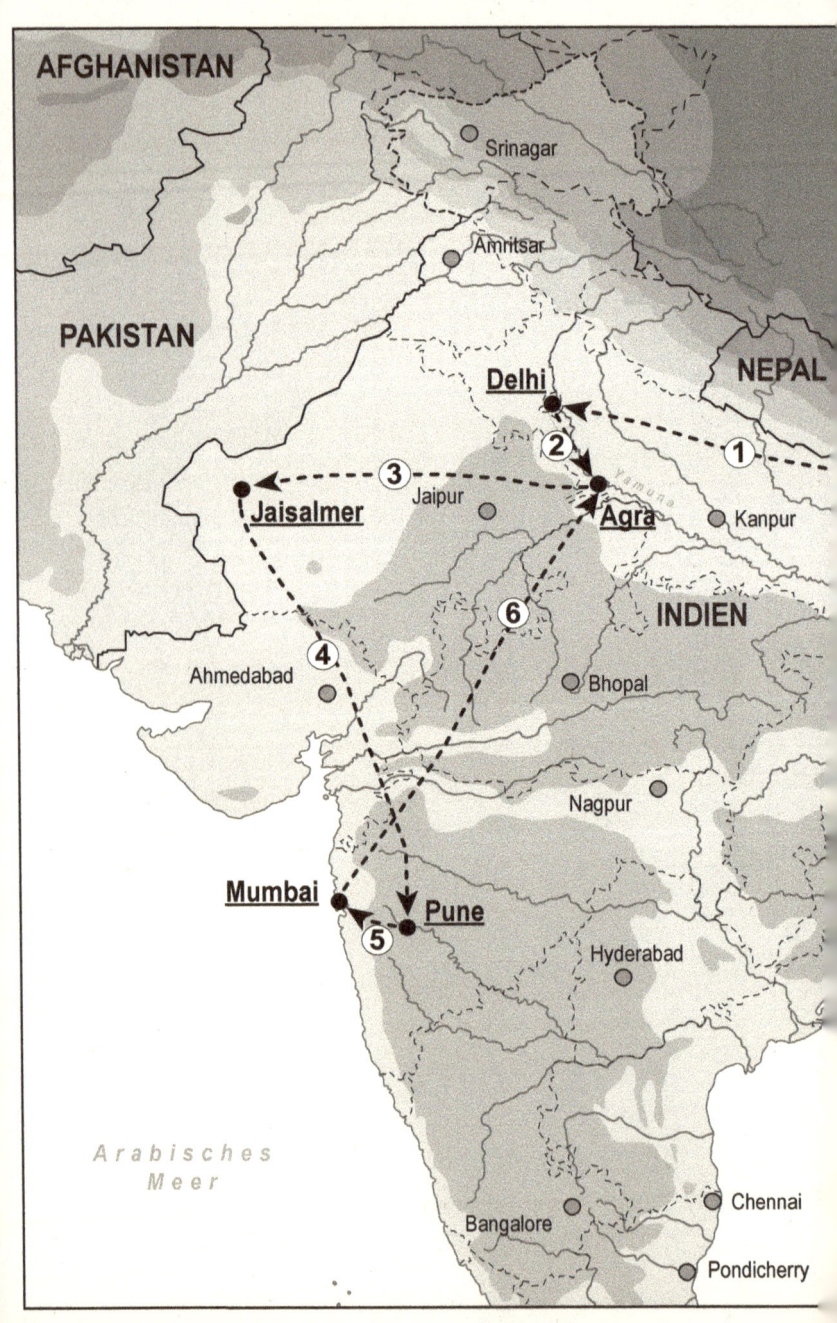

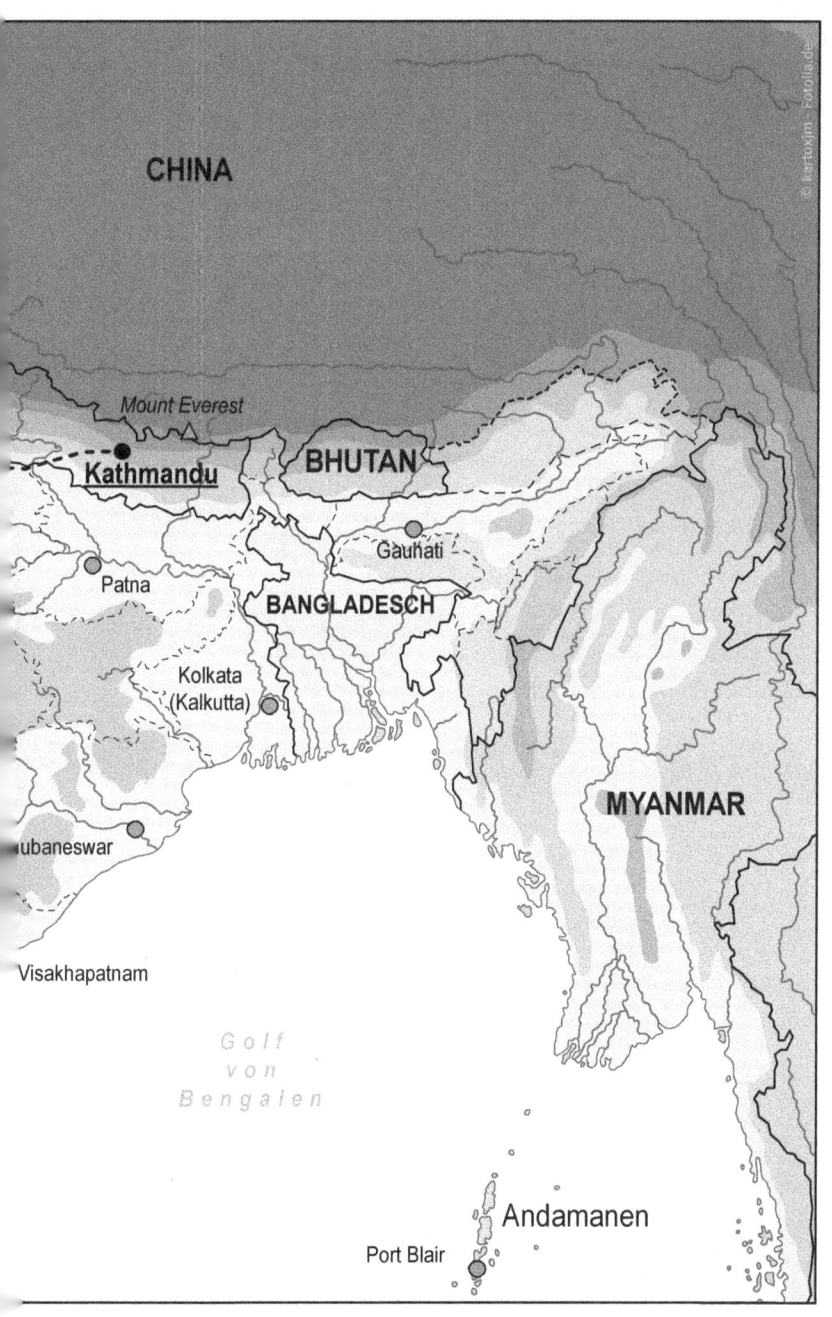

Chhatrapati
Shivaji
International
Airport

Juhu •

• MUMBAI

Dharavi

• Dadar

• Dhobi Ghat

Marine Drive
•

Church-
gate •
• Gateway of India

Taj Mahal
Palace

I. Kapitel

Angst. Von Indogermanisch *anghu, beengend*. Wird unbestimmt wahrgenommen, ohne eindeutige Ursache, im Gegensatz zur Furcht, bei der der Auslöser bekannt ist. Dunkelheit, Spinnen, Kakerlaken, je nachdem. Er aber verstand nicht, wo er war, warum er hier war, warum es so kalt war. Also Angst. Warum war er verzweifelt, warum fühlte er Schmerz? Kälte, Durst, Einsamkeit. Angst. Etwas berührte seinen Fuß, dann ein leises Geräusch, ein Scharren, ein Huschen. Etwas rannte um ihn herum, winzige Füße trippelten, etwas Weiches, Fellartiges strich an seinem Oberschenkel entlang. Er sah nichts, die Dunkelheit war vollkommen. Er war allein. Nein, nicht ganz, etwas lebte offensichtlich hier mit ihm. Kein anderes Geräusch drang an sein Ohr, und obwohl es kalt war, eiskalt, schwitzte er. Oder warum lief ihm sonst der Schweiß in den Nacken? Kein Schweiß, eine Flüssigkeit tropfte ihm aus den Haaren und rann den Hals entlang hinab in sein Hemd. Wasser? Er bewegte sich; er saß auf dem Boden. Mit beiden Händen strich er vorsichtig darüber; Stein, eben, kalt. Langsam hob er beide Hände, um zu tasten, ob er aufstehen könnte. Nichts, also keine niedrige Decke. Vorsichtig drehte er sich, stützte sich mit der linken Hand ab und versuchte sich zu erheben. Die rechte Hand streckte er nach oben aus, über den Kopf, um sich nicht zu stoßen. Erst das linke Bein, gut. Jetzt das rechte. Und brach mit einem lauten Schrei zusammen, fiel auf den kalten, feuchten Stein. Ein Schmerz durchfuhr seinen Knöchel wie ein Messerstich, unmöglich aufzustehen. Er lag, er fror. Ahnungslos. Angst. Unwillkürlich kam ihm eine Kurzgeschichte von Edgar Allan Poe in den Sinn, die er in der Schule gelesen hatte: *Die Grube und das Pendel*. Ein dunkler, feuchter Raum, Ratten ... die beginnende Panik.

Er riss sich zusammen. Das Letzte, woran er sich erinnerte, war, dass er sein Hotelzimmer verlassen hatte und zu seinem Wagen gegangen war. Dann – Blackout.

Als er erneut versuchte, sich vorsichtig aufzustützen, kam mit dem schneidenden Schmerz auch die Erinnerung zurück. Sie würden wiederkommen. Das hatten sie gesagt. Sie waren zu zweit, und sie wechselten sich ab; erst schlug der eine, der kleine, dickliche, dann kam der andere, größer, schwerer. Er hatte das Messer. Ein Schlag, ein Stich. Und sie schwiegen dabei. Jetzt wusste er auch wieder, was die Flüssigkeit war, die ihm den Kopf entlangrann. Seine Augen waren verklebt von Blut, und erst als er jeden Widerstand aufgegeben hatte, waren sie gegangen. Nicht ohne das Versprechen, nach dem Essen zurückzukommen. Gleich. Gleich war es wieder so weit. Hörte er Schritte? Oder bildete er sich das ein? Panik! Das erklärte sein Gefühl. Nicht mehr Angst, sondern Furcht. Der auslösende Stimulus war bekannt.

2. Kapitel

Ladies and Gentlemen, soon we will be landing at Tribhuvan International Airport.«

Cora sah auf ihre Uhr. Pünktlich! Der Blick aus dem Fenster half nicht viel; es regnete in Strömen, und der Wind trieb die Schlieren im Landeanflug die Fensterscheiben entlang. Kathmandu schien nachts nicht sehr belebt zu sein. Bis auf wenige Lichter, deren Widerschein sich in den Tropfen am Fenster brach, war alles dunkel. Morgen, wenn sie zu ihrem Staudammprojekt aufbrechen musste, konnte sie hoffentlich etwas von der Stadt sehen. Es war erst zweiundzwanzig Uhr. Cora kam aus Hongkong und musste nun ihre Uhr wieder umstellen. Aus unerfindlichen Gründen hatte Nepal nicht die gleiche Zeitzone wie das südlich angrenzende Indien, sondern noch eine Viertelstunde mehr Differenz, also jetzt drei Stunden und fünfundvierzig Minuten zu Deutschland. Wer hatte sich denn das ausgedacht? Dann fiel ihr ein, dass sie irgendwo gelesen hatte, dass noch im 19. Jahrhundert auch im Deutschen Reich jedes Dorf seine eigene Zeit hatte; na ja, und dass im rheinland-pfälzischen Westerwald, ihrer Heimat, die Zeit noch heute anders verging als in den Metropolen dieser Welt, war ja bekannt …

Kurz darauf stand sie müde, ihre blonden Locken leicht zerzaust nach dem Flug, an Gepäckband Nummer zwei (leicht zu finden, das einzige andere Band war Nummer eins) und betrachtete amüsiert das Chaos um sie herum. Nach der perfekten Sauberkeit und Ruhe Hongkongs, der ehemals britischen Kronkolonie an der Südspitze Chinas, war dieses Gewusel von einheimischen Geschäftsleuten wohl der stärkste Kontrast, der vorstellbar war. Schwer mit Geschenken (Monstertrucks und Transformer-Spielzeug für die Kids) beladene, aus dem Ausland heimkehrende Nepali stolperten über gelegentliche Ausländer, alles lief durcheinander, telefonierte laut und versuchte gleichzeitig, einen Platz direkt am Laufband zu ergattern. Cora stellte sich etwas abseits – sie würde auch so sehen, wenn ihr Gepäck vorbeikam – und prüfte nochmals den Namen des Fahrers, der sie abholen sollte. Fischer, der Chef ihres heimatlichen Ingenieurbüros, hatte wie immer alles perfekt organisieren lassen, und in spätestens einer Stunde sollte sie in einem schönen und hoffentlich sauberen Bett liegen.

Da kam auch schon ihre abgewetzte, braune Ledertasche; sie reiste immer mit leichtem Gepäck. Alles Nötige konnte man unterwegs kaufen, und sie war, was Kleidung und sonstige Utensilien anbelangte, unkompliziert. Kein Fön, kein Lockenstab, kein Beautycase. Cora schnappte sich ihre Tasche vom Band, lächelte entschuldigend einem älteren Herrn zu, den sie angerempelt hatte, und folgte zielsicher dem Schild mit der Aufschrift *Immigration*. Auf dem Weg nach draußen gab es wieder einen Stau, als alle ihr Gepäck nochmals an einem wenig vertrauenerweckenden Gerät durchleuchten lassen mussten. Ein gelangweilter Mitarbeiter des Flughafens saß daneben und schaute auf einen Bildschirm, wenn er nicht gerade mit seiner Kollegin flirtete. Konnte man das nicht umgehen? Cora lief, ihre Reisetasche fest im Griff, starr geradeaus blickend an der Kontrolle vorbei und entschwand durch den grünen Ausgang, da sie nichts zu verzollen hatte. Keiner der diensthabenden Mitarbeiter des Bodenpersonals wagte, die attraktive Ausländerin mit den kurzen, lockigen und noch dazu blonden Haaren, die mit schnellen Schritten dem Ausgang zustrebte, aufzuhalten. Einen Blick auf die engen Jeans konnte man dennoch riskieren …

Vor dem Eingang umfing sie warme, feuchte Luft. Cora sah sich einem Absperrband gegenüber, hinter welchem Dutzende von jungen Männern und wenige Frauen mit den üblichen Schildern warteten, auf denen die Namen der Reisenden in teils fantasievoller Schreibweise geschrieben standen; die besseren Hotels und manche Firmen entsandten Abholer, die die Ankommenden vor dem Einfallsreichtum nepalesischer Taxifahrer bewahren sollten. Suchend schweifte ihr Blick die Reihe entlang, als sie auf ein Schild mit dem Namen *Dr. Cora* stieß. Der dazugehörige junge Mann, schwarzes T-Shirt und lässige Jeans, nickte ihr erst fragend, dann begeistert zu und machte ihr ein Zeichen, sie solle die Absperrung entlanggehen und ihn an ihrem Ende treffen. Stolz sah er sich um, ob auch seine Kollegen alle sahen, was für einen besonderen Fang er da gemacht hatte! Eine schöne blonde Ausländerin, Hauptgewinn. Schnell lief er auf Cora zu, nahm ihr galant das Gepäck ab, obwohl er kleiner war als sie, und führte sie über die regennasse Straße zu einem uralten japanischen Van undefinierbarer Farbe. Cora stieg hinten rechts ein, merkte dann, dass sie hinter dem Fahrer saß, und rutschte nach links rüber. Linksverkehr wie in Hongkong auch hier; die Briten hatten in Asien ihre Spuren hinterlassen. Sie ließ sich in den Sitz sinken und versuchte etwas zu entspannen.

Neugierig blickte sie aus dem Fenster. Der Regen hatte nachgelassen, schemenhaft konnte sie Gebäude und Menschen erkennen. Gleich nach Verlassen des Flughafengeländes verschlechterte sich der Zustand der Straße; übersät mit Schlaglöchern und immer enger werdend, verlor sie sich vor ihnen im Dunkel. Unbeeindruckt davon brauste ihr Fahrer davon, wich in letzter Sekunde einem auf der Straße schlafenden Hund aus und schaffte es, gleichzeitig ein entgegenkommendes Motorrad mit Fernlicht zu blenden. Während er immer zwischen Hupen und Blinken abwechselte, telefonierte er fröhlich mit seinem Handy; aus seinen stolzen Blicken in den Rückspiegel schloss Cora, dass er seinen Freunden berichtete, wen er da gerade durchs nächtliche Kathmandu fuhr.

Knapp zwanzig Minuten später, Cora war in dem warmen Wagen gerade eingeschlafen, hielten sie in einer stockdunklen Gasse vor einem großen eisernen Tor. Ein junger Mann trat heraus; der Fahrer stellte ihre Tasche auf die Straße, dann fuhr er mit quietschenden Reifen, was sie wohl beeindrucken sollte, wortlos davon. Der Junge nahm Coras Tasche, lächelte sie verlegen an und ging voran, ohne ein Wort zu sagen. Offensichtlich traute er sich nicht, eine Ausländerin anzusprechen. Oder sprach er kein Englisch? Er schob das Tor auf, und sie betraten einen großen, gepflasterten Innenhof, an dessen Ende Cora ein vierstöckiges Gebäude erblickte, ihr Hotel wohl. Es sah ordentlich aus, wenn auch nicht sehr einladend, da hinter keinem Fenster Licht brannte. Schliefen alle oder war sie der einzige Gast? Auch in den angrenzenden Gebäuden war kein Licht mehr zu sehen. Sie spürte ein mulmiges Gefühl im Magen. Der junge Mann, das weiße Hemd über der Jeans hängend, schlurfte in seinen braunen Sandalen vor ihr ins Gebäude, und Cora konnte gerade noch die Tür festhalten, bevor sie vor ihr ins Schloss fiel. Sie aufzuhalten, war dem Nepali nicht in den Sinn gekommen. Er stieg vor ihr eine knarrende Holztreppe hinauf, die von einem kleinen, dunklen Flur aus in die oberen Stockwerke führte. Im zweiten Stock angekommen, öffnete der Mann eine Zimmertür, lächelte schüchtern, stellte ihre Tasche ab und ging; immerhin grüßte er sie zum Abschied mit vor der Brust gefalteten Händen und deutete eine Verbeugung an.

Als Cora unten die Tür ins Schloss fallen hörte, wusste sie, dass sie allein war. Das Hotel schien sonst nicht belegt zu sein. Na gut. Sie sah sich um. Weiß getünchte Wände, Holzfußboden. Gleich links befand sich das Bad, ein kurzer Blick hinein, sah sauber aus. Eine Dusche, sogar eine westliche Toilette gab es, was wollte sie mehr? Wenn sie da an die tibetischen Varianten dachte, die sie letztes Jahr hatte erleben dürfen … Cora ging hinüber zu dem großen Bett, daneben stand ein Schreibtisch mit einem klapprig anmutenden Holzstuhl; in die Wand rechts war ein Regal eingelassen. Zwei kleine Fenster führten auf den Innenhof hinaus. Alles sehr einfach, aber hübsch. Und sauber!

Cora zog sich rasch aus. Sie hatte Hunger, aber sich jetzt allein auf die Suche nach einem Restaurant zu machen, war keine verlockende Aussicht. Sie überlegte kurz, ob sie noch duschen sollte, war aber eigentlich auch dazu zu müde. Sie öffnete beide Fenster, um frische Luft hereinzulassen, und kroch unter die Bettdecke. Irgendwo lief ein Fernseher mit indischer Bollywood-Musik, ein Motorroller brauste draußen auf der Straße vorbei. Sie schlief sofort ein.

Als ihr Handy klingelte, schrak sie hoch. Um diese Uhrzeit? Sicher wieder ihr Chef, Fischer, was war ihm jetzt wieder eingefallen? Die Sache mit dem Zeitunterschied hatte er vermutlich schon wieder vergessen, das sah ihm ähnlich!

Ein Blick aufs Display aber ließ ihr Herz schneller schlagen. Seit dem Abenteuer in Tibet hatte sie Ganeshs Telefonnummer eingespeichert, und nun stand sein Name dort! Ganesh! Ihr indischer Kommilitone aus Studientagen, einst sehr in sie verliebt, bis sie seinen Heiratsantrag, der für sie völlig überraschend gekommen war, zurückgewiesen hatte und er enttäuscht nach Indien zurückgekehrt war. Aber letztes Jahr in Tibet hatte er ihr, wenn auch nur aus der Ferne, aus seiner indischen Heimat heraus, geholfen, einen Anschlag zu vereiteln. Und jetzt rief er an, gerade als sie in Nepal war! Sicher würde er wieder sagen, das sei kein Zufall, Zufall gab es nicht in seiner Welt des Hinduismus, alles war vorherbestimmt und hatte seinen Zweck.

»Ganesh? Wie schön! Wo bist du?«

»Cora!« Nur dieses Wort. War nicht für jeden Menschen der eigene Name das schönste Wort? Cora hörte seinen leichten indischen Akzent, obwohl er perfekt Deutsch sprach, und sofort war alles wieder da: die Nächte, in denen sie stundenlang diskutiert und Musik gehört hatten, die Party am Drachenstein im Westerwald, als er um ihre Hand angehalten hatte. Und seine tiefschwarzen Augen ... Seine ruhige, feste Stimme brachte sie in die Wirklichkeit zurück.

»Cora. Namaste. Ich bin gar nicht so weit weg von dir, Luftlinie jedenfalls. In Indien natürlich, Dehradun. Liegt im Himalaya, ist übrigens der Ort, von dem ...«

»Jaja«, unterbrach sie ihn fröhlich. »Ich weiß, wo Dehradun liegt, auch wenn ich noch nie in Indien war. Da war doch das Internierungslager, aus dem dieser Österreicher, Harrer, im Krieg ausbrach und dann zu Fuß nach Tibet lief, nach Lhasa, und dort der Lehrer des Dalai Lama wurde, nicht wahr? Was machst du denn da? Willst du auch nach Tibet laufen?«

»Nein, heute nicht!«, hörte sie ihn lachen. »Ich bin beruflich hier; du weißt ja, die indischen Pläne, neue Verbindungen zwischen bestehenden Flüssen zu schaffen, nehmen langsam Gestalt an. Ein absoluter Wahnsinn, völlig unsinnige Megaprojekte. Statt gezielt Flüsse umzuleiten und zu verbinden, um die Bewässerung für die Bauern zu optimieren, werden gigantische Projekte verwirklicht, die mehr schaden als nutzen. Unter anderem deswegen muss ich morgen nach Agra, rein beruflich, willst du nicht rüberkommen? Ich hatte heute Abend ein Telefonat mit Herrn Fischer wegen einer technischen Frage, und als er mir erzählte, dass du gerade in Nepal bist, dachte ich, ich rufe mal an. Also, kommst du? Rein beruflich, natürlich.«

Cora musste schmunzeln. »Rein beruflich, klar. Weil ich in Agra auch so viel zu tun habe. Das liegt doch in der Nähe von Delhi, richtig?«

»Genau, ungefähr drei Autostunden südlich. Dort steht ja auch der Taj Mahal, das schönste Bauwerk der Menschheit. Musst du gesehen haben. Und ja, beruflich ist es, weil es auch um unsere Erfahrung mit Wasser geht, ich habe da ein Projekt, sehr interessant. Vordergründig geht es um Wasser, wir müssen verhindern, dass der Taj Mahal einstürzt. Kein Witz. Aber da ist noch etwas, viel spannender, bin da einer Sache auf der Spur ... Du wirst staunen. Aber das erkläre ich dir lieber persönlich, nicht am Telefon. Und dann fliegen wir nach Mumbai, zu meiner Familie, wenn du schon mal hier bist. Also, was ist?«

»Moment, ich kann nicht einfach nach Indien fliegen, ich muss erst mal mit Fischer ...«, versuchte Cora Ganeshs Euphorie zu bremsen.

»Mit dem habe ich schon geredet. Alles klar, du darfst. Er hat dir den Urlaub genehmigt, den ich für dich beantragt habe. In Nepal brauchst du nur einen halben Tag, und zu Hause liegt nichts Dringendes vor. Los, buch um und komm her. Morgen Nachmittag geht eine Maschine nach Delhi, ich hole dich ab, und dann siehst du das Schönste, was du je gesehen hast!«

»Sprichst du von dir?«

»Witzig, ich meinte natürlich den Taj Mahal. Andererseits …« Sie sah sein Grinsen geradezu vor sich. »Hm. Also, alles klar. Das Visum kriegst du am Flughafen. Ich freue mich!« Und weg war er.

Kopfschüttelnd betrachtete Cora das Display. Nach Agra fliegen? Der Taj Mahal sollte einstürzen? Wie kam er denn auf den Unsinn? Und was war das andere, über das er am Telefon nicht hatte sprechen wollen? Spannender als ein umstürzendes Weltkulturerbe konnte es ja kaum sein. Ach Ganesh, dachte sie. Das war wieder typisch. Aus dem Nichts tauchte er auf, und dann warf er alle ihre Pläne durcheinander und erwartete, dass sie folgte. Niemand sonst hätte sich das bei ihr getraut. Die Männer hatten alle Respekt vor ihr, gehorchten. Oder liefen gleich weg. Bekamen Angst vor dieser selbstbewussten, intelligenten und furchtlosen Frau. Die auch noch attraktiv war; offenbar überforderte diese Kombination die meisten Männer. Und genau das gefiel ihr an Ganesh, dachte sie. Sie freute sich unbändig auf ihn. Rief einfach an und wollte sie sehen! Und beruflich war es ja auch, redete sie sich ein, also war es ja okay. Mit dem Gedanken an sein strahlendes Lächeln, das den Kontrast zwischen seinen perlweißen Zähnen und dem dichten, schwarz gelockten Haar noch unterstrich, schlief sie glücklich wieder ein.

3. Kapitel

Seine Augen hatten sich ein wenig an die Dunkelheit gewöhnt, vage nahm er Umrisse seiner Umgebung wahr. Keine Höhle, nein, ein gemauerter Raum, so schien es. Glatte Wände, Stein. Ganesh zwang sich, ruhig und logisch zu denken. Irgendwie musste er vom Hotel hierhergebracht worden sein. Er war verletzt, schwer, aber es würde sicher noch schlimmer kommen. Sein Hemd war zerrissen, die dünne Baumwollhose von Blut durchtränkt. Er strich sich vorsichtig durch seine Haare; die Locken klebten zusammen. Seine Brille hatte er verloren. Aber wer hatte ihn entführt? Und warum? Wichtiger aber noch, wie kam er hier heraus? Wo war der Ausgang? Es musste ja eine Öffnung geben. Er beschloss, den Schmerz zu ignorieren, und kroch langsam, stöhnend vorwärts, bis er nach wenigen Metern die Wand erreichte. Er versuchte erneut, sich aufzurichten, verlagerte sein ganzes Gewicht auf sein linkes Bein und zog sich an der glatten Wand hoch. Keine Ziegel, keine Mauer, glatter Stein auch hier, wie auf dem Boden. Auf seinem linken Bein stehend, ruhte er sich aus. Wenn er sich an der Wand entlangbewegte, musste er auf die Tür stoßen. Vielleicht konnte er rufen. Millionen von Touristen kamen jedes Jahr nach Agra, Tausende jeden Tag. Eine Chance bestand, dass er gehört wurde, wo immer er auch war. Es musste eine Chance geben.

Ganesh hüpfte langsam die Wand entlang, immer wieder musste er ausruhen. Er presste sich an die Steine und hielt das rechte Bein tapfer in die Luft. Der Boden schien feucht zu werden, mehrfach rutschte er beinahe aus. Langsam ließ er sich an der Wand herabgleiten, es wurde zu gefährlich, auf einem Bein auf diesem unsicheren und völlig glatten Untergrund zu stehen. Er hatte jetzt drei Ecken passiert, es blieb nur eine Möglichkeit, wo die Öffnung sein konnte. Als er die vierte Ecke erreicht hatte, ohne auch nur ein Anzeichen einer Tür gefunden zu haben, sank er in sich zusammen. Was nun? Keine Tür, keine Öffnung. Aber die Luft war trotz der hohen Feuchtigkeit klar, von irgendwoher kam offensichtlich Frischluftzufuhr. Und irgendwie musste er ja hier hineingekommen sein. Man konnte ihn ja nicht einfach hineingeworfen haben, ohne … geworfen? Unwillkürlich blickte er nach oben. Die Decke! Ob es da eine Öffnung gab? Die Dunkelheit war undurchdringlich; er konnte nichts erkennen. Vielleicht war es Nacht, und bei Tagesanbruch würde er besser sehen können? Er tastete schnell nach seiner Armbanduhr, aber man hatte sie ihm abgenommen oder er hatte sie im Kampf verloren. Keine Chance. Selbst wenn es in der Decke ein Loch gab, wie sollte er hinaufgelangen? Wo war er? Es gab keine felsigen Verliese in dieser Stadt. Es konnte nicht eiskalt und dunkel und feucht sein. Heiß und trocken war es, jedenfalls außerhalb der Monsunzeit. Agra. Die alte Hauptstadt der Mogulherrscher. Am Bogen des Yamuna-Flusses, weltberühmt durch das schönste Gebäude, das je von Menschenhand errichtet worden war. Ganesh weitete unwillkürlich die Augen. Es gab eine Möglichkeit. Aber das konnte nicht sein! Er strich mit der Hand über die Wand, ebenfalls kalter und glatter Stein, wie an den anderen Seiten. Es konnte nicht sein, und dennoch war es die einzige logische Erklärung. *Ockhams Rasiermesser* – wenn man alle komplizierten Lösungen ausschloss, war die einfachste Lösung die richtige. Oder so ähnlich. Wenn er in einem Raum war, einem Verlies, einer Kammer, dann war er dort. In diesem Mausoleum. Genau genommen darunter! Nur dort war es kalt und feucht. Er war gefangen, in den unerforschten, geheimnisvollen Kammern des Taj Mahal, die seit Jahrhunderten zugemauert waren. Gefangen unter mindestens zwölftausend Tonnen weißem Marmor und rotem Sandstein, verziert mit Hunderttausenden von Edelsteinen, ein Weltwunder an Schönheit und Baukunst. Der bengalische Dichter und Nobelpreisträger Tagore hatte das Bauwerk eine »Träne auf der Wange der Zeit« genannt. Tränen liefen jetzt auch Ganeshs Wangen hinunter. Er war gefangen unter dem Taj Mahal. Es würde sein Mausoleum werden.

Schritte waren jetzt direkt vor der Mauer zu hören. Die Männer waren zurück.

4. Kapitel

Endlich stand Cora vor der Abflughalle des Flughafens von Kathmandu. Ein irgendwie unbefriedigender Tag lag hinter ihr; die Fahrt zum Staudamm, die ergebnislos geblieben war; die Rückfahrt, der traurige Anblick der Ruinen Kathmandus ... sie freute sich darauf, bald Ganesh zu sehen. Wie würde das Wiedersehen werden? Ob er sich sehr verändert hatte? Sie bildete sich ein, die Gleiche wie früher zu sein, aber das dachte wohl jeder von sich. Sie war unruhig, so kannte sie sich nicht. Vorfreude oder Angst? Von beidem etwas, dachte sie.

Ein Soldat, die Maschinenpistole um die Schulter gehängt, fragte sie nach einem Papierausdruck ihres Flugtickets. Das hatte ihr niemand gesagt; sie besaß nur ein E-Ticket und zeigte den QR-Code auf ihrem Smartphone vor, aber der stoische Offizielle am Eingang wiederholte immer wieder seine Forderung nach einem Ausdruck. Nicht mal ihre blonden Locken zeigten ihre übliche Wirkung! Wo sollte sie denn jetzt einen Ausdruck ihres Tickets herbekommen? Nach langen Verhandlungen gelang es ihr, ihn zu bewegen, bei der Airline am Check-in-Schalter anzurufen und ihre Buchung bestätigt zu bekommen. Das mit dem Papierausdruck musste sie sich merken, das galt ja vielleicht auch für Indien.

Nach dem Einchecken ging sie zur Sicherheitskontrolle; ein schläfriger Polizist drückte einen Aufkleber »Security checked« auf ihre Tasche, ohne einmal hineingesehen zu haben, dann ging es die Rolltreppe hoch zur *Immigration*. Im winzigen Souvenirshop des Wartesaals kaufte sie sich noch ein Heftchen über den Taj Mahal. Dort erstand sie auch einen kleinen Ganesh aus Holz. Der elefantenköpfige indische Gott, der für gute Geschäfte und allgemein Glück zuständig war. Die Verkäuferin, froh, endlich etwas zu tun zu haben, erklärte ihr eifrig die Herkunft des Ganesh. Es gab so viele indische Götter, und niemand könne Indien verstehen, der sich nicht mit ihnen beschäftigte. Götter waren allgegenwärtig, sie waren nicht fern wie der christliche Gott, sondern bei den Menschen, sie waren gut und böse, liebten und töteten, kurz: Indien war ohne Götter nicht vorstellbar. Die Verkäuferin strich zärtlich über den dicken Bauch des Ganesh, während sie Cora die Geschichte dazu erzählte. Viele indische Eltern benannten ihre Söhne nach ihm, um ihnen ein glückliches Leben zu bescheren. Er war der Sohn der Parvati und des Shiva, und gemäß der Legende war Shiva auf Reisen und ließ seinen Sohn bei seiner Frau zurück. Als er zurückkam, erkannten Vater und Sohn einander nicht, und Ganesh weigerte sich, Shiva zu seiner badenden Mutter ins Haus zu lassen. Daraufhin schlug Shiva ihm den Kopf ab. Als er sah, was er angerichtet hatte, schwor er seiner Frau, dem Sohn einen neuen Kopf zu geben. Zufällig kam ein Elefant des Weges, und Shiva setzte seinem Sohn den Kopf des Elefanten auf.

Nun, dachte die promovierte Ingenieurin Cora, wissenschaftlich betrachtet auch nicht unwahrscheinlicher als eine Jungfrauengeburt oder die Auferstehung Christi. Jede Religion hatte ihre Mythen, und warum sollte ein Abbild des Ganesh weniger helfen als ein Madonnenbild? Sie hatte nie verstanden, warum Mythen anderer Religionen als lächerlich und abergläubisch galten, während die eigenen unantastbar waren. Mit welchem Recht glaubten die Kreationisten in den USA wörtlich an das Wort der Bibel und lachten über Indiens heilige Kühe? Muslimische Muftis belegten Autoren wie Salman Rushdie mit einer Fatwa, und die katholische Kirche verfolgte jahrhundertelang Menschen, die nicht an die Existenz einer göttlichen Dreieinigkeit glauben wollten (vom Teufel mit den rot glühenden Hörnern ganz zu schweigen).

Jetzt hatte sie Ganesh schon mal aus Holz bei sich, bis sie den wahren aus Fleisch und Blut in die Arme nehmen konnte. Und darauf freute sie sich jetzt wirklich, merkte sie. Ich vermisse ihn, dachte sie erstaunt. Als sie in Tibet gewesen war, hatte der Himalaya noch zwischen ihr und Ganesh gestanden, und auch bei ihrem Kurzausflug nach Shanghai im letzten Jahr, als sie den Skandal um den Verkauf des Flughafens Hahn an die Chinesen aufgeklärt hatte, war Ganesh weit weg gewesen. Aber in wenigen Stunden würde es so weit sein! Endlich würde sie wieder in seine tiefdunklen Augen schauen, wie damals zu Studienzeiten. Lächelnd betrachtete sie die Holzfigur in ihrer Hand. Shiva, Ganeshs mythischer Vater, war stark und hatte ihn wieder zum Leben erweckt. So sagte es die Legende, so hatte es die Verkäuferin erklärt.

Wie sehr der echte Ganesh der Hilfe Shivas bedurfte, hätte sie sich nicht einmal ansatzweise vorstellen können.

Da Agra keinen eigenen zivilen Flughafen besaß, flog Cora nach Delhi, wo Ganesh auf sie warten wollte. Sie hatte kein Visum für Indien, aber das konnte sie bei der Einreise als Visum on Demand erhalten. Sie wollte ja nicht lange bleiben. Den Taj Mahal anschauen, dann ein Tag Mumbai, dann zurück nach Deutschland. Ewig konnte sie hier nicht durch die

Welt reisen und Freunde besuchen. Und den Bezug zu ihrer Tätigkeit als Hydroingenieurin, den Ganesh erwähnt hatte, hielt sie nur für einen Vorwand. Sie hatte in Kathmandu noch etwas im Netz gesurft, aber keinen Hinweis auf eine bauliche Gefährdung des Taj Mahal welcher Art auch immer gelesen. Anschläge irgendwelcher Fanatiker, ja, die waren immer eine Gefahr. Aber um- oder einstürzen? Warum auch? Und wie? Tausende Tonnen Marmor fielen nicht einfach zusammen, nachdem sie vierhundert Jahre gestanden hatten. Auch Ganesh war promovierter Wasserbauingenieur, aber da hatte er wohl übertrieben.

Kaum hatte Cora sich auf ihren Platz in der Maschine gesetzt, musste sie wieder aufstehen, um einen weiteren Fluggast durchzulassen. Sie saß immer am Gang, da hatte man mehr Beinfreiheit, konnte aufstehen, ohne andere zu belästigen, und sie fühlte sich an den Fensterplätzen, trotz ihrer zierlichen Figur, ohnehin einfach zu eingeengt. Ein älterer, weißhaariger Herr setzte sich neben sie; er musste über siebzig Jahre alt sein, trug aber einen perfekt sitzenden blauen Anzug, die rote Fliege war offensichtlich mit der Hand gebunden, ganz Gentleman alter Schule. Amüsiert betrachtet Cora die völlig unpassenden weißen Turnschuhe, die er dazu trug. Er grüßte freundlich, schnallte sich umständlich an und vertiefte sich sofort in ein dickes Buch, das er aus einem sportlichen Rucksack gezogen hatte. Nachdem sie ihre Reiseflughöhe erreicht hatten, wie die Stewardess verkündete, versuchte Cora, neugierig wie immer, herauszufinden, was er da las, konnte aber nichts entziffern. Sie rutschte unauffällig in ihrem Sitz herum, aber die von indischen Schriftzeichen unterbrochenen englischen Sätze ergaben überhaupt keinen Sinn. Plötzlich klappte der weißhaarige Herr das Buch sanft, geradezu zärtlich zu, wandte sich ihr zu und lächelte sie breit an. »Bhagavad Gita«, sagte er in britisch klingendem Englisch. »Das wollten Sie doch wissen, oder?«

»Ich, äh, tut mir leid, ich meine …«, wand sich Cora vor Verlegenheit. »Ich wollte nicht unhöflich sein.«

Ihr Nachbar holte, etwas umständlich in der Innentasche seines Jacketts kramend, eine Visitenkarte hervor. »Erst darf ich mich Ihnen vorstellen, Miss. Mein Name ist Captain Ramakrishna Tagore. Sehr erfreut.«

Cora lächelte ihn an, als sie die Karte entgegennahm. Mit beiden Händen, so hatte sie das in China gelernt, das konnte hier ja nicht falsch sein. »Remy mein Name, Cora Remy. Freut mich auch. Ich bin aus Deutschland. Wie, sagten Sie, heißt das Buch?«

Der alte Herr zeigte auf den schweren blauen Ledereinband, auf dem in goldenen Buchstaben der Titel geschrieben stand. »Bhagavad Gita«, wiederholte er langsam. »Schwer zu sprechen. Wir reden daher nur von der ›Gita‹. Das vielleicht berühmteste Werk der indischen Literatur. Kennen Sie es nicht?«

»Ehrlich gesagt nein. Worum geht es?«

»Tja, worum geht es?«, sinnierte der Professor und strich sich durch seinen weißen Bart. »Es ist eine Mischung aus Geschichtsunterricht und Morallehre, aus Kriegskunst und Philosophie. Die Gita ist nur ein Teil eines viel umfassenderen Werkes, des ›Mahabharata‹. Man weiß nicht, wer es verfasst hat. Das Buch gilt als das längste Versepos der Weltliteratur, umfasst etwa hunderttausend Verse, vermutlich ist es weit über zweitausend Jahre alt. Die Gita ist also ein Teil davon, es geht um den Krieg zwischen verfeindeten Clans, um Macht und große Schlachten. Aber ich möchte Sie nicht langweilen …« Er lächelte freundlich, aber Cora hatte den Eindruck, dass es nicht nur Höflichkeit war. Vielleicht war es ihm wirklich lästig, der Ausländerin all das zu erklären? In diesem

Moment kann die Stewardess und bot Getränke an, und Cora nahm dankend an, um die plötzliche Gesprächspause nicht peinlich werden zu lassen. Sie lehnte sich zurück, schloss die Augen und dachte an Ganesh. Ob er sich verändert hatte? Sie hatte ihn seit Jahren nicht gesehen. Wie sollte sie ihn begrüßen? Sie waren sich so vertraut gewesen, aber nach all dieser Zeit …

»Hier jetzt steht eine große Schlacht zwischen zwei verfeindeten Familienzweigen bevor«, riss der Professor neben ihr sie unvermittelt aus ihren Gedanken, als ob er das Gespräch nie beendet hätte. »Und der Anführer der einen Seite lässt sich von seinem Wagenlenker in die Mitte zwischen die beiden Heere fahren. Ihm kommen Zweifel, ob er gegen seine eigene Familie kämpfen soll, und es entwickelt sich ein Gespräch zwischen ihm, Arjuna, und dem Wagenlenker, dem Gott Krishna. Sie unterhalten sich über das Leben, über Ethik und Moral, über Menschenführung und vieles mehr. Ein Werk voll tiefer Weisheit, nur schwer zu verstehen.«

Cora musste sich erst wieder in seine Gedankengänge einfinden, sie war schließlich eben noch bei Ganesh gewesen, und jetzt ging es offensichtlich wieder um dieses Buch, die Gita …

Tagore fuhr indessen unbekümmert fort zu erzählen. »Wussten Sie, dass Robert Oppenheimer, der Vater der Atombombe, die Zündung der ersten Atombombe in Los Alamos 1945 in einem späteren Interview mit einem Zitat aus der Gita kommentierte? Er sagte: *Wenn das Licht von tausend Sonnen/am Himmel plötzlich bräch' hervor/das wäre gleich dem Glanze dieses Herrlichen, und ich bin der Tod geworden, Zertrümmerer der Welten.* Er hatte sogar Sanskrit gelernt, um die Gita im Original lesen zu können … Nun ja. Inzwischen gibt es sicher schon ein Handbuch für Manager; ›Gita für Manager‹ oder so …« Er lächelte milde. »Ich bin in Pune Professor für Religionsgeschichte, und ich verstehe auch nicht alles. Aber jedes Kind kennt das in Indien! Kein anderer Text der hinduistischen Literatur wird so oft zitiert, auswendig gelernt, gelesen. Wir haben ja keine Bibel oder einen Koran oder sonst ein heiliges Buch. Kein Anfang, kein Ende. Hinduismus ist keine Religion mit einem Gründer, wie bei Ihnen im Westen. Es ist eine Lebenseinstellung, eine Haltung. Selbst Gandhi suchte Trost in der Gita, Albert Schweitzer las sie … Und es gibt eine Filmversion mit Will Smith.«

Cora schaute ihn belustigt an. »Sie kennen Will Smith? Das hätte ich ja nicht … Entschuldigung, ich wollte damit nicht sagen, dass …« Sie fing an zu stottern, sie wollte den Professor ja nicht beleidigen, aber ein Religionsgelehrter, der Will-Smith-Filme schaute …

Der Professor grinste spitzbübisch. »*Die Legende von Bagger Vance*. So heißt der Film von Robert Redford. Es spielen übrigens auch Matt Damon und die wunderschöne Charlize Theron mit … Es geht wie in der Gita um den Kampf gegen sich selbst, darum, die eigenen Stärken zu erkennen. Da staunen Sie, was? Dachten Sie, ich lebe hinter dem Mond, nur weil ich mich für Religionen interessiere? Ich habe den Film auf meinem I-Pad!«

Jetzt musste Cora herzhaft lachen. Was für ein wunderbarer Mensch! Hochgebildet und voller Humor. Und nein, keineswegs hinter dem Mond, sondern sehr diesseitig. Dann schüttelte sie den Kopf. »Die indische Götterwelt ist ganz schön verworren. Ich kenne den Ganesh, seinen Vater Shiva, der ihn rettet, glaube ich, und in irgendeinem Film habe ich mal von der Göttin Kali gehört … und es gibt ja noch viele andere … Für uns Ausländer kaum zu durchschauen! Wieso gibt es so viele Götter in Indien? Und in der Gita ist ein Gott ein Wagenlenker?«

Nachdenklich nickte ihr der Professor zu. »Kompliziert, ja. Ganesh ist mein Lieblingsgott, den würde ich gern mal kennenlernen. Tausende von Göttern haben wir, manche sagen, Millionen. Flexibilität ist alles hier in Indien. Sogar bei der Anzahl der Götter. Warum? Na ja, jeder hat eine spezielle Aufgabe, wissen Sie? Ihr habt nur einen, der sich um alles kümmern muss. Dann doch lieber Arbeitsteilung …« Verschmitzt grinste er in sich hinein. »Aber im Grunde gibt es nur einen Gott. Alles andere sind Erscheinungsformen dieses einen Gottes. Wissen Sie, was ein Avatar ist?« Interessiert blickte er sie an. Er schien in seinem Element zu sein. Cora wollte schon mit dem amerikanischen Film antworten, aber das kam ihr dann doch zu schlicht vor. Er meinte doch sicher etwas anderes?

»Nein, nicht der Film«, warf der Professor ein, als könne er ihre Gedanken lesen. Dann lächelte er. »Avatare nennt man im Sanskrit Erscheinungsformen von Gott. Fragen Sie einfach, jeder Inder kann Ihnen Geschichten von den Göttern erzählen. Man muss nicht versuchen, das zu sortieren, das tun nur Ausländer. Wissen Sie«, sein Blick wurde nachdenklich, »ihr Christen habt nur einen Gott, aber der ist weit weg, oben im Himmel, und wenn man mit ihm reden will, sind da Priester dazwischen, die Ihnen die Beichte abnehmen, dann Bischöfe, Kardinäle … es gibt sogar einen Menschen, der von sich behauptet, der Stellvertreter Gottes zu sein! Wie kann ein einzelner Mensch die ganze Macht Gottes repräsentieren? Das verstehen wir nicht. Wir haben viele Götter, gewiss, aber sie sind nah bei uns. Sie sind wie die Menschen, lieben sich, streiten, sterben … irgendwie sympathisch. Wie auch immer. Tauchen Sie ein, lassen Sie zu, dass die Götter mit Ihnen sprechen und leben. Akzeptieren Sie einfach, dass wir hier mit Göttern leben, mit heiligen Tieren, an Wiedergeburt und Gurus glauben, an das Verschwimmen von Vergangenheit, Gegenwart und Zukunft ... Ist das nicht wunderbar? Keine Dogmen, keine Inquisition, keine Scharia. Keine Häretiker, denn wenn es keine festgeschriebenen Grundsätze gibt, kann man auch nicht dagegen verstoßen.«

Versonnen wandte er sich wieder seinem Buch zu und war augenblicklich darin vertieft. Cora ließ ihn lesen, obwohl sie tausend Fragen gehabt hätte. Je mehr sie über Indien lernte, desto mehr merkte sie, wie wenig sie wusste.

Kurz bevor sie in Delhi landeten, wandte sich der Professor ihr plötzlich zu. »Wissen Sie«, sagte er nachdenklich, »denn etwas über das Verhältnis von Ihren Religionen und Indien? Das ist doch auch interessant.«

Cora war in Gedanken schon wieder bei Ganesh gewesen und musste erst wieder zurück in die Wirklichkeit finden. »Was meinen Sie?«, fragte sie zurück. »Entschuldigung, ich habe nicht ganz verstanden. Unsere Religionen? Welche meinen Sie?«

Er blickte sie an. »Nun, die abrahamitischen, das Christentum, das Judentum, der Islam. Stammen doch alle aus Jerusalem, nicht wahr? Berufen sich alle auf Abraham. In Indien gab es eine der ältesten jüdischen Gemeinden der Welt; vermutlich kamen die ersten Juden zu Zeiten von König Salomon, aber dann, nach der Zerstörung des Tempels durch die Römer, so etwa im Jahre 70 Ihrer Zeitrechnung, flohen viele nach Kerala. Das ist ein im äußersten Südwesten Indiens gelegener Bundesstaat. Der Apostel Thomas soll dort auch gelandet sein, nach der Kreuzigung Christi reiste er angeblich nach Indien. Die Nachkommen seiner Anhänger leben heute als syrische christliche Gemeinschaft dort. Sie haben 1500 Jahre lang den Dialekt Syriac gepflegt, ein Dialekt des Aramäischen. Das war die Sprache Jesu. Erst die Portugiesen haben ihnen das verboten und die Sprache ausgetrieben.«

Cora konnte nur stumm den Kopf schütteln. Was dieser Professor alles wusste! Der Apostel Thomas war nach Indien gefahren? Davon hatte sie noch nie gehört.

Der Professor fuhr fort: »Die sogenannte Zivilisation ist nur eine dünne Kruste, darunter brodelt die Lava. Vergessen Sie das nie.« Ebenso unvermittelt, wie er sie eben angesprochen hatte, schloss er sodann seine Augen und lehnte sich zurück. Cora entschied, ihn nicht weiter zu stören, da sie ohnehin zur Landung ansetzten.

Als sie die Gangway verließen, verabschiedete sich Cora freundlich von dem Professor. Er winkte ihr zu und empfahl ihr, unbedingt die Gita zu lesen. »Gibt's auch als MP3-Datei zum Hören oder als Download auf Ihr I-Pad«, fügte er hinzu, was Cora in Anbetracht seines Alters ziemlich erstaunlich fand. »Bis zum nächsten Mal lesen Sie nach, was es mit Nataraja auf sich hat. Sie werden es brauchen. Wir sehen uns ja bald wieder!«, sagte er zu ihr, als sie gemeinsam zur *Immigration* liefen.

»Wiedersehen? Wie kommen Sie darauf? Und was meinen Sie mit Nata...«, fragte Cora erstaunt.

»Nataraja. Shivas Tanz. Quantenphysik. Alles hängt zusammen, alles baut aufeinander auf. Nichts geschieht zufällig«, lächelte der Inder sie an und versuchte mühsam, sich niederzubeugen, um seine Turnschuhe zuzubinden.

»Moment, ich mache das«, sagte Cora hilfsbereit. Sie bückte sich und band ihm den losen Schnürsenkel fest. Als sie sich wieder aufrichtete, lächelte der Professor sie dankbar an. »Sie haben mich getroffen, um etwas über Indien zu lernen. Ich habe Sie getroffen, um etwas anderes zu erfahren. Was es ist, weiß ich noch nicht. Also müssen wir uns noch einmal sehen.« Und weg war er.

Cora blickte ihm verwundert nach, dann schüttelte sie den Kopf. Hochinteressanter Typ. Sicher wäre es spannend, länger mit ihm zu sprechen. Wie oft traf man Menschen, mit denen man spontan tiefgreifende Gespräche führen konnte? Nicht das übliche belanglose Geplänkel, sondern ein Austausch, von dem etwas zurückblieb. Sätze, die im Herzen blieben. Oder im Kopf. Wissen. Weisheit. Was hatte sie neulich gelesen? *When you are the smartest person in the room, you are in the wrong room.* Mit diesem Professor war sie sicher im richtigen Raum gewesen.

Cora kämpfte sich durch die endlosen Gänge des Flughafens zu dem Schalter für ein Visum on Demand. Dort ließ sie das umständliche Prozedere und die Formulare über sich ergehen. Sie musste ihren Zeigefinger auf ein kleines Gerät drücken, das ihren Fingerabdruck scannte. Scannen sollte, denn genau das tat es nicht. Erst nach zahlreichen Versuchen, schließlich mit einem zweiten Gerät, war der durchaus desinteressierte Beamte, bequem in seiner hellbraunen Uniform auf seinem Stuhl sitzend, zufrieden. Es dauerte dann doch fast eine Stunde, bis sie durch alle Kontrollen durch war. Als sie die Haupthalle des Indira Gandhi International Airport verließ, ihre Ledertasche sicherheitshalber fest an sich gedrückt, atmete sie erst mal tief durch. Indien! Endlich! Trotz der späten Abendstunde war es tropisch heiß; eine Anzeigetafel zeigte 36 Grad! Sofort umfing sie eine unbeschreibliche Mischung aus Gerüchen und Hitze, aus unbekannten Tierstimmen und Autohupen, aus Chaos und der erstaunlichen Tatsache, dass alles nicht nur dennoch, sondern vielleicht gerade deswegen funktionierte, kurz, all das Unbeschreibliche, das sie bald als typisch für dieses Land, diesen Subkontinent empfinden würde. Der Lärmpegel war erstaunlich hoch, Hunderte von Menschen riefen durcheinander, drängelten, schimpften; der erste bildliche Eindruck war der von Zombies, die sich vor einem Kaufhaus drängelten, um hineinzugelangen, aber dann sah sie, wie viele lachten, dass alles dennoch irgendwie freundlich, entspannt war, es war keine Aggression zu spüren. Indien. Es umfing sie mit allen Sinnen, man konnte ihm nicht entkommen. Sich wehren, ja, dann wurde es ein ewiger Kampf; sich ergeben, hingeben, fallen lassen – besser. Sie mochte es sofort.

Coras Augen glitten suchend über die Menge schwarzhaariger Abholer, die dicht gedrängt hinter einer Absperrung standen. Wo war er? Ganesh hatte lange genug in Deutschland gelebt, um immer pünktlich zu sein. Zu seinem Leidwesen, sagte er manchmal lächelnd, das machte ihm das Leben in Indien schwer. Aber sie konnte ihn nirgends erblicken. Hm. Was sollte sie jetzt tun? Wohin? Am besten rief sie ihn erst mal an. Sie hatte gerade ihre Tasche abgestellt und sich mehrerer hilfsbereiter Hände erwehrt, die sich von einer offensichtlich unerfahrenen Ausländerin ein gutes Geschäft versprachen, als sie jemand an der Schulter berührte. Zu sanft, um ein aufdringlicher Portier zu sein.

»Miss Cora?«

Sie blickte von ihrem Handy auf. Tiefschwarze, besorgte Augen sahen sie freundlich an; ein Inder in beiger Stoffhose, hellen Stoffschuhen und offenem, blauem Leinenhemd stand vor ihr und musterte sie, die schlanke, sportlich wirkende Ausländerin, die in ihren bei der Hitze völlig ungeeigneten Jeans und der lässigen Lederjacke gleich auffiel.

»Yes, that's me. Why?«, wunderte sich Cora. Sie kannte hier niemanden, und vor allem kannte niemand sie.

»Ich bin ein Freund von Ganesh. That's about all the German I know. Sorry.«

Jetzt wurde Cora unruhig. Ein Freund von Ganesh? Er hätte es sich nie nehmen lassen, sie selbst vom Flughafen abzuholen. Nicht nach so langer Zeit, die sie sich nicht gesehen hatten.

»Wo ist Ganesh? Was ist los?«

»Ich weiß es nicht. Kommen Sie, ich bringe Sie zu meinem Wagen, dann können wir in Ruhe reden.« Er griff nach ihrer Tasche, aber Cora hob sie schnell selbst auf. Langsam folgte sie ihm durch das Gewimmel vor dem Ankunftsgebäude zu den Parkplätzen. Sehr seltsam. Er wusste auch nicht, wo Ganesh war? Wieso war er denn dann hier? Wie auch immer, sie hatte schnell beschlossen, diesem Mann erst mal zu vertrauen. Ihr Bauchgefühl trog sie selten, und er sah einfach ehrlich aus. Ohne dass sie gewusst hätte, wie sie bei einer völlig fremden Kultur darauf kam.

Sie stieg in den weißen Landrover, dessen linke Vordertür er für sie öffnete, und setzte sich auf den Beifahrersitz. Linksverkehr, klar. Als er vorsichtig aus dem Parkhaus fuhr und, souverän das Chaos durchkreuzend, auf eine breite Schnellstraße einbog, betrachtete sie ihn aufmerksam von der Seite. Etwa Anfang dreißig, vermutete sie, obwohl schon graue Strähnen sein schwarzes Haar durchzogen. Sehr attraktiv. Und nervös. Ständig blickte er in den Rückspiegel, fuhr schnell, wechselte die Spur. Schließlich brach Cora das Schweigen. »Also, was ist los? Wo ist Ganesh? Und wer sind Sie überhaupt? Wo fahren wir hin? Wieso holen Sie mich ab?«

Er blickte zu ihr herüber, als sei er erstaunt, dass da noch jemand im Wagen saß. »Entschuldigung«, fand er dann doch seine Stimme wieder. »Ich bin Anshu, Ganeshs bester Freund. Na ja, das würde er nie sagen, aber so ist es. Ich bin kein Ingenieur, ich habe nichts mit Wasser zu tun und verstehe nichts davon, mir gehört eine Baufirma. Hoch- und Tiefbau, in Delhi vor allem. Wir fahren jetzt erst mal in ein Hotel, da sind Sie sicher. Ganesh hat so viel von Ihnen erzählt, da konnte ich Sie am Flughafen gar nicht verpassen.« Sein Englisch war ausgezeichnet und nicht mit dem schweren Akzent durchsetzt, den sie in Nepal so oft gehört hatte. Er musste eine sehr gute Ausbildung genossen haben.

Er lächelte zum ersten Mal etwas, als habe er jetzt alles Nötige erklärt. Cora sah ihn ungeduldig an und wartete auf die Fortsetzung.

»Ganesh sagte mir gestern, dass Sie heute ankommen. Eigentlich sprach er von nichts anderem mehr … und dann bat er mich mitzukommen, sein Auto ist mal wieder kaputt, also sollte ich ihn fahren, und dann ist er nicht aufgetaucht! Nicht erst heute, nein, wir waren für gestern Abend auf einen Drink verabredet, und er kam nicht. Das ist ungewöhnlich, er ist zuverlässig. Wir nennen ihn nur ›den Deutschen‹! Jedenfalls rief ich ihn mehrfach an, aber er ging nicht an sein Handy. Auch heute Morgen nicht, und als er nicht wie verabredet zu mir kam, um Sie abzuholen, bin ich einfach allein losgefahren, damit Sie nicht am Flughafen stehen und es ist niemand da. Aber ich mache mir große Sorgen, Ganesh ist nicht der Typ, der einfach nicht auftaucht. Und da ist noch etwas, das Sie wissen müssen … Er wird bedroht. Aber Sie kennen Ganesh, er nimmt so etwas nicht ernst, macht einfach weiter. Aber letzte Woche erhielt er eine Nachricht, die sogar ihn nervös machte. Er solle seine Arbeiten sofort einstellen. Und vor seiner Haustür lag etwas …«

Cora blickte ihn mit aufgerissenen Augen an. »Was denn? Nun sagen Sie schon, was lag da?«

Anshu zögerte, dann sagte er: »Ein kleiner Taj Mahal aus Marmor, wie man ihn überall kaufen kann. Nur wenige Zentimeter hoch. Aber darunter, zerbrochen, ein Elefantengott, ein Ganesh. Aus Holz, mit zerquetschtem Gesicht.«

5. Kapitel

Der Rauch, der von den brennenden indonesischen Wäldern über die Straße von Sumatra herüberzog, brachte wieder einmal Teile des öffentlichen Lebens zum Stillstand. Schulen wurden zeitweise geschlossen, die Menschen trugen Atemmasken, der Marathonlauf wurde abgesagt. Die Sonne schien, aber außer einem gelblichen Fleck am Himmel war nichts zu sehen. Wer nicht unbedingt hinausmusste, blieb zu Hause.

Khan musste. Er saß im Fond seines Bentley Continental und verfolgte die aktuellen Nachrichten auf seinem Tablet. Einen Monat ging das jetzt schon so mit dieser Mischung aus Smog durch die Luftverschmutzung und dem Rauch aus dem Süden, und es war kein Ende abzusehen. Um das begehrte Palmöl zu gewinnen, musste der Urwald weichen, und dies geschah, meist illegal, durch Brandrodung. Millionen Hektar Wald waren bereits gerodet worden, weitere würden folgen, um Platz zu schaffen für den Anbau der lukrativen Palme, aus deren Früchten das Öl gewonnen wurde. Riesige Flächen auf der indonesischen Insel Borneo brannten, damit das für Nahrungsmittel aller Art, aber auch für die Reinigungsindustrie und sogar für die Beimischung zu Dieselkraftstoff unerlässliche Produkt angebaut werden konnte. Die Rauchwolken zogen Hunderte von Kilometern weit, und es wurde jedes Jahr schlimmer. Auch in Malaysia wurden die ersten Flüge mangels ausreichender Sicht gestrichen; Khan musste zusehen, dass er die Stadt verließ. Das fehlte noch, dass er nicht abfliegen konnte. Aber seine Privatmaschine flog auf eigenes Risiko, notfalls musste man bei der Flugsicherheitsbehörde etwas nachhelfen. Er kannte den zuständigen Leiter, und er wusste, dass dessen Tochter gern Reitunterricht gehabt hätte. Für einen Beamten unerschwinglich. Gut, dass Khan so ein großes Herz für Kinder hatte. Er grinste in sich hinein.

Die Gespräche, die er in seinem Lieblingshotel hier in Kuala Lumpur, dem *Majestic*, geführt hatte, waren gut gelaufen, ein erfolgreicher Tag lag hinter ihm. Er mochte die neuen Glasbauten nicht, diese weltweit austauschbaren Luxushotels, er präferierte die alten, stilvollen Gebäude aus der Kolonialzeit. Das *Majestic* hier in Kuala Lumpur war so ein Hotel, wundervoll restauriert, und wie das *Raffles* in Singapur, das *Strand* in Yangon oder das *Taj* in Mumbai ein Relikt aus vergangenen Zeiten. Er wohnte immer dort, wenn er in Kuala Lumpur war. Auch das *Colonial Café* war ganz nach seinem Geschmack, edel, holzvertäfelt, man fühlte sich in die Zeiten der Kolonialherren zurückversetzt, die hier über ihre Kautschukplantagen sprachen, während die Bediensteten eifrig den Tee servierten, wobei ihre weißen Uniformen sehr hübsch mit den kaffeebraunen Gesichtern kontrastierten. Nur dass heute die Gesichter der Gäste überwiegend kaffeebraun waren, während die Angestellten oft weiß waren. Zeichen des Wandels auch hier. Und es gab ein Nebenzimmer für die Raucher, in dem man ungestört war. Er hatte heute seine Geschäftspartner aus Südostasien hierhergebeten, um die weiteren Schritte für dieses Jahr zu besprechen. Das Geschäft lief blendend, aber man musste dafür sorgen, dass es auch so blieb. Er war nicht aus Dharavi, wo er aufgewachsen war, so weit gekommen, um je wieder hinabzufallen. Er war Khan, er war mächtig, und so würde es bleiben. Nie hätte er es sich träumen lassen, als er in Dharavi, dem vielleicht größten Slum Asiens, mitten in Mumbai, das erste Mal im Sand gespielt hatte, dass er mit diesem Sand einst reich werden würde. Unfassbar reich. Er besaß Geld wie Sand am Meer, war sein liebstes Wortspiel. Khan musste laut lachen, sodass sein Fahrer erstaunt in den Rückspiegel blickte.

Sand war unbegrenzt verfügbar, das wusste jeder. Er erinnerte sich wieder an jenes Buch, das ihm vor vielen Jahren ein deutscher Freund geschenkt hatte, weil es sein Lieblingsthema betraf. Soweit er sich erinnerte, wurde in dem Buch das Land Fantasia zerstört, und es blieb nur ein Sandkorn übrig. Aber dieses eine Sandkorn ermöglichte die Wiedergeburt der Welt. Ein Junge erhielt das kleinste und unspektakulärste Geschenk, das man sich vorstellen konnte: ein Sandkorn. Daraus schuf er Städte, Kontinente, ein ganzes Universum. *Die Unendliche Geschichte*, ja genau, so hieß das Buch. Aus Sand war die ganze Welt gebaut. Und selbst wenn alles irgendwann zur Neige ging, vom Sand würde immer etwas übrig bleiben.

Khan lehnte sich zurück, strich sein makelloses weißes Hemd glatt und bewunderte wieder einmal seine neuen Manschettenknöpfe, die er sich bei Shanghai Tang in Singapur hatte anfertigen lassen: Das chinesische Schriftzeichen für Sand in 24-karätigem Gold. Symbol seines Lebens. *Sha* sprach man es aus, hatte er sich erklären lassen. Erst vor Kurzem hatte ein chinesischer Freund ihm erzählt, dass man *sha*, genauso ausgesprochen, auch anders schreiben konnte: mit dem Zeichen für Tod.

6. Kapitel

Bevor ich Ihnen alles erzähle«, sagte Anshu, während er die Schnellstraße vom Flughafen hinein nach Delhi verließ und nach Gurgaon abbog, den südlich gelegenen Vorort von Delhi, »muss ich Sie fragen: Was wissen Sie über den Taj Mahal? Oder was wissen Sie über Indien?«

»Hören Sie«, sagte Cora energisch. »Ich mache mir wirklich große Sorgen um Ganesh, und Sie wollen mit mir jetzt ein Quiz über Indien veranstalten? Bitte sagen Sie mir jetzt genau, was mit Ganesh los ist, sonst steige ich aus.« Noch während sie es sagte, merkte sie, wie kindisch das klang. Aussteigen? Und dann? Wo sollte sie hin? Sie benahm sich wie ein kleines Mädchen, das sein Spielzeug nicht bekam. Ob er jetzt sauer war? Schließlich war er auf eigene Faust an den Flughafen gekommen, ihretwegen. Cora blickte Anshu von der Seite an, aber dieser blieb völlig ruhig und sagte nur: »Es tut mir leid, ich werde Ihnen alles erzählen, was ich weiß. Das ist auch nicht viel. Aber ich weiß nicht, was Sie schon über Indien wissen.« Also gut, dachte Cora, der braucht wohl etwas länger. Aber er war ja nett, und sie brauchte ihn. »Indien? Laut. Lebendig. Chaotisch. Unglaublich schmutzig. Aber sehr nette Leute, alle sehr freundlich. Man liest bei uns ja nur über Gewalt gegen Frauen; ich bin bisher nicht einmal auch nur angemacht worden. Na ja. Hm. War ja auch nicht allein bisher. Was mich betrifft, ich fühle mich überhaupt nicht gefährdet. Oder bedroht.« Cora machte eine Pause. »Kein klares Bild also, nur spontane Eindrücke. Ich war ja nur am Flughafen bisher, also ist es zu früh, um Eindrücke zu schildern. So. Was noch? Die größte Demokratie der Erde, Slums, Bollywood, Elefanten, Software. Nach zehn Minuten Indienerfahrung auf dem Flughafen ist das doch schon viel.«

Nachdenklich betrachtete Anshu sie von der Seite. »Okay. Klischees über Klischees also ... Das wisst ihr in Deutschland über uns? Viele Menschen? Wow. Ich hatte mehr erwartet. Aber gut, ich werde Ihnen viel erklären müssen. Und der Taj? Hatten Sie schon mal davon gehört?«

»Natürlich, das haben die meisten Menschen bei uns. Aber viele wissen sicher nicht genau, was das ist, außer, dass es sehr schön sein soll, riesig, ein Denkmal der Liebe oder so. Ungefähr 400 Jahre alt, kann das sein? Aus Marmor, ganz weiß. Aber Entschuldigung, ich möchte erst mal wissen, wo Ganesh ist, das ist doch viel wichtiger, wir müssen ihn suchen!«

»Hören Sie, Cora«, sagte Anshu, während er wieder einen unruhigen Blick in den Rückspiegel warf. »Ich weiß nicht, wo er ist. Wir können jetzt gar nichts tun, aber ich habe ein paar Ideen, wen ich fragen kann. Aber das mache ich allein. Vielleicht ist er auch morgen wieder da. Erst muss ich Sie in Sicherheit bringen, okay?«

Da kannte er Cora schlecht. »Ich bin nicht aus Zucker, und ich muss auch nicht ins Bett! Hat Ganesh Ihnen nicht von den Sprengungen in Tibet erzählt? Von meinem Kampf mit den chinesischen Soldaten? Ich werde Ganesh suchen, ich werde ihn jetzt nicht im Stich lassen! Vielleicht ist er verletzt oder wird irgendwo gefangen gehalten! Und Sie wollen hier über Touristenziele reden und mir die Geschichte des Taj erklären?«

Anshu blickte zu ihr hinüber, zum ersten Mal schien er sie richtig zu sehen. Er sah sie zweifelnd an, dann musste er lachen. »Ja, so hat er Sie mir beschrieben … ziemlich Feuer unterm … äh, ich meine, sehr temperamentvoll! Gut. Sie können mir helfen, ihn zu suchen. Aber Sie kennen sich hier nicht aus, Indien ist gefährlich für unerfahrene Ausländer! Und dann noch eine Frau! Sie können hier nicht einfach wie in China allein durch die Gegend reisen! Sie tun, was ich sage, ist das klar? Und trotzdem bringe ich Sie jetzt erst irgendwo unter, dann sehen wir weiter.«

Cora sah ein, dass er recht hatte. Sie hätte auch gar nicht gewusst, wo sie anfangen sollte, sie brauchte Anshu. Aber sie ließ sich nicht wie ein kleines Mädchen behandeln. Sein Frauenbild war ja vielleicht üblich in Indien, aber sie war keine Inderin, sie war Deutsche, Westerwälderin, Jägerin, Kämpferin!

»Okay«, sagte sie. »Wir machen das zusammen. Und, was wollten Sie mir über den Taj erzählen?«

»Nicht viel. Sie haben sicher schon von den Mogulherrschern gehört?«

Cora zögerte, schüttelte aber dann den Kopf. »Nicht wirklich, also gehört schon, aber ich kann das nicht einordnen.«

Anshu wich wenig elegant in letzter Sekunde einem Bus aus, der ihnen bedenklich nahe gekommen war. »Kann nichts schaden, das zu wissen. Sie kennen ja die Mongolen, Dschingis Khan und Kublai Khan, und einer der Nachfahren eroberte im 14. Jahrhundert Delhi. Aus dem Wort Mongole wurde Mogul, und sie regierten mit unglaublicher Macht, Pracht und Grausamkeit bis ins 18. Jahrhundert über große Teile Indiens … und einer der Nachfahren, eben Shah Jahan, war der Erbauer des Taj. Deswegen diese Mischung aus persisch-islamischen und auch hinduistischen Einflüssen. Die Mogulherrscher waren unglaublich reich. Haben Sie schon einmal vom Kohinoor gehört? Dem größten und schönsten Diamanten der Welt? Gehört heute zu den britischen Kronjuwelen. Gestohlen in Indien. Verständlich, bei 110 Karat!«

Sie hatten das *Crowne Plaza Hotel* passiert. Trotz der späten Stunde herrschte dichter Verkehr, immer wieder standen sie in einem Stau. Zwischen den nun allgegenwärtigen Hochhäusern sah Cora einige ungewöhnlich geformte Gebäude. »Da war früher das German Centre, Anlaufstelle der deutschen Wirtschaft in Indien«, sagte Anshu und deutete mit dem Kopf hinüber, als er Coras fragenden Blick bemerkte. »Hier in Gurgaon haben sich viele deutsche Firmen niedergelassen, und das German Centre unterstützte sie in der ersten Zeit in vielerlei Hinsicht. Indien ist auch für welterfahrene Deutsche ein schwieriges Pflaster. Das Investitionsumfeld ist durch die Korruption, die Religionen, das allgegenwärtige Chaos nicht gerade einladend.« Das hatte Cora schon von Freunden gehört, die in Indien investierten, vorrangig in der Automobilindustrie. Das Land war für viele deutlich schwieriger zu bearbeiten als China, das mit seiner Diktatur doch immerhin für Ordnung und ein inzwischen geregeltes Investitionsklima sorgte.

»Gut, wo war ich?« Anshu fuhr sich mit der Hand durch die Haare. »Ach ja, die Mogulherrscher. Die Kaiserwürde vererbte sich immer vom Vater auf den Sohn. Das ging natürlich nicht ohne Mord und Totschlag ab, Intrigen, schöne Frauen, Reichtümer – das ganze Programm. Zu Anfang des 17. Jahrhunderts jedenfalls herrschte Shah Jahan, und seine natürlich unglaublich schöne Frau hieß Mumtaz Mahal. Also, das war nur ihr Ehrenname, ›Exzellenz des Palastes‹ oder so. Die Sprache am Hofe der Moguln war Persisch. Sie hatten zusammen angeblich vierzehn Kinder, und da er ständig in den Krieg ziehen musste, um sein Reich zusammenzuhalten und zu erweitern, ging sie mit. Irgendwann müssen die Kinder ja auch entstanden sein ...«

Cora sah ihn zweifelnd von der Seite an. Er schien das alles zu glauben, das waren doch sicher die üblichen Geschichten, wie die Historiker sie verbreiteten. Aber wenn sie ihn jetzt unterbrach, würde er noch länger reden. Also schwieg sie und betrachtete nachdenklich das Straßenbild.

»So groß war die Liebe, dass sie praktisch unzertrennlich waren. Sie hatte wohl auch großen Einfluss auf seine Politik; er vertraute ihr vollkommen, heißt es. Sie gebar ihre Kinder auf den Feldzügen, und selbst bei dem relativen Luxus eines Kaisers waren das unglaubliche Strapazen. Es kam, wie es kommen musste, sie starb bei der Geburt ihres vierzehnten Kindes. Shah Jahan war so untröstlich, dass er sich schwor, ihr das schönste Denkmal zu setzen, das Liebe errichten konnte. Er persönlich wählte die Lage am Fluss Yamuna aus, er überwachte die insgesamt 26 Jahre dauernden Bauarbeiten. Wir wissen nicht, wer der eigentliche Architekt ist. Aber was dann entstand, findet auf der ganzen Welt nicht seinesgleichen. Man kann es nicht beschreiben, man muss es gesehen haben.«

Cora hatte aufmerksam gelauscht. Eine spannende Geschichte, mochte sie nun wahr sein oder nicht. Das Ergebnis war jedenfalls wahr, und sie wollte es sehen. Aber was hatte das mit Ganesh zu tun? Sie zwang sich zur Ruhe, dieser Anshu war wirklich ziemlich umständlich. Und dass er bestimmte, was zu tun war, hatte er schon deutlich gemacht. Ein traditioneller indischer Mann, trotz aller westlichen Attribute, dachte Cora; die Frau hat hier bei ihm nichts zu sagen. Das war genau das, was sie an Ganesh so schätzte: Er achtete die Frauen. Und das merkte man als Frau sehr schnell. Anshu dagegen ...

»Ganesh«, sagte Anshu in diesem Moment, als könne er Gedanken lesen, »Ganesh hat nun von der Archaeological Survey of India, die für die Erhaltung des Bauwerkes zuständig ist, den Auftrag erhalten, die Stabilität des Taj zu prüfen. Wie schon gesagt, liegt das Grabmal, denn nichts anderes ist es ja, direkt am Fluss Yamuna. Die Architekten hatten vor vierhundert Jahren beim Bau des Fundaments, auf dem der Taj steht, den vom Fluss ausgeübten Wasserdruck einberechnet, um die Stabilität zu gewährleisten. Nun ist aber in den letzten Jahrzehnten durch die Industrialisierung und der damit einhergehenden Wasserentnahme der Flusspegel ständig gesunken, zu manchen Zeiten führt der Yamuna fast kein Wasser mehr! Am Oberlauf werden immer mehr Staudämme gebaut, Sie kennen das Thema ja von Ihrem Tibetabenteuer. Der Druck auf das Fundament und damit die Voraussetzung für die Stabilität haben sich daher massiv verändert. Es gibt Kritiker, die sagen, dass der Taj vom Einsturz bedroht sei, denn ohne den Gegendruck des Wassers beginnt das Fundament sich zu verschieben. Ganeshs Aufgabe ist es, die Situation zu prüfen und Lösungsvorschläge zu erarbeiten.«

Coras berufliches Interesse war jetzt geweckt. Staudämme am Oberlauf des Yamuna? Die ganze Problematik des Staudammbaus in Asien hatte sie ja gerade erst in China kennengelernt, als es beinahe zu einer Umweltkatastrophe gekommen wäre. Dass der Bau solcher Talsperren aus umweltpolitischen Gründen umstritten war, war bekannt; natürlich sank auch der Wasserdruck unterhalb eines solchen Staudammes. Das führte in Flussdeltas wie in Bangladesch dazu, dass Meerwasser verstärkt in die Mündung hineindrängte und das angrenzende Land versalzte. Aber dass dies nun auch dazu führen könnte, das berühmteste und schönste Grabmal der Welt zu gefährden, hatte sie nicht gewusst. Cora wurde langsam ungeduldig. Sie dachte und handelte schnell, und Anshus gründliche Einführung in das Thema Taj Mahal dauerte ihr einfach zu lange.

»Aber das ist nicht alles. Es gibt da noch etwas, und das macht mir wirklich Sorgen. Ganesh hat seine Nase in Dinge gesteckt, die ihn nichts angehen. Das ist auch in Indien sehr gefährlich. Bei der Recherche zum Wasserpegel des Yamuna und der industriellen Tätigkeit in der Region fiel ihm auf, dass zwischen manchen Flussabschnitten und den Großbaustellen in Agra reger Lkw-Verkehr herrschte. Nun sind fahrende Lkw ja nichts Besonderes, aber warum genau in Flussnähe? Er verfolgte auf eigene Faust diese Transporte und fand heraus, dass die Bauherren den Sand, der zur Herstellung von Zement erforderlich ist, aus dem Fluss baggerten und dann auf Lkw verluden. Verstehen Sie? Ohne Beton keine Gebäude, ohne Zement kein Beton. Und ohne Sand kein Zement! Also ohne Sand keine Gebäude!«

Cora sah Anshu verständnislos an. »Ja, schon, ist ja klar. Aber was ist daran so tragisch? Natürlich braucht man Sand zum Bauen, das weiß doch jedes Kind. Wo ist das Problem? Wenn wir von etwas genug auf dieser Welt haben, dann doch Sand! Bei uns sagt man, wenn es von einer Sache unendlich viel gibt: Das gibt es wie Sand am Meer! Und da haben wir die Wüsten nicht einberechnet.«

Anshu sah sie kurz an, dann schüttelte er den Kopf. »Nein, Cora, Sie irren sich. Es gibt nicht genug Sand. Weder am Meer noch sonst wo. Es gibt zu wenig Sand zum Bauen. Das ist ja das Problem. Sand wird gestohlen. Weltweit. Das ist ein irres Geschäft. Vollkommen von der Mafia beherrscht. Ich bin Bauunternehmer, glauben Sie mir. Und Ganesh hat genau in diesem Wespennest gestochert. Und jetzt ist er verschwunden. Wenn ihn die Sandmafia hat, ist er ... ähm, in großer Gefahr.«

»Sandmafia? Was ist das denn?« Cora war jetzt hellwach und saß kerzengerade in ihrem Sitz. »Davon habe ich noch nie gehört!«

Anshu schien zu zögern, dann fragte er vorsichtig: »Aber Ganesh muss Ihnen doch davon erzählt haben? Sie wissen doch sicher, was es mit seinen Nachforschungen auf sich hat?«

»Nein!« Cora schüttelte entschieden den Kopf, sodass ihre Locken vor ihrem Gesicht herumwirbelten. »Ich weiß gar nichts! Ich kam hierher, um meinen Freund zu treffen, und jetzt erzählen Sie, er sei in Lebensgefahr, der Taj Mahal würde einstürzen, und Ganesh habe die Sandmafia gegen sich aufgebracht! Verdammt, ich will jetzt endlich wissen, wo er ist! Sie erzählen mir hier endlose Geschichten, aber nichts über Ganesh!« Ihre Stimme zitterte, wie sie zu ihrem eigenen Erstaunen bemerkte, und unwillkürlich schossen ihr Tränen in die Augen. Das kannte sie so gar nicht von sich, so schnell weinte sie nie. Rasch wandte sie ihr Gesicht von Anshu ab, damit er ihre Tränen nicht sah.

Anshu wollte zu einer deutlichen Erwiderung anzusetzen, aber dann schwieg er. Diese Deutsche war anders als indische Frauen, die konnte er nicht einfach anherrschen und sie fügte sich. Besser, er war einfach ruhig, sie würde schon lernen, wie Indien funktionierte. Jetzt waren sie sowieso kurz vor dem Ziel. Er bog in eine kleine, dunkle Seitenstraße ein. Sie waren eben an einer Metrostation vorbeigekommen, Huda Station, das hatte Cora registriert, und fuhren jetzt durch eine Einfahrt in ein exklusives Wohnviertel. Vorbei an teuer aussehenden Villen, erreichten sie nach wenigen Hundert

Metern eine große Einfahrt, ein Hotel wohl. Nein, ein Club, *Club Patio* stand auf einem goldenen Schild. Anshu hielt und öffnete die Seitentür für Cora.

»Ich habe Sie hier untergebracht, hier wird Sie niemand suchen. Das ist ein privater Club, kein öffentliches Hotel. Ich weiß, dass Sie in Deutschland einen Freund in Not mit nach Hause nehmen würden, aber hier in Indien geht das nicht. Ich bin unverheiratet, und es ist völlig unmöglich, eine – noch dazu ausländische – alleinstehende Frau mit nach Hause zu bringen. Meine Eltern würden das nicht verstehen, und erst die Nachbarschaft … Tut mir leid, aber hier sind Sie sicher. Ich hole Sie morgen früh ab, und dann sehen wir weiter. Okay? Versuchen Sie zu schlafen, ich bin um acht Uhr wieder hier.« Ohne eine Antwort abzuwarten, die Cora schon sehr deutlich auf der Zunge lag, stieg er wieder in seinen Jeep und brauste davon.

Da stand sie nun, mit ihrer Reisetasche, allein in einem Club oder was auch immer, und wusste nicht, was tun. Schlafen? Jetzt? Nach alldem, was sie eben gehört hatte? Unmöglich. Aber sie kannte niemanden in Delhi, dem sie vertrauen konnte, außer eben Anshu, und der war weg. Auch wenn es sehr beruhigend war, dass er sich um sie kümmerte. Und Ganesh, wo war er? Was machten sie mit ihm? Und was konnte sie tun? Cora war nicht der Typ, der sich jetzt schlafen legen konnte, voller Vertrauen, dass Anshu alles regeln würde. Sie musste etwas unternehmen. Aber was? Und wieso war sie hier sicher? Sie hatte nicht gewusst, dass sie in Gefahr war.

Während sie mit dem Schlüssel, den eine freundlich lächelnde junge Frau, gekleidet in einen wunderschönen blauen Salwar, ihr gegeben hatte, die Treppe zu den Zimmern emporstieg, fiel ihr Blick auf eine Reihe von teuren Geschäften im Erdgeschoss, die noch geöffnet hatten. Eines war ein

Schönheitssalon, eine Mischung aus Kosmetikgeschäft und Friseur. Nachdenklich ging sie weiter und suchte ihre Zimmertür. Die alte Holztür klemmte etwas, gab dann aber den Blick frei auf ein dunkles, jedoch geräumiges Zimmer. Roter Teppichboden, ziemlich abgenutzt; ein Tisch, zwei Sessel, die ebenfalls nicht sehr vertrauenerweckend aussahen. Nach links ging eine Tür ab, das Bad. Cora schaute kurz hinein: Das sah akzeptabel aus. Als sie sich, noch vollständig angezogen, auf das breite Doppelbett fallen ließ und den sich langsam und quietschend über ihr drehenden Ventilator betrachtete (sie hasste Klimaanlagen, und ganz ohne Belüftung würde sie ersticken), reifte ein Plan in ihr. Es gab nur eines, was sie jetzt tun musste. Ihr Freund war in Lebensgefahr. Sie würde ihn suchen. Gleich morgen früh. Aber vorher gab es noch etwas, das sie zuerst zu erledigen hatte. Mit einem Satz sprang sie wieder auf und eilte zur Tür.

7. Kapitel

Ganesh verstand nicht, warum er geschlagen wurde. Niemand hatte bisher etwas von ihm verlangt, eine Frage gestellt. Im Grunde war es auch egal. Vor wenigen Stunden hatte er nur gehofft, dass es aufhörte, waren es Stunden oder Tage? Inzwischen war ihm auch das egal. Sein ganzer Körper war eine blutige Masse, seine Augen zugeschwollen, er zuckte kaum noch, wenn ihn wieder ein Schlag traf. Plötzlich hörte er zum ersten Mal eine Stimme.

»So. Das sieht doch schon ganz ordentlich aus. Gute Arbeit. Kommen wir zum zweiten Teil. Die Befragung. Verstehst du mich?«

Ganesh war Akademiker. Promovierter Hydroingenieur. Aber kein Intellektueller vom Schlage eines Indiana Jones, der sich gern durch spannende Abenteuer prügelte. Auch wenn er die Filme sehr mochte. Und dann davon träumte, wie er selbst furchtlos und ohne Schmerz die hilflose Schönheit aus den Fängen ihrer Entführer rettete … Diese Schönheit trug immer das Gesicht Coras, natürlich. Aber hier war keine Schönheit, keine Cora, nur Schmerz und Sinnlosigkeit und Verzweiflung. Und so nickte er mühsam. Er konnte nicht sehen, wer ihn da befragte, aber die Stimme klang ruhig und entspannt, und das war besser als alles andere. Sie würde ihm helfen, das wusste er.

»Sehr schön.« Die Stimme klang zufrieden. »Also, wirst du tun, was wir verlangen? Ein einfaches Ja als Antwort reicht uns. Vorerst. Und wer weiß noch davon? Was weiß sie?«

Was? Sie? Ganesh hatte gedacht, man wolle ihn erpressen, Geld vielleicht, oder seine Arbeit am Taj behindern. Aber »sie«? Wer war sie? Er wollte fragen, aber seine geschwollene Zunge stieß nur einen losen Zahn heraus, der mit Blut und Schleim über sein Kinn und dann auf den Boden fiel.

»Ich werte das mal als eine Antwort, auch wenn sie etwas undeutlich war. Also noch mal: Was weiß sie?«

Ganesh konzentrierte sich. »Wer?«, formulierte er mühsam, er wusste nicht, ob er das wirklich gesagt oder nur gedacht hatte. Dass er es wohl gesagt hatte, machte ihm der unsägliche Schmerz klar, der sofort folgte. Der Faustschlag schleuderte seinen Kopf herum, sodass Ganesh gegen die Wand krachte. Er verlor kurz das Bewusstsein, kam aber gleich wieder zu sich.

»Wer? Ich hätte dich nicht für so dumm gehalten. Wir haben sie unter unserer Kontrolle, also überlege dir die nächste Antwort gut. Was hast du ihr gesagt, was weiß sie? Du hast dich in Dinge eingemischt, die dich nichts angehen, und du wirst dafür bezahlen. Und das ist einfach, du musst uns nur helfen. Sie muss nicht sterben. Es liegt bei dir. Aber gut, wenn du nicht willst, lassen wir die Götter entscheiden. Wir lassen dich jetzt alleine und kommen morgen früh wieder. Dann sehen wir, wie die Götter gewählt haben. Genauer gesagt, ein Gott. Du bist doch ein gläubiger Hindu; du kennst die Attribute des Lord Shiva? Vater des Ganesh, dein eigener Vater also …« Der Mann stieß ein kurzes Lachen aus, das von den Wänden wie ein Echo widerhallte. »Und was glaubst du, wie lange deine deutsche Freundin durchhalten wird?«

Ganesh war kaum mehr bei Bewusstsein, aber nach und nach drang die Bedeutung dessen, was die Stimme ihm gesagt hatte, zu ihm vor. Seine deutsche Freundin? Es ging um Cora, seine Cora. Sie wussten von ihr. Sie hatten sie in ihrer Gewalt. Und was hatte der Mann noch gesagt? Mühsam konzentrierte er sich und versuchte sich zu erinnern. Irgendetwas mit Shiva ... Shiva war der Zerstörer in der hinduistischen Trinität, bestehend aus Brahma, dem Schöpfer, Vishnu, dem Bewahrer, und eben Shiva. Aber er stand auch manchmal für alle drei Qualitäten. Er hatte, wie alle Götter des hinduistischen Pantheon, viele Attribute, mit denen er in der Malerei oder der Bildhauerei dargestellt wurde. Die Mondsichel, den Speer, Wasser, das aus seinen Haaren floss, ein Dreizack ... Um welches ging es? Was meinte der Mann mit: »wie lange sie durchhalten wird«?

Ganesh hörte, wie sich die Schritte etwas entfernten, dann war plötzlich Stille. Wo waren sie hingegangen? Es gab doch keinen Ausgang! Was würde jetzt passieren? Was hatte der Typ gemeint, als er sagte, Shiva solle entscheiden? Er versuchte, sich noch einmal das Bild Shivas vor Augen zu führen. Er hatte ihn so oft gesehen, jedes Kind in Indien kannte den Schöpfer, den Bewahrer, den Zerstörer, oft, auf einem Bein tanzend und in einem Kreis abgebildet, das Universum darstellend, das er zerstörte und gleichzeitig neu erschuf: Nataraja. Ganesh dachte daran, wie er selbst vorhin auf einem Bein tanzend durch den Raum gehumpelt war; war er Shiva oder dessen Sohn, Ganesh, er wusste nicht mehr, was er denken sollte.

In diesem Moment hörte er ein leises Zischen, nicht weit entfernt von ihm. Dann Stille. Dann wieder dieses Zischen. Und mit einem Mal wusste er, welches der Attribute Shivas die Stimme gemeint hatte.

8. Kapitel

Es war fünf Uhr morgens, als Cora den Club verließ. Der Himmel strahlte schon hellblau, zahllose Vögel zwitscherten fröhlich durcheinander, und die unvermeidliche Hitze des beginnenden Tages war schon jetzt zu erahnen. Sie trug nur das Nötigste bei sich und hatte alles in einen kleinen Rucksack gestopft, den sie im Club erstanden hatte. Ausgecheckt hatte sie vorsichtshalber nicht, um keinen Verdacht zu erregen. Nicht einmal Ganesh würde sie auf den ersten Blick erkennen, so sehr hatte sie sich seit gestern Abend verändert. Aber sie hatte es in Anbetracht ihrer Pläne für besser gehalten, möglichst wenig aufzufallen. Im Friseursalon hatte ihre Bitte, die Haare etwas zu kürzen, zu glätten und schwarz zu färben, blankes Entsetzen ausgelöst. So wunderschöne blonde Haare! Färben! Wie sähe das denn aus! Und die Locken abschneiden, um die Millionen Inderinnen sie beneiden würden! Schließlich hatte sie es doch geschafft, indem sie von ihrem zukünftigen Ehemann redete, der das verlangte … Das verstanden die Mädchen, die sich um sie kümmerten. Wenn die Familie des Ehemannes das verlangte, konnte man nichts machen. Als Frau hatte man zu gehorchen, schließlich zogen die meisten Inderinnen, auch die wohlhabenden, nach der Heirat in das Haus oder die Wohnung der Schwiegereltern.

Und dort hatte die Schwiegermutter das Sagen. Da mussten auch die Haare gefärbt werden, das sah man ein. In der Schicht, aus der die Mädchen stammten, war Gehorsam gegenüber der Familie selbstverständlich. Ein Leben, wie Cora es führte, ohne Mann, selbstbewusst, beruflich erfolgreich, wäre unvorstellbar. Und da es unvorstellbar war, war es für sie ebenso klar, dass das Färben der Haare nicht Coras Idee gewesen sein konnte, so wie es in Deutschland klar gewesen wäre, dass eine Frau selbst über ihre Frisur entschied. Also trug Cora jetzt eine – für indische Verhältnisse ungewöhnlich freche – Kurzhaarfrisur, pechschwarz. Und einen schlichten, weiß-blauen Salwar Kameez, das typisch indische lange, lässig fallende Oberteil, das bis über die Knie reichte, und darunter eine sehr weite Hose, an der Hüfte zusammengebunden und an den Knöcheln eng anliegend. Sehr bequem, und vor allem fiel sie damit nicht auf. Die meisten jungen Inderinnen trugen so etwas, in ihrer Freizeit ebenso wie am Arbeitsplatz. Der Sari war meist festlichen Anlässen vorbehalten, und enge Jeans waren nicht angebracht, hatten die Mädchen ihr erklärt. Höchstens abends in der Disco. Natürlich sah man bei einem Blick in ihr Gesicht, dass sie keine Inderin war, aber eben auch erst dann. Erst mal fiel sie nicht weiter auf, zumal sie auch nicht sehr groß war. Nur ihre bequemen Turnschuhe hatte sie anbehalten; die indischen Sandalen waren ihr zu hinderlich. Vielleicht musste sie ja doch rennen …

Rasch ging sie die Straße entlang, die Anshu gestern mit ihr genommen hatte, als er sie im Club ablieferte. Es waren nur wenige Hundert Meter zu der Metrostation, die ihr gestern aufgefallen war. Ein Hund kläffte sie an, lief dann aber desinteressiert weiter. Ein Moped überholte sie, ein junger Inder auf dem Rücksitz grinste sie an. Sie reagierte nicht, das war der beste Schutz, beschleunigte aber dennoch ihre

Schritte. In dieser Seitenstraße waren nur wenige Menschen unterwegs; eine alte Frau, in einen verblichenen Sari gekleidet, schleppte zwei offenbar schwere Taschen; hatte sie Einkäufe erledigt? Sicher war sie eine Angestellte in einer der luxuriösen Villen, die die Straße säumten. Hier kaufte niemand selbst ein, mehrere Hausangestellte, ein Fahrer, ein Gärtner waren das Mindeste, hatten die Mädchen im Club Cora erzählt. Und warum auch nicht? So hatten auch die, die keine Ausbildung erhalten hatten, eine Anstellung und konnten ihre Familien ernähren. Vor einem der schweren Eisentore gähnte ein Wächter, er trug eine Uniform, um auf seine Bedeutung hinzuweisen; in der Hand hatte er einen Schlagstock, mit dem er bedeutungsschwer und völlig sinnlos herumfuchtelte. Sein beeindruckender Schnurrbart war sorgfältig eingeölt und verlieh ihm zusätzliche Kompetenz. Er sah Cora nicht einmal an, gut. Sie fiel also nicht gleich auf. Als sie weiterging, sah sie eine ganze Familie schwarzer Schweinchen am Straßenrand im Dreck wühlen. Diese Diskrepanz zwischen arm und reich, alles gleichzeitig und dennoch Welten voneinander entfernt, davon hatte sie viel gehört. Wie konnte es sein, dass in einem Villenviertel ein Schwein im Dreck wühlte? War das jetzt Reichtum oder Armut? In Indien schienen die Übergänge fließend zu sein.

Sie ging weiter die Straße entlang, dann hielt sie sich rechts, und kurz vor dem Überqueren der breiten, von Bäumen gesäumten Straße sah sie schon die großen Stelzen der Hochbahn, denen sie nur zu folgen brauchte. Sie plante, mit der Metro zum Bahnhof zu fahren und dann einen Zug nach Agra zu nehmen. Irgendwie würde das schon gehen, so viel Englisch konnten die sicher hier. Und es stand alles auch auf Englisch angeschrieben; Bahnhof und Agra würde sie schon schaffen. Im Club hatte sie noch gestern Abend Geld gewechselt, sie musste ja auch den Friseur bezahlen. Als sie die Straße überqueren wollte, auf der sich schon jetzt ein dichter Stau aus Luxuskarossen und Mopeds, gelb-schwarzen Taxis und grün-gelben Rikschas gebildet hatte, in dem alles wild hupte und die Fahrer sich gegenseitig beschimpften, ohne jedoch selbst Rücksicht auf irgendwelche Verkehrsregeln zu nehmen, sah sie gegenüber einen Taxistand. Oder jedenfalls standen dort viele Taxis herum. Das wäre doch auch eine Idee! Mit dem Wagen nach Agra. Ob das teuer war? Sie näherte sich vorsichtig einem Fahrer, dessen Fahrzeug relativ neu und somit vertrauenerweckend aussah. Er hob nicht einmal den Kopf, als die junge Inderin vor ihm stand; erst als sie Englisch sprach, sah er sie an. Und wurde wach. Agra? Eine Ausländerin? Heute war sein Glückstag. Er kratzte sich am Bauch, der unter dem schmutzigen Hemd hervorquoll, spuckte einen undefinierbaren roten Saft auf die Straße, schüttelte begeistert den Kopf und bedeutete ihr einzusteigen. Cora war verwirrt. Erst schüttelte er den Kopf, dann sollte sie doch einsteigen? Dann fiel ihr ein, was Ganesh immer erklärt hatte: Das indische Kopfwackeln bedeutete so viel wie Ja. Meistens jedenfalls … halt, erst den Preis klären. Sie war in Südamerika oft betrogen worden, da hatte sie viel gelernt. Aber da sie keine Ahnung hatte, was ein fairer Preis gewesen wäre, konnte sie ja schlecht handeln. Also fragte sie vorsichtig: »How much to Agra?«

Der Fahrer dachte kurz nach, grinste dann, wobei seine durch den Saft rötlich verfärbten Zähne zum Vorschein kamen, kratzte sich wieder, diesmal zwischen den Beinen, und antwortete dann: »Half a lakh!«

Was sollte das denn heißen? Lakh? Die Währung hieß doch Rupie. Während Cora noch unschlüssig dastand und zwischen Ekel vor dem Typ und dem Vorteil einer bequemen Taxifahrt abwog, hörte sie eine Stimme von der Seite: »Miss, no. Too much. Don't pay. Four thousand is fine!«

Sie sah sich um. Ein anderer Fahrer, er trug moderne Jeans und ein sauberes weißes Hemd und lehnte an einem uralten Wagen – die Marke hatte sie noch nie gesehen –, sah sie freundlich an. Er schien deutlich jünger als der andere, ja er war sogar noch sehr jung, höchstens Anfang zwanzig, schätzte sie. Und er kratzte sich nicht, an keiner Körperstelle. »Six thousand for one day. Four thousand for half day okay. Miss.«

Sofort erhob sich eine lautstarke Diskussion, an der sich spontan der gesamte Taxistand und mehrere zufällig Vorbeikommende beteiligten. Ging es um die Höhe des Preises? Oder nur darum, wer die junge Dame betrügen durfte? Während die Diskussion immer lauter wurde und sich ein dichtes Knäuel aus schreienden und gestikulierenden Männern um Cora zu bilden begann, war der Fahrer, den sie ursprünglich angesprochen hatte, vor allem wütend darüber, dass ein Kollege ihm das Geschäft vermasselte. Cora sah sich plötzlich im Mittelpunkt genau der Aufmerksamkeit, die sie doch hatte vermeiden wollen. Sie drehte sich um und wollte schon Richtung Metro entweichen, als sich ihr Blick mit dem des jungen Fahrers traf, der ihr einen anderen, angeblich ausreichenden Preis genannt hatte. Er lächelte noch immer freundlich und beteiligte sich nicht an der Diskussion, sondern lehnte seelenruhig an seinem Fahrzeug. Das gab den Ausschlag. Sie drängelte sich rabiat durch die Männer, die den eigentlichen Anlass ihrer Auseinandersetzung vergessen hatten und nur noch Spaß an der Schreierei an sich zu haben schienen, stieß einen, der nicht weichen wollte, unsanft beiseite und stand plötzlich direkt vor dem schwarzen Taxi mit gelbem Dach, an dem der junge Inder lehnte. Cora deutete auf sein Fahrzeug, er nickte (das gab es also auch!), und sie stieg rasch ein. Unbe-achtet von der Menge, der sich jetzt ein Polizist mit erhobenem Schlagstock näherte, stieg auch ihr Fahrer ein, kurvte vorsich-tig auf die Straße und fädelte sich rasch in den Verkehr ein. In Indien hieß das offensichtlich, dass man einfach losfuhr und die von hinten kommenden Fahrzeuge entsprechend abbrem-sen mussten. Blinken oder in den Rückspiegel schauen, ob die Straße frei war, schien sinnlos. Es war ja nie frei.

Cora war froh, dass sie dem Getümmel erst mal entkom-men war. Der Fahrer schien okay zu sein, er beobachtete sie aufmerksam im Rückspiegel, und seine schwarzen Augen blitzten vor Genugtuung, den Kampf um die lukrative Tour gewonnen zu haben. Wortlos schaltete er das Radio ein, und sofort erfüllte fröhliche Bollywood-Musik den Innenraum. Das Chaos um sie herum, der normale Morgenverkehr des erwachenden Delhi, nahm zu. Hupen, Schreien, abruptes Bremsen. Die Sonne war inzwischen stärker geworden, der Himmel war erstaunlich blau, und ein heißer Tag kündig-te sich an. Der Fahrer drehte die Klimaanlage höher, sodass Cora eiskalte Luft aus den Düsen am Fahrzeughimmel ent-gegenblies. Sie lehnte sich zurück, schloss kurz die Augen und freute sich dann auf eine mehr oder weniger entspannte Fahrt von hoffentlich wenigen Stunden. Sicher besser als im Getümmel der U-Bahn. Dann fiel ihr der Zettel ein, den sie am Vorabend beim Geldumtausch erhalten hatte. Da stand der Umtauschkurs, ein Euro entsprach etwa fünfundsiebzig Rupien. Also waren viertausend Rupien ungefähr fünfzig Euro. Für drei Stunden Fahrt schien ihr das angemessen. Und was hatte der andere verlangt? Half a lakh?

»Excuse me, how much is one lakh?«, fragte sie den Fahrer. Er lachte laut und wackelte fröhlich mit dem Kopf. »Miss, one lakh is one hundred thousand. Half a lakh is fifty thousand.«

Fünfzigtausend! Da hatte er sie ja ordentlich zu betrügen versucht. Das waren über sechshundert Euro! Also gab es hier die Bezeichnung lakh für Hunderttausend.

»Miss, you go to Agra? See Taj Mahal? I can be your guide. Okay?«

Hm. Sie wollte nach Agra, hatte sie gestern beschlossen, sie musste Ganesh finden. Aber wo sollte sie anfangen? Eine Besichtigung des Taj würde ihr vielleicht einen ersten Anhaltspunkt bringen. Ein anderes Ziel hatte sie sowieso nicht.

»Okay, you show me the Taj. How much?« Cora war vorsichtig geworden.

Er lachte wieder. »Now you know price. I give you special price. Only for good friend. One day, six thousand. Plus guide for Taj, two thousand. So eight thousand and this evening back to Delhi!«

Erwartungsvoll sah er sie im Rückspiegel an. Aber sie wollte doch gar nicht zurück.

»Not back to Delhi«, sagte sie. »Stay in Agra. You know hotel?« Automatisch hatte sie seinen schlichten Satzbau übernommen. Sein Englisch war nicht gut; es sprachen wohl doch nicht alle Inder fließend Englisch, wie sie geglaubt hatte.

Er wackelte mit dem Kopf. »Yes, Miss. Very good hotel. Best hotel in Agra. We go. First visit Taj Mahal, then hotel, fine?«

Das klang doch gut. Jetzt musste sie nicht ihren Weg durch den vermutlich chaotischen Bahnhof von Delhi suchen, sondern saß bequem in einem Auto und hatte sogar einen Guide für den Taj. Alles Weitere würde sich finden.

Während sie auf eine vierspurige Schnellstraße abbogen und der Verkehr sich etwas entspannte, betrachtete Cora die handtellergroße Heiligenfigur, die auf dem Armaturenbrett klebte. Ein tanzender Gott, in einer Art Kreis auf einem Bein balancierend. Aus Plastik, so schien es, und mit einer kleinen Blumengirlande um den Hals.

»Who ist that?«, fragte sie und deutete auf die Figur.

»Nataraja. Lord Shiva, Miss. Very good. Dancing, fighting against evil. See? Snake around his head. He stronger than deadly snake. Name of statue Nataraja.«

Nataraja? Das war doch das, was ihr der Professor im Flugzeug gesagt hatte? Cora war verwirrt. Wie hatte er wissen können, dass sie so eine Figur sehen würde? Lord Shiva kämpfte gegen das Böse und war also stärker als eine tödliche Schlange. Und diese Statue eines tanzenden Gottes Shiva hieß Nataraja. Wieso nannte er den Gott »Lord«? Sie musste das unbedingt überprüfen, im Hotel, sobald sie ein Netz hatte. Hoffentlich war dieser Shiva auch stark genug für den indischen Verkehr. Eben überholte sie ein vollbeladener Lkw in halsbrecherischer Fahrt, obwohl doch auf der Gegenfahrbahn ein Bus heranbrauste! Gerade noch rechtzeitig gelang es dem Lkw-Fahrer, sich wieder vor Coras Taxi einzufädeln. Mit durchdringendem Hupton sauste der Bus an ihnen vorbei. Das war knapp, dachte Cora. Ihr Fahrer dagegen war völlig unbeeindruckt; er tippte etwas in sein Handy, während er mit einer Hand lenkte und gleichzeitig Cora im Rückspiegel musterte, amüsiert über ihre großen Augen, mit denen sie dem Bus hinterherblickte.

Während Cora, in einem schwarz-gelben Taxi Richtung Agra fahrend, den Fahrer bewunderte, der sich durch den unglaublich chaotischen Verkehr kämpfte, wusste sie nicht, dass ihr Ganesh, ihr bester Freund, der sie so liebte, in diesem Moment ebenfalls kämpfen musste. Er kämpfte um sein Leben, und das auch ihretwegen. Und der Gegner war schnell. Und absolut tödlich.

9. Kapitel

Khan saß in einem der bequemen, beigen Korbsessel unten am Wasser, direkt vor dem *Fullerton Bay Hotel*, und blickte, den obligatorischen und dann doch enttäuschenden Singapore Sling in der Hand, auf die beeindruckende Skyline des *Marina Bay Sands Resort*. Schon der Name und hier vor allem das Wort *Sands* gefiel ihm; schließlich war die teuerste Kasinoanlage der Welt wortwörtlich auf Sand gebaut worden, auf von ihm gelieferten Sand. Hier, wo er jetzt gerade saß, war vor zwei Jahrzehnten nur Wasser gewesen. Aber der Sand von den umliegenden Inseln hatte seinen Zweck erfüllt. Natürlich kam er von indonesischen Inseln, und natürlich war er nicht legal hierhergekommen. Aber eine Mischung aus korrupten Politikern und gewöhnlichen Piraten hatte zu einem schwunghaften Handel mit dem begehrten Gut geführt, das Singapur so dringend benötigte: Sand.

Die Löwenstadt. Singapur. Beeindruckend in ihrer Sauberkeit, um nicht zu sagen Sterilität. Das war für viele der Einstieg nach Asien, Asien light gewissermaßen. Wer Asien erwartete, war oft enttäuscht; Singapur war zu sauber, zu perfekt. Chinatown und Little India waren für Touristen nett hergerichtet, aber das kulturell noch authentische Leben, das sich dort so abgespielt hatte wie in den Heimatländern seiner

Bewohner, das gab es schon lange nicht mehr. Ein Stadtstaat, eine stark zentralistisch geführte Regierung, klare Regeln, viel Geld. Aber zu klein! Die Bevölkerung war innerhalb weniger Jahre von etwa zwei Millionen auf über fünf Millionen gewachsen, und die wollten wohnen. Irgendwo musste man Häuser errichten, aber die Insel Singapur war zu klein. Also hatte die Regierung schon früh begonnen, künstlich neue Gebiete aufzuschütten. Und dazu brauchte man Sand.

In nur vierzig Jahren hatte sich die Fläche Singapurs um hundertdreißig Quadratkilometer, ein Fünftel der ursprünglichen Fläche, vergrößert. Und Khan hatte seinen Anteil daran gehabt. Er hatte dazu beigetragen, dass Singapur einer der größten Sandimporteure der Welt wurde. Zum Nachteil Indonesiens, Malaysias, Vietnams, die alle inzwischen den Verkauf von Sand an Singapur verboten hatten. Kein wirkliches Problem für den Nachschub, nur dass man jetzt manchmal den Umweg über kambodschanische Zwischenhändler gehen musste. Was den Preis substanziell in die Höhe getrieben hatte. Krieg war schlecht fürs Geschäft, und von Krieg um Sand hatten die Zeitungen schon lange geschrieben. Oder wie sollte man es sonst nennen, wenn Singapur Diebe dafür bezahlte, bei Nacht und Nebel ganze Strände zu stehlen? Erst neulich war wieder eine Journalistin bei ihm gewesen, die eine Stellungnahme von ihm hatte haben wollen. Auch Greenpeace zeigte sich besorgt, dass zahlreiche der kleineren Inseln verschwinden könnten. Diese wiederum dienten als Schutz für die großen Inseln, Schutz vor Tsunamis und Stürmen.

Khan winkte dem livrierten Kellner, der schon bereitstand. Er hasste diese Doppelmoral, einerseits das Verschwinden der Inseln aus Sand zu beklagen, aber andererseits mit Wohnungsbau auf dem neu aufgeschütteten Sand Politik zu betreiben und das sogar im Wahlkampf auszunutzen. Er war Unternehmer, es gab einen Bedarf nach Sand, und er befriedigte die Nachfrage. So einfach war das. Für Moral war da kein Platz. Und was interessierten ihn die geopolitischen Auswirkungen? Ja, natürlich, wenn noch mehr Inseln verschwanden, würde sich die Landfläche Indonesiens verringern, also auch das Indonesien zustehende Seegebiet. Und gerade hier, in der Straße von Malakka, wie die Meerenge zwischen Singapur im Norden und der Spitze des indonesischen Sumatra im Süden genannt wurde, war das höchst brisant. Aber das war nicht sein Problem. Auch Malaysia lamentierte, es würden täglich über siebenhundert Lkw-Ladungen voller Sand die Grenze nach Singapur überqueren. Wer war denn zuständig für die Grenzkontrollen? Der Staat doch wohl. War doch nicht seine Schuld, wenn sogar von touristischen Inseln wie Langkawi der begehrte Sand verkauft wurde. Es gab genug Beamte, die für entsprechende finanzielle Zuwendungen oder sexuelle Gefälligkeiten wegschauten.

Khan zahlte und ließ ein großzügiges Trinkgeld liegen. Mit Kellnern musste man sich gut stellen, die hatten immer sehr gute Informationen, welcher Gast sich wo aufhielt und welche Vorlieben er hatte. Und auf sein nächstes Gespräch war er daher auch bestens vorbereitet. Er hatte sich sogar spezielle Lektüre über den Taj Mahal organisiert, um sich über die Baugeschichte des Mausoleums zu informieren. Vor allem über einen ganz speziellen Aspekt des Baus.

10. Kapitel

Er wusste nicht genau, wo sich die Schlange befand. Aber das Zischen war bedrohlich, und er war sich sicher, dass sie das Tier gereizt hatten, bevor sie gegangen waren. Schlangen sind furchtsame Tiere, sie verschwinden, wenn sie sich gestört fühlen. Wenn man in Indien aufwuchs, kam man früher oder später mit ihnen in Kontakt. Nicht in der Großstadt Mumbai, wie in Ganeshs Fall, aber in seinem Sommerhaus in Mahableshwar, auf dem Weg nach Pune, in den Bergen. Dort gab es viele Schlangen, wie überall in Indien, auf den Feldern, in Höhlen, im Gras. Tausende Inder starben jedes Jahr durch Schlangenbisse. Man verfiel nicht gleich in Panik, aber jeder kannte die Gefahr. Schlafende Babys wurden in den Hütten ihrer Eltern gebissen; auf dem Dorf war es nicht ungewöhnlich, dass die Mutter aufwachte, weil sie ein Zischen hörte und wusste, ihr Baby war in Gefahr, direkt neben ihr, auf dem Boden schlafend. Das waren zumeist Giftschlangen, kleine, selbst schreckhafte Tiere, die schnell verschwanden, wenn man mit einem Stock nach ihnen schlug. Aber es gab auch andere. Die waren, begegnete man ihnen doch einmal, ebenfalls schreckhaft und versuchten zu fliehen. Nur wenn ihnen das nicht gelang, nahmen sie ihre Drohstellung ein: den Kopf mit der charakteristischen

Zeichnung hoch erhoben; die beiden schwarzen Flecken links und rechts hatten auch zu der Bezeichnung Brillenschlange geführt. »Naja naja« nannten die Inder diese Art. Sie wiegten den Kopf hin und her, als überlegten sie noch, ob der Gegner es wirklich wert sei, dann stießen sie ruckartig und blitzschnell vor und bissen zu. Die Toxine dieser Schlange wirkten neurotoxisch, lähmten also das Nervensystem, Atemstillstand war die tödliche Folge. Ganesh wusste all das, und es half ihm nicht. Er konnte nichts sehen, so zugeschwollen waren seine Augen; er hörte, wie das Zischen näher kam, und er konnte nichts tun. Das war ohnehin wohl das Beste: nichts tun. Sich ruhig verhalten, keine Bedrohung für das Tier darstellen. Wenn es wirklich eine Kobra war, hatte er sonst keine Chance.

So blieb er denn sitzen, auf dem eiskalten Boden, unterdrückte das Wimmern, das der Schmerz ihm aufzwingen wollte. Sein ganzer Körper ein einziger Schmerz. Jetzt hörte das unheimliche Geräusch auf, das die Kobra machte, als sie sich über den Boden wand, langsam auf ihn zukommend. Zumindest sah er sie vor seinem geistigen Auge; die Fantasie ließ ihm wenig Spielraum. Sie musste sich aufgerichtet haben, direkt vor ihm; er spürte geradezu körperlich ihre Nähe, sah sie, ohne sehen zu können. Ganesh versuchte, absolut unbeweglich zu verharren. Ihr keinen Anlass zu bieten zuzubeißen. Spürte sie die Hilflosigkeit ihres Opfers? War dies der Moment, in welchem sie ihren Körper hin und her wog? Der Moment, in dem sein Leben entschieden wurde, oder besser: sein Tod? Vieles hätte er sich vorstellen können: ein Unfall am Taj, ein Tod in Zusammenhang mit seinen Arbeiten als Hydroingenieur, die nicht immer ungefährlich waren, ein Autounfall auf den halsbrecherischen Fahrten von Delhi hinauf in den Himalaya, nach Rishikesh, in die heilige Stadt, die er so liebte. Dort, am Ganges, hatte er die Asche seines Vaters in die Fluten gegeben. Alles hätte er akzeptiert. Aber in den seit Jahrhunderten unzugänglichen Verliesen des Taj Mahal von einer Kobra getötet zu werden? Wenn es allerdings für ihn so hatte kommen sollen, so musste er es annehmen. Immerhin, die Kobra, als Begleiterin des Shiva, das passte. Besaßen die Götter Humor?

Plötzlich zuckte er zusammen, der furchtbare Schmerz durchlief wieder seinen Fuß. Das Zucken reichte, und das wurde ihm blitzschnell bewusst, um der Schlange eine Bedrohung zu signalisieren. Und dann, trotz seiner Schmerzen, trotz des Blutes, das ihm über den Kopf und den ganzen Körper lief, trotz der unendlichen Müdigkeit, der Verlassenheit, spürte er etwas. An seinem Fuß. Sie hatte ihn gebissen. Obwohl er vor Schmerzen fast bewusstlos war, hatte er doch den Biss, wenn auch nur als dumpfe Berührung, gespürt. Oder war das kein Biss gewesen? Nur Einbildung? Er wartete darauf, dass ein weiterer Schmerz seinen Fuß durchzucken würde. Aber was er dann fühlte, war eine Berührung im Gesicht. Etwas war auf seinem Gesicht, auf seinen Augen, was war es? Was in Lord Shivas Namen konnte ihn jetzt im Gesicht berühren, wo doch nur er und die Kobra im Raum waren? Wurde er wahnsinnig, bildete er sich dies alles nur ein?

Und dann wusste er es. Die Kobra hatte ihn angespuckt. Manche Arten konnten das, über mehrere Meter Entfernung spuckten sie ihrem Feind das Gift direkt in die Augen. Das führte unweigerlich zu Verätzung und dann zu Blindheit. Er spürte etwas seine Wange herunterrinnen. Tödliches Kobragift, das aus seinen Augen lief. Und es vermischte sich mit seinen Tränen, als ihm klar wurde, dass er nie wieder würde sehen können. Dann begriff er, dass das keine Rolle spielte. Er würde an dem Biss sterben, bevor er erblindete.

Ganesh schrie auf, es brach aus ihm heraus, der Schrei eines Wahnsinnigen oder doch zumindest der Schrei eines, der Angst hatte, wahnsinnig zu werden, wahnsinnig zu sein.

Das seltsame Geräusch der sich langsam entfernenden Schlange wurde leiser. Schließlich war es wieder still in der Kammer, seiner Grabkammer, das wusste er jetzt sicher. Und auf dem Boden dieses eiskalten, dunklen Grabes lag ein weinender Ganesh, den Körper gekrümmt vor Schmerzen, und, während ihm sein eigenes Blut und der Speichel der Kobra über das Gesicht liefen, hatte er nur einen Gedanken: Cora! Seine Cora. Wo war sie, was taten sie ihr an?

II. Kapitel

Geradezu zärtlich strich er über den detaillierten Bauplan, der vor ihm ausgebreitet lag. Die ganze Welt bewunderte das Bauwerk als Höhepunkt muslimischer Handwerkskunst; die einzigartige Mischung aus indischen und persischen Einflüssen übertraf alles, was bis dahin und auch später geschaffen worden war. Die Welt verneigte sich vor der Kunst des Islam. Der Garten mit den vier Wasserläufen, der sich vor dem Monument erstreckte, symbolisierte das Paradies. Paradaidha war der altpersische Ausdruck für Garten, daher stammte der in vielen europäischen Sprachen entlehnte Begriff Paradies. Aber er wusste es besser. Er wusste, dass dieses Bauwerk eigentlich ein hinduistischer Tempel gewesen war, bevor Shah Jahan ihn geschändet hatte. Und er war mit seinem Wissen nicht allein.

Viele wussten davon, andere glaubten daran. Ihm selbst konnte es gleichgültig sein.

Ein Tempel von Lord Shiva hatte hier gestanden, auf diesem Platz, den der Shah Jahan dem eigentlichen Besitzer, dem Maharaja von Jaipur, Jai Singh, entrissen hatte, um dieses Denkmal der Schande darauf zu errichten. Das ganze Gerede von der unglaublichen, unzerstörbaren Liebe zwischen dem Mogulherrscher Shah Jahan und seiner Frau, Mumtaz

Mahal, war erfunden. Der Herrscher hatte Tausende von Geliebten gehabt, ein ganzer Harem voll. Wieso sollte er da eine einzige Frau so sehr geliebt haben? Es gab so viele Hinweise auf einen hinduistischen Tempel, der hier gestanden hatte! Und was war mit den geheimnisvollen Kammern unterhalb des Taj? Wieso sollte man überhaupt Kammern unterhalb eines Grabmales bauen, diese dann versiegeln und Hunderte von Jahren nicht öffnen? Wozu brauchte ein Grabmal irgendwelche Räume?

Nein, die Welt sollte davon erfahren. Und dann würde genau das geschehen, was er seit Jahren sorgfältig geplant hatte.

Er hatte nur ein Ziel. Und danach würde seine Zeit kommen, wenn sein großer Plan ausgeführt war, das große Versprechen eingelöst, das er seinem Vater gegeben hatte. Indien, das Indien, wie man es jetzt kannte, würde es so nicht mehr geben. Indien wird zerbrechen, dachte er. Das ist das Ziel. Und dieser Ingenieur, der seine Nase in Dinge gesteckt hatte, die ihn nichts angingen, würde ihn nicht daran hindern! Er lächelte. Dann nahm er einen weiteren Schluck aus seiner Tasse Chai und vertiefte sich wieder in die Details des Plans.

12. Kapitel

He!«, entfuhr es Cora unwillkürlich, als sie gegen den Vordersitz geschleudert wurde. Ein Lkw hatte sich geweigert, Platz zu machen, obwohl Coras Fahrer frontal auf ihn zurast kam. Damit war hier in Indien offensichtlich nicht zu rechnen gewesen, was in der Folge zu einem harten Tritt auf das Bremspedal und einem Ruck am Lenkrad führte, sodass der Wagen gerade noch dem Kühler ausweichen konnte, der sich bereits bedrohlich vor ihm aufbaute. Coras Fahrer lachte nur und strich flüchtig über die Figur Shivas, als ob dieser die Rettung herbeigeführt hätte. Cora fragte sich eher, warum Shiva nicht gleich von vornherein die gefährliche Situation entschärft hatte ... Aber egal. Jetzt war sie wach. Sie schaute auf ihre Uhr. Schon drei Stunden unterwegs! Es konnte nicht mehr weit sein.

»Sorry? Is it still very far?«, fragte sie nach vorn.

»No, Miss. Not far. Very soon!«, war die erhellende Antwort. In Indien bekam man immer die Antwort, es sei nicht mehr weit, erinnerte sich Cora an Ganeshs Worte. Was war schon weit? Oder lange? Cora beschloss endgültig, sich auf dieses Land einzulassen, was blieb ihr auch anderes übrig? Also weg vom deutschen Stress, vom Wissenwollen, warum und wieso und bis wann. Wenn sie da war, war sie da. Es half nichts, sich über etwas Sorgen oder auch nur Gedanken zu machen, wenn man es ohnehin nicht ändern konnte. So wie jetzt die Ankunftszeit beeinflussen. So einfach war das in Indien.

Sie besah sich das Treiben auf der Straße. Lkw, Busse, Autos, Fahrräder, Mopeds, alles fuhr durcheinander. Sie passierten gerade einen kleineren Ort; am Straßenrand sah man spielende Kinder, eine junge Frau trug eine riesige Last auf dem Kopf, die sie vorsichtig und gleichzeitig ungemein elegant und anmutig ausbalancierte. Eine andere, ältere Frau, barfuß, trieb eine Kuh vor sich her, nur mit einem Palmwedel. Gemächlich trotteten sie beide im Einklang daher. An der nächsten Kreuzung stand ein riesiges Gebäude aus Glas und Marmor, ein Einkaufszentrum wohl, davor parkten Luxusmarken deutscher Produktion. Telefonierende Geschäftsleute, Straßenhändler, Bettler. Das also war Indien. Bisher hatte Cora ja nur wenige Minuten am Flughafen verbracht und die kurze Episode am Taxistand erlebt; jetzt erst sah sie zum ersten Mal das Land, von dem sie immer schon geträumt hatte. Indien! Irgendwie 21. Jahrhundert und Mittelalter gleichzeitig, wenn sie sich das Straßenbild anschaute. Geländewagen überholten sie in halsbrecherischem Tempo, während gleichzeitig ein dem Anschein nach uralter Mann am Straßenrand saß, nach asiatischer Gewohnheit auf seinen Fersen hockend, und einen Wasserbüffel im Auge behielt, der gemächlich sein Gras kaute. In dieser hockenden Haltung konnten Asiaten Stunden verbringen. Europäer fielen gleich um oder bekamen nach kurzer Zeit einen Krampf. Er trug einen Turban, um die Hüften hatte er einen Wickelrock geschlungen, die Füße steckten in Flipflops aus Plastik. Er besah sich das Treiben ebenso wie Cora, während er nachdenklich seinen Bart kraulte. Was er wohl dachte? Was ging in ihm vor, was waren seine Sorgen, Ängste, Freuden? Cora fuhr in ihrem klimatisierten Taxi an ihm vorbei, auf dem Weg zu einem Luxushotel, und wurde sich der Tatsache bewusst, dass sie in einem Paralleluniversum unterwegs war. Sie hatte keinerlei Berührung mit seinem Leben und keinerlei Vorstellung davon. Und würde es wohl auch nie haben.

Da, ein Straßenschild: Agra, zwölf Meilen. Na gut, das war ja nicht weit. Es war kurz nach halb neun inzwischen und der Verkehr in vollem Gange. Die Sonne brannte schon jetzt, es waren sicher weit über dreißig Grad, dachte Cora, als sie kurz das Fenster herunterkurbelte. Sie hätte gern mehr über Shiva und die indischen Götter erfahren, aber der Fahrer schien ihr doch nicht die kompetenteste Quelle zu sein. Wie hieß er überhaupt? Hätte sie das fragen sollen? Immerhin hatte sie ihm ihr Leben anvertraut auf dieser mörderischen Autofahrt. Oder tat man das nicht? Ganesh würde ihr sicher – sie stockte in Gedanken. Ganesh! Wo er wohl war? Ob es ihm gut ging? Und wie sollte sie ihn in diesem riesigen Land überhaupt finden? Hätte sie doch bei Anshu bleiben sollen? Aber irgendwie hatte sie das Gefühl, er würde ihr nicht helfen können; sie war schon immer lieber allein gewesen und unabhängig unterwegs. Und hatte nicht Ganesh sie immer Geduld gelehrt? Wenn sie es mal wieder nicht aushielt, wie lange es dauerte, bis die Klausurergebnisse herauskamen. Oder bis im Restaurant das Essen kam, oder … er war es, der ihr beigebracht hatte zu warten. Es würde sicher nicht schneller gehen, nur weil man sich aufregte. Das kostete unnötig Kraft. Und man konnte die Zeit für anderes nutzen. Also, nicht verzweifeln, es würde sich ein Ausweg finden. Nur weil sie ihn jetzt nicht sah, hieß das ja nicht, dass es ihn nicht gab. Zum rechten Zeitpunkt würde er sich auftun. Hätte Ganesh gesagt. Und ihm vertraute sie.

»Miss, first go Hotel, rest, eat, then Taj, yes?«

Eigentlich wollte Cora gleich zum Taj, was sollte sie im Hotel? Duschen musste sie nicht nach drei Stunden Autofahrt. Aber sie hatte schon in Tibet gelernt, dass solche Fragen weniger das Interesse des Befragten als vielmehr das Interesse des Fragenden widerspiegelten. Er wollte eine Pause, also fragte er sie, ob sie eine wolle. Und wenn sie einwilligte, ins Hotel zu fahren, konnte er dort auch etwas Essen erhalten, vielleicht. Wahrscheinlich bekam er auch eine Provision dafür, dass er einen Gast brachte. Das hatte sie in Südamerika erlebt, und warum sollte es hier anders sein? Sie willigte also ein, ins Hotel zu fahren. Und ein starker Kaffee wäre ja wirklich nicht zu verachten!

Als sie in die Hoteleinfahrt einbogen, zeigte der Fahrer stolz nach vorn: »Very good hotel, Miss!«

Das war nicht übertrieben. Sie wusste ja, dass es in Indien, bei all der Armut, solche Traumhotels gab, aber dass ihr Fahrer sie direkt dorthin fuhr! Offensichtlich absolute Luxusklasse. Ein weißer Palast erhob sich vor ihr; überall Türmchen, Erker, gebogene Fenster. Tiefgrüne Büsche, ein perfekt getrimmter Rasen, ein Wasserspiel, speiende Elefanten über einem blau gekachelten Becken. Und da, das war doch – ja, richtig! Da stolzierte ein leibhaftiger Pfau genau vor ihr auf der Kiesauffahrt! Bevor sie direkt vor den Eingang fahren konnten, musste das Taxi anhalten und einen Sicherheitscheck über sich ergehen lassen. Der bestand wenig überzeugend darin, dass der Fahrer die Motorhaube öffnen musste und, während ein Sicherheitsoffizier das Innere beäugte, ein anderer mit einem an einem langen Stab befestigten Spiegel unter das Auto leuchtete. Was er dort wohl zu finden gedachte? Cora hätte jede Menge C4-Sprengstoff in ihrem Rucksack haben können; niemand hätte es bemerkt.

Nach diesem beruhigend gründlichen Check durfte der Fahrer vor dem Haupteingang vorfahren, und Cora stieg aus, als ein Angestellter ihr die Tür öffnete. Erneut passierte sie eine Sicherheitskontrolle, ihr Gepäck wurde durchleuchtet und sie selbst von einer weiblichen Mitarbeiterin abgetastet. Endlich betrat sie die Hotellobby. Und eine andere Welt! Eine große Eingangshalle, wunderschön mit Marmor in unterschiedlichen Farben ausgelegt, dezent beduftet, der Lärm und Dreck Indiens waren draußen geblieben. Hier herrschte Ruhe, unaufdringliche Zuvorkommenheit. Sofort eilte eine elegant in einem grünen Seidensari gekleidete Inderin auf sie zu. Schlanke Figur, pechschwarze, fast schon bläuliche Haare, dezent geschminkt. Sie trug eine Mappe im Arm, geleitete Cora zu einer Sitzgruppe und bat sie, Platz zu nehmen; gleichzeitig winkte sie einem Boy, der flink und geräuschlos einen interessant aussehenden, rosafarbenen Cocktail auf dem Glastisch vor Cora abstellte. Nett, dachte Cora, wieso wohne ich nicht immer so? Sie sah sich nach ihrem Fahrer um, aber der war wohl draußen geblieben. Vermutlich durfte er nicht in das Hotel.

Nach dem ebenso schnellen wie unkomplizierten Check-in wurde sie von einem weiteren Boy auf ihr Zimmer gebracht. Zimmer war nicht ganz der richtige Ausdruck: eine Suite, von dem riesigen Schlafraum zweigte ein Bad ab, das große Kingsize-Bett war mit seidener Bettwäsche belegt, auch hier Marmorfliesen auf dem Boden, eine elegante Sitzgruppe, antike indische Möbel aus edlem Holz … alles in einem muslimisch anmutenden Stil gehalten, der sich wohl von den Mogulpalästen herleitete. Ein Traum.

Der Boy, der sie heraufgebracht hatte, fragte sie, ob er die Vorhänge öffnen dürfe. Sie nickte abwesend; er trat daraufhin an die Balkontür und zog die schweren Seidenvorhänge, die kaum einen Lichtstrahl durchließen, an einer seidenen Kordel beiseite. Dann öffnete er auch die Terrassentüren. Cora trat näher, um zu schauen, was vor dem Fenster zu sehen war. Da war etwas in der Ferne, verschwommen. Sie sah genauer hin. Das konnte doch nicht sein! Der Taj Mahal! Das schönste Bauwerk der Welt, das schönste, was Menschenhand je errichtet hatte, hieß es, direkt vor ihr. Gut, ein oder zwei Kilometer Luftlinie waren es schon, aber dennoch – ein unglaublich beeindruckender Anblick. Und an Romantik nicht zu überbieten. Wie gern hätte sie diesen Anblick mit Ganesh geteilt! Sie beide auf diesem Balkon, mit dem Blick auf den Taj Mahal!

Sie gab dem Boy fünfzig Rupien Trinkgeld und schickte ihn hinaus. Die Telefonnummer ihres Fahrers hatte sie in ihr Handy eingespeichert; seinen Namen, Rahul, hatte sie ihm vor dem Aussteigen dann doch noch entlockt. Sie schrieb ihm eine SMS und verabredete sich mit ihm für die Tour zum Taj. Dann rief sie, wohl zum hundertsten Male, Ganesh an, erreichte aber immer nur die Mailbox. Frustriert beschloss sie, die Chance zu nutzen und doch zu duschen. Der Staub der Autofahrt hatte sich auf ihre Kleidung und ihr Gesicht gelegt. Cora überprüfte ihre neue Frisur, zog einen frischen Salwar an (sie hatte in Delhi gleich mehrere gekauft) und bestellte sich einen Sweet Lime Juice aufs Zimmer. Den pries die Inroom-Dining Karte als »typical«. Herrlich erfrischend war er tatsächlich, Limettensaft mit Zucker, eiskalt. Wunderbar. Dann legte sie sich auf das Bett.

Was nun? Der Luxus war ja geradezu betäubend, aber deswegen war sie nicht hier. Das war nicht ihre Welt. Wie sollte sie Ganesh finden? Sie hatte keinerlei Anhaltspunkte. Ungeduldig sprang sie wieder auf. Sie konnte es kaum erwarten, sich den Taj anzuschauen. Vielleicht half ihr das, eine Eingebung zu bekommen. Ganesh würde es so machen, dachte sie unwillkürlich.

Kurz darauf verließ sie das Hotel wieder. Rahul wartete vor dem Eingang, stolz auf seine wichtige Kundin. Während sie zum Taj fuhren, erklärte er ihr in seinem gebrochenen Englisch, er habe durch einen Freund seines Cousins schon die Eintrittskarten besorgt. Das sei etwas teurer, aber dafür müssten sie nicht zwei Stunden in der Sonne Schlange stehen wie die anderen Touristen. Dabei lächelte er verschmitzt; Inder hatten wohl überall ihre Beziehungen, dachte Cora. Und es war sicher nicht zu seinem finanziellen Nachteil gewesen.

Wie recht er damit hatte, die Tickets vorher besorgt zu haben, sah sie, als sie nach kurzer Fahrt geparkt hatten und auf den Eingang zugingen. Man durfte nicht direkt an das Grabmal heranfahren; aus Umweltschutzgründen waren die letzten Meter zu laufen beziehungsweise mit einem elektrischen Wagen zurückzulegen. Nach wenigen Minuten gelangten sie an den Eingang. Die Schlange der wartenden Touristen, Inder wie Ausländer, schien endlos, zwei Stunden würden da nicht reichen. Sie aber folgte ihrem selbsternannten Guide durch einen anderen Eingang, ließ dann eine Personen- und Taschenkontrolle über sich ergehen und erreichte, nach vielleicht zehn Minuten und wenigen Metern, einen riesigen Platz. Menschen aller Hautfarben standen herum, fotografierten, schlenderten von einer Seite auf die andere und begaben sich nach und nach zum gewaltigen Eingangstor des eigentlichen Areals. Durch das Tor hatte man den berühmten Blick auf den Taj, der sich in dem vom Tor zu ihm hinführenden schmalen Wasserlauf spiegelte. Bevor sie auch nur eine Frage stellen konnte, wurden sie auch schon von einem Inder angesprochen, der sich als Führer ausgab und von Rahul als Freund eines Freundes vorgestellt wurde. Er hatte ihn über seine Kontakte organisiert, damit Cora einen englischsprachigen Führer durch den Taj hatte.

Die nächsten zwei Stunden verbrachten sie am Taj Mahal. Ihr Guide gab sich alle Mühe, sämtliche kunsthistorischen Details vor ihnen, – genauer, vor Cora, – auszubreiten; er berichtete, wer, wann und wo welchen Teil errichtet hatte, was die einzelnen Kalligrafien auf dem Marmor des Taj bedeuteten, was es mit der Liebesgeschichte zwischen dem Erbauer, Shah Jahan, und seiner Frau Mumtaz Mahal auf sich gehabt hatte, was ausländische Reisende jener Zeit darüber berichtet hatten, welch geniale Architektur sich hinter der Gesamtkonstruktion verbarg … Sowohl der Name des Architekten als auch die Namen der unzähligen Künstler, die, aus Zentralasien, Persien und Indien stammend, dort gearbeitet hatten, waren unbekannt oder vergessen; ein einziger hatte die Erlaubnis von Shah Jahan erhalten, seinen Namen am Gebäude zu verewigen: Amanat Khan, ein Kalligraf aus Shiraz in Persien. Von dort stammten viele der Künstler, sogar der Großvater von Mumtaz Mahal war einst aus Persien eingewandert. Insgesamt dauerte es angeblich zweiundzwanzig Jahre, den Taj zu errichten; zweiundzwanzigtausend Handwerker und tausend Elefanten arbeiteten unablässig daran. Trotz des immensen Gewichtes allein der Kuppel wirkte das gesamte Bauwerk erstaunlich leicht, geradezu schwebend. Das erste Beispiel für eine Doppelschalenkonstruktion, wie in der berühmten Kuppel des Doms in Florenz, verkündete der Guide stolz. Die innere Kuppel war kleiner und nahm das Gewicht der äußeren Kuppel auf. Wie wollte man diese geradezu filigrane Erscheinung dem beschreiben, der sie nie gesehen hatte? Ein englischer Dichter schlug gar vor, die Menschheit in zwei Gruppen zu teilen: die, die den Taj Mahal gesehen hatten, und die, die ihn nicht gesehen hatten.

Das auf einer erhöhten Plattform stehende Mausoleum für Mumtaz Mahal, die Lieblingsfrau Shah Jahans, des fünften Herrschers der Moguldynastie, bildete den Höhepunkt der Mogularchitektur. Der untröstliche Herrscher folgte angeblich ihrem letzten Wunsch und ließ dieses Grabmal als Zeichen ihrer immerwährenden Liebe errichten.

Cora hörte mit halbem Ohr zu, einiges hatte sie von Anshu ja schon gehört. Sie verstummte vor der Schönheit des Grabmals und seiner Eleganz; die Ingenieurin in ihr verneigte sich darüber hinaus vor der Perfektion. Sie war überwältigt, und das geschah nicht häufig. Während der Guide sprach, stand sie einfach nur da und schaute. Sie hatte gar nicht das Bedürfnis, Bilder zu machen, wie all die anderen Touristen. Die Bilder im Kopf waren ihr wichtiger, die blieben für immer.

Vor allem die technischen Details interessierten sie als Ingenieurin natürlich. Indische Miniaturen aus jener Zeit zeigten Details der Arbeiten am Taj, erzählte ihr Guide eifrig; Tausende von Arbeitern (und Arbeiterinnen) hatten nur primitive Handwerkszeuge, um dieses gewaltige Gebäude zu errichten. Die Chinesen hatten die Schubkarre Jahrhunderte früher erfunden, auch in Europa war sie bereits bekannt. Nicht so in Indien. Materialien wurden durchweg auf den Köpfen balanciert und so zur Baustelle wie auch von ihr weg getragen. Die Genialität der Mogulkunst andererseits, dieser Mischung aus persischen und hinduistischen Einflüssen, reichte bis Europa. Zur Zeit der Erbauung des Taj Mahal, Mitte des 17. Jahrhunderts, gab es in Europa nicht nur Künstler wie Rubens, Velázquez, Vermeer van Delft und andere, sondern auch einen gewissen Rembrandt. Der Guide hielt inne und sah Cora fragend an; die meisten Besucher interessierten sich nicht für diese Details. Als Cora ihm aber aufmunternd zunickte, fuhr er, stolz auf sein Wissen, fort. »Durch die Niederländische Ostindien-Kompanie, die weltweit agierende Handelsgesellschaft, gelangten begehrte Waren wie Gewürze und Stoffe nach Europa, aber auch Kunstgegenstände, zum Beispiel indische Miniaturen. Diese wurden dort schnell kopiert und verbreitet. Erstmalig gelangten so Informationen aus Indien nach Europa.«

Als der Guide von der Erbauung des Taj und der Genialität seiner Konstrukteure berichtete, lauschte die Hydroingenieurin Cora fasziniert. »Das Grabmal steht auf vierundsechzig miteinander verbundenen Brunnen, deren Wasserstand somit immer ausgeglichen wird. Die Brunnen wurden mit Holzringen aus Teakholz gefüllt, die ineinandergreifen und wiederum mit Lehm und Sand gefüllt wurden. Die entsprechenden Zeichnungen kann man angeblich in Teheran im Nationalmuseum noch einsehen; hier in Indien gibt es keine Zeichnungen oder Pläne mehr, auf denen diese Konstruktion zu sehen wäre. Aber diese Bauweise hilft, mögliche Erdbeben auszugleichen, angeblich bis zu einer Stärke von 7,2. Das Ganze ist so geplant, weil der Wasserdruck des Yamuna-Flusses, den Sie hinter dem Taj sehen können, in die Konstruktion mit einberechnet werden musste.«

»Wie breit ist der Yamuna hier?«, fragte Cora interessiert.

»Etwa fünfzig Meter«, antwortete ihr Guide, froh, endlich einmal interessierte Zuhörer zu haben, die nicht nur die Liebesgeschichte hören wollten. »Aber es gibt Probleme, da durch den Klimawandel weniger Wasser im Yamuna ist; auch wird am Oberlauf und vor allem in Delhi viel zu viel Wasser entnommen. Sie sehen, wenn wir nachher um den Taj herumgehen, dass der Wasserstand relativ niedrig ist. Auf Dauer heißt das, dass der Wasserdruck auf den Taj auch nachlässt; er wurde ja für einen viel höheren Druck konzipiert.«

»Und was bedeutet das für die Stabilität?«, wollte Cora sofort wissen. War das das Thema, das Ganesh betraf? Das angebliche Einstürzen des Taj Mahal?

»Nun«, antwortete der Inder eifrig. »Ich bin ja auch kein Fachmann. Aber es gibt Stimmen, die vor einem möglichen Einsturz des Gebäudes warnen. Unvorstellbar, aber die Regierung nimmt das ernst und hat Experten berufen, die sich das anschauen müssen. Ich habe gehört, dass ganz in der Nähe des Taj eine neue Brücke über den Yamuna geplant ist, die gleichzeitig auch als Wasserreservoir konzipiert wird. Das heißt, dass während des Monsuns, wenn der Yamuna viel Wasser führt, dieses in der Brücke gespeichert wird, um dann in den Zeiten zu niedrigen Wasserstandes abgelassen zu werden. Ich weiß auch nicht, wie das geht, aber das sagt man hier. Also besteht wohl wirklich eine ernste Gefahr.«

Immer wieder schweiften Coras Gedanken ab und waren bei Ganesh, der vielleicht irgendwo gefangen war, weil er genau hier, am Taj, etwas entdeckt hatte, das ihm zum Verhängnis geworden war. Ging es um den Wasserdruck? Aber wer sollte ihm deswegen Böses wollen? Hatte jemand Interesse daran, dass das Thema nicht bekannt wurde? Aber wenn schon ein einfacher Guide Bescheid wusste … Und sie schlenderte als Touristin herum! Aber konnte sie nicht nur so vielleicht etwas entdecken, was ihr bei der Suche nach Ganesh hilfreich war? Sie musste ihre Augen offen halten und auf Details achten; deswegen war sie auch hellwach bei Themen, die andere Touristen vielleicht gar nicht interessierten.

»Und dann gibt es das große Geheimnis um das, was unterhalb des Taj liegt«, fuhr der Guide fort. »Man sieht von der Rückseite, der dem Fluss zugewandten Seite, dass es unterhalb der Plattform Kammern geben muss, da die Torbögen deutlich erkennbar sind, wenn auch heute zugemauert. Manche behaupten, dass sich dahinter weitere Grabkammern verbergen, andere sagen, es seien hinduistische Gottheiten dort unten. Wie auch immer, die Frage bleibt, warum man in einem Grabmal, das nur für eine einzige Frau errichtet wurde, überhaupt Räume benötigt. Angeblich sind es 22 Kammern, die dort seit Shah Jahans Zeiten verschlossen sind. Niemand weiß, was sich dort verbirgt. So, da Sie aus Deutschland kommen, habe ich noch ein interessantes Detail für Sie: Im Zweiten Weltkrieg wurde der Taj mit einem Bambusgerüst um die Kuppel geschützt, da man Angriffe der deutschen Luftwaffe befürchtete. Aufgrund einer Weisung von Hitler im Jahre 1941 flogen deutsche Flugzeuge nach Bagdad im Irak, um dort das Regime gegen die britische Herrschaft zu unterstützen. Das Unternehmen scheiterte, aber aus unserer Sicht, also ich meine, aus Sicht des ebenfalls wie der Irak unter britischer Herrschaft stehenden Indiens, schien ein Weiterflug und sogar ein Angriff auf indische Ziele immerhin möglich; das vollständige Einkleiden der Kuppel und vermutlich des gesamten Areals sollte es aus der Luft unkenntlich machen. Auch in den indo-pakistanischen Kriegen von 1965 und 1971 wurde der Taj Mahal in Bambus eingerüstet.«

Als sie die Plattform umrundet hatten und an die Nordseite des Komplexes kamen, sah Cora zum ersten Mal den berühmten Yamuna, wie der Ganges einer der heiligen Flüsse Indiens. Der Yamuna floss auch durch Delhi, erklärte der Guide, und diente früher natürlich auch beim Bau des Taj dazu, die schweren Marmorblöcke hierherzutransportieren. Von der Plattform ging es acht oder neun Meter senkrecht hinunter auf eine Böschung, die sich dann sanft zum Fluss hinunterschwang. Der Monsun war vorbei, es hatte in den letzten Tagen immer wieder geregnet, und im schlammigen Flussufer dümpelten sogar noch einige Boote. Ob Ganesh hier gearbeitet hatte? Wenn er wirklich die Statik des Bauwerkes untersuchen sollte, musste er auch hier am Ufer gewesen sein. Cora blickte aufmerksam in alle Richtungen, ob sich irgendein Hinweis finden ließe. Nichts Auffälliges. Barfüßige Arbeiter, die Bretter vorbeitrugen, ein faul auf einem Plastikstuhl in der Sonne sitzender, dicker Aufseher, der wohl dazu da war, Touristen daran zu hindern, zum Fluss hinunterzusteigen. Cora blickte über das Wasser hinweg auf die andere Seite; dort war die Besiedlung nur dünn, ein großer Park oder so etwas schien dort zu liegen. Sie fragte den Führer, was das sei, und erfuhr, dass genau dort, spiegelbildlich zum existierenden Taj aus weißem Marmor, von Shah Jahan ein schwarzer Taj geplant gewesen sei. Er wurde nie gebaut, aber man stelle sich vor, er wäre vollendet worden! Es gab keine Beweise für diesen Plan, nur Gerüchte und Spekulationen, aber interessant war, dass der Taj Mahal nicht in der Mitte eines Gartens lag, wie in Persien üblich (die Erbauer waren ja tief von der persischen Kultur beeinflusst), sondern am Nordende. Das entsprach nicht der gängigen Symmetrie. Dachte man sich jedoch jenseits des Flusses einen weiteren, schwarzen Taj hinzu, der dann am Südende eines Parks läge, so wäre die Symmetrie wiederhergestellt, da dann beide Taj genau in der Mitte der Gesamtanlage platziert wären.

Der Guide geriet über einen möglicherweise zweiten Taj ins Schwärmen, aber Cora war mit ihren Gedanken schon weiter. Sie wäre gern zum Ufer hinuntergestiegen, um sich dort nach Hinweisen auf Ganeshs Verschwinden umzusehen, aber mehrere Polizisten winkten mit ihren Lathis, Schlagstöcken, unmissverständlich in ihre Richtung. Nichts zu machen; bei so vielen Touristen und Polizisten käme sie nie unauffällig ans Wasser. Es musste einen anderen Weg geben. Vielleicht durch die Türme? Das Mausoleum war von vier Türmen umgeben, die nach Auskunft des Guides leicht nach außen geneigt waren, also nicht perfekt gerade standen, um im Falle eines Erdbebens nicht auf den Taj zu stürzen. Diese Türme oder Minarette waren innen hohl und begehbar. Die beiden Nordtürme, die zum Fluss hin standen, hatten inwendig Stufen, die in einer Öffnung der Sandsteinterrasse zum Fluss führten, erklärte der Guide. Früher waren sie auch für Touristen zugänglich, aber aufgrund der Massen von Menschen, die als Touristen nun jeden Tag dieses berühmte Bauwerk sehen wollten, jetzt geschlossen. Hm. Ob man da hineinkam? Cora beobachtete alles sehr sorgfältig.

Als sie weitergingen, stutzte Cora. Sie sah eine Umrandung aus Sandstein, mitten auf der Terrasse. Fragend blickte sie um sich; was war das? Als sie näher kam, sah sie, dass innerhalb der Umrandung der Boden mit Eisengittern bedeckt war; was sich darunter verbarg, war nicht zu erkennen.

»Hier führen Stufen hinunter zu den Kammern«, erklärte ihr Guide. »Davon habe ich vorhin erzählt. Zweiundzwanzig Kammern soll es da geben, und dort hinunter führen diese Stufen unter den Gittern. Warum sind sie verschlossen? Angeblich war seit vielen Jahrzehnten niemand mehr dort unten. Das ist alles sehr seltsam.«

Es geschah, als sie zurück zum Wagen gingen. Auf dem weitläufigen Parkplatz traten zwei Männer plötzlich auf sie zu, stellten Rahul zur Rede und fragten ihn aus. Er schien offensichtlich Angst zu bekommen, schüttelte immer wieder den Kopf und sah nicht ein einziges Mal zu Cora hinüber, die sich an einem kleinen Stand eine Limonade gekauft hatte und gerade zu ihm zurückgehen wollte. Schließlich nahmen die Männer Rahul zwischen sich und gingen zum Ausgang. Cora wollte sich einmischen und protestieren, da fing sie seinen Blick auf, als er aus den Augenwinkeln zu ihr herübersah. Lass mich, schien er zu sagen. Besser für sie, sich nicht einzumischen. Sie blieb stehen; was war los? Aber wenn er ihr signalisierte, sich nicht einzumischen, dann hatte er wohl Gründe. Cora blieb zurück und sah zu, wie Rahul von den beiden Männern nach draußen gebracht wurde. Warum auch immer, das sah nicht gut aus, sie hatten ihn fest im Griff.

13. Kapitel

Wurde es jetzt gefährlich für sie? Sie hatte hier alles gesehen, was es zu sehen gab; am besten war es wohl, erst mal ins Hotel zurückzukehren. Dort musste sie sich dann überlegen, wie es weiterging. Sie verließ das Gelände und suchte sich eine Riksha, die zu Hunderten draußen warteten. An der Rezeption vorhin hatte sie gleich eine Visitenkarte des Hotels eingesteckt, das tat sie immer. So kam man auch ohne Sprachkenntnisse immer wieder zurück. Die Rikshafahrer sprachen hier kein Wort Englisch, wenn man von »special price«, »good friend« und »very cheap« absah.

Sie ging zielstrebig, wie sie hoffte, auf eine Riksha zu und hielt dem Fahrer, der kauend an seinem dreirädrigen Gefährt lehnte, die Visitenkarte des Hotels unter die Nase. »How much?«, fragte sie. Er schielte kurz auf die Karte, dann schüttelte er den Kopf. Was hieß das nun? Ja oder nein? Da er aber auch wegsah und sie nicht weiter beachtete, nahm sie das für ein echtes Nein. Aber schon kam ein anderer Fahrer auf sie zu, und es dauerte keine Minute, da war sie umringt von eifrig auf sie einredenden Fahrern, die alle mit den Armen auf ihre Riksha zeigten und sie unbedingt als Kundin wollten. Cora rollte entnervt mit den Augen. Ging das jetzt immer so, wenn sie ein Taxi suchte? Diskussionen, Gerede,

Geschrei, die Ersten begannen schon, sie an den Ärmeln zu ziehen. Jetzt reichte es aber! Sie riss sich los und ging einfach die Straße hinunter in die Richtung, aus der sie vor einigen Stunden gekommen waren. Notfalls würde sie eben laufen. Nicht nötig, da hielt auch schon eine Rikscha neben ihr, und der Fahrer bedeutete ihr mit den Fingern einzusteigen. Er wiederholte ihren Hotelnamen, und als sie nickte, sagte er: »Hundred Rupees.« Na ja, das schien okay. Sie stieg ein, und nach wenigen Minuten erreichte sie auch schon ihr Hotel. Allerdings war die Strecke so kurz gewesen, dass sie wohl doch zu viel bezahlt hatte.

Sie setzte sich mit einer Tasse gewürzten Milchtees, Chai Masala, in eine schattige Ecke des Gartens, direkt an den Pool. Was jetzt? Sie hatte es geschafft, nach Agra zu kommen, sie hatte den Taj gesehen, aber es gab keinerlei Hinweise auf Ganesh. Wie auch. Gern hätte sie sich etwas mehr am Flussufer umgesehen, schließlich hatte Ganesh dort gearbeitet. Aber deswegen nochmals zum Taj gehen? Morgen? Man würde sie wieder nicht hinabsteigen lassen.

Cora sah sich um. Welch wundervoller Garten! Ganz in der Nähe schnitt ein Gärtner einen Busch in Form, sonst war in der Mittagshitze niemand zu sehen. Während sie nachdachte, ging der Gärtner an ihr vorbei und zurück ins Gebäude, ohne es zu wagen, sie anzusehen. So war das hier mit den Bediensteten. Er gehörte zu einer anderen Welt. Erst als er verschwunden war, fiel ihr auf, dass ein Zettel auf ihrem Tisch lag. Wie kam der hierher? Hatte der Gärtner ihn dort hingelegt? Neugierig faltete sie ihn auseinander.

»Come to car. Ten o'clock.«

Keine Unterschrift, nichts. Wessen Auto? Sie kannte nur einen, der hier Auto fuhr, das war ihr Fahrer Rahul. Hatte er ihr den Zettel über den Gärtner zukommen lassen? Möglich wäre es. Wer sonst? Sie hatte ja nichts zu verlieren, also beschloss sie, der Nachricht zu folgen. Als sie auf ihr Zimmer ging, begegnete sie wieder dem Gärtner, der gerade am Pool entlangschlurfte. Als sich ihre Blicke wie zufällig kreuzten, nickte sie ihm zu. Er schaute unbeteiligt drein; Cora konnte überhaupt nicht einschätzen, ob er sie registriert hatte.

Es war noch früher Nachmittag, also ging sie ins Business Center des Hotels und checkte ihre Mails. Nichts Besonderes, vor allem keine Nachricht von Ganesh, aber auch nicht von Anshu. Wieso meldete der sich nicht? Sie schrieb ihrem Chef in Deutschland, Fischer, dass sie sich wie besprochen hier in Indien mit Ganesh träfe und erst in ein paar Tagen nach Hause käme. Er solle sich nicht wundern, wenn die Firmenkreditkarte etwas belastet würde … Bevor er antworten konnte, hatte sie sich ausgeloggt.

Später rief sie den Zimmerservice an und ließ sich ein paar indische Snacks aufs Zimmer kommen; Samosa, gefüllte Teigtaschen, Onion bhaji, Zwiebelringe, und etwas Chicken Tandoori, grillte Hühnerstückchen. Nicht sehr scharf, das Hotel hatte sich völlig auf westliche Touristen eingestellt. Ob sie es schaffen würde, einmal richtiges indisches Essen zu sich zu nehmen? Egal jetzt, Cora wusste nicht, was sie heute Nacht noch erwartete, und auf Vorrat essen, solange es ging, war schon immer eine gute Strategie auf Reisen gewesen. Man aß und ging auf Toilette, wenn es die Gelegenheit dazu gab, nicht, wenn es nötig wurde. Sie packte noch trockene Kekse, zwei kleine, süßliche Bananen aus einer Obstschale und zwei kleine Flaschen Wasser, Himalaya Water dem Aufdruck nach, aus der Minibar in ihren Rucksack. Sauberes Wasser war selten in Indien, unterwegs bekam sie sicher nichts. Ob es wirklich aus dem Himalaya stammte? Vielleicht von einem der Flüsse, die Indien dort staute, um Strom zu gewinnen?

Um kurz vor zehn verließ Cora ihr Zimmer und nahm die Treppe nach unten in die Lobby. Sie hatte bequeme Turnschuhe angezogen und eine Blue Jeans, darüber ein schlichtes und unauffälliges schwarzes T-Shirt. Etwas zerknittert von der Reise im Rucksack, wie alles, was sie dabeihatte, aber das würde nachts wohl niemanden stören. Ihre kurzen schwarzen Haare gefielen ihr immer besser; das war wirklich eine gute Idee gewesen. Praktisch und unauffällig. So für alle eventuellen Abenteuer gerüstet, lief sie das enge Treppenhaus hinunter. Hier, wo die meisten Touristen nie hinkamen, war von dem Luxus der Zimmer nichts mehr zu sehen. Schlichter Waschbeton, etwas Müll war in einer Ecke gestapelt worden, der Boden sah fleckig aus. Aber Hauptsache, sie bewegte sich unauffällig; sie wusste ja nicht, ob die Leute, die Rahul in Empfang genommen hatten, auch hinter ihr her waren. In der Lobby angekommen, hielt Cora ihr Handy ans Ohr und gab vor zu telefonieren, während sie betont langsam zum Ausgang schlenderte, als ginge sie nur spazieren, und ihren Blick gesenkt hielt. Draußen stieg sie die Stufen hinunter zum Parkplatz und hielt sich möglichst im Dunkeln. Nichts. Das Auto war nicht da! Was sollte sie tun? Suchend sah sie sich um. Dann fiel ihr ein, dass sie bei der Ankunft erst ein großes eisernes Tor hatten passieren müssen, wo Wachen sie durchsucht hatten. Da konnte der Fahrer unmöglich alleine durchgekommen sein, sicher wartete er auf der Straße vor dem Tor. Cora blieb nichts anderes übrig, als auf dem hell beleuchteten Kiesweg zum Tor zu gehen und sich, freundlich lächelnd, an den salutierenden Wachen vorbei auf die Straße zu begeben. Sie blickte nach beiden Seiten, richtig! Wenige Meter die Straße hinunter sah sie die vertraute Silhouette des Taxis. Rasch lief sie darauf zu, blickte kurz hinein, erkannte Rahul und stieg ein. Rahul fuhr sofort los, ohne ein Wort zu sagen. Erst als sie um zwei Ecken gebogen waren, hielt er am Straßenrand.

Cora betrachtete ihn prüfend. Rahul hatte eine Wunde an der Stirn und ein blaues Auge, man hatte ihn wohl verprügelt. Aber er grinste über das ganze Gesicht, es schien ihm Spaß zu machen, die anderen, wer auch immer das war, auszutricksen. Er erzählte, soweit ihm das in seinem mühseligen Englisch möglich war, dass man ihn bedroht habe, weil er sich mit der Ausländerin am Fluss nahe des Taj aufgehalten habe, und man ihn aufgefordert habe, sofort nach Delhi zurückzukehren. Sie hatten ihn auch gefragt, wo die Deutsche wohne, und er hatte natürlich nicht ihr Hotel, sondern das *ITC Hotel* genannt. Das war glaubwürdig, da es ebenfalls ein Luxushotel am Ort war, in welchem Ausländer gern abstiegen. Jetzt stand er zu ihren Diensten; er fühlte sich für sie verantwortlich. Cora fragte sich, was wohl daran so verboten war, sich in Flussnähe aufzuhalten, dass man ihn dafür verprügelt hatte, unterließ es aber, Rahul danach zu fragen.

»So, where do we go?«

Am liebsten wäre Cora noch einmal in den Taj Mahal zurückgekehrt, um den Treppen zu folgen, die unter die Plattform führten, aber das gesamte Areal war nachts natürlich geschlossen. Als sie ihm das sagte, wiegte er bedächtig den Kopf. »No, problem, Miss. I have good friend. He give boat. But dangerous. If police find us, we jail.«

Indische Gefängnisse waren nicht gerade das, wonach Cora sich sehnte. In ihrer Vorstellung jedenfalls war das für eine Ausländerin kein erstrebenswerter Aufenthaltsort. Aber sie hatte auch nicht vor, es so weit kommen zu lassen. Wenn es eine Chance gab, noch mal am Ufer des Yamuna zu suchen, dann nur nachts. Irgendwo musste es doch Hinweise auf Ganesh geben, schließlich hatte er laut Anshu ja dort gearbeitet.

Tagsüber wimmelte es dort von Touristen und Polizei. Und sie vertraute Rahul; sein verschmitztes Lächeln und seine unerschrockene Art gefielen ihr. Er hätte sich längst aus dem Staub machen können, aber er blieb bei ihr.

»Also gut«, sagte sie. »Indische Gefängnisse fehlen noch auf der Liste der Orte, die ich in diesem Leben noch besuchen muss. Riskieren wir es. Auf zu den Ufern des Yamuna. Wir ergründen die Geheimnisse des Taj!«

Sie hatte es scherzhaft gemeint. Aber Indien hat seine eigenen Vorstellungen von menschlichem Karma. Von dem, was ein Mensch erleben soll. Überleben soll. Oder auch nicht.

14. Kapitel

Langsam steuerte Rahul den Wagen durch die Straßen Agras, die auch um diese Uhrzeit noch überfüllt waren mit elegant gekleideten Reichen in ihren Geländewagen, bitterarmen Bettlern, in zerrissener Kleidung mitten auf der Straßenkreuzung spielenden Kindern, räudigen Hunden, Plastiktüten fressenden Kühen; alles erschien überlagert von zahllosen undefinierbaren Geräuschen und Gerüchen. Indien eben. Ein Fest für alle Sinne, auch wenn dies manchmal in einen Rausch umzukippen drohte. Die Kakophonie aus Autohupen, Geschrei, kläffenden Hunden und dem gelegentlichen Ruf eines Dromedars, das sich über seine grobe Behandlung beschwerte, hielt weiter an; auch die obligatorischen Staus schienen nachts nicht zu verschwinden. So etwas hatte selbst Cora noch nie erlebt, die schon viele Länder durchreist hatte. Wann schlief dieses Land? Langsam begann sie zu begreifen, wie schwierig es sein musste, ein Fünftel der Weltbevölkerung aus der Armut zu einem zumindest gewissen Wohlstand zu führen, wenn man nur die schwachen Mittel der Demokratie zur Verfügung hatte. China war wohlgeordnet, sauber, leise, verdankte aber seine rasche Entwicklung und scheinbare Ordnung vor allem dem rigorosen Durchgreifen der Staatsmacht. Schnelles Wirtschaftswachstum, Nahrungsmittel für alle und sozialer Frieden – konnte Demokratie hier in Indien überhaupt erfolgreich sein? Coras kritischer Blick auf das zentralistisch geführte China, das Menschenrechte im demokratischen Sinne nicht als Priorität ansah, kam ins Wanken. Was nutzte den Indern ihre Demokratie, wenn sie nichts zu essen hatten?

Das lebhafte Chaos hatte auch seinen Vorteil. Je weniger sie auffielen, desto besser. Kameras wie in China, die ständig die Autokennzeichen fotografierten, um die Bürger besser zu überwachen, gab es hier nicht. Sie befanden sich inzwischen nur wenige Hundert Meter vom Haupteingang des Taj entfernt, aber von dieser Seite aus war nicht an das Gelände oder gar an den Fluss heranzukommen. Sie mussten erst in einem weiten Bogen durch das Zentrum von Agra nach Norden fahren, dort den Yamuna überqueren und dann auf der anderen Seite, diesmal durch ein Gewirr von kleinen, verwinkelten und stockdunklen Gassen, nach Süden fahren. Hier befanden sich die ärmeren Viertel, hier sah man keine protzigen Limousinen, hier brannte kein unnötiges Licht.

Fast eine Stunde später erreichten sie schließlich den Mehtab Bag, »Mondlicht-Garten«, wie Rahul Cora zuflüsterte, als er den Motor abstellte. Ein ausladender, ehemals wohl ausnehmend schön angelegter Garten, der nun jedoch ziemlich verwahrlost wirkte. Aber das Wichtige war seine Lage in perfekter Symmetrie zum Taj am gegenüberliegenden Flussufer. Dies war der Ort, den Cora am Nachmittag von der Plattform des Taj gesehen hatte; hier hätte der mysteriöse schwarze Taj erbaut werden sollen. War es nur ein Gerücht? Zu schön, zu romantisch, zu perfekt, um wahr zu sein? Noch ein Taj, aber aus schwarzem Marmor? Unvorstellbar.

Sie hatten so nah wie eben möglich am Garten geparkt; die Straße, die auf den Garten zuführte, war tagsüber sicher voller Busse und Autos und hupender Motorräder. Die geschlossenen Rollläden vor den Geschäften ließen erahnen, welch hektisches Treiben sich hier sicher abspielte, wenn das Tagesgeschäft begann. Jetzt aber war alles ruhig. Rahul ließ den Wagen an den abschüssigen Straßenrand rollen. Direkt vor ihnen erhob sich eine Sandsteinmauer, die offensichtlich um den ganzen Garten herumführte und gerade so hoch war, dass Cora nicht darüber hinwegblicken konnte. Der Eingang zum Park, ein schmiedeeisernes Tor, war mit einer dicken Eisenkette verschlossen. Und jetzt?, blickte Cora fragend zu Rahul. Der zuckte zunächst auch nur mit den Schultern, aber dann wies er auf die Mauer. Sollten sie hinüberklettern? Rahul nickte, dann blickte er suchend um sich. Schließlich ging er ein paar Schritte das am Straßenrand wachsende Gras entlang und verschwand zwischen den Bäumen; kurz drauf kehrte er mit einem Blechkanister zurück, den wohl jemand dort achtlos weggeworfen hatte. Zum ersten Mal freute Cora sich über den Müll, der überall herumlag. Im Westerwald hätte sie jetzt nichts gefunden, um darauf zu steigen … Sie trat mit einem Bein auf den Kanister und konnte mit ihren Händen den oberen Rand der Mauer umgreifen, das andere Bein stellte sie vorsichtig auf Rahuls Schulter. Sie musste sich wohl oder übel allein auf die Mauer hochziehen; von Rahul zu erwarten, dass er sie am Po griff und hinaufschob, wäre zu viel verlangt. Also beugte sie leicht ihr linkes Knie, stieß sich ab und zog sich rasch und schwungvoll mit aller Kraft an der Mauer hinauf. Dann schob sie ihr rechtes Bein über die Mauerkrone, und es gelang ihr, rittlings auf der Mauer zu sitzen. Mit einer Hand griff sie hinunter und half nun Rahul, sich hochzuziehen. Dann sprangen sie zusammen auf der anderen Seite auf den weichen Rasen.

Sie standen jetzt in einem sehr weitläufigen Park, der von sorgfältig ausgerichteten Reihen von Obstbäumen durchzogen war. Cora orientierte sich rasch und lief dann, ohne auf Rahul zu warten, in großen Schritten in die Richtung, in der sie den Yamuna vermutete. Nach wenigen Hundert Metern kamen sie auf eine offene Fläche, und als sie aufblickte, sah Cora direkt vor sich den Taj Mahal. Natürlich nicht direkt vor sich, dazwischen lagen der breite Yamuna und noch ein Stück des Parks, aber durch die gewaltige Höhe des Bauwerkes schien der Taj alles zu überragen. Gern wäre sie kurz stehen geblieben, um den Anblick in sich aufzunehmen, aber die Zeit drängte. Cora und der hinter ihr gehende Rahul, der Mühe hatte, mit ihrem leichten Jogging, in das sie automatisch gefallen war, mitzuhalten, gingen weiter und standen dann an der Stelle, die sie tagsüber vom gegenüberliegenden Taj aus gesehen hatten. Eine leichte Anhöhe befand sich vor ihnen, die zum Fluss hin weiter anstieg und von Mauerresten und aus dem Boden ragenden, niedrigen Steinfundamenten bedeckt war. Dies war der Platz, an dem angeblich der zweite Taj, der schwarze, hatte errichtet werden sollen. Der Platz dafür war perfekt; der weiße Taj spiegelte sich im Yamuna-Fluss, und die Vorstellung, hier eine ebenso imposante Kopie aus schwarzem Marmor vorzufinden, war berauschend.

Aber für Träumereien war keine Zeit; sie mussten irgendwie hinüber zum Taj, den Fluss überqueren. Cora kletterte voran auf die Mauer, die den Park zum Fluss hin begrenzte, und sah hinunter. Die Uferböschung lag einige Meter unter ihnen, aber die Mauer war alt und brüchig und bot ausreichend Halt, um hinunterzuklettern. Kurz darauf standen sie im Matsch des Ufervorlandes. In dem Augenblick, als Cora zum Taj herüberblickte, brach der Mond hinter den Wolken

hervor, die ihn bis dahin verborgen hatten. Es war ein un-
wirklicher Anblick: Der Mond, der sich im Wasser spiegelte, schien auf das Mausoleum, dessen weißer Marmor im
Mondlicht fast rosa glänzte. Ein Traum, an Romantik nicht
zu überbieten. Wenn man hier zu zweit war, mit der Liebe
seines Lebens.

Nur dass Cora der Sinn nicht nach Romantik stand. Sie
stand schon mit beiden Füßen im Uferschlamm. »Wie kommen wir jetzt hinüber?«, fragte sie und sah ihren Gefährten
zweifelnd an.

Rahul lachte, wie immer seine von rotem Betel gefärbten
Zähne zeigend, wackelte fröhlich mit dem Kopf und zeigte wortlos auf einen rostigen Kahn, der im Uferdickicht lag.
Wie gut, dass Rahul überall Freunde hatte, dachte Cora amüsiert. Als sie in den Kahn hineinstieg, sah sie, dass dieser
zur Hälfte mit Wasser gefüllt war. Das versprach interessant
zu werden. Gemeinsam schöpften sie so gut wie möglich
das Wasser hinaus; in dem Müll, der auch hier am Ufer ver-
streut lag, hatte Rahul einen alten Eimer gefunden. Mithilfe
von zwei Brettern, die im Schlamm steckten, paddelten sie
konzentriert und überquerten langsam den Fluss oder besser das Rinnsal. Das Flussbett führte kaum Wasser, war aber
an vielen Stellen dennoch zu tief, um hindurchzuwaten. Das
Mondlicht wies ihnen den Weg; ob man sie vom anderen
Ufer aus sehen konnte? Hoffentlich wartete das Empfangs-
komitee nicht schon drüben, um sie direkt ins Gefängnis zu
bringen. Aber alles schien ruhig; weder auf dem Fluss noch
am Ufer, von dem der Taj sich majestätisch in den dunklen
Himmel erhob, war eine Bewegung zu sehen. Nur das leise Plätschern ihrer Paddel durchbrach die Stille. Rahul hatte sich sofort an Coras Rhythmus angepasst, und sie kamen
gut vorwärts, wenn die Bretter nicht gerade wieder einmal

im Schlamm stecken blieben und vorsichtig herausgezogen werden mussten.

Zehn mühselige Minuten später hatten sie das andere Ufer erreicht. Sie lagen nun mit ihrem Kahn direkt unterhalb des Taj, an einer Stelle, die sie am Nachmittag nicht hatten betreten dürfen. Das fahle Mondlicht reichte aus, um die Umrisse des Fundaments zu erkennen, welches genau vor ihnen, nur wenige Meter vom Ufer entfernt, tief im Untergrund verankert war.

Was nun? Rahul blickte Cora fragend an, er war nur für die Logistik verantwortlich, sie für den Plan. Offensichtlich hatte er sie als Anführerin akzeptiert. Cora nahm das als selbstverständlich hin, da sie es gewohnt war, dass ihr die Männer folgten und taten, was sie sagte, sei es nun aus Respekt oder weil es einfacher war, als ihren dauernden Widerspruch zu ertragen. Was es dagegen für einen indischen Mann hieß, einer noch dazu ausländischen Frau die Führung zu überlassen, war ihr gar nicht bewusst. Gemeinsam zogen sie das Boot soweit es ging den Abhang hoch; es war die einzige Chance, hier wieder wegzukommen. Dann stiegen sie langsam die Böschung zum Taj hoch. Obwohl die Plattform, auf der das eigentliche Monument stand, nur ein bis zwei Meter über dem Niveau des Gartens auf der Vorderseite des Mausoleums erbaut war, erhob sie sich hier, auf der Flussseite, mehr als acht Meter über ihnen, da das Gelände zum Yamuna hin abfiel. Von hier aus sah man, wie das Fundament errichtet worden war, wie gewaltig die Arbeiten damals gewesen sein mussten. Rund um das Fundament führte eine Art Arkaden, in deren Sichtschutz sie sich zuerst flüchteten. Die Wände waren aus Ziegeln gemauert; dahinter mussten sich die Räume befinden, von denen der Guide am Nachmittag erzählt hatte. Die meisten waren wohl seit Hunderten von

Jahren nicht betreten worden; einige hatte man Anfang des 20. Jahrhunderts geöffnet und vermessen, dann aber wieder verschlossen. Hier war nichts zu finden. Cora ging langsam voran und um den Taj herum. Ihr Fahrer folgte tapfer, für ihn war es das Abenteuer seines Lebens. Die deutsche Ingenieurin aus dem Westerwald hatte schon größere Abenteuer erlebt; sie musste nur an das Base Camp des Mount Everest denken, in dem sie beinahe einem Mordanschlag zum Opfer gefallen wäre.

Aber jetzt ging es nicht um sie, das wäre ihr lieber gewesen. Sich selbst konnte sie gut verteidigen, jetzt aber musste sie Ganesh finden. Wo konnte er sein? Wenn man ihn gefangen hatte, dann doch wohl nahe seiner Arbeitsstelle. Und die war genau hier. Wohin hätten sie ihn gebracht? Sie versuchte, sich in die Lage der Entführer zu versetzen. Schnell musste es gehen, unauffällig. Und das war am Taj Mahal praktisch unmöglich. Wie sollte man ihn von hier fortschaffen, ohne dass es irgendjemand bemerkte?

Moment. Cora blieb abrupt stehen, sodass Rahul, der ihr sicherheitshalber dicht auf den Fersen folgte, gegen sie stieß. Cora merkte es nicht; sie war mit den Gedanken schon wieder viel weiter. Und wenn man ihn nicht weggebracht hatte? Es war schwierig, jemanden unbemerkt von hier zu entfernen; wäre es daher nicht einfacher, ihn hierzulassen? Ganesh musste irgendwo hier sein! Aber wo? Das Mausoleum war nachts verschlossen, und tagsüber konnte man kaum einen Gefangenen transportieren, vorbei an den Augen von Tausenden von Touristen. Und sonst gab es hier nichts, keinen Raum, keine Verliese, keine geeigneten Nebengebäude … Das war es! Es gab eine Möglichkeit. Nachdenklich betrachtete Cora die Arkaden, vor denen sie standen. Und wenn sie ihn im Taj gefangen hielten? Unterhalb der Grabkammer?

Oder vielleicht in einem der unzugänglichen, vor hundert Jahren wieder zugemauerten Räume? Sorgfältig betrachtete sie die Wand. Ziegelsteine, verdreckt, verstaubt, teils zerbrochen, aber keine Lücke, nichts. Langsam gingen sie wieder zurück, und Cora tastete dabei sorgfältig die Mauer ab. Da! Eine Tür war in das Fundament eingelassen; ursprünglich hatte man hier wohl direkt vom Fluss aus Werkzeug und Baumaterialien in das Gebäude bringen können, ohne es erst ganz umrunden zu müssen. Aber die Tür war fest verschlossen, da war nichts zu machen. Und das Schloss sah verrostet aus, hier war schon lange niemand mehr gewesen. Sie waren jetzt einmal die ganze Länge des Fundaments abgeschritten, die der Flussseite zugewandt war, und hatten keinen weiteren Eingang gefunden. Cora stampfte wütend mit dem Fuß auf. Sie hasste es, wenn die Lösung vermeintlich so nah lag und sie nichts tun konnte.

Rahul hatte aufmerksam beobachtet, was Cora tat. Er wusste nicht recht, was diese seltsame Frau eigentlich wollte; hatte sie keine Familie, keinen Mann, bei dem sie bleiben konnte? Was tat sie alleine in Indien, und nun auch noch nachts an dieser Stelle? Ausländer waren seltsam. Und die Frauen erst! Na gut, sie war nicht mehr jung, sicher über dreißig, hatte ihre beste Zeit also überschritten. Wer in Indien im Alter von dreißig Jahren noch nicht verheiratet war, stand als Mann unter immensem Druck der Verwandtschaft; als Frau war es dann fast schon zu spät, überhaupt noch einen adäquaten Mann aufzutreiben. Und das wunderte Rahul keinesfalls – wer sich so aufführte wie diese Frau hier, würde sicher keinen Mann finden! Wer wollte denn eine Frau, die nachts mit einem anderen Mann, also ihm, Rahul, einsame Fahrten unternahm? Sich unpassend anzog? Diese Jeans waren viel zu eng, verrieten viel zu viel. Auch wenn ihm das schon gefiel, klar. Sie war verdammt attraktiv, das musste er zugeben. Aber eine anständige Frau tat so etwas nicht! Und Rahul hatte genug amerikanische Filme gesehen, um zu wissen, wie leicht ausländische Frauen zu haben waren. Nichts für ihn!

Als sie die Mauer abklopfte, hatte er verstanden, was ihre Idee war. Sie suchte einen Eingang. Ganesh hatte am Taj gearbeitet, er hatte mit dem Yamuna zu tun, er war verschwunden. Es klag also nahe, ihn irgendwo in Flussnähe zu suchen. Natürlich hätte sie auch gleich zu der Treppe gehen können, die sie am Nachmittag oben auf der Plattform gesehen hatte. Aber die war mit Eisenplatten verschlossen, und vielleicht gab es hier unten eine einfachere Möglichkeit, in das Gebäude zu gelangen. Als Cora schließlich stehen blieb und offensichtlich nicht weiter wusste, ging Rahul voran, weiter bis an die Ecke des Fundaments, bis sie an eine Treppe kamen, die auf die Plattform hinaufführte. Jetzt waren sie hinter dem Taj, aber oben auf der Plattform. Gut, dann mussten sie es eben doch hier versuchen. Rahul lief wortlos weiter, zum äußersten Rand, der der Flussseite zugewandt war, und winkte ihr nachzukommen. Dort führte die Treppe hinab in das Innere der Plattform, das war Cora schon am Nachmittag aufgefallen. Es war natürlich verboten, hier hinunterzugehen; ein verrostetes Schild wies darauf hin. Nun ja, Indien und Verbote. Verbote, wie zum Beispiel eine rote Ampel oder eine Einbahnstraße oder eine Geschwindigkeitsbeschränkung, waren eher als Vorschlag aufzufassen, als Verhandlungsbasis gewissermaßen. So viel hatte auch Cora schon gelernt, und Rahul kam nicht einmal der Gedanke, dass das Schild tatsächlich ein Verbot darstellte. Schnell stiegen sie über die rostige Kette, die quer vor den Abgang gespannt war. Die Eisenplatten, die über den Treppenabgang gelegt worden waren, konnten sie leicht beiseiteschieben; wie so oft in Indien dienten sie eher der Rechtfertigung als der tatsächlichen Wirksamkeit.

Cora und Rahul eilten die Sandsteinstufen hinunter. Man konnte nicht wissen, ob nicht doch ein Wachtmann seine Runden machte. Unten angekommen, standen sie vor einer Holztür, die aber nicht verschlossen war; da es ohnehin verboten war, zu ihr hinabzusteigen, kümmerte sich niemand mehr um die Sicherheit hier unten. Indische Logik. Mutig drückte Rahul gegen die Tür, die sich mühelos öffnen ließ. Dahinter begann ein langer Gang. Es war stockdunkel, und Cora war sich nicht sicher, ob sie weitergehen sollten. Nicht dass sie Angst gehabt hätte, nein. Aber sie brachte auch Rahul in Gefahr, und vielleicht war hier ja nichts zu finden, und sie bildete sich das alles nur ein. Aber wenn Ganesh doch hier war? Sie musste es zumindest versuchen!

Cora riss sich zusammen und betrat den Gang. Absolute Finsternis umgab sie, als plötzlich ein Licht hinter ihr aufflammte. Rahul hatte das Flashlight auf seinem Handy angeschaltet und beleuchtete den weiteren Weg. Anerkennend nickte sie ihm zu. Der Gang war nicht sehr hoch, keine zwei Meter, und etwa einen Meter dreißig breit. Der Boden bestand aus rötlichen Ziegelsteinen, wie auch die Wände. An der niedrigen Decke sah Cora alte und teils verfaulte Balken, die Zwischenräume waren mit Lehm und Stroh ausgefüllt. Welch ein Gegensatz zu der Pracht über ihnen! Ihr Blick glitt den Gang entlang, und im Schmutz und der Feuchtigkeit des angeblich seit Jahrhunderten unberührten Gemäuers sah man seltsamerweise deutliche Fußspuren! Irgendjemand war hier gewesen, und zwar vor nicht allzu langer Zeit.

Der Gang führte noch etwa zwanzig Meter geradeaus, dann bog er nach links ab; das passte zu der Kantenlänge des Fundamentes von hundert Metern, wie Cora rasch im Kopf überschlug. Zu ihrer Rechten mussten sich also die dem Fluss zugewandten, zugemauerten Kammern befinden, vor denen sie eben draußen unter den Arkaden gestanden hatten. Aber es schien keinen Zugang zu geben. Und wenn ihnen hier jemand entgegenkam? Es gab keine Fluchtmöglichkeit, nur den Gang wieder zurück, aber da waren sie schutzlos. Cora entschied sich, bis zur Biegung zu gehen, um zu sehen, was sich dahinter verbarg. Vorsichtig schlichen sie weiter, langsam und auf jedes Geräusch achtend. Gerade als sie um die Ecke biegen wollten, spürte Cora, dass ihr Begleiter hinter ihr stehen geblieben war. Sie drehte sich um, wollte fragen, was los sei, da sah sie sein Gesicht. Es war ein einziger Ausdruck von panischer Angst. Er stand wie erstarrt und sah zur Decke hinauf.

Auch hier war der Gang aus Ziegeln gemauert, wie die Außenwände, die Decke aber bestand aus Holzbalken. Sie waren alt und sahen nicht sehr vertrauenerweckend aus. Als Cora Rahuls entsetztem Blick folgte, sah sie, wie sich aus einem Loch in dieser morschen Konstruktion eine grünlich-braune Schlange herabwand; ihr Körper schwebte bereits kurz über Coras Kopf. Hin und her wand sie sich, dann ließ sie sich fallen. Genau zwischen Cora und Rahul. Beide standen völlig reglos, der Inder in Schockstarre, Cora, weil sie wusste, dass das die einzige Möglichkeit war, nicht gebissen zu werden. Sie konnte im Halbdunkel nicht genau erkennen, was für eine Schlange es war, aber die Länge von etwa anderthalb Metern reichte aus, um sich ruhig zu verhalten. Die Schlange verharrte zunächst ebenfalls reglos, als prüfe sie die Situation; als sie keine Gefahr für sich erkannte, kroch sie langsam – unglaublich langsam für Coras Empfinden – auf Cora zu, glitt lautlos über deren Fuß. Plötzlich hielt sie inne und richtete sich langsam auf. Im Schein des Handys sahen sie jetzt sehr deutlich die markante Kopfform. Langsam wiegt sie ihren Kopf hin und her, unschlüssig, dann entschied sie sich doch dafür, im Dunkeln des Gangs zu verschwinden.

Als sie außer Sichtweite war, atmete Cora aus. Erst dadurch merkte sie, dass sie unwillkürlich ihren Atem angehalten hatte. Sie entspannte sich und fragte Rahul: »All fine? You okay?«

Rahul war noch zu keiner Antwort fähig. Er murmelte Gebete, hielt sein Amulett umklammert und starrte mit schreckgeweiteten Augen auf die Stelle in der Decke, aus der die Schlange gekrochen war. Cora folgte seinem Blick; er hatte ja recht. Wo kam sie her? Schlangen versteckten sich nicht in Decken; es musste einen Grund geben, warum sie dort oben gewesen war. Wenn sie sich streckte, konnte Cora die relativ niedrige Decke erreichen; sie kratzte, auf den Zehenspitzen stehend, ein wenig an der Stelle, aus der die Schlange sich herausgewunden hatte. Eine Mischung aus Stroh und Mörtel rieselte heraus und über Coras Kopf. Sie arbeitete weiter, es entstand ein größeres Loch.

Cora blickte den Gang entlang. Niemand war zu sehen, es gab auch keine Türen oder andere Verbindungen zu den Kammern, in denen sie Ganesh vermutete. Die Wände waren massiv, keine Chance, da durchzukommen. Aber die Decke war nicht gemauert, und wenn die Schlange da durchgekommen war … Sie leuchtete nochmals an die Decke. Das Stroh schimmerte feucht, sicher von der Schlange. Aber dann stutzte sie, ein dunkler Fleck auf einem Stein, der sich gelöst hatte; was war das? Cora sprang hoch und stieß den Stein heraus. Als er ihr vor die Füße fiel, sah sie im Schein ihrer Lampe, dass der Fleck auf dem Stein rötlich glänzte.

Ihr Entschluss stand fest. Sie zeigte nach oben und dann auf sich. Rahul schüttelte entsetzt den Kopf. »No, Miss«, stammelte er. »More snakes there. Deadly! Cobra!«

Auch Cora hatte erkannt, um welche Schlangenart es sich handelte. Kobra. Das Wort allein schon beeindruckte auch die todesmutige deutsche Ingenieurin. Der Inbegriff von Todesgefahr. Jeder wusste, wie tödlich diese Schlangen waren. Rahul hatte sichtbar Angst, dort könnten noch mehr Schlangen verborgen sein. Nicht völlig abwegig, aber Cora hielt es für unwahrscheinlich. Warum sollte eine Schlange hervorkommen und die anderen nicht? Ein Nest in einer Stroh- und Holzdecke war nicht sehr realistisch. Nein, sie musste es riskieren. Irgendwie musste das Tier ja in die Decke gekommen sein.

Sie riss nun an dem Stroh, schließlich hatte sie ein Loch geschaffen, groß genug für sie mit ihren schmalen Schultern, um sich hindurchzuzwängen. Sie zeigte erneut nach oben, Rahul starrte sie nur reglos an. War diese Deutsche völlig verrückt geworden? Auf ihre Bitte hin formte er dann aber doch mit seinen Händen eine Räuberleiter. Cora stieg hinein, stützte sich an Rahuls Kopf ab, schwankte ein wenig, so sehr zitterten seine Hände, dann kletterte sie vorsichtig und in gebückter Haltung auf seine Schultern. Langsam richtete sie sich auf und schob ihren Kopf durch die Decke in ein völlig schwarzes Loch, aus dem es modrig roch. Und wusste nicht, was sie dort oben in der Dunkelheit erwartete.

15. Kapitel

Riechen. Fühlen. Sehen. Das war die Reihenfolge der Sinneseindrücke, als Cora ihren Kopf in das dunkle Loch über ihnen steckte. Erst roch sie etwas, besser gesagt, es stank fürchterlich. Modrig, faulig, eklig. Dann spürte sie, noch bevor sie etwas sehen konnte, wie etwas Weiches an ihr vorbeistrich. Eine Ratte, dachte sie. Oder eine Maus? Schlangenfutter. Rahul, der noch immer ängstlich zu ihr hinaufblickte, aber gleichzeitig auch ständig den Boden absuchte, als habe er Angst, die Kobra könne es sich anders überlegt haben und zurückkommen, reichte ihr sein Handy herauf; rasch griff sie mit einer Hand hinunter und klemmte es sich zwischen ihre Zähne. Mit einer Kopfdrehung leuchtete sie in die Öffnung vor sich. Die Decke war hohl; zwischen der aus Holzbalken und Mörtel bestehenden Schicht und dem gemauerten Fundament über ihr war genug Raum, um sich kriechend darin zu bewegen. Aber wohin? In welche Richtung? Hier war die Kobra gewesen, was, wenn doch noch eine weitere … Cora stützte sich auf einen Balken und zog kurz entschlossen und kraftvoll ihren ganzen Körper mit einem Klimmzug in die Höhlung. Sie musste auf allen vieren bleiben, aber so ging es. Der Geruch nahm ihr den Atem; die Schlange hatte eine Maus halb verdaut wieder herausgewürgt. Irgendetwas musste sie unterbrochen und gestört haben. Aber Cora war nicht empfindlich, dafür war auch keine Zeit. Weiter. Woher war die Schlange gekommen? Sie sah nicht viel, also tastete sie mit den Händen die Oberfläche der Balken ab. Sie fühlte etwas Feuchtes; war das die Schleimspur, die die Schlange hinterlassen hatte? Dann fiel ihr ein, dass Schlangen ja im Grunde trocken waren, also gar keine Schleimspuren hinterließen. Was war es dann? Sie leuchtete mit dem Handy genauer auf die Feuchtigkeit; war das … rot? Blut! Bluteten Schlangen? Oder war die Schlange durch Blut geglitten?

Als sie kriechend der feuchten Spur folgte, wurde Cora sich für einen Moment ihrer seltsamen Situation bewusst. Sie kroch, genau wie die Schlange, vor der sie eben noch starr gestanden hatte, in sich windenden Bewegungen über einen Holzbalken, der vermutlich vor vierhundert Jahren von den Erbauern des Taj hier eingesetzt worden war; über ihr das Fundament und damit das gesamte Denkmal! Tausende Tonnen Marmor und sie in völligem Dunkel einer Blutspur folgend … in der vagen Hoffnung, dass ihr nicht weitere Schlangen entgegenkamen …

Nach etwa fünfzehn Metern glaubte Cora ein Geräusch vernommen zu haben. Sie hielt inne und lauschte. Ein Stöhnen, ein Wimmern? Da war etwas. Oder jemand. Langsam schob sie sich voran, das Handylicht hatte sie vorsichtshalber ausgeschaltet. Der Hohlraum verbreiterte sich, offensichtlich erstreckte er sich jetzt auch in Richtung der Kammern. Sie bewegte sich etwas in diese Richtung, sie musste jetzt über den Kammern sein. Da – wieder dieses Wimmern. Dann hörte sie ein Scharren, ein Trippeln. Das wird ja immer besser, dachte sie, als – vermutlich – eine Ratte zu ihr hinlief, kurz an ihrem Gesicht schnupperte, das sich dicht über dem Balken befand, über den sie rutschte, dann aber desinteressiert weiterrannte. Als das wimmernde Geräusch lauter wurde, änderte Cora nochmals die Richtung; sie vermutete, dass sie sich fast über der dem Fluss zugewandten Außenmauer befinden musste. Cora kratzte an dem Mörtel unter ihr und versuchte, ein Loch in die Füllung zu graben. Sie riss sich die Hände auf, ohnehin blutete sie schon, als sie sich wenige Meter zuvor einen Splitter in die Hand gestoßen hatte. Als das Loch faustgroß war, sah sie hinunter. Nichts zu sehen, natürlich. Aber sie spürte, dass da etwas war, jemand, die Anwesenheit eines Lebewesens war geradezu physisch zu fühlen. Mühsam holte sie das Handy aus ihrer Hosentasche, wo sie es sicher verstaut hatte, um es nicht zu verlieren, und schaltete es an. Der Lichtstrahl fiel durch das Loch in der Decke unter ihr in ein Gewölbe, eine Kammer. Groß, glatte Wände, leer. Das konnte nicht sein. Das durfte nicht sein. Langsam leuchtete sie den ganzen Boden ab. Da. In einer Ecke lag etwas. Ihre Augen mussten sich erst wieder an die Helligkeit adaptieren, bis sie erkannte, dass es ein Mensch war. Sie sah Blut, viel Blut, eine geschwollene Masse, wo eigentlich der Kopf sein sollte. Der Körper war unnatürlich verkrümmt und mit Blut, Schmutz und irgendetwas anderem, vielleicht Erbrochenem, bedeckt. Aber wie entstellt auch immer dieser Körper war, Cora erkannte Ganesh sofort. Sie wusste es einfach.

Sie unterdrückte einen Schrei; seine Peiniger konnten ja noch irgendwo hier sein. Cora zwang sich, ruhig zu bleiben. Nachdenken. Sie musste denken. Er konnte unmöglich über die Decke in die Kammer gebracht worden sein, also gab es da unten einen Ausgang. Aber der war eventuell bewacht. Andererseits hatte sie keine Chance, ihn hier hochzuziehen oder hochzustemmen; unmöglich in seinem Zustand. Dafür war sie zu schwach. Rahul machte auch keinen sehr kräftigen

Eindruck, der wäre sicher keine große Hilfe. Ohnehin war hier in dem Hohlraum nur Platz für eine Person, diese Möglichkeit schied daher aus. Also blieb nur eine Alternative: Sie musste hinunter in die Kammer und sehen, wie sie ihn da herausbekam. Ganesh schien nicht ansprechbar; laut zu rufen, war zu riskant. Sie warf einen verzweifelten Blick auf die leblose Masse, die da unter ihr lag; dann robbte sie vorsichtig rückwärts zurück zu dem Loch, durch das sie hochgeklettert war. Keine weiteren Mitbewohner des Hohlraumes begegneten ihr; sie hatte auch keinen Bedarf mehr daran. Als sie an das Loch kam, steckte sie ihre Füße hindurch und ließ sich ebenso langsam hinuntergleiten, wie sie vor wenigen Minuten (ihr kam es wie eine Ewigkeit vor) hinaufgeklettert war.

Unten im Gang wartete ihr treuer Freund noch immer, unablässig betend und sein Shiva-Amulett umklammernd. Schnell erklärte Cora ihm den Plan. Er sollte zurückgehen, den Gang entlang, dann die Treppe auf die Plattform hinauf, dann wieder hinunter zum Ufer auf der Rückseite des Taj. Sie erklärte ihm, wie weit er etwa zu gehen hatte, sofern ihre ungefähre Kalkulation der Lage der Kammer stimmte. Dann stünde er außen an der Mauer, die dem Yamuna zugewandt war, und sie innen; so musste es möglich sein, den Ausgang aus der Kammer zu finden. Rahul schien nicht sehr begeistert von der Aussicht, allein im Dunklen den Weg zurückzugehen, sein Handy brauchte ja Cora. Und was war mit der Schlange? Aber er gehorchte brav; die Aussicht, den dunklen Gang mit der Kobra verlassen zu können und an die frische Luft zu gelangen, wirkte motivierend. Schnell stemmte er Cora wieder empor, dann lief er los.

Cora kroch wieder zurück Richtung Loch. Sie war jetzt über und über mit Dreck bedeckt, auch ihre Haare waren voller Spinnweben und anderen Dingen, die sie gar nicht identifizieren wollte. Am Loch angekommen, blickte sie vorsichtig hinunter. Außer Ganesh war niemand zu sehen. Sie hatten ihm wohl die Schlange in die Kammer gesteckt und waren gegangen. Aber wohin und wie? Sorgfältig erweiterte Cora das Loch, indem sie den jahrhundertealten Dreck herauskratzte und mit einem losen Stein weiteren Mörtel und Stroh herausschlug. Schließlich war die Öffnung weit genug, um sich hindurchzuzwängen. Vorsichtig blickte sie noch einmal umher. Niemand zu sehen oder zu hören. Rasch ließ sie sich mit den Füßen voran durch das Loch fallen und rollte sich geschickt auf dem harten Boden ab. Der Stein war absolut glatt und kalt, es musste der gleiche Marmor sein, mit dem der gesamte Taj bedeckt war. Schnell lief sie zu Ganesh hinüber und kniete neben ihm nieder, sanft berührte sie ihn an der Schulter. Er stöhnte, schien aber nicht bei Bewusstsein. Hatte die Schlange ihn gebissen? Ganz behutsam drehte sie seine Füße, konnte aber in all dem Blut keinen Biss erkennen. Sie mussten weg hier, sofort, jeden Moment konnten die wiederkommen, die ihm das angetan hatten. Was sie dann mit ihr, Cora, machen würden, konnte sie sich lebhaft ausmalen.

Cora blickte sich um und leuchtete die Wände mit dem Flashlight von Rahuls Handy ab. Das gab es doch nicht, keine Tür? Keine Öffnung, nichts? Alle vier Wände hatte sie abgesucht. Plötzlich hörte sie einen gedämpften Ruf von draußen. Rahul! Er stand auf der anderen Seite der Wand, die von innen mit Marmor verkleidet war, außen aber gemauert. Tapferer Rahul! Sie klopfte an die Wand, um ihm ein Zeichen zu geben. Aber da stand er auch schon im Raum. Ungläubig starrte Cora ihn an. Wie das? Er grinste und zeigte auf den Boden. Da, an der Außenwand gab es direkt über dem Boden eine schmale Öffnung, gerade groß genug, damit ein Mensch hindurchkriechen konnte. Er hatte ihren Lichtstrahl gesehen und musste ihm nur folgen. Sie hatte nach einer Tür gesucht und das Licht natürlich nicht direkt auf den Boden gerichtet, sondern in Kopfhöhe.

Als Rahul Ganesh sah, zuckte er zusammen. Er blickte zu Cora, und sie nickte. Raus hier. Gemeinsam zogen und trugen sie Ganesh so behutsam wie möglich über den Boden zu der schmalen Öffnung, eine Spur von Blut und Schmutz hinter sich her ziehend. Ganesh stöhnte auf vor Schmerz, es sah aus, als wolle er die Augen öffnen. Aber sie waren völlig zugeschwollen. Cora redete beruhigend auf ihn ein; sie wusste nicht, ob er sie hören konnte oder gar verstand, dass sie es war. Aber sie sprach unablässig mit ihm, leise flüsternd, aber doch so, dass er sie hoffentlich hören würde. An der Mauer angekommen, schlängelte sich Rahul rasch hindurch, dann zog er von außen an Ganesh, während Cora mit sanftem Druck von innen nachhalf. Gemeinsam schafften sie es, die blutende Masse Fleisch, die sie als Ganesh kannte, durch die Lücke zu zwängen. Cora liefen nun Tränen die Wangen hinunter, aus Anstrengung, den schweren Körper zu bewegen, und aus Mitleid mit ihrem Freund. Aber auch aus Wut über das, was man ihm angetan hatte. Sie war dankbar für seine Bewusstlosigkeit. Draußen angekommen, trugen sie ihn gemeinsam zum Boot und legten ihn vorsichtig hinein. Sie begannen sofort die Überfahrt, um sich in Sicherheit zu bringen. Während Rahul paddelte, was seine dünnen Ärmchen hergaben, hielt Cora Ganesh in ihren Armen und redete weiter beruhigend auf ihn ein, wobei ihre Tränen, denen sie nun freien Lauf ließ, auf ihn herabtropften. Ganesh! Würde er das hier überleben? Trug er das Schlangengift schon in sich? Würde sie ihn jetzt verlieren, kaum dass sie ihn endlich wiederhatte?

Unbehelligt erreichten sie das andere Ufer. Cora sprang aus dem Kahn in den Uferschlamm, und gemeinsam mit Rahul zog sie das morsche Teil so weit wie möglich die Böschung empor. Was nun? Unmöglich konnten sie mit Ganesh durch den ganzen Park laufen und dann wieder über die Mauer klettern. Rahul musste es irgendwie schaffen, den Wagen näher heranzufahren. Rahul schien zu dem gleichen Ergebnis gekommen zu sein, jedenfalls sah er Cora an, sagte: »You wait, Miss!«, und verschwand sofort in Richtung Park.

Cora ließ sich neben Ganesh im Kahn nieder und streichelte sein geschwollenes Gesicht. Er stöhnte leicht auf, und sein linkes Bein begann plötzlich, unkontrolliert zu zucken. Sie beruhigte ihn, sprach auf ihn ein und hielt ihn fest. Was sonst konnte sie tun? Cora war zum ersten Mal seit Langem wirklich verzweifelt. Sie war allein, nachts am Ufer des Yamuna mit einem schwer verletzten Ganesh, allein in Indien, wie sollte sie Hilfe holen oder Ganesh beschützen? Sie kannte ja nicht einmal seine Feinde. Rahul war ihre einzige Hoffnung, und der war auch nur ein einfacher Taxifahrer. Lieb, aber nicht wirklich der starke Fels, den auch sie jetzt einmal gebraucht hätte. Wie sollten sie Ganesh hier fortschaffen? Und wohin? Und dann? Fragen über Fragen, und auch Cora hatte diesmal keine Antworten. Anshu! Ja, ihn konnte sie fragen, aber auch er hatte etwas hilflos gewirkt, fand sie. So saß sie am Ufer mit dem stöhnenden Ganesh in ihren Armen, betrachtete den Taj im Mondlicht und fragte sich, ob der Erbauer, Shah Jahan, wohl auch einmal hier gesessen hatte, den Taj im Blick und voller Schmerz um seine Liebe? Ganesh lebte noch, im Gegensatz zu Mumtaz Mahal, aber es sah nicht gut aus. Was war mit dem Kobragift? Von Gift verstand Cora nichts, und sie konnte nur hoffen, dass die vielen Götter, wer auch immer zuständig war, sich kümmerten. Shiva wohl voneweg, das war doch Ganeshs Vater, richtig?

Plötzlich spürte sie, wie sie jemand sanft an der Schulter berührte. Sie zuckte trotzdem zusammen, so unerwartet kam die Berührung. Rahul! Er legte den Finger auf seine Lippen, bedeutete ihr, ruhig zu sein, und gemeinsam hievten sie Ganesh aus dem Boot. Und jetzt? Rahul deutete auf die Uferböschung etwas flussaufwärts, und sie trugen Ganesh mit vereinten Kräften das flache Ufer entlang dorthin. Im Monsun stand all dies unter Wasser, aber jetzt war es zwar schlammig, aber begehbar. Nach fast hundert Metern kamen sie an eine Steinmauer; sie umrundeten sie, und Cora erblickte zu ihrer großen Erleichterung den Wagen. Sie war am Ende ihrer Kräfte. Rahul hatte es tatsächlich geschafft, den Wagen nahe ans Ufer zu fahren. Dankbar sah sie ihn an, und er blickte stolz zurück und lächelte.

Cora blieb bei Ganesh, den sie so sanft wie möglich ins Gras gelegt hatten, und Rahul holte den Wagen so nah, wie die Böschung es zuließ. Es war ein weiterer fast übermenschlicher Kraftakt erforderlich, um die fast leblose Masse, die Ganesh war, auf die Rückbank zu hieven. Als er endlich dort lag, fielen Cora und Rahul völlig erschöpft in ihre Sitze. Aber es blieb keine Zeit, um auszuruhen, Ganesh musste sofort in ein Krankenhaus. Rahul, selbst nun mit Schlamm und Ganeshs Blut beschmiert und körperlich am Rande des Zusammenbruchs, raffte sich auf, legte den ersten Gang ein, gab Gas und raste los; gleichzeitig schaffte er es noch, seinen Freund anzurufen und den Weg in das nächste Krankenhaus zu erfragen. Agra war schließlich eine Großstadt, und sie konnten es sich nicht leisten, Zeit zu verlieren. Gut nur, dass man sich in Indien mit Schlangenbissen auskannte.

Aber was sollten sie der Polizei erzählen? Ein Schlangenbiss war sicher zu erklären, aber die Spuren der Folter nicht. Und eine Ausländerin, die einen gefolterten Inder aus dem

Taj gerettet hatte, war keine überzeugende Geschichte für einen verschlafenen und tendenziell desinteressierten indischen Polizeibeamten. Es war beiden klar, was zu geschehen hatte. Cora würde in ihr Hotel zurückkehren und zunächst dort bleiben; Rahul musste Ganesh ins Krankenhaus bringen und dann sehen, wie er selbst aus der Geschichte herauskam. Am besten, er sagte einfach, er habe diese Person am Straßenrand gefunden und sofort ins nächste Hospital gebracht. Das sollte reichen, um ihm Zeit zu verschaffen, nach Delhi zurückzufahren und zu verschwinden.

Ganesh wachte auf. Als Cora das Stöhnen auf der Rückbank hörte, nahm sie seine Hand. »Ganesh? Ganesh! Ich bin es, Cora. Alles in Ordnung, wir bringen dich in ein Krankenhaus. Bist du gebissen worden? Ganesh?«

Er versuchte, die Augen zu öffnen, was ihm nicht gelang. »Cora!«, sagte er mit kaum hörbarer Stimme. »Dir geht es gut ... du musst weg, nach Deutschland. Die finden dich ... Ich habe mich da in etwas eingemischt ... frag Anshu, dem kannst du vertrauen. Ich ...«

»Ich vertraue Anshu«, sagte Cora rasch. »Er hat mich abgeholt, aber ich bin allein nach Agra gekommen, um dich zu finden. Und, Ganesh, was war mit der Kobra?«

»Sie ... hat mich angespuckt. Cora, ich werde sterben. Sie hat mich auch gebissen, glaube ich. Ich ... vertrau Anshu und verlass Indien sofort. Versprich mir das, ja?«

»Ja, ich höre auf Anshu. Verlass dich auf mich.« Cora vermied es, ihm zu versprechen, dass sie Indien verlassen würde. Niemals würde sie ihren Freund allein lassen! Erst musste er gesund werden, alles andere war jetzt zweitrangig.

»Ganesh, ich muss jetzt ins Hotel. Ich darf nicht mit dir gesehen werden, verstehst du das? Mein Fahrer bringt dich ins Krankenhaus. Okay? Du wirst wieder gesund, ja? Versprich du mir das!« Sie streichelte seine Wange, auf die etwas tropfte. Cora schluckte schwer und wischte sich die Tränen aus den Augen. Ganesh! Ihr Ganesh!

Ganesh verzog das Gesicht, das sollte wohl der Versuch eines Lächelns sein. »Cora, du musst ... Anshu ... tu, was er sagt ...« Dann verlor er erneut das Bewusstsein.

Cora ließ seine Hand nicht los. Sie musste bald aussteigen, ihr Hotel war nicht mehr weit. Während sie voller Sorge auf Ganesh herabblickte, warf er sich unruhig hin und her; er schien seine schreckliche Zeit im Verlies noch einmal zu durchleben. Hin und wieder murmelte er etwas, aber sie konnte ihn nicht verstehen. Cora beugte sich zu ihm herab, was sagte er da? Es klang wie »geklaut«, hatte ihm jemand etwas gestohlen? Sicher war das jetzt ihre geringste Sorge.

Da, sie waren am Hotel angekommen. Sie drückte Ganesh einen Kuss auf die Stirn, ihre Tränen tropften unaufhörlich auf sein Gesicht. Cora stieg aus und nickte Rahul, der auch ausgestiegen war, zu. Sie legte ihm die Hand auf die Schulter. Durfte sie ihn umarmen, ging das in Indien? Egal, er hatte ihr geholfen, er hatte sein Leben riskiert, alles für sie getan. Schnell berührte sie seine Wange mit ihren Lippen, dann schob sie ihn zurück auf den Fahrersitz und drückte die Tür zu.

Als das Taxi mit den beiden um die Ecke verschwunden war, strich sich Cora durch die Haare. Sie war so müde. Jetzt musste sie noch möglichst unauffällig an dem Sicherheitspersonal des Hotels vorbei und durch die Lobby auf ihr Zimmer gelangen. Sie würde natürlich extrem auffallen, wenn sie so ein Fünf-Sterne-Hotel betrat – mitten in der Nacht, besudelt mit Schlamm und Schmutz und Blut. Aber sie konnte es nicht ändern, sie musste es einfach riskieren. Langsam schlenderte sie auf den Eingang zu. Die Wachen salutierten, weil sie die Ausländerin erkannten, betrachteten sie aber doch sehr misstrauisch. Cora grüßte zurück und ging dann mit raschen Schritten weiter in die Lobby. Dort kam sofort ein Security Officer auf sie zu.

»Miss Dr. Remy? What happened? Do you need a doctor?«

»No, thanks«, sagte Cora, mit letzter Kraft freundlich lächelnd. »I went jogging and fell … it's fine. I'll go to sleep.« Mit diesen Worten verschwand sie im Aufzug und ließ den Sicherheitsbeamten verblüfft zurück, der ihr nachstarrte. Joggen? Um diese Zeit, und dann kam sie in diesem Zustand zurück? Er konnte sich nicht vorstellen, dass eine indische Frau so etwas tun würde. Aber Ausländerinnen waren anders, das erlebte er hier im Hotel ja immer wieder. Wenn sie sagte, es sei okay, dann war das wohl so. Besser, er erstattete keinen Bericht, das könnte Ärger geben, weil ihr etwas zugestoßen war. Zufrieden, seiner Pflicht nachgekommen zu sein, ohne Verantwortung übernehmen zu müssen, ging er zurück auf seinen Posten.

Erschöpft lehnte Cora im Aufzug an der Wand und betrachtete sich im Spiegel gegenüber. Erstaunlich, dass sie so durch die Lobby gekommen war. Ihre schwarzen Haare hingen wirr herunter, mit Dreck beschmiert. Verkrustetes Blut in ihrem Gesicht, an den Händen und Armen; ihr T-Shirt wie auch ihre Jeans waren mit bräunlich-schwarzen Streifen überzogen. Irgendetwas krabbelte noch in ihren Haaren, auch egal. Sie war einfach zu müde. Als sie endlich ihr Zimmer betrat, schloss sie schnell die Tür, verriegelte sie von innen und stellte noch einen Stuhl davor. Dann riss sie sich das blutbespritzte T-Shirt vom Leib, zog die Jeans aus, ließ BH und Slip achtlos auf den Boden fallen und stellte sich unter die Regenwalddusche. Warmes Wasser, eine Wohltat! Sie stellte es heiß, verbrühte sich fast, ihre Haut brannte wie

Feuer, aber sie hatte das Bedürfnis, alles loszuwerden, was noch an ihrem nackten Körper klebte. Immer wieder seifte sie sich ein und schrubbte ihre Haut und ihre Haare, um den Gestank und Schmutz und alles, was sie da oben in der Höhlung über der Kammer, im Schlamm am Flussufer und auch an Ganesh selbst berührt hatte, abzuwaschen. Schließlich lehnte sie sich erschöpft an die weißen Kacheln mit dem blauen Elefantenmuster, während das heiße Wasser über ihren Kopf lief, den Körper hinab, und weinte hemmungslos. Vor Erschöpfung, weil sie nicht mehr konnte, vor Schmerz, weil ihr von der Anstrengung alles wehtat, vor Wut auf die, die Ganesh das angetan hatten, und vor Sorge um ihn. Lange stand sie so, die Hände an die Wand gestützt, und spürte nur noch die Tropfen, die auf sie niederprasselten.

Schließlich war alles abgewaschen und herausgeweint. Nackt, wie sie war, ließ sie sich auf ihr Bett fallen. Sie zog die weiche, warme Bettdecke bis an den Hals, dann blickte sie verzweifelt aus dem Fenster hinüber zum Taj Mahal, der im Mondlicht weiß leuchtete. Sie dachte an Ganesh. Er hatte keine Chance gegen Kobragift. Das wussten sie beide.

16. Kapitel

Schwarz. Alles, was er sah, war tiefste, undurchdringliche Schwärze. Panik erfasste ihn, und er musste sich mit aller Kraft auf die Bambusstange konzentrieren, an welcher er sich festhielt. Sie war seine Rettung, seine Rettungsleine, seine einzige Chance, wieder hinaufzukommen. Er sah nichts, er fühlte die Stange nur, in seiner linken Hand. Er hielt sie fest umklammert; hätte er etwas sehen können in dieser Dunkelheit, wäre ihm aufgefallen, dass seine Fingerknöchel weiß wurden, so fest presste er seine Finger um den Bambus. Ironie, weiße Knöchel in der Schwärze. In der anderen Hand hielt er den Eimer. Was nun? Er erinnerte sich an die Worte seines Vorarbeiters, der ihm eingetrichtert hatte, die Bambusstange auf keinen Fall loszulassen. Die Strömung würde ihn sofort in die Tiefe ziehen. Vorsichtig tastete er mit seinen Füßen nach irgendetwas und spürte etwas Weiches zwischen seinen Zehen. Das musste es sein, deswegen war er hier. Langsam beugte er sich nieder, die Stange immer fest im Griff, und kratzte mit dem Eimer, den er in der rechten Hand hielt, über den Meeresboden, um den Sand hineinzuschieben. Mit den Füßen schob er den Sand hin zum Eimer, zumindest hoffte er, dass er das tat. Diese undurchdringliche Schwärze! Vorsichtig hob er den Eimer an, war er voll? Und wenn ja, mit Sand oder nur mit Wasser? Er schien schwerer als vorher, aber war Sand schwerer als Wasser? Er wusste es nicht. Also hob er vorsichtig sein rechtes Bein an und versuchte, seinen Fuß in den Eimer zu stellen; es gelang. Ja, der Eimer war mit Sand gefüllt, gut. Jetzt nach oben. Den Henkel des Eimers fest in der rechten Hand, zog er sich mit der linken an der Stange empor. Langsam, ganz langsam, zu schnell durfte er nicht aufsteigen, das hatte man ihm gesagt, sonst würde er taub werden. Er wusste nicht genau, warum, irgendetwas mit seinem Ohr; was verstand er schon davon? Aber sein Kopf sagte ihm, schnell nach oben, seine Lunge schien zu platzen, er musste dringend atmen, frische Luft, aber er war doch noch in der Tiefe, zwanzig Meter tief, hatten sie gesagt, und er durfte nur langsam nach oben, gegen alle Vernunft. Aber er gehorchte, langsam schob er sich an der Stange empor, nur den Eimer nicht loslassen, sonst war alles umsonst gewesen. Als er endlich die Wasseroberfläche durchbrach, riss er den Mund auf, so weit er konnte, nur atmen, nur Luft! Aber schon zog jemand an ihm, sein Kopf stieß an etwas Hartes, der Bootsrand; jemand rief ihm zu, er soll den Eimer loslassen. Erleichtert ließ er los, das Gewicht war weg, gut, Luft bekam er auch wieder. Alles war gut. Er hatte alles richtig gemacht, sein erster Tauchgang.

Morgen früh, oder heute Abend, er wusste nicht mehr, wie spät es war, bekam er seinen ersten Lohn, das war ausgemacht. Seine Frau würde Essen kaufen, sie würde wieder lachen, das hatte sie so lange nicht getan. Die Kinder würden essen, er freute sich so auf die glücklichen Gesichter, wenn sie sahen, dass ihre Mutter kochte. Das war es wert. Das war alles wert. Dafür würde er von jetzt an schuften, tauchen, er, der vom Land stammte, Bauer war, noch nie in seinem Leben das Meer gesehen hatte. Aber die Ernte war verdorben, der

116

Monsun hatte alles zerstört, und der Mittelsmann, der ihm das Saatgut gegen einen Kredit gegeben hatte, der wollte sein Geld zurück. Sie drohten, ihm alles zu nehmen, sie bedrohten seine Frau und seine Kinder, da hatte er in seiner Verzweiflung beschlossen, sich umzubringen, er sah keinen Ausweg, wie Tausende von Bauern jedes Jahr in Indien. Schon drei seiner Freunde hatten sich deswegen umgebracht, sie waren so verzweifelt. Einfach an einer Scheune erhängt, so hatten ihre Frauen sie gefunden. Aber seine Frau hatte ihn angefleht, als er schon auf dem Weg zu dem Baum war, an dem er sich aufhängen wollte; der Baum, den er seit seiner Kindheit jeden Tag sah, wenn er zum Feld ging. Dort wollte er sterben, der letzte Blick über das Feld, das ihm gehörte. Und da hatte sie ihn angefleht, sie nicht allein zu lassen, was sollte sie tun ohne ihn? Und dann waren sie geflohen, nachts, vor dem Mittelsmann, nach Süden, in die Großstadt, nach Mumbai. Mit ihren fünf Kindern ganz früh morgens los, zu Fuß, immer weiter. Seine Frau hatte im Dorf Körbe aus Weidenruten geflochten, damit konnten sie genug Essen kaufen, um sich zu ernähren. Schließlich waren sie in Mumbai gelandet in der Hoffnung auf Arbeit. Auf der Straße hatten sie geschlafen, tagelang, und gebettelt, wie sollte er Arbeit finden? Schließlich hatte ihn jemand angesprochen, ob er Arbeit suche. Hatte er eine Wahl? Der Mann sagte, es sei harte Arbeit, aber gut bezahlt, also nahm er an. Er wusste überhaupt nicht, was er sonst hätte tun sollen, er hatte ja keine Ausbildung und konnte weder lesen noch schreiben. Die Kinder, sie sahen ihn an, sie hatten Hunger. Und so tauchte er jetzt im kalten, dunklen Salzwasser, mit einer Hand an der Stange, und holte Sand nach oben. Wozu der gebraucht wurde, verstand er nicht, aber das war ihm auch egal. Er musste nur fleißig sein, hatte ihm sein Vorarbeiter gesagt, jeden Tag vier oder fünf Stunden tauchen, immer solange er konnte, bis zu zwei Minuten unter Wasser, und den schweren Eimer hochbringen. Dann war der mächtige Mann zufrieden, den alle nur den Sandmacher nannten, und dann war auch sein Vorarbeiter zufrieden, und dann war er selbst, der doch seine Familie versorgen musste, auch zufrieden.

Aber er hatte furchtbare Angst da unten, er konnte ja nicht schwimmen. Es war so dunkel. Manchmal, wenn die Angst zu groß wurde, hatten ihm andere erzählt, die das schon länger machten, bekamen sie Alkohol gegen die Angst. Dann ging es wieder hinunter, mit dem Eimer, an der Stange. Und dem Alkohol im Blut und im Kopf. Gegen die Angst.

Was? Schon? War er nicht eben erst aufgetaucht? Als er den Tritt gegen seinen Kopf spürte, wusste er, dass es nichts half. Er musste sofort wieder hinunter, in die Schwärze, die Dunkelheit, die Kälte. Mit dem Eimer, Sand holen, nur die Stange nicht loslassen, dachte er noch, dann holte er tief Luft und glitt hinunter.

17. Kapitel

A nshu? Hier ist Cora. Hallo.«
Sie war etwas kleinlaut. Schließlich hatte sie ihn einfach im Stich gelassen; er hatte sie vom Flughafen abgeholt, sich gekümmert, und sie war bei Nacht und Nebel einfach nach Agra geflüchtet! Ohne ihn zu informieren. Aber Ganesh hatte gesagt, sie könne ihm vertrauen, also würde sie das tun. Sie würde Indien nicht verlassen, auch wenn Ganesh und Anshu dies von ihr verlangen mochten. Sie musste sich um Ganesh kümmern, aber nicht nur darum. Sein Projekt, die statische Situation des Taj, interessierte sie als Hydroingenieurin; das musste sie herausfinden, denn es schien ja mit Ganeshs physischer Bedrohung in Verbindung zu stehen. Und dann war da noch die andere Sache, die Anshu angesprochen hatte. Irgendetwas mit Sand, die Details hatte er ja nicht beschrieben.

Jedenfalls hatte Cora nach einer sehr unruhigen Nacht noch einmal ausgiebig geduscht und zwei Schmerztabletten geschluckt. Die Kratzer würden heilen, das war kein Problem. Aber sie hatte starke Kopfschmerzen, und die konnte sie nicht gebrauchen. Beim Frühstück im Restaurant unten hatte sie beschlossen, Anshu anzurufen. Er hatte ein Recht darauf zu erfahren, was passiert war. Und Rahul konnte sie nicht erreichen; sie hatte es gleich nach dem Aufwachen und seither immer wieder versucht. Sicher war er schon auf dem Weg nach Delhi. Zurück in sein geordnetes Leben. Was war nur mit Ganesh? Sie musste das irgendwie herausfinden, aber wie? Nach der zweiten Tasse Chai und einem »not spicy« Masala-Omelett, das ihr auf der Zunge brannte, erreichte sie endlich Anshu.

»Cora? Wo sind Sie? Als ich gestern in den Club kam, waren Sie nicht da. Ich mache mir große Sorgen. Wo soll ich Sie abholen? Was ist passiert? Sind Sie okay?«

»Ja, ich bin okay, aber Ganesh …« Cora zögerte, dann berichtete sie ihm in allen Details von den Ereignissen der letzten Nacht. Als sie fertig war, herrschte zunächst Schweigen am anderen Ende der Leitung. Schließlich hörte sie seine Stimme.

»Sie sind eine erstaunliche Frau. Sind alle Deutschen so? Ganesh hatte mir von dem erzählt, was Sie in Tibet erlebt hatten. Ehrlich gesagt, ich dachte, er übertreibt etwas, weil er Sie so mag. Aber wenn ich das jetzt höre … Unglaublich, was Sie für ihn riskiert haben! Mein Gott! Was nun? Soll ich Sie abholen und zum Flughafen bringen? Sie möchten sicher schnell nach Hause nach dem Abenteuer?«

Cora musste unwillkürlich lächeln. Er kannte sie wirklich nicht. »Nein«, sagte sie. »ich werde nicht nach Hause fahren. Ich bleibe hier. Sie glauben doch nicht ernsthaft, dass ich Ganesh jetzt allein lasse? Erzählen Sie mir lieber von dieser Sache mit dem Sand, in die Ganesh sich eingemischt hat. Wenn er deswegen gefoltert wurde, ist es ja nicht vorbei. Sie werden ihn wieder suchen, und wer weiß …«

Anshu schwieg eine Weile, dann sagte er: »Also gut. Folgender Plan: Sie bleiben, wo Sie sind. Versprochen? Nicht weggehen! Ich hole Sie ab, und dann sage ich Ihnen, was ich weiß. Dann sehen wir weiter. Ich kann zum Lunch bei Ihnen sein, okay?« Damit legte er auf, ohne auf ihre Antwort zu warten. Er wollte wohl keinen Widerspruch riskieren, dachte Cora amüsiert. Aber der Plan war nach ihrem Geschmack, erst alle Informationen sammeln, dann entscheiden. Sie sah auf ihre Uhr. Es würde noch drei bis vier Stunden dauern, bis Anshu hier war. Es quälte sie, nicht zu wissen, wie es Ganesh ging. Wenn sie nur wüsste, in welches Krankenhaus Rahul ihn gebracht hatte … Aber Cora war nicht der Mensch, vor dieser Aufgabe zu kapitulieren. Sie stand auf, bedankte sich betont höflich bei ihrem Kellner, der erfreut zurücklächelte, dann durchquerte sie die weitläufige Hotellobby. An der Rezeption fragte sie nach dem Hotelmanager. Nach wenigen Minuten kam eine junge Dame auf sie zu, in einen traumhaften Sari aus blauer, mit etwas Gold durchwirkter Seide gekleidet. Ihre Arme klingelten vor lauter Goldreifen, die sie um ihr linkes Handgelenk trug. Auf der Stirn prangte ein roter Farbtupfer, in ihrem rechten Nasenflügel steckte ein winziger Diamant. Sie faltete die Hände vor der Brust zum Gruß und sagte freundlich: »Namaste, Dr. Remy! My name is Savitri, what can I do for you?«

Erfreut und beeindruckt, dass die Dame ihren Namen kannte, grüßte Cora ebenfalls mit »Namaste« und fragte dann, ob die Managerin Zeit für sie habe. Lächelnd nickte diese und geleitete Cora zu einer Sitzgruppe, in deren Sessel Cora sofort versank. Auf einen unauffälligen Wink hin brachte ein livrierter Boy ein Glas gekühlten Guavensaft.

»Ich bin beeindruckt, dass Sie meinen Namen kennen«, begann Cora lächelnd.

»Sie sind mein Gast«, erwiderte Savitri. »Es ist meine Aufgabe, mich um Sie zu kümmern. Natürlich kenne ich die Namen aller meiner Gäste. Außerdem …«, sie musste jetzt lachen, »habe ich unauffällig in mein I-Pad geschaut, bevor ich Sie ansprach.«

Cora mochte ihre offene Art sofort. Savitri wirkte sehr selbstbewusst, eine Eigenschaft, die Cora schätzte. Gern hätte sie mehr über sie erfahren, aber erst musste sie sich um Ganesh kümmern, vielleicht hatte sie später noch Zeit, sich mit Savitri näher zu unterhalten. »Ich bin mit dem Taxi aus Delhi gekommen«, sagte sie vorsichtig. »Und der Fahrer hat am Straßenrand einen verletzten Inder gefunden und ihn in ein Krankenhaus gebracht. Ich würde gern wissen, wie es ihm geht. Wie kann ich das herausfinden? Ich möchte ihn gern besuchen.«

»Oh, das geht nicht«, wehrte Savitri erschrocken ab. »Sie sollten als Ausländerin nicht in ein indisches Krankenhaus gehen. Nicht allein, das ist nichts für Sie. Wissen Sie, die Hygiene ist hier etwas anders als in Ihrer Heimat. Sie wären sicher sehr erstaunt, wie das hier zugeht. Ich kann aber versuchen, für Sie in den wichtigsten Krankenhäusern anzurufen, vielleicht finde ich etwas heraus.«

»Das wäre sehr nett!«, sagte Cora höflich. Die Hotelmanagerin schaute kurz auf, und schon kam wieder der Boy herangeeilt. Sie gab ihm einige Anweisungen, und er verschwand. »Kann ich noch etwas für Sie tun? Fühlen Sie sich wohl bei uns?«

»Ja, sehr. Ihr Hotel ist wunderschön. Entschuldigung, ich hätte zwei private Fragen, wenn es Ihnen recht ist? Ist Savitri der Name einer Gottheit? Das scheint hier ja üblich zu sein. Und dann, ich meine, wir lesen in Deutschland immer nur, wie schlecht Frauen in Indien behandelt werden, wie unterdrückt sie sind. Aber jetzt sehe ich Sie, jung, schon Managerin in einem Luxushotel … Sind Sie die Ausnahme oder ist unser Indienbild falsch?«

Savitri lachte laut, hielt sich dabei aber die Hand vor den Mund, wie es sich gehörte. »Savitri ist tatsächlich ein Gott;

er galt als der Antreiber, jemand, der Tiere und Menschen in Bewegung und in Ruhe versetzen kann. Perfekt für eine Hotelmanagerin, was meinen Sie?« Sie lachte wieder. »Bei uns können Götter männlich oder auch weiblich sein, manchmal auch beides«, fügte sie hinzu, als sie Coras verwirrten Gesichtsausdruck bemerkte. »Aber ich hole zu weit aus, Entschuldigung.« Sie lächelte verlegen.

Cora schüttelte heftig den Kopf. »Nein, im Gegenteil! Das ist sehr spannend! Es ist nur … so komplex …«

Savitri lachte wieder. »Ja, Indien ist komplex … Selbst wir Inder verstehen es auch nicht! Aber zu Ihrer anderen Frage: Nein, ich bin keine Ausnahme. Aber natürlich«, und jetzt wurde sie ernst, »gibt es hier viel Ungerechtigkeiten. Natürlich haben Frauen oft nicht den gleichen Stellenwert in der Gesellschaft wie die Männer; es gibt Misshandlungen und andere furchtbare Dinge. Aber Indien ist sehr groß, wissen Sie. Sie können nicht eine Milliarde Menschen und das, was hier passiert, mit Deutschland vergleichen. Halten Sie die Augen offen, Sie werden in allen Bereichen gewaltige Unterschiede sehen. Es gibt alles, Rückständigkeit und Fortschritt, Diskriminierung, aber auch ein neues Selbstbewusstsein der Frauen. Die ausländische Presse hat aber den neutralen Blickwinkel aufgegeben und berichtet sehr negativ über die indische Gesellschaft. Verstehen Sie mich nicht falsch; jedes Verbrechen gegen Frauen ist furchtbar, und ich will indische Männer nicht in Schutz nehmen. Aber nicht alles ist schlecht hier! Erzählen Sie das bitte auch zu Hause!«

Savitri hatte sich richtig ereifert; man merkte, wie nah ihr das Thema ging. Cora war beeindruckt; eine starke Frau! Und sie hatte recht, die westliche Presse berichtete täglich über Missbrauch in Indien, aber nicht über Afrika oder Südamerika. Oder China, wo es sicher auch Missbrauch und Gewalttaten gegen Frauen gab. Gern hätte sie das Thema vertieft, aber da wurden sie von einem Angestellten unterbrochen, der Savitri etwas berichtete.

»Also, mein Kollege sagt mir gerade, dass er in einigen Krankenhäusern angerufen hat. Es wurde tatsächlich ein schwer verletzter Inder eingeliefert; aber das ist sehr seltsam ...«

»Wieso seltsam?«, fragte Cora unschuldig. Hatte sie sich zu weit vorgewagt und Aufmerksamkeit erregt?

»Also, wenn wir von derselben Person sprechen ... er hatte wohl keinen Unfall. Er ist misshandelt worden, sehr schlimm verletzt. Und der Taxifahrer, der ihn abgeliefert hat, ist sofort danach verschwunden, das verwundert nicht weiter. In Indien will niemand die Verantwortung übernehmen, der arme Kerl hatte sicher Angst, da in etwas hineingezogen zu werden. Aber bevor er ging, hat er noch gesagt, man solle den Mann auf Schlangengift untersuchen. Die Ärzte haben dann festgestellt, dass er zwar nicht gebissen wurde, aber in seinem Gesicht fand man Spuren von Kobragift ... Mein Kollege hat es auch nicht ganz verstanden, aber scheinbar hat der Mann großes Glück gehabt. Seine Augen waren durch die Schläge, die er bekommen haben muss, so zugeschwollen, dass das Gift nicht eindringen konnte. Er lebt jedenfalls, Genaueres weiß ich auch nicht. Sehr seltsam.«

Cora hätte vor Erleichterung beinah ihr Glas fallen lassen. Ganesh würde leben! Sie musste sich zusammenreißen, um nicht vor Glück zu weinen. »Das ... das freut mich«, sagte sie schließlich. »Wissen Sie, weil wir ihn gefunden haben, fühlte ich mich irgendwie verantwortlich ... dann ist ja alles gut. Der arme Kerl!«

»Wenn ich Ihnen einen Rat geben darf«, sagte Savitri. »Mischen Sie sich da nicht weiter ein. Die Geschichte klingt seltsam, und Sie sollten damit nichts zu tun haben. Die indische

Polizei kann sehr unangenehm werden, und sie ist vor allem sehr korrupt. Sie sind auf keiner Polizeistation sicher. Ich meine, vor den Polizisten«, sagte sie bedeutungsvoll und besorgt zugleich.

Cora hatte auch nicht vor, auf einer Polizeistation zu erscheinen. Sie bedankte sich herzlich bei Savitri, verabschiedete sich und verschwand auf ihrem Zimmer. Besser, wenn sie schon einmal packte. Vielleicht tauchte doch ein übereifriger Polizist hier auf und wollte wissen, warum sich das Hotel erkundigt hatte …

Sie konnte jetzt nichts weiter unternehmen, also konnte sie ebenso gut ihr unterbrochenes Frühstück fortsetzen. Weinend auf dem Zimmer zu sitzen, hätte Ganesh auch nicht geholfen. Nein, sie würde sich nicht über Dinge den Kopf zerbrechen, die sie nicht beeinflussen konnte. Dieses rationale Verhalten hatte ihr Ex-Ehemann nie verstanden; in seinem Frauenbild hatten diese irrational zu handeln und zu weinen und hilflos zu sein, damit er sie retten konnte. Cora und er hatten sich heftige Auseinandersetzungen deswegen geliefert.

Sie ging zurück in den Frühstücksraum, bestellte noch einen Chai und nahm sich vom Buffet weiße, runde Reiskuchen, Idli; sie probierte gern Neues. Dann sah sie große, längliche Teigrollen, ganz dünn, »Dosa« stand auf dem Schild daneben. Mit Kartoffeln gefüllt, sehr lecker. Die indische Küche war fantastisch; jedes Mal, wenn sie etwas Unbekanntes probierte, entfalteten sich völlig neue Geschmacksrichtungen und Gewürze in ihrem Mund! Das war doch viel besser als der übliche Toast mit Marmelade, den viele Touristen, die Indien nicht kannten, sicherheitshalber bestellten. Was konnte aufregender sein als Neues, Unbekanntes zu probieren? Würzigen Milchtee in Indien, grünen Tee in China, Espresso in Rom, Buttertee in Tibet.

Der Speisesaal war gut gefüllt mit ausländischen Touristen und wohlhabenden Indern. Welch ein Kontrast zu der Armut, die man draußen auf der Straße sehen konnte! Wie hielten die Menschen das aus? Für den Preis ihres Frühstücks hier hätte ein Bettler sicher vier Wochen leben können. Konnte man ohne schlechtes Gewissen hier sitzen? Andererseits war dem Bettler auch nicht geholfen, wenn sie nicht hier aß. Und all die Menschen, die hier ihren Job und somit ein Einkommen hatten, profitierten auch von den reichen Touristen. Neuerdings gab es offiziell etwa zweihundert Millionen Inder, die als arm galten. Sie beschloss, Ganesh, wenn sich – hoffentlich bald – die Gelegenheit dazu ergab, zu fragen, wie die Inder mit dem täglichen Anblick extremster Armut umgingen. Und warum Indien so schmutzig war, das wollte sie auch wissen. Nicht nur der allgemeine Schmutz, der Staub und so weiter; aber wieso warf jeder den Müll direkt vor seine eigene Haustür? Hatten Inder nicht das Bedürfnis nach Reinheit, zumindest in ihrer direkten Umgebung? Wenn jeder nur die paar Meter Bürgersteig (oder Straße, Bürgersteige gab es oft nicht) sauber hielt, wäre doch schon viel erreicht … und warum diese in allen westlichen Medien zu lesende grausame Einstellung den Frauen gegenüber? Diese unglaubliche Gewalt? So viele Fragen. Konnte man so ein Land überhaupt begreifen? Aber musste man es nicht wenigstens versuchen?

Cora beobachtete die Rangfolge der Kellner. Sie bestellte einen Mangolassi, ein erfrischendes Joghurtgetränk, bei einem Kellner, der an ihrem Tisch vorbeilief. Weit davon entfernt, diese Bestellung nun einfach auszuführen, rief der Kellner einem Kollegen, der statt der schwarzen Jacke eine weiße trug, die Bestellung zu. Dieser wiederum gab sie an einen anderen weiter, der sofort in die Küche eilte. Es gab eine Hackordnung, so viel stand fest. Überhaupt schienen Hierarchien in

Asien eine große Rolle zu spielen, das hatte sie schon in Nepal bemerkt. Die reichen Nepali, wie auch hier die reichen Inder, behandelten die Angestellten oft mit einer erstaunlichen Herablassung, um nicht zu sagen Arroganz. Warum? Auch ein Gärtner hatte doch eine Würde, aber sie hatte noch keinen indischen Gast gesehen, der die Gärtner oder gar Putzfrauen gegrüßt hätte. Überhaupt: Ihr war aufgefallen, dass es gar keine Zimmermädchen gab. Das waren alles Boys, Männer oder besser gesagt eher Jungs. Wieso? Ich muss Ganesh fragen, dachte Cora, und schlagartig war wieder alles da. Die Wut über das, was ihm widerfahren war, die Sorge darum, ob er noch immer in Gefahr war, und vor allem die Angst um ihn. Sie hatte nie solche Angst um jemanden gehabt, fiel ihr auf. Den Gedanken, was das bedeutete, verdrängte sie. Dafür war jetzt keine Zeit. Unwichtig! Hauptsache, Ganesh ging es jetzt erst mal gut. Sie würde auf Anshu warten und dann entscheiden, was sie tun wollte.

Cora holte ihre Tasche aus ihrem Zimmer und setzte sich, nachdem sie ausgecheckt hatte, in die Lobby. Während sie noch über Ganesh nachdachte, fiel ihr wieder ein, was er im Auto, im Delirium, gemurmelt hatte. Irgendetwas mit stehlen, klauen oder so. »Geklaut«, genau, das war es gewesen. Aber wer hätte ihm etwas stehlen sollen, und was konnte das sein? Es hatte keinen Sinn, darüber nachzudenken, sie würde warten müssen, bis sie ihn wiedersah, sagte sie sich. Aber es nagte an ihr, es ließ sie nicht los. *Klauen* … ein ungewöhnlicher Ausdruck für Ganesh, er hätte doch eher »stehlen« gesagt, aber »klauen«? Ihr Blick schweifte ziellos durch die Lobby, an der Rezeption entlang, der Sitzgruppe mit den Touristen, über den blitzblank geputzten Marmorfußboden, zu dem Tisch in der Mitte der Lobby mit dem riesigen Blumengesteck. Sie schaute sich um, hinter ihr sah sie ein Schild, das auf die Toiletten verwies, auf das Business Center, die Räume für die Mitarbeiter des Hotels. Richtig, ins Business Center hatte sie auch noch gehen wollen, ihre Nachrichten durchsehen und ein paar Bilder hochladen, die sie in Nepal gemacht hatte und die immer noch auf ihrem Handy waren. Sie hatte die Angewohnheit, immer alle Bilder möglichst bald in ihre Cloud hochzuladen, um sie zu sichern. Aber jetzt – Cora stutzte. Ihr kam ein Gedanke. Was hatte Ganesh gesagt? »Klaut«? Und wenn er gar nicht vom *Stehlen* gesprochen hatte, sondern von der *Cloud*? Sie hatten eine gemeinsame Cloud, auf die sie beide Zugriff hatten; irgendwann eingerichtet und längst vergessen. Sie schaute nie hinein und nutzte sie auch nicht. Aber vielleicht er? Hatte er dort etwas hochgeladen, das sie wissen sollte? Cora sah noch einmal hinüber zu dem Schild mit der Aufschrift »Business Center«. Sollte sie es versuchen? Was hatte sie schon zu verlieren?

Rasch stand sie auf, ging die wenigen Schritte durch die Lobby und an der Rezeption entlang zum Business Center, in welchem sie schon am Vortag ihre Mails gecheckt hatte. Cora erkundigte sich höflich, ob sie einen der Computer nutzen dürfe; eine Mitarbeiterin zeigte ihr, welcher Rechner frei war, loggte sie ein und überließ sie dann sich selbst. Cora gab die Zugangsdaten für die Cloud ein und scrollte durch das Inhaltsverzeichnis. Ihre eigenen Dateien waren alt, da war sie lange nicht drin gewesen. Aber als sie zu Ganeshs Dateien wechselte, sah sie sofort, dass er offensichtlich hier sehr aktiv geblieben war; sie fand zahlreiche Dateien jüngeren Datums und auch einige, die gerade erst in den letzten zwei Wochen hochgeladen worden waren. Sie überflog die Namen, um einen Hinweis auf die Inhalte zu bekommen. Einige schienen sich mit Wasser zu beschäftigen, das war ja zu erwarten. Eine hieß »Taj«, da würde sie auch hineinschauen müssen. Aber dann kam sie an eine Datei, die sie stocken ließ. »Sandmann« hieß sie. Was war denn das für ein seltsamer Name? Rasch öffnete sie die Datei und fand mehrere Worddokumente, auch einige Links zu Internetseiten. Ein Worddokument hieß »Fakten«, das öffnete sie zuerst und begann den Text, der in zahlreiche Abschnitte unterteilt war, zu überfliegen.

… Ein Fluss in Spanien, die Tordera, versorgte die Küste von Blanes über Jahrtausende mit Sand, aber in den Siebziger- und Achtzigerjahren zementierten die Spanier das Flussufer und errichteten Mauern, um den Fluss zu begradigen. Es musste Platz geschaffen werden für Hotels und Ferienwohnungen. Der Sand, der durch den Fluss normalerweise bis zur Mündung getragen und durch die Strömung dann an die Strände verteilt wurde, findet nun keinen Halt mehr und wird ins offene Meer hinausgetrieben …

… Von den über 800 Meilen Strand in Florida ist inzwischen fast die Hälfte künstlich. Palm Beach oder Venice gäbe es nicht mehr, wenn die Regierung nicht Milliarden in künstliche Sandaufschüttungen investieren würde …

… 2013, nachdem der Hurrikan Sandy (was für ein passender Name!, dachte Cora) den Osten der USA verwüstet hatte, bewilligte der Kongress die Summe von 5,4 Milliarden Dollar, um die Küstenlinie wiederherzustellen. Die dort künstlich aufgeschütteten Sandmassen sind so umfangreich wie nie zuvor in der amerikanischen Geschichte …

… weil der Mensch den Stränden den Nachschub abgeschnitten hat. Kanäle und von Beton eingefasste Flüsse verändern Meeresströmungen, Staudämme halten nicht nur das Wasser auf, sondern auch den Sand. Von den 500 Millionen Lkw-Ladungen Sand, die früher jedes Jahr weltweit in die Meere gespült wurden, bleibt ein Drittel davon unterwegs zurück. Die Rhône in Frankreich und der Ebro in Spanien transportieren heute zwanzigmal weniger Sedi-

mente ins Meer als noch 1950, am riesigen Delta des Nils in Ägypten kommt gar nichts mehr an ...

... gewaltige Staubsauger-Schiffe ziehen über die Ozeane und holen Sand vom Meeresboden. Künstliche Strände finden wir heute auf Teneriffa ebenso wie bei Marbella, auch die Stadtstrände in Barcelona, Tel Aviv und Rio de Janeiro sind neu aufgeschüttet und wären ohne diese Maßnahmen längst verschwunden. Dies gilt ebenso für die Strände auf den Malediven, im mexikanischen Cancún oder auf Hawaii! An den deutschen Küsten sind die meisten Strände noch mehr oder weniger intakt, aber an der Ostsee sehen wir schon die Anfänge großer und kostspieliger Aufschüttungen, auch auf der Nordseeinsel Wangerooge ...

... Aber aufgeschüttete Strände erodieren zehnmal schneller als natürliche. Die Sandpartikel werden vom Wind weggeweht, die Arbeit beginnt von vorn ...

... In Palm Beach bestehen Überlegungen, zermahlenes Glas auf den Strand zu schütten ... Der Landkreis Broward nördlich von Miami hat in seiner Verzweiflung bei Nachbarkreisen um Sandspenden gebeten ...

... Die Sandmafia in Indien gilt als die gefährlichste weltweit, da sie auch vor Morden nicht zurückschreckt ... Geführt wird sie von einem Mann, den man nur den »Sandmann« nennt. Er hat ein Vermögen damit gemacht, skrupellos Sand illegal zu gewinnen, sei es auf dem Meeresboden oder in Flussläufen, und an die Bauwirtschaft zu verkaufen ...

Cora hielt inne. Fassungslos starrte sie auf den Monitor. Worauf hatte Ganesh sich da eingelassen? Und warum? Was hatte denn das Thema Sand mit ihm und seinen Arbeiten am Taj zu tun? Und wer war dieser »Sandmann«?

Sie sah auf die Uhr auf dem Bildschirm. Sie musste los, Anshu wartete sicher schon. Sie wollte ihn unbedingt fragen, was es mit diesem Sandmann auf sich hatte. Schnell loggte sie sich aus und eilte in die Lobby zurück. Als kurz darauf Anshu das Hotel betrat und sich suchend umsah, winkte Cora ihm zu. »Hier!«, rief sie und erhob sich. »Wir müssen reden. Jetzt! Es geht um … Sandraub, Ganesh ist da etwas auf der Spur. Ich …«

Weiter kam sie nicht. Sie sah Anshus Gesichtsausdruck. Panik. Er nahm sie unsanft am Arm. »Komm«, sagte er leise. »Wir müssen sofort los. Weg hier.« Mit einem erstaunten Seitenblick auf ihre neue Frisur, die er jedoch unkommentiert ließ, nahm er ihre Tasche, und gemeinsam gingen sie zu seinem Auto. Cora stellte keine unnötigen Fragen; er hatte gesagt schnell, also mussten sie schnell sein. Als sie auf die Straße einbogen, gab Anshu Gas und zog den Jeep ohne zu blinken in den fließenden Verkehr hinein. Das heftige Hupen hinter ihnen ignorierend, sagte er: »Auf Ganesh wurde ein Anschlag verübt. Im Krankenhaus, ich habe es eben erfahren. Jemand hat versucht, ihn zu ersticken; nur zufällig kam eine Krankenschwester herein. Der Kerl ist abgehauen. Die Polizei kümmert sich natürlich um nichts; die interessieren sich nicht für einen armen Kerl, den man am Straßenrand aufgelesen hat. Er ist in höchster Gefahr, die versuchen das sicher wieder! Wir müssen ihn aus dem Krankenhaus fortschaffen!«

Cora blickte ihn entgeistert an. Ein Anschlag? Auf Ganesh? »Und wohin?«, fragte sie rasch. »Wohin sollen wir ihn denn bringen? Und wie?«

»Ich weiß auch nicht« erwiderte Anshu heftig. »Keine Ahnung! Was mischt der sich in solche Dinge ein! Wir müssen das jetzt ausbaden, wahrscheinlich sind wir auch in Gefahr. Also gut, es bleibt uns ja nichts anderes übrig. Wie kriegen wir Ganesh aus Agra weg? Und am besten bringen wir ihn nach Bombay; da hat er Verwandte. Seine Familie stammt ja aus Bombay. Ja, ich denke, das wäre gut.«

Cora stutzte. »Bombay? Ich dachte, er kommt aus Mumbai.«

»Das ist doch dasselbe. Die Stadt hieß früher Bombay, und dann hat man sie in den Neunzigerjahren des letzten Jahrhunderts in Mumbai umbenannt. Die Shiv Sena, eine hindu-nationalistische Partei, wollte weg von den alten britischen Namen. Ach, ist doch jetzt völlig egal, Cora! Wir brauchen jemanden, der ein Auto hat und den man nicht direkt mit Ganesh in Verbindung bringt! Wem kann ich vertrauen? Lass mich überlegen …«

Cora sah Anshu prüfend an. »Ich weiß etwas Besseres. Wo liegt Pune? Das ist doch nahe bei Mumbai oder Bombay oder wie das jetzt offiziell heißt, nicht wahr? Ich habe einen Bekannten in Pune, der hilft mir. Der wollte doch Ganesh helfen, sagte er mir im Flugzeug … Wenn er wüsste, wie schnell er das kann!« Sie kramte nach ihrem Handy und scrollte die Anrufliste herunter.

»Hier, warte. Rahul? Na endlich, ich habe schon so oft versucht, dich zu erreichen! Ich bin es, Cora. Wo bist du? Auf dem Weg nach Delhi? Ach so, klar. Hm. Kannst du sofort zurück nach Agra kommen? Ich buche dich noch mal. Wohin? Ähm, kennst du eigentlich den Weg nach Pune? Nicht? Egal. Darfst du dahin fahren? Als Taxifahrer, meine ich. Du musst mir helfen, bitte. Okay? Super. Ich schick dir eine WhatsApp mit den Details. Bis dann!« Sie drehte sich zu Anshu. »Ich habe im Flugzeug hierher einen Professor kennengelernt, der hilft mir. Und den bringt niemand mit Ganesh in Verbindung. Da ist er sicher.«

Ohne seine Antwort abzuwarten, suchte sie in ihrer Jacke nach der Visitenkarte des Professors, den sie auf dem Flug von Kathmandu nach Delhi kennengelernt hatte. Genau, Tagore, das war der Name. Ein netter älterer Herr; hatte er nicht gesagt, er wolle immer schon einmal Ganesh treffen? Er hatte den Gott gemeint, aber nun konnte er den echten Ganesh treffen und ihm sogar helfen! Ob er erreichbar war? Hoffentlich, sie kannte sonst niemanden, den sie hätte bitten können. Schnell gab sie seine Nummer in ihr Handy ein, während Anshu durch den Verkehr kurvte und sie das Stadtzentrum langsam hinter sich ließen.

»Professor Tagore? Namaste, Herr Professor! Entschuldigen Sie die Störung. Erinnern Sie sich an die neugierige Deutsche, die im Flugzeug nach Delhi neben Ihnen saß? Cora Remy?«

»Ja, natürlich!«, klang es erfreut aus dem Lautsprecher. »Ich hatte Ihnen doch gesagt, dass wir noch einmal Kontakt haben werden. Freue mich sehr! Wo sind Sie, was kann ich für Sie tun? Haben Sie sich die Gita inzwischen angesehen? Und haben Sie sich über Nataraja informiert? Ich hatte ja …«

Cora unterbrach ihn unsanft, aber das musste jetzt sein. Sonst hätte er wieder einen Exkurs über indische Religionsgeschichte gehalten. Jetzt nicht! Sie erklärte ihm kurz, was sie vorhatte. Ein Freund war schwer verletzt, jemand war hinter ihm her, ein paar Schläger, und Ganesh, ja, so hieß ihr Freund, nun, er war nun mal ein Intellektueller, sehr an Religionen interessiert, ja sicher … also, er musste für einige Tage in Pune unterkommen; ob er, Tagore, da helfen könne? Den Teil mit der Mafia ließ sie lieber weg, das wollte sie dem alten Herrn doch nicht zumuten.

Tagore stimmte sofort begeistert zu; ein leibhaftiger Ganesh in seinem Haus? Er freue sich sehr, gerade in Zusammenhang mit Nataraja und Shiva sei ja das Verhalten des Ganesh interessant, wie auch Parvati ja, je nach Quelle, durchaus … Gerade wollte er zu einem Vortrag über die Bedeutung der Gita ansetzen, da sah Cora sah sich gezwungen, ihn erneut zu unterbrechen. »Lieber Herr Professor, ich bin sehr gespannt, mehr darüber zu hören, aber können wir das auf unser Treffen in Pune bei Ihnen verschieben? Ich bin unterwegs und muss dringend weiter. Ein Freund von mir, ein gewisser Rahul, wird Ganesh zu Ihnen bringen, wohl gegen morgen Abend oder so.« Sie blickte fragend zu Anshu, der zustimmend den Kopf schüttelte. Cora nahm das als ein Ja.

»Er hat Ihre Kontaktdaten und wird sich mit Ihnen in Verbindung setzen, ja?«

Sie bedankte sich noch einmal sehr herzlich und legte dann auf, bevor der Professor den nächsten Vortrag beginnen konnte.

Anshu sah sie mit einer Mischung aus Bewunderung und Erstaunen an. »Du bist unglaublich. Keine zwei Tage in diesem Land und kennst schon die richtigen Leute. Die natürlich auch alles für dich tun würden. Na gut, wenn dein Freund hier ist, soll er ins Krankenhaus fahren und Ganesh rausholen. Ich schicke einen Freund hin, der ihm hilft und den Pförtner motiviert wegzuschauen. Da sollten tausend Rupien reichen. Dann soll er ihn nach Pune fahren, die Adresse schickst du ihm, ja? Das dauert sicher knapp zwei Tage; so lange kann Ganesh schon mal nichts passieren. Dann sehen wir weiter. Wir beide fliegen inzwischen nach Jaisalmer. Jetzt. Komm!«

»Jaisal… was? Wo liegt das? Nie gehört. Was sollen wir denn da? Sollte ich nicht besser mit Ganesh fahren?«

»Jaisalmer. Da hab ich Freunde. Und dort bekommen wir Informationen über das Thema, weswegen Ganesh gefoltert wurde.« Anshu schüttelte den Kopf. »Nein, Cora, du fährst nicht mit Ganesh. Wir können jetzt nichts für ihn tun. Und wie wollen wir das der Polizei erklären, wenn ihr doch angehalten werdet? Nein, es ist besser, die beiden fahren allein, das erregt weniger Misstrauen bei einer Kontrolle. Wir versuchen, die Hintergründe zu klären. Oder hast du Angst? Du kannst auch hier warten …«

Cora wollte wütend aufbrausen; was dachte der denn von ihr? Da sah sie sein verschmitztes Lächeln, er hatte doch dazugelernt! Beinah wäre sie auf das Manöver hereingefallen. Er wusste, wo er sie packen musste, um ihren Ehrgeiz zu wecken. Natürlich würde sie mit nach Jaisalmer kommen, wo immer das auch lag. Sie würde herausfinden, was hinter der ganzen Sache steckte.

»Wo liegt diese Stadt?«, fragte sie daher nur. »Warum fliegen wir? Ist Jaisalmer so weit von hier?«

»Da gibt es einen Militärflughafen, keinen zivilen, genau wie hier in Agra. Aber ich habe einen Freund, der dafür sorgt, dass wir mit seiner privaten Maschine fliegen können. Mit Geld geht hier alles. Wir würden sonst den ganzen Tag, eventuell die ganze Nacht, hindurch fahren. Und so sind wir in einer Stunde dort. Aber das wird nicht einfach dort. Du musst wissen, Jaisalmer liegt westlich. Weit westlich. In der Wüste Thar, an der indisch-pakistanischen Grenze. Sehr nah an der pakistanischen Grenze. Eine der gefährlichsten Grenzen der Welt.«

18. Kapitel

Während sie sich durch den Lärm und die Abgase Agras kämpften, um zu dem kleinen Militärflughafen westlich der Stadt zu gelangen, von dem Anshu gesprochen hatte, sagte keiner ein Wort. Anshu war mit dem Verkehr beschäftigt, und er machte sich Sorgen um Ganesh. Auch Cora dachte an Ganesh. Hätte sie doch ins Krankenhaus fahren sollen? Sie hätte den Mordanschlag verhindern müssen! Ganesh war doch völlig hilflos! Und die Polizei schien ja kein großer Schutz zu sein. Sie müsste auf ihn aufpassen, bei ihm bleiben. Aber das ging nicht, das hätte zu unangenehmen Fragen geführt. Mit einer Ausländerin an seiner Seite wäre er noch mehr in Gefahr als allein. Nein, sie musste ihm helfen, indem sie aufklärte, wer hinter den Anschlägen auf ihn steckte. Aber wie? Es wurde Zeit, dass Anshu mit der Sprache rausrückte.

Schließlich erreichten sie den Flughafen. Sie passierten einige Kontrollposten, die sie aber problemlos durchwinkten, sobald Anshu eine Bescheinigung vorzeigte. Er schien wirklich gute Beziehungen zu haben, dachte Cora. Dann hielten sie auf einem Parkplatz und stiegen aus. Die Hitze brannte gnadenlos vom Himmel, obwohl es bereits später Nachmittag war; keine Wolke war zu sehen. Der Asphalt des Parkplatzes glühte, und Anshu wies sie auf einige Stellen hin, wo er bereits aufweichte. Sie gingen zu einem Gebäude, vor dessen Eingang die orange-weiß-grüne Nationalflagge Indiens wehte; das Rad der Wiedergeburt mit seinen zahlreichen Speichen in der Mitte der Flagge war gut zu erkennen. Der Soldat am Eingang stand stramm und salutierte, Anshu und Cora gingen rasch in das Gebäude, um der Hitze zu entkommen.

Ein Raum, in dem sie warten konnten, Tee, den ein Bediensteter brachte, die Hitze, die natürlich nicht draußen geblieben war – hier würden sie zwei Stunden warten müssen, bis das Privatflugzeug, das sie nach Jaisalmer bringen sollte, eingetroffen war. Cora hätte die Zeit gern genutzt, um sich mit Anshu über Ganesh zu unterhalten, aber der verschwand nach kurzer Zeit, um sich um alles zu kümmern, wie er sagte. Da saß sie nun und rutschte ungeduldig auf dem unbequemen Stuhl hin und her; die Schmerzen von dem nächtlichen Ausflug zum Taj machten sich jetzt, wo sie nicht abgelenkt war, wieder deutlich bemerkbar. Aber sie wollte nicht noch eine weitere Tablette schlucken; es würde schon gehen.

Endlich, es war schon dunkel geworden, kam Anshu zurück und teilte ihr mit, die Maschine sei jetzt startklar. Sie gingen hinaus und über ein kleines Rollfeld direkt zu einer bereits wartenden Maschine, ein kleines Flugzeug mit nur zehn Sitzen, wie sich herausstellte. Sie waren die einzigen Passagiere. Anshu sprach mit dem Piloten, und schon startete dieser die Triebwerke. Cora hatte die ganze Zeit über geschwiegen, seit Anshu sie abgeholt hatte; es gab nichts zu fragen, und ihr Begleiter telefonierte unaufhörlich, sodass sie ihn nicht stören wollte. Zehn Minuten später waren sie in der Luft und flogen nach einer kurzen Schleife Richtung Westen, nach Jaisalmer.

»So, jetzt leg mal los. Was hat es mit dem Sand auf sich? Wir fahren doch in die Wüste, hast du gesagt. Wieso gibt es zu wenig Sand? Und was hat Ganesh damit zu tun? Wer ist der

Sandmann? Wieso gibt es bald keine Strände mehr auf der Welt?« Cora konnte ihre Unruhe nicht mehr zügeln.

Anshu stöhnte. »Jetzt mal schön der Reihe nach. Warum Ganesh sich da einmischen musste, weiß ich auch nicht, das musst du ihn schon selbst fragen. Aber ich bin ja im Baugewerbe, ein bisschen was habe ich auch nachgelesen inzwischen, also kann ich dir schon erklären, worum es da geht. Was weißt du über Sand?«

Wieso musste sie jedes Mal erst eine Frage beantworten, wenn sie eine stellte? »Sand. Schön, weich, rieselt. Wüsten sind voll davon, Strände auch. Entsteht wohl durch Abrieb, also aus Felsen werden Steine und dann Kiesel und dann Sand. Braucht man, um Sandburgen zu bauen. Ganz wichtig. Und im Sandkasten …«

Sie versuchte, die Anspannung etwas zu lösen. Es gelang, Anshu musste lächeln. »Gut«, sagte er. »Sandburgen also. Sandkiste. Da spielen die Kinder, und die sind nicht so anspruchsvoll, was die Qualität des Sandes angeht. Wir Bauherren sind da anders. Um Häuser zu bauen, braucht man Beton, und von der Qualität des Betons hängt die Festigkeit des Baus ab. Man kann das natürlich mit Stahl verstärken, also Stahlbeton verwenden, und vieles mehr. Aber lass uns erst einmal beim Beton bleiben. Woraus wird Beton gemacht? Aus Zement und Kies und Sand. So ungefähr zu vierzig Prozent besteht Beton aus Sand, manchmal zu zwei Dritteln. Zement wiederum ist ein Baustoff, der aus Ton und Kalkstein hergestellt wird, in Zementwerken eben. Er dient gewissermaßen als Bindemittel, das zusammen mit Wasser dazu führt, dass ein festes Gemisch aus Zement, Wasser, Kies und Sand entsteht. Das härtet dann aus und wird extrem hart und druckfest. Das war jetzt ganz laienhaft, aber mal eine Grundlage. Also ohne Sand kein Beton und damit kein Bau. Dass weltweit viel gebaut wird, ist ja bekannt, schau dir alleine den Bauboom in China an. Die Chinesen haben zwischen 2011 und 2013 so viel Beton verbraucht wie die USA im gesamten 20. Jahrhundert! Nimm dazu Indien, die Emirate, Afrika ... der Bedarf an Beton ist immens. Und damit der Bedarf an Sand. Es gibt Schätzungen der Vereinten Nationen, die sich auf etwa vierzig Milliarden Tonnen Sand jährlich belaufen! Das ist der weltweite Bedarf! So weit alles klar?«

Cora nickte. Es war nicht einfach, sich bei dem Lärm zu unterhalten, der in der Maschine herrschte, aber das Thema war zu spannend, um jetzt aufzuhören. »Hier ist doch zum Beispiel jede Menge Sand unter uns. Das ist ja wohl schon die Wüste Thar, oder? Mir ist klar, dass der Bedarf groß ist. Aber das Angebot ja auch. Also?«

»Und genau hier kommt das Problem. Es geht um die Qualität des Sandes, genauer: um seine Form und Zusammensetzung. Normaler Wüstensand wie hier oder in den Arabischen Emiraten ist zum Bauen nicht geeignet, nur Quarzsand und Sande mit bestimmten Eigenschaften kann man dazu verwenden. Ob du es glaubst oder nicht, die Araber importieren Sand zum Bauen aus Australien! Sand, wie er zumeist am Strand vorkommt, durch Erosion seit Millionen von Jahren bearbeitet, kantig, ist perfekt. Wir können überwiegend nur mit Sand bauen, wie er an Stränden oder am Meeresboden zu finden ist. Die riesigen Wüsten sind leider völlig wertlos in dieser Hinsicht.«

»Wow! Das habe ich nicht gewusst! Ich habe mal gelesen, dass allein an den Stränden dieser Welt ungefähr 7,5 Trillionen Sandkörner liegen! Das ist eine Zahl mit siebzehn Nullen. Ich dachte immer, Sand haben wir genug.«

Anshu erzählte weiter, jetzt war er in seinem Element: dem Bauen. »Strände waren immer schon in ständiger Bewegung. Die Natur verschob sie im Laufe der Jahrtausende immer wieder; bei sinkendem Meeresspiegel breiteten sich die Strände weiter aus, bei steigendem Meeresspiegel wanderten die Strände zurück ins Landesinnere. Heute können sie aber nicht mehr ausweichen, da im Landesinneren Straßen gebaut wurden, Häuser bis direkt an die Strände, Fabriken, Promenaden. Die Küste ist festgeschrieben, es geht nur noch ins Meer hinein. Der Sand wird also bei Überflutungen ins Meer gespült, gleichzeitig dienen Strände nicht mehr als Schutz vor Sturmfluten. Die verheerenden Auswirkungen mancher Hurrikane in den USA sind auch darauf zurückzuführen, dass keine schützenden Strände mehr der Küste vorgelagert sind. So. Durch den Klimawandel, den ja kein denkender Mensch noch bestreiten kann, werden die Meere zunehmend die Strände überfluten. Und danach die Städte, die direkt an den Meeren liegen.

Der Sand wird knapp, und ein knapper Rohstoff ist kostbar. Sand ist nach Luft und Wasser der wichtigste Rohstoff unserer Erde! Und nun kann man mit Sand reich werden! Denn aus Sand werden ja die Häuser gebaut, die Autobahnen, die Atomkraftwerke. Ohne Sand keine Megacities wie Mumbai, Shanghai, Mexico City, Kalkutta … Sand ist zu einem heiß begehrten Produkt geworden, ein Milliardengeschäft. Es gibt gewaltige Schiffe, die wie Staubsauger den Meeresboden absaugen. Und wenn es auf dem Meeresboden nicht genug davon gibt beziehungsweise das zu teuer ist, wird er gestohlen. Sandmafia. Weltweit ein Begriff. Und hier in Indien ist dieser Begriff besonders bekannt; fast jeden Tag steht etwas darüber in der Zeitung. Auch in den USA werden ganze Strände gestohlen.

Aber zurück zum Bauen: Zweihundert Tonnen Sand stecken in einem durchschnittlichen Haus, dreißigtausend Tonnen in jedem Kilometer Autobahn und zwölf Millionen Tonnen in einem Atomkraftwerk. Verstehst du, warum das ein Thema ist? Krieg um Wasser, so hat Ganesh mir erzählt, habt ihr in Tibet entdeckt, könnte der nächste große Krieg dieser Welt sein. Aber Sand ist auch ein Grund für illegale Deals, für Verbrechen, Korruption, Auftragsmorde. Weißt du eigentlich, wofür man Sand alles braucht? Ich habe das auch erst nachgelesen, als Ganesh mir von seinen Beobachtungen erzählte, aber es ist unglaublich. Jeans werden mit Sand gebleicht; die Arbeiter atmen den feinen Sand übrigens ein und bekommen Silicosis. Natürlich braucht man auch Sand, um Glas herzustellen. Oder für die Gewinnung von Siliziumdioxid. Das ist eine chemische Verbindung, die auch im Wein enthalten ist. Und in Papier, in Wasch- und Reinigungsmitteln, Haarspray, Kosmetika, Zahnpasta und anderen Produkten, die man jeden Tag benutzt, ohne darüber nachzudenken. Sand steckt letztlich daher auch in Farbe oder in den Triebwerken der Flugzeuge oder in Autoreifen. Ohne hochwertigen Sand könnten keine Chips hergestellt werden für Mikroprozessoren in Computern, Handys oder Kreditkarten. Kurz, nach Wasser ist Sand das am meisten verbrauchte Material auf Erden.«

Cora hatte mehrfach versucht, ihn zu unterbrechen, aber schließlich nur geschwiegen und fasziniert zugehört. Krieg um Sand? Es musste doch Alternativen zum Sand geben?

»Lohnt sich nicht«, meinte Anshu, ohne sie anzusehen. Er hatte ihre Gedanken erraten. »Noch nicht. Alternativen gäbe es vielleicht. Zum Bauen könnte man mehr Holz verwenden, natürlich auch den besonders schnell wachsenden Bambus. Auch recyceltes Glas, recycelter Beton. Der Wille dazu ist aber noch immer nicht ausreichend, der Druck nicht groß genug. Sand ist zu billig, Beton zu etabliert, die Lobby zu mächtig. Ähnlich wie beim Öl muss uns der Stoff wohl erst wirklich ausgehen, bis ein breiteres Umdenken geschieht. Im Gegenteil, Sand erlebt eine neue Blütezeit. Denn er ist beim sogenannten hydraulischen Fracturing, oder kurz Fracking, hast du sicher schon gehört, unerlässlich. Ich habe gelesen, dass geschätzt zweihundertachtzigtausend Tonnen Sand jedes Jahr in Öl- und Gasbohrlöcher geblasen werden, um so Gesteinsschichten aufzubrechen und an das Öl im Schiefer heranzukommen. Kanada ist da weltweit führend und daher der größte Sandimporteuer der Welt. Aber auch die USA importieren Sand, auch Belgien, auch Deutschland, auch die Emirate.

Also gibt es Kämpfe um Sand, viele kleine Kriege sozusagen. Wer da mitmischt, hat gute Gründe, das nicht zu sehr an die große Glocke zu hängen. Und dann kommt da so ein kleiner Ingenieur wie Ganesh und muss unbedingt erforschen, was da läuft? Das konnte ja nicht gut ausgehen. Dabei ist er ja kein Held, kein James Bond. Ganesh ist brav, der trinkt keinen Alkohol, betet zu seinen Göttern, ist ordentlich promoviert, wie die Eltern es erwarteten, macht seine Arbeit ... Warum hat er sich da eingemischt?« Anshu schüttelte verständnislos den Kopf.

Cora konnte sich auch keinen Reim darauf machen; Anshu hatte recht, das passte nicht zu Ganesh. Es musste in Zusammenhang mit seiner Arbeit am Taj Mahal stehen. »Und wen genau treffen wir jetzt in Jaisalmer? Und warum müssen wir dahin fahren, wenn es dort gefährlich ist, nahe der pakistanischen Grenze? Hätte man das nicht per Telefon oder Mail regeln können?«

Ihr indischer Begleiter sah sie verständnislos an. »Nein, Cora, das geht nicht. Über manche Dinge redet man nur von Angesicht zu Angesicht. Niemand würde am Telefon über die Sandmafia sprechen. Man weiß nie, wer zuhört. Nein, wir fahren dorthin und treffen einen Kontaktmann, von dem Ganesh mir erzählt hat. Der ist tief drin in der Szene. Und übrigens, Jaisalmer ist nicht gefährlich; da fahren jedes Jahr Tausende von Touristen hin. Solange wir in der Stadt selbst bleiben, ist alles okay. Keine Sorge, ich passe schon auf!«

Da war sie wieder, diese »Zerbrich dir nicht deinen hübschen Kopf«-Attitude, die Cora so hasste. Aber sie sagte nichts. Man würde ja sehen, wer hier wen brauchte. Instinktiv fühlte sie in ihrer Hosentasche nach ihrem Smartphone; in Tibet hatte sie immer, wenn es dringend war, keinen Empfang gehabt. Nicht wegen des chinesischen Netzes; das war deutlich besser als in Deutschland, selbst im Basislager des Mount Everest. Aber im Osten Tibets hatten die Chinesen das Netz nicht nur unter Kontrolle, sondern teils auch bewusst abgeschaltet. Hier in Indien war das anders; Netz gab es überall. Und sie hatte sich im Hotel eine indische Sim-Karte besorgen lassen. Ausländer konnten hier in Indien im Gegensatz zu China nicht einfach eine Sim-Karte kaufen und in ihr Handy stecken; man musste ein Konto in Indien haben, gemeldet sein; kurz, es war kompliziert. Indische Bürokratie eben. Also hatte ihr Hotelpage ihr angeboten, den Service für sie zu übernehmen. Gegen eine Gebühr, versteht sich. Jetzt konnte sie innerhalb Indiens kostengünstig telefonieren und sich auch aus dem Ausland anrufen lassen. Der Clou war, dass sie sich letzte Woche in Hongkong ein billiges Smartphone zugelegt hatte, in welches man zwei Sim-Karten stecken konnte! So hatte sie nun eine deutsche und eine indische Nummer auf einem Handy! In Asien nichts Besonderes; in Deutschland selten. Jedenfalls legal.

»Jetzt müssten wir etwa über Jaipur sein«, meinte Anshu und blickte aus dem Fenster. Es gab hier den berühmten Palast der Winde, erklärte er. Eigentlich nur eine Fassade, groß und kunstvoll aus Sandstein gearbeitet. Damit die adligen Frauen den Umzügen auf der Straße zusehen konnten, ohne selbst gesehen zu werden, konnten sie auf der Rückseite dieser Fassade hinaufsteigen und, vor den Blicken der Männer geschützt, alles verfolgen. Die Fenster waren aus Sandstein gearbeitet, der so fein durchbrochen war, dass er wie ein Schutzvorhang wirkte.

»Zum oben über der Stadt gelegenen Palast hinauf kann man auf dem Rücken eines Elefanten reiten, eine besondere Touristenattraktion. Die reich verzierten Tiere trotten den ganzen Tag über das Kopfsteinpflaster bergauf, bergab. Sehr schön!«

»So, wie du es sagst, klingt das eher nach Kritik als nach Begeisterung«, sagte Cora.

»Nun, ich denke einfach, es ist eine Quälerei für die Elefanten. Das ist sicher nicht ihre natürliche Umgebung, die Hitze ist extrem, und es dient nur der Belustigung irgendwelcher Ausländer. Indien ist touristisch leider völlig unterentwickelt, aber das muss ja wirklich nicht sein. Man könnte saubere Strände schaffen, Tempel von Unrat und lästigen Händlern befreien, die jeden Ankömmling mit ihrem Ramsch überfallen, es gibt so viel, was dieses Land zu bieten hat. Aber jeder fliegt nach Thailand, obwohl wir hier schönere Strände haben, Dschungel, den Himalaya, Wüsten, Kultur ohne Ende. Gerade hier in Rajasthan, so heißt dieser Bundesstaat, gibt es traumhafte Möglichkeiten, Urlaub zu machen, auch für indienunerfahrene Ausländer. Luxushotels, keine Malaria oder Denguefieber, Maharajapaläste!«

»Gibt es eigentlich noch Maharajas? Und waren die wirklich so unglaublich reich?«

»Ein paar gibt es noch; die meisten sind aber inzwischen eher verarmt. Sie verwalten ihre Güter noch, können aber kaum davon leben. Es gibt auch Ausnahmen, der Maharaja von Udaipur, das liegt etwas südlich, ist noch immer immens reich. Eigentlich heißt er Maharana, ein besonderer Titel, so etwa ›Herrscher auf dem Schlachtfeld‹. Er hat eine schöne Oldtimersammlung, alte Rolls-Royce, außerdem Rubine und Smaragde groß wie Hühnereier. Seinen Palast hat er aber zum Teil für das Publikum geöffnet, um aus den Einnahmen den Unterhalt zu bezahlen. ›Maha‹ heißt ›groß‹, und ein Raja ist ein König. Also großer König. Davon gab es viele, bevor Indien 1947 zur Republik wurde. Manche hatten riesige Ländereien, manche winzige. Und da sie durch die Steuereinnahmen tatsächlich früher sehr reich waren, entstand dieser Nimbus von Luxus, aus England importierten Rolls-Royce und Tigerjagden auf dem Elefantenrücken. Aber wie gesagt, heute nicht mehr. Einige ihrer Paläste sind heute zu Luxushotels umgewandelt worden. Im eben erwähnten Udaipur gibt es einen großen See und mittendrin ein Traumhotel, auch mal ein Teil des Palastes. Da wurde sogar mal ein James Bond gedreht, Octopussy. Aber ich glaube, ich bin etwas abgeschweift … Also, wir fliegen ja nach Jaisalmer, weil Ganesh mir erzählt hat, dass er da jemanden kennt, der ihm Auskunft über das Thema Sand geben kann. Da sollten wir keinen Ärger bekommen, die Polizei ist wegen der Grenznähe aufmerksamer als sonst in Indien und das Militär natürlich allgegenwärtig. Die Grenze gilt übrigens deswegen als eine der gefährlichsten Grenzen der Welt und als gefährlichste Asiens, weil sich hier zwei Atommächte gegenüberstehen.«

Cora schüttelte den Kopf. »Wieso eigentlich? Ist nur die Religion das Problem? Hatten die Briten auch Pakistan besetzt?«

Anshu sah sie verwundert an. »Das weißt du nicht? Pakistan gibt es erst seit 1947. Früher gab es nur ein Land, Hindustan oder, wie die Briten sagten, Indien, als British India. Das umfasste all das, was wir heute Pakistan, Indien und auch Bangladesch nennen. Muslime, Hindus, Christen und was weiß ich lebten alle in einem Land, und es ging erstaunlich gut. Dann kamen die Briten, so ab dem 17. Jahrhundert, und als sie 1947 endlich wieder abzogen und Indien in die Unabhängigkeit entließen, wollten die Muslime bei der Gelegenheit ein eigenes Land. So wurden die östlichen Provinzen, in denen viele Muslime leben, zu Ost-Pakistan und die westlichen zu West-Pakistan. Dazwischen ein hinduistisches Indien. Das konnte nicht gut gehen, und es kam zu furchtbaren Massakern zwischen den religiösen Fanatikern auf beiden Seiten. 1971 schließlich, nach einem weiteren Krieg, wurde Pakistan-Ost als neuer Staat Bangladesch selbstständig. Der Name Pakistan ist übrigens auch Fantasie, zusammengesetzt aus verschiedenen Bestandteilen der Provinzen. P für Punjab, A für Afghanistan, K für Kaschmir, stan für Land oder Ort. Das Land der Paks, der ›Reinen‹, wie sie sich nennen. Das heißt so auf Urdu, der Sprache, die man in Pakistan spricht. Das ist im Grunde Hindi mit arabischer Schrift.«

»Ach so«, warf Cora ein. »Hast du die amerikanische TV-Serie *Homeland* gesehen? Da sagt der CIA-Chef, Pakistan sei gar kein Land, nur eine beschissene Abkürzung ... Jetzt verstehe ich das erst!«

Anshu sah sie plötzlich finster an. »Typisch für die Amis, solche Aussagen. Haben eben keine Ahnung von uns, unserer Kultur, Religion, unserer Politik! Sollen doch zur Hölle fahren!« Cora blickte ihn erstaunt an. Was war denn das für ein Wutausbruch? Der Hass der Inder auf die USA war ihr neu, so hatte Ganesh sich nie geäußert.

Aber Anshu sprach schon weiter. »Das heißt, ja, es geht im Grunde noch immer um die Religion. Muslime gegen Hindus. Und das, obwohl in Indien heute mehr Muslime leben als in ganz Pakistan! Völlig absurd!« Wütend sah er aus dem Fenster, und Cora schwieg. Das war wohl ein sensibles Thema für ihn. Na ja. Sie hing ihren eigenen Gedanken nach. Hatte Anshu die Wüste nicht Thar genannt? Das kannte sie irgendwoher. Hm. Es lag ihr auf der Zunge. Irgendetwas mit einem Riesen … Ja! Jim Knopf! Eines ihrer Lieblingsbücher aus der Kinderzeit, Jim und Lukas der Lokomotivführer. Die fuhren doch nach China mit der Lokomotive … genau, Emma. Und dabei kamen sie zu diesem Riesen, der immer größer wurde, je weiter entfernt man ihn sah, und immer kleiner, wenn man näher kam. Tur-Tur, so hieß er. Eine schöne Metapher dafür, wie Dinge, vor denen man Angst hatte, oft bei näherem Betrachten überhaupt nicht mehr furchterregend waren. Und den Riesen hatten Jim und Lukas in der Wüste »Am Ende der Welt«, von China aus gesehen, hinter dem Gebirge »Krone der Welt« getroffen! Das Gebirge war der Himalaya, und daher meinten viele, die große Wüste am Ende der Welt müsse die Thar sein. Hier! Sie hatte das Buch geliebt, wohl schon damals wegen der spannenden Abenteuer in einem fernen Land, der Drachen und so. Aber dass sie einmal dahin fahren würde, wo der Riese Tur-Tur lebte … Sie musste lachen.

Anshu blickte verwundert zu ihr herüber. »Du lachst? Das ist ja selten. Was ist?«

Sie versuchte, ihm die Geschichte zu erzählen, aber es war schwierig, die eigenen Kindheitserinnerungen in eine fremde Kultur zu übertragen. Dennoch tat es ihr gut, einmal wieder zu lachen. Sie hatte seit ihrer Ankunft in Indien, in Delhi am Flughafen, nicht mehr gelacht, es gab wahrlich auch keinen Anlass dazu. Aber die Anspannung musste auch einmal nachlassen, sonst konnte sie sich nicht konzentrieren. Und diese Inder waren ganz anders als Europäer oder andere Asiaten, Chinesen zum Beispiel. Sehr entspannt, irgendwie in sich ruhend.

Bald darauf landeten sie in Jaisalmer. Cora sah nur Wüste, als sie aus dem Fenster blickte, bis zum Horizont nichts, keine Bebauung. Sie mochte die Wüste, Einsamkeit, Ruhe. Sie hätte damals in China gern die Wüste Gobi besucht, aber dafür war auf ihrer Bahnfahrt nach Tibet natürlich keine Zeit gewesen. Ob sie jetzt Zeit haben würde, ein paar Schritte in die Dünen zu laufen? Wohl eher nicht.

Nach einer recht holprigen Landung rollte die Maschine langsam aus und kam vor einem Hangar schließlich zum Stehen. Sie stiegen aus; die Hitze traf Cora, die dachte, sie habe sich schon daran gewöhnt, doch wieder völlig unvorbereitet. Es war dunkel inzwischen, aber noch glühten Gebäude und der asphaltierte Boden von der Hitze des Tages. Das war ein ganz anderes Kaliber als in Agra! Schnell betraten sie das Flughafengebäude; auch hier waren, wie schon in Agra, keinerlei Formalitäten zu erledigen. Während Anshu sich kurz mit einem Beamten unterhielt, musterte ein anderer, den vielen Rangabzeichen nach ein hoher Offizier, sie neugierig, sagte aber nichts. Cora blickte frech zurück; sie dachte gar nicht daran, die scheue Inderin zu mimen. Khan stand auf seinem Namensschild; vermutlich also ein Muslim. Jetzt lächelte er ihr freundlich zu, als Anshu sich abwandte, und Cora lächelte ebenso freundlich zurück. Kurz darauf standen sie auf dem Parkplatz draußen und stiegen in einen weißen Geländewagen ein. Ein Landrover; die indische Firma Tata hatte sowohl Jaguar als auch Landrover übernommen, und so sah man zunehmend mehr Wagen dieser Marken auch in Indien.

»Wohin fahren wir?«, fragte Cora.

»Erst mal etwas essen, schlage ich vor, es ist ja schon Abend. Dann in eine Unterkunft bei Freunden. Dort treffen wir heute Abend noch jemand, der uns hoffentlich mit Informationen weiterhilft. Wenn alles gut geht, fliegen wir morgen weiter nach Pune und treffen dort dann Ganesh, sobald er mit Rahul dort ankommt. Ich habe alles hier am Flughafen organisiert, die wissen Bescheid.«

Na, mal sehen, ob das klappt, dachte Cora. Aber essen war eine gute Idee, sie hatte seit dem Frühstück nichts mehr gehabt. Richtig indisch gegessen hatte sie ohnehin noch nicht. Das Hotelessen war ja wohl nicht wirklich typisch. Sie mochte scharfes Essen, hatte aber auch schon bei ihrem Omelett gemerkt, dass indisch scharf etwas anderes war als das, was man in Deutschland als scharf vorgesetzt bekam.

Als sie die ersten Häuser passierten, die allerdings noch nicht zu Jaisalmer gehörten, sah Anshu sich nach einem geeigneten Restaurant um. Er wollte Cora nicht gleich mit der echten lokalen Küche konfrontieren, aber etwas annähernd Westliches gab es auch nicht. Cora spürte, welche Mühe er sich gab, und machte wie immer ihren Standpunkt klar: »Ich esse das, was du auch isst. Wir gehen dahin, wo auch du essen würdest, wenn ich nicht dabei wäre, okay? Ich möchte wirklich endlich indisches Essen probieren. Also los, such was aus, sonst mache ich es!«

Vor dieser Drohung kapitulierte Anshu schnell. Er hielt vor einem Restaurant, das am Straßenrand lag und recht sauber aussah, jedenfalls für die lokalen Verhältnisse. Ein einfacher Steinbau, aber hübsch verputzt, die Wände bunt angemalt. Der weitläufige Parkplatz war voll; neben indischen Kleinwagen sah Cora auch einige Geländewagen, die für eine Fahrt durch die Wüste geeignet schienen, sowie einen Reisebus mit indischen Touristen, die gerade wieder einstiegen. Sie gingen hinein; durch einen schmalen, gefliesten Flur kamen sie an einem Souvenirshop vorbei. Cora warf im Vorübergehen einen Blick hinein; neben dem üblichen Kitsch, also Götter-figuren aus Plastik, Muscheln, Holzkästchen mit Intarsien etc. sah sie auch einige große, geschnitzte Ganeshfiguren. Diesem Gott war in Indien einfach nicht zu entkommen. Immer wieder musste sie an ihren eigenen Ganesh denken, der jetzt schwer verletzt in einem Auto quer durch Indien gefahren wurde. Rasch ging sie weiter und folgte Anshu in einen großen Raum voller Tische und Stühle aus Plastik; ganz vorn gab es eine Theke zur Selbstbedienung. Alles sehr einfach, aber sauber.

»Wunderbar«, sagte Cora erfreut. »Sieht doch echt aus. Also, was gibt es?«

Sie wählten Reis mit Huhn und Kartoffeln, dazu etwas Dal, eine Art dicke Linsensuppe, und Naan, das Fladenbrot. »Schmeckt gut«, kommentierte Cora nach den ersten Bissen. »Ist aber gar nicht scharf!«

»Ja, in diesen Schnellrestaurants an der Straße wird nicht so scharf gegessen. Morgen essen wir mal richtig local food, Laal Maas. Das ist ein Lammcurry, das treibt dir die Tränen in die Augen, keine Sorge. Da hilft dann nur Lassi, das …«

»Joghurtgetränk, schmeckt super mit Mango, oder auch nur mit Salz. Erfrischt und löscht. Das hat Ganesh mir schon beigebracht. Besser als Wasser, das verteilt die Schärfe ja nur im Mund, richtig?«

Anshu betrachtete sie etwas genervt. Sie konnte wohl nie einfach zuhören, musste immer klarstellen, dass sie alles wusste und allein konnte. Er verstand, was Ganesh an dieser Deutschen so mochte; indische Mädchen waren nicht so. Aber für ihn war das nichts, immer eine Frau an seiner Seite, die ihm klarmachte, dass sie auch ohne ihn zurechtkam? Wie sollte man da den Helden spielen? Und das wollte er schon gelegentlich. Cora zu retten, konnte er sich so gar nicht vorstellen nach allem, was sie ihm während der Fahrt über die Nacht im Taj Mahal erzählt hatte. Hatte sie denn gar keine Angst? Nicht einmal vor Mäusen oder Spinnen, davor hatten doch alle Frauen Angst?

»So, wir müssen los«, sagte er schließlich. »Wir müssen unsere Kontaktperson treffen. Komm!«

Cora hatte ihm schon angeboten, selbst zu fahren, aber das hatte Anshu dankend abgelehnt. Nicht nur, dass es sich nicht mit seinem konservativen Frauenbild vertrug, aus Müdigkeit Cora das Steuer zu überlassen; nein, wenn sie von der Polizei angehalten würden und die fänden eine Ausländerin am Steuer! Nicht auszudenken, das gäbe richtig Ärger. Also gab Cora nach. Anshu fuhr gut, ruhig und nicht so chaotisch wie die anderen um sie herum; sie hatte gut gegessen, und die Schmerzen von den Verletzungen der letzten Nacht hatte sie fast vergessen. Die Straße war sehr gut ausgebaut, nur gelegentlich begegneten sie einem anderen Fahrzeug. Abends war hier, noch dazu in dieser Richtung, also Richtung Pakistan, nicht viel los. Einmal kam ihnen ein ganzer Panzerkonvoi entgegen, manchmal sah man auch am Straßenrand Militärjeeps stehen. Aber das war es auch schon, die Schweinwerfer des Jeeps erhellten eine einsame Landstraße ohne irgendwelche Besonderheiten.

»Wo wohnen wir in Jaisalmer?«, fragte Cora, als sie sich der Innenstadt näherten.

»Oben im Fort«, erwiderte Anshu. »Jaisalmer besteht vor allem aus einem Fort auf einer Felsenklippe, ziemlich beeindruckend. Der Rest des Ortes gruppiert sich um den Felsen herum. Man kann dort im Fort wohnen, ein Freund hat da eine Wohnung. Und wenn wir mit ein wenig Glück herausfinden, wer hinter den Anschlägen auf Ganesh steckt und wie wir ihm helfen können, geht's morgen weiter nach Pune, und wenn Ganesh in Ordnung und in Sicherheit ist, fliegst du nach Hause. Das ist der Plan.«

Cora sagte nicht, dass sie von diesem Plan wenig hielt. Wenn jemand mehrfach versuchte, Ganesh zu töten, wenn man ihn brutal folterte, dann würde dieser Jemand nicht einfach aufgeben, weil Anshu oder sie ihn darum baten. Und sie würde sicher nicht nach Hause in die heile Welt des wunderschönen Westerwaldes fahren und Ganesh hier allein mit dieser Gefahr lassen. Aber das musste Anshu ja jetzt nicht wissen.

Und dass sie gar nicht erst die Wahl haben würde, zu gehen oder zu bleiben, wusste Cora noch nicht.

19. Kapitel

Mumbai, Indien

I hr Chai, Sir.«
Ehrerbietig stellte der Diener das Tablett mit der Tasse aus
feinstem chinesischen Porzellan auf den blank geputzten Glastisch. Dann schenkte er aus der Kanne mit dem berühmten weiß-blauen Dekor der Ming-Dynastie ein wenig
der hellbraunen, dampfenden Flüssigkeit in eine Tasse und
reichte sie Khan. Ah! Darauf hatte dieser sich schon den
ganzen Flug über gefreut. Es ging doch nichts über Mumbai
Masala Chai, den besten Tee überhaupt. Indischer Schwarz-
tee aus Darjeeling am Fuße des Himalaya, aufgekocht mit
Milch, strikt nach den Regeln natürlich, zwei Drittel Wasser, ein Drittel Milch, dann das Masalagewürz und den
Tee hinzufügen, reichlich Zucker, mindestens eine Minute leicht kochen lassen. Heiß und süß, und das aus seinem
Lieblingsporzellan! Er hatte es kürzlich auf einer Auktion
in Hongkong erstanden, als man im *Mandarin Oriental* eine
Versteigerung seltenen antiken Porzellans veranstaltet hatte. Die Farbe des Tees erinnerte ihn immer an sein Lieblingsthema, Sand, und das erhöhte den Genuss noch einmal ins
Unermessliche.

Khan setzte die Tasse sorgfältig ab und stand auf. Langsam ging er auf die große Glasfront zu, die sich in seinem Apartment hoch auf Malabar Hill, dem teuersten Villenviertel der Stadt, über die ganze Längsseite zum Meer hin erstreckte. Welch fantastischer Ausblick! Er sah direkt auf das Arabische Meer, links begrenzt von der wunderschönen Bucht, an der sich der Marine Drive entlangzog, die von Palmen gesäumte Uferstraße. Jetzt, in der Abenddämmerung, war die elegant geschwungene Promenade hell erleuchtet, »The Queen's Necklace« nannte man das daher auch, das Perlenhalsband der Königin. Den Sandstrand am nördlichen Ende, Chowpatty Beach, konnte er nur erahnen; aber im Süden sah er die Silhouette des *Oberoi Hotels*, berühmt in ganz Indien. Nicht so schön wie das *Taj Hotel*, natürlich, das bevorzugte er denn doch. Aber für Geschäftstermine durchaus geeignet. Und mit dem Schnellboot gut erreichbar.

Mumbai! Sein Mumbai, pflegte er gern zu sagen. Hier war er geboren, aufgewachsen in den nördlichen Slums, hatte sich emporgearbeitet, konnte sich irgendwann ein kleines Apartment mieten, dann eines kaufen, schließlich hierherziehen. Der Name reichte, Malabar Hill, und die Leute wussten, woran sie waren, mit wem sie es zu tun hatten. Hier wohnten die Reichen und Schönen, und das waren in Mumbai viele. Natürlich hatte er im Norden, Juhu Beach, auch noch ein Strandhaus, sein Nachbar war der bekannteste indische Bollywood-Star, dessen Partys legendär waren. Juhu Beach. Strand. Sand war das beherrschende Thema seines Lebens geworden, im Gegensatz zu den meisten Menschen, die sich keine Gedanken darüber machten. Nur wenn sie am Sandstrand lagen und das kostbare Gut durch die Finger rieseln ließen, dachten sie vielleicht einmal über das Wunder nach, das sie berührten, aber dann vergaßen sie es wieder. Aber

ohne Sand kein Glas, durch das er gerade aufs Meer hinausblickte, ohne Sand kein Zement, kein Beton, kein Haus, keine
Straßen, nichts. Und er, Khan, hatte das frühzeitig erkannt
und all seine Energie darauf verwandt, alles über Sand zu
lernen, was es zu lernen gab. Und es gab so viel zu lernen!
Im Geiste ging er es immer wieder durch; er würde es nie
vergessen.

Sand entsteht auf viele Arten, hatte er erfahren; meistens,
zu etwa siebzig Prozent, besteht er aus Quarz. Sauerstoff und
Silikon bilden zusammen Quarz, die übliche Form von Sili-
zium. Im Granit ist Quarz eingebunden in schwächere Mine-
rale; bei entsprechend instabiler Umgebung fällt Quarz buch-
stäblich aus dem Felsen: Ein Sandkorn ist entstanden. Sand
ist eine Frage der Größe, hatte man ihm erklärt. Alles, was
hart genug und groß wie ein Sandkorn ist, ist Sand.

All dieses Wissen diente Khan als Grundlage, um Geschäfte zu machen. Sand war eben nicht unbegrenzt verfügbar, jedenfalls nicht der Sand, den man zum Bauen brauchte. Die
Nachfrage nach Baumaterial war unermesslich; die Chinesen, die Inder, die Araber, die Afrikaner: Sie alle brauchten
Sand zum Errichten immer neuer Häuser, Straßen, Kraft-
werke. Und dazu war eben der Wüstensand nicht geeignet,
zu rund, zu abgeschliffen von Jahrmillionen des Kontakts
mit dem Wind. Wind war viel brutaler und härter als Wasser, wenn er die Sandkörner abschliff und formte. Hunderte
Male härter, und genau deswegen waren die Wüsten der Erde die Quelle fast aller runden Sandkörner. Und die hafteten
nicht genug aneinander, sie waren zur Herstellung von Beton ungeeignet.

Als Khans Blick über die edel gerahmten Strandfotos an
der Wand streifte, musste er wieder lächeln. Wenn die Menschen wüssten, was sie da durch ihre Finger rieseln ließen,

wenn sie am Strand saßen! An den Stränden fand man meist Sand, der aus dem entstanden war, was die Region zur Verfügung stellte: Felsen. Aber eben nicht nur Felsen; in der Normandie bestand der Sand teilweise aus sandkorngroßen Teilen von Stahl, Überreste der alliierten Landung am D-Day des Zweiten Weltkrieges! Er hatte das persönlich fotografiert, als er einmal dort war; eines seiner Hobbys. Oder das nächste Foto, eine Strandaufnahme von Hawaii, auch von ihm selbst aufgenommen: unscheinbarer Sand, aber dennoch im Grunde Ausscheidungen eines Fisches, der dort heimisch war. Die Touristen lagen an manchen Stränden auf Hawaii eigentlich auf Fischexkrementen!

Als der Bauboom auch in Indien begann, war Khan zur Stelle. Wer konnte Sand liefern? Legal war bei Weitem nicht genug auf dem Markt, also erschlossen sich unter Umgehung gewisser Regeln fantastische Geschäftsmöglichkeiten. Mumbai verfügte über Strände und Flussbetten, aber auch das reichte bald nicht aus. Also hinaus aufs Meer! Da draußen auf dem Meer, weit draußen und seinen Blicken entzogen, arbeiteten seine Schiffe daran, noch mehr Sand zu fördern, denn das Tier war hungrig, die Bestie Stadt wollte gefüttert werden. Mehr Häuser, mehr Straßen, mehr Atomkraftwerke. Wie riesige Staubsauger grasten seine Schiffe und sogen den Sand vom Meeresboden auf, füllten ihre Bäuche und brachten den Sand dann an Land. Dort wurde er direkt an die Bauherren verkauft, direkt unter den Augen der Polizei. Die war vorher informiert worden, und da die Regierung den illegalen Abbau von Sand untersagt hatte, musste sie Erfolge vorweisen. Alle machten mit, die Polizei, die Gewerkschaften, die einfachen Arbeiter, die ihr Leben beim Sandabbau riskierten. Ein Milliardengeschäft.

»Papa!« Sein sechsjähriger Sohn Arjun kam ins Wohnzimmer gerannt, sein neuestes Elektroauto in der Hand. Ein ferngesteuerter Ferrari, knallrot natürlich, den er gerade von seinem Onkel bekommen hatte und sofort Papa zeigen musste. Khan lächelte; Arjun war sein ganzer Stolz. Nach dem frühen Krebstod seiner Frau musste er sich allein um den Kleinen kümmern; natürlich hatte er genug Geld und Hilfe, um diese Aufgabe zu bewältigen, aber seine Frau fehlte ihm doch sehr. Und Arjun war im Grunde alles, was er hatte; sein ganzes Geld konnte doch den Verlust seiner geliebten Frau nicht aufwiegen.

Khan bewunderte den Ferrari ausgiebig und fuhr gemeinsam mit Arjun einige Runden durchs Wohnzimmer. Dann rief er das Kindermädchen, das Arjun in die Küche brachte, wo er Kekse bekommen sollte. Für das Abendessen war es noch etwas zu früh, und Arjun war eigentlich schon zu mollig, um vor dem Abendbrot noch zu naschen. Sein Vater sah das, konnte ihm aber keinen Wunsch abschlagen. Alle indischen Jungs aßen gern Süßes, dafür trieben sie auch keinen Sport … Khan hatte sich fest vorgenommen, den Kleinen in den Schwimmunterricht zu stecken. Das würde ihm guttun. Sobald er Zeit hatte, würde er sich darum kümmern. Nur jetzt musste er erst … Khan wandte sich dem Fenster zu, als das Telefon ihn aus seinen sandigen Träumen riss. Einer seiner Männer, die oben in Juhu, im Norden der Stadt, die Arbeiter in den Mangrovensümpfen beaufsichtigten, war in der Leitung. Ein Arbeiter war draußen auf See bei einem Tauchgang ertrunken, und jetzt machte die Familie Ärger, und es rotteten sich immer mehr Leute zusammen. Was sollte er tun? Khan gab kurze und präzise Anweisungen und drückte dann verärgert das Telefonat weg. Er musste sich wohl oder übel persönlich kümmern! Das konnte richtig Ärger geben, und wenn die Presse davon Wind bekam … er hatte genug Ärger mit diesen aufdringlichen Journalisten, die ihn immer wieder mit der Mafia in Verbindung brachten. Mit einem kurzen Ruf befahl er seinem Diener, den Chauffeur vorfahren zu lassen. Um diese Uhrzeit würde es mindestens eine Stunde dauern, selbst über die kühne Brücke, den Bandra-Worli Sea Link. Dann konnte er auch dort in seinem Strandhaus in Juhu übernachten und erst morgen wieder nach South Mumbai kommen, um seine Partner zu treffen. Die betroffene Familie des Arbeiters würde er ruhigstellen. Und die Journalisten auch, sollten sie es wagen, dort aufzutauchen. Notfalls ein für alle Mal.

Verärgert stellte er den Chai ab. Seine gute Laune war dahin, sobald er an den Ärger in Juhu und die Journalisten dachte. Konnte sich nicht die Polizei darum kümmern? Was hatte er mit einem Arbeiter zu tun, der beim Tauchen ums Leben gekommen war? Musste man sich denn um alles selbst kümmern? Wozu hatte er den Polizisten dort erst neulich neue Lathis, Schlagstöcke, spendiert? Jetzt konnten sie mal zum Einsatz kommen und für Ruhe sorgen.

Natürlich war der Sandabbau vor der Küste wie auch in den Flüssen rund um Mumbai gefährlich, sicher auch lebensgefährlich. Er selbst scheute auch nicht vor der Eliminierung von Konkurrenten zurück; wie sonst sollte man in diesem Moloch von Stadt, Mumbai, mit seinen sicher bald dreißig Millionen Einwohnern erfolgreich sein und vor allem bleiben? Aber es war doch besser, mit den Details dieser unschönen Dinge nicht direkt konfrontiert zu werden. Natürlich hatte er in Mumbai einen Ruf zu verlieren. Das Geschäft war brutal, es war mörderisch, und er musste an der Spitze bleiben. Die Regierung ging immer härter gegen ihn vor, die Zeitungen zeigten Bilder von durchwühlten Gräbern auf den Friedhöfen der Stadt. Auf der Suche nach dem kostbaren Sand scheuten seine Leute vor nichts zurück, man sah zu bester Sendezeit die offen herumliegenden Schädel der Verstorbenen. Beamte wurden im Krieg, wie es inzwischen hieß, ermordet, wenn sie sich dem Geschäft der Sandmafia entgegenstellten. Und das hatte er immer wieder diesen Journalisten zu verdanken, und er würde sich damit auseinandersetzen müssen. Bald.

Jetzt trank er erst mal den Amrut, seinen Lieblingswhisky. Dann musste der Chauffeur eben etwas warten. Wofür bezahlte Khan ihn schließlich? Morgen hatte er harte Verhandlungen in South Mumbai, im *Taj Hotel*. Ein wichtiger Termin, ein lukratives Angebot würde man ihm unterbreiten, hatte sein Assistent ihm gesagt. Interessant. Vielleicht sollte er seinen Sohn mitnehmen, seinen Arjun, das Wichtigste, was es für ihn auf der Welt gab. Er verbrachte so wenig Zeit mit ihm. Für Arjun hatte er große Pläne; er sollte eine gute Ausbildung bekommen, die bestmögliche, die man für Geld bekommen konnte. Sein Arjun, sein ganzer Stolz. Für ihn würde er alles tun. Alles.

20. Kapitel

Cora? Aufwachen, wir sind da!« Sie öffnete ihre Augen; sie musste auf den letzten Kilometern doch noch eingeschlafen sein. Anshu hatte sie vorsichtig an der Schulter berührt. Der Wagen stand an einem Abhang, wie es schien. Sie stieg aus und sah sich um. Direkt vor ihnen erhob sich eine mächtige Festungsanlage: das Fort von Jaisalmer, von dem Anshu gesprochen hatte. Er hatte den Jeep direkt vor einer der gewaltigen Mauern geparkt und räumte jetzt ihren Rucksack aus dem Kofferraum. Die Festung warf große Schatten, als die letzten Strahlen der Abendsonne langsam verblassten. Ein paar Hunde näherten sich in der Hoffnung auf ein Abendessen; an der grob behauenen Felswand, die bei näherem Hinsehen die Außenmauer des Forts bildete, lagen ein paar Bündel undefinierbarer Gestalt. Waren das Menschen, die dort schliefen? Oder nur Stoffballen? Bevor Cora darüber nachdenken konnte, zog Anshu sie weiter.

»Komm«, sagte er. »Wir müssen zu Fuß gehen, im Fort darf ich nicht fahren. Es ist nicht weit zu der Wohnung meines Freundes.« Es ging steil bergan; durch ein großes Tor stieg die Straße, leicht gekrümmt, etwa zweihundert Meter weit den Berg hinauf. Der Boden bestand nicht wie in deutschen Burgen aus Kopfsteinpflaster, sondern war glatt mit Ziegeln ausgelegt. Anshu erklärte, dass dies der Elefanten wegen so angelegt worden war, die früher die Herrscher den Weg hinaufgetragen hatten. Aber eben auch wegen der Elefanten war eine sehr enge Biegung eingebaut worden, sodass möglicherweise angreifende Elefanten nur ganz langsam passieren konnten; das gab den Verteidigern genug Zeit, mit brennenden Ölfässern und Pfeilen auf die Tiere zu schießen und sie so in Panik zu versetzen. Cora hätte sich das Bauwerk gern näher angesehen, aber dafür blieb keine Zeit. Es ging einige Minuten durch die in der Abenddämmerung im Halbdunkel liegenden, steilen Gassen, sie stiegen immer weiter den Berg hinauf. Soweit Cora erkennen konnte, waren die Häuser direkt in das Fort hineingebaut worden; das Dorf war das Fort. Die Straßen waren sauber, jedenfalls deutlich sauberer als in Agra. An den Schildern der zahlreichen Läden, die sie passierten, erkannte Cora, wie touristisch die Festung war; überall Souvenirhändler, Postkarten, Antiquitäten. Menschen drängten sich durch die Gassen, eine Ziege strich um ihre Beine, an einer Hauswand lehnte ein Wasserbüffel und kaute gemächlich an einem Bündel Gras. Immer wieder passierten sie kleine Tempel oder steinerne Götterstatuen, meist mit Blumen bekränzt, zu ihren Füßen Lebensmittel und andere Opfergaben. Unglaublich, dachte Cora, diese Spiritualität; auch wenn es unzählige verschiedene Götter zu geben schien, so waren doch letztlich alle Inder tiefgläubig. Einen Atheisten hatte sie noch nicht kennengelernt. Wie konnte das so lange gut gehen? Man hörte ja kaum von religiösen Konflikten in Indien, im Gegensatz zum Vorderen Orient oder anderen Weltgegenden. Oder brodelte unter der Oberfläche ein Konflikt, der eines Tages ausbrechen würde?

Nach einer besonders engen Wegbiegung zog Anshu sie in einen Hausflur und dort auf eine steile Treppe, die in den ersten Stock führte. Oben auf dem Absatz stand ein Junge, er konnte höchstens zehn Jahre alt sein, das schmutzige T-Shirt hing über der Jeans, und starrte ehrfürchtig auf den ungewöhnlichen weiblichen Gast. Als er Anshu erkannte, lächelte er jedoch und sagte etwas, dann rannte er schnell weg. Kurz darauf erschien eine Frau, etwa Anfang dreißig, schätzte Cora, wohl seine Mutter. Sie begrüßte Anshu mit einem Nicken und dem traditionellen Gruß mit gefalteten Händen vor der Brust. Sie trug den Salwar Kameez, den so viele Inderinnen trugen, schlicht aus Baumwolle, aber in sehr geschmackvoller Kombination von blauem Oberteil und beiger Hose, dazu sehr schöne weiße Sandalen. Anshu beugte sich nieder und berührte flüchtig ihre Schuhe, dann stand er rasch auf und zeigte auf ein kleines Zimmer zu ihrer Rechten.

»Das ist dein Zimmer, Cora. Das Wasser auf dem Tisch kannst du trinken, es ist sauber. Die Toilette ist da drüben. Ich hole dich in fünfzehn Minuten ab, ist das okay?«

Cora nickte. So viele Fragen hatte sie, aber jetzt schien nicht der Augenblick dafür. Wer war die Frau, warum wurde sie nicht vorgestellt, wieso berührte Anshu ihre Schuhe? Aber gut, das würde sie sicher alles später erfahren. Sie machte sich schnell ein wenig frisch, trank ausgiebig von dem Wasser und ging dann hinunter auf die Straße.

Da kam auch schon Anshu aus einer Nebenstraße, und gemeinsam liefen sie durch die engen, verwinkelten Gassen. Sie verließen das Fort und gingen hinunter ins Dorf, hier wurden die Straßen breiter und weniger pittoresk. Cora versuchte gar nicht erst, ihn mit ihren vielen Fragen, die ihr auf der Zunge brannten, zu löchern; er ging zügig voran und schien nicht gewillt, ihr etwas zu erklären. Auch gut, sie konnte warten. Plötzlich bog er ab, und sie betraten einen winzigen Eingang, den man von der Straße aus kaum sah und der in einen Antiquitätenladen führte. Regale voller Ramsch, dachte Cora, als ihr Blick über Hunderte von Götterfiguren, Schlangen, Schwertern, Skulpturen aus Stein und Messing glitt. Nichts davon schien wirklich antik, aber eine Gruppe ausländischer Touristen war begeistert dabei, sich die verschiedensten Dinge auszusuchen und zur Kasse zu tragen, an der ein großes Schild prangte: All credit cards accepted! We deliver to the whole world! Als eine ältere Dame einen großen Holzbuddha anhob, sah Cora, dass auf der Rückseite die schwarze Farbe schon verschmiert war und darunter einfaches, helles Holz zum Vorschein kam. Der war sicher gerade erst angemalt worden! Cora wollte schon lachend weitergehen, Anshu hinterher, der bereits durch die nächste Tür verschwunden war. Da hörte sie, dass die Truppe Deutsch sprach. »Warten Sie«, sagte sie zu der erstaunten Dame mit dem Buddha, »nehmen Sie den nicht. Der ist nicht antik. Jedenfalls nicht antiker als ich!« Und sie zeigte auf die Rückseite. Die Dame lachte unbekümmert. »Na so was!«, sagte sie. »Ich kenne das aus China, aber scheinbar gibt es so was hier auch. Aber schön ist er trotzdem. Ich nehme ihn und male etwas Farbe drüber. Weiß zu Hause auch niemand, ob der alt ist.«

Kopfschüttelnd folgte Cora Anshu in das Innere des Gebäudes. Es ging durch zwei Türen, sie durchquerten einen riesigen Raum, der von oben bis unten mit Teppichen und Schals und Wolldecken vollgestopft war, das musste wohl ein Lager sein, und stiegen dann eine Holztreppe hinauf. Die war auf jeden Fall antik, dachte Cora, als unter ihr ein Brett bedenklich knirschte. Schließlich betrat sie einen großen Raum. An den Wänden waren ringsherum Bänke aufgereiht, in der Mitte lag ein traumhaft schöner Teppich ausgebreitet. Die Grundfarbe war Dunkelrot, aber er war durchwoben mit den herrlichsten Farben, die in kunstvollen Mustern das sicher vier auf sechs Meter große Stück verzierten. Ein Traum. Anshu saß bereits davor und betrachtete nachdenklich das Muster; neben ihm stand ein hochgewachsener Mann, dem Turban nach ein Sikh. Der Vollbart war mit einem Band eng an das Gesicht geschnürt, er trug ein weißes Hemd über der westlichen, dunkelblauen Anzughose. Als er Cora erblickte, lächelte er und kam auf sie zu. »Namaste!«, sagte er, die Hände vor der Brust faltend, »Sie sind sicher Cora aus Deutschland. Anshu hat mir von Ihnen erzählt. Herzlich willkommen in Jaisalmer! Mein Name ist Guru Singh. Das ist mein Geschäft, wir verkaufen Teppiche und Tücher an Touristen.«

Er sah ihren kritischen Blick und fügte lachend hinzu: »Wir haben tatsächlich schöne, echte Stücke, Miss. Unten ist der Raum für die uninteressierten Touristen, die keine Zeit haben, aber wenn Sie wirklich schöne Stücke suchen, haben wir die besten in ganz Rajasthan! Hier kaufen auch berühmte Leute ein, amerikanische Filmstars zum Beispiel.« Jetzt sah Cora das Foto eines bekannten Hollywoodstars an der Wand, der als Verehrer des Dalai Lama bekannt war und vor Kurzem hier in der Gegend einen Film gedreht hatte. Sie begrüßte Singh ebenfalls in der traditionellen Art mit gefalteten Händen, was er schmunzelnd zur Kenntnis nahm, dann setzte sie sich zu Anshu auf den Boden.

»Du willst jetzt nicht wirklich einen Teppich kaufen?«, fragte sie ihn leise.

»Natürlich nicht. Wir unterhalten uns, aber falls jemand hereinkommt, muss es wie ein Verkaufsgespräch aussehen. Ich habe ihm alles erzählt, wir brauchen jetzt seine Hilfe. Er kennt Ganesh seit vielen Jahren; sie waren zusammen auf dem College. Komm, hör zu, was er zu sagen hat.«

»Was sind Sikhs denn eigentlich? Ist das eine eigene Religion?«, fragte Cora, als Singh sich zu ihnen setzte. Er hatte gerade beginnen wollen, mit ihnen zu sprechen, als ein junger Mitarbeiter den Raum betrat und einen kleinen Teppich holte, also fing sie ein unverfängliches Gespräch an.

»Ja, Miss, eine junge Religion, aber eine ganz besondere!« Singh lächelte und strich sich über den Bart. »Wir lehnen das Kastenwesen der Hindus ab, Männer und Frauen sind gleichberechtigt. Der Begründer lebte im 15. Jahrhundert; nach Reisen in ferne Länder kam er zurück und schuf seine eigene Lehre, da er vieles von dem, was er in anderen Religionen sah, ablehnte. Wir Männer heißen seither fast immer Singh mit Nachnamen, das heißt Löwe, und die Frauen Kaur, das heißt Prinzessin. Die Vornamen sind prinzipiell für Jungen und Mädchen gleich, erst durch den Nachnamen werden sie weiblich oder männlich. Wir sehen uns als eigene Nation, nicht als Religion.«

»Nation, Religion ... Das sind ja alles Begriffe, die erst seit wenigen Jahrhunderten existieren. Die Unterscheidung war immer schon diffus, also verstehe ich gut, dass Sie sich eher als Nation sehen«, warf Cora ein. »Und glauben Sie auch an die Wiedergeburt, wie die Hindus?«

»Ja, das tun wir«, sagte Singh. »Nur durch ein tugendhaftes Leben kann man zu einer guten Wiedergeburt gelangen. Frauen sind zu verteidigen, daher tragen wir Männer traditionell einen Dolch; wir haben auch hohen Respekt vor der Natur und achten sie. Deshalb übrigens auch der typische Turban und der Vollbart; das Gebot, die Haupthaare nicht zu scheren, ist ein Ausdruck des Respektes vor dem, was die Natur schuf. Wir sind nicht viele, nur etwas über zwanzig Millionen, aber man achtet uns. Der Punjab, der nördlich von hier gelegene Bundesstaat, ist unser Staat; nach der Teilung Indiens bekamen wir ihn zugesprochen. Als Teil Indiens, natürlich. Unser Goldener Tempel in Amritsar ist unser höchstes Heiligtum, wie der Petersdom bei euch Christen.«

Der Mitarbeiter war verschwunden, und Guru Singh begann im Flüsterton zu sprechen. Dabei zeigte er immer wieder auf den Teppich zu ihren Füßen, als würde er etwas dazu erklären. »Ganesh rief mich letzte Woche an und fragte, was ich über den Sandhandel wisse. Ich war sehr verwundert, denn ich hätte nie gedacht, dass er sich für so etwas interessierte. Er ist immerhin Hydroingenieur! Na ja, ich verneinte zunächst, ich wisse nichts und so weiter. Schließlich, da er nicht aufhörte, mich zu löchern, gab ich mein Leugnen auf. Meine Familie ist ziemlich reich; wir haben Besitztümer in ganz Nordindien und auch in anderen Ländern Südostasiens, Singapur, Malaysia und anderen Ländern weltweit. Ein Onkel von mir ist im Baugewerbe; ich habe oft bei ihm gejobbt in den Semesterferien. Ich will ja nichts sagen, aber er weiß sicher viel zu dem Thema Sand und ... äh ... den Möglichkeiten, unter angemessener Berücksichtigung gewisser Interessen, auch staatlicher Stellen, den Sand kostengünstig zu transportieren.«

Guru Singh schmunzelte. Cora blickte ihn fragend an. »Sie reden von Korruption?«

Guru wechselte einen Blick mit Anshu. »Ihr Deutschen sagt immer, was ihr denkt, richtig? Und ihr meint auch, was ihr sagt, stimmt's? So werdet ihr in Asien nie erfolgreich sein. Wir hier sind subtiler im Ausdruck, empathischer. Mit eurer Direktheit verbaut ihr euch vieles; so geht das nicht. Ihr beleidigt die Menschen nur. Also, ja, Sie würden es wohl Korruption nennen. Wie auch immer, er hat Verbindungen, kennt sich aus; wie weit er selbst involviert ist, kann ich nicht beurteilen. Jedenfalls weiß Ganesh von meinem Onkel, deshalb hat er mich gefragt. Er hat durch seine Arbeit am Taj

Mahal irgendwie eine Verbindung zu der indischen Sandmafia bekommen, und da er nicht wusste, wen er sonst fragen konnte, rief er mich an. Er wollte einen Termin bei meinem Onkel in Malaysia, um ihn zu befragen. Ich riet ihm, das zu lassen, sich nicht einzumischen, aber Ganesh wollte unbedingt nachhaken. Das war sein Projekt, und er ist da auf irgendetwas gestoßen. Ich habe ihm die Telefonnummer meines Onkels gegeben, und das war es. Als Nächstes erhielt ich einen Anruf von Anshu hier, der mir sagte, Ganesh sei entführt und gefoltert worden und er müsse mit mir sprechen. So, und jetzt seid ihr hier.«

Cora sah ihn an. »Das ist alles? Sie müssen doch noch etwas wissen. Haben Sie schon mit Ihrem Onkel gesprochen?«

»Hab ich versucht«, antwortete Guru Singh. »Hab ihn noch nicht erreicht. Er ist viel unterwegs, er sitzt vielleicht gerade im Flieger oder irgendwo in einer anderen Zeitzone. Ich bleibe dran, okay? Und Sie sollten dringend nach Deutschland zurückkehren, rate ich Ihnen! Wirklich, aus alter Freundschaft zu Ganesh, Sie müssen hier weg. Indien ist ein gefährliches Pflaster, wenn man sich die falschen Leute zu Feinden macht.«

Cora sah Anshu an. »Okay, war es das? Wir müssen sofort mit seinem Onkel sprechen«, sie zeigte mit dem Kinn auf Guru. »Er kann uns weiterhelfen. Und ich werde sicher nicht aufgeben, sondern der Sache nachgehen. Wenn Ganesh von der Sandmafia entführt wurde, wer auch immer das eigentlich ist, werden wir das aufklären. Das bin ich Ganesh schuldig. Wo lebt Ihr Onkel? Malaysia, sagten Sie?«, fragte sie, nun an Guru gewandt.

»Ja, da ist er oft, er hat aber kein Haus dort. Am liebsten ist er in Mumbai, sein Business ist in Indien; seine geschäftlichen Aktivitäten sind hier gebündelt, obwohl er natürlich in ganz Südostasien beste Verbindungen pflegt. Warten Sie, irgendwo hier in meinem Handy hab ich auch seine Adresse. Ich schicke Ihnen das rüber; wie ist Ihre Nummer?«

Cora nannte ihre Handynummer, dann erhob sie sich. »Okay, ich würde gern kurz zur Toilette, wo ist die? Und dann suchen wir Gurus Onkel!«, sagte sie zu Anshu.

Guru Singh erhob sich ebenfalls. »Sie sind unbelehrbar! Ich kann Sie nur warnen, Sie unterschätzen die Situation. Aber gut, das ist Ihre Entscheidung. Kommen Sie, ich zeige Ihnen, wo es langgeht. Wir haben aber nur eine indische Toilette, Sie entschuldigen bitte.«

Cora lächelte und dachte an das, was sie in Tibet in dieser Hinsicht erlebt hatte. Konnte es schlimmer kommen? Schmutziger jedenfalls nicht. Sie folgte Guru eine Treppe hinauf, dann zeigt er auf eine Tür zu seiner Linken; sie nickte, und er verschwand.

Als sie fünf Minuten später wieder aus der Tür trat, wischte sie sich die Hände an einem Tempotaschentuch ab, das sie in ihrer Hose gefunden hatte. Indische Toiletten verfügten nicht über Toilettenpapier; man reinigte sich grundsätzlich nur mit Wasser. Eigentlich hygienischer. Wie auch immer, sie verdrängte die Gedanken an die Details und suchte den Raum wieder auf, in dem sie eben gesessen hatten. Die Treppe wieder hinunter, da war er. Auch der wunderschöne Teppich lag noch da, aber weder Anshu noch Guru Singh waren zu sehen. Cora blickte sich forschend um, wahrscheinlich waren sie schon zum Ausgang gegangen. Sie suchte ihren Weg hinunter und fand, nachdem sie in dem Gewirr zweimal falsch abgebogen war, schließlich den Raum, in dem die Antiquitäten aufgebaut waren. Auch hier war niemand zu sehen. Sie fragte einen Angestellten, aber niemand hatte Anshu oder Guru Singh gesehen. Cora trat auf die Straße hinaus und blickte suchend nach rechts und links, nichts. Sie ging wieder hinein, das gab es doch nicht. Sie lief an den Imitaten hinduistischer Gottheiten vorbei die knarrenden Holztreppen wieder hinauf und betrat noch einmal den großen Raum mit dem roten Teppich. Kein Anshu. Nachdenklich setzte sie sich auf den Platz, an dem sie vorhin gesessen hatte. Wieso war Anshu nicht mehr da, wieso hatte er nicht auf sie gewartet? Ihr Blick glitt suchend umher, schließlich blieb er auf dem Teppichmuster hängen. Ein Traum; Paisley nannte man das, glaubte sie sich zu erinnern. Ein tolles Muster, sah aus wie ein zugespitztes Blatt mit einem gebogenen Ende. Die Enden des stilisierten Blattes waren auf diesem Teppich in verschiedenen Farben angelegt; natürliche Pflanzenfarben, hatte Guru erklärt. Immer abwechselnd, rot, das von Schildläusen stammte, und ein tiefes Blau, das aus der Indigopflanze gewonnen wurde. Sie verfolgte den Verlauf, rot und blau, rot und blau, rot und … rot? Zweimal rot, das passte nicht. Sie kniete sich hin und sah genau hin. Das waren keine Pflanzenfarben. Was war das? Ihre Augen waren jetzt ganz dicht über dem Teppich. Da war Blut. Und es war viel Blut, sonst hätte der Teppich es aufgesogen. Vorsichtig berührte sie das Blut; warm. Verdammt. Wo war Anshu? Sie musste weg hier; erst der Überfall auf Ganesh, und jetzt hatte irgendjemand Anshu verletzt? Oder sogar …?

Sie war selbst in Gefahr. Cora blickte sich um; noch hatte niemand den Raum betreten. Sie war allein. Es galt, rasch zu handeln. Mit zwei Sätzen war sie an der Tür; ein schneller Blick links, rechts, nichts. Da hörte sie Stimmen, die allmählich lauter wurden und offenbar rasch näher kamen. Es blieb keine Zeit zu fliehen, sie sah sich in dem hohen Raum um. Teppiche und Stoffballen an allen Wänden, auf dem Boden, wo sollte sie sich verstecken? Die Stimmen wurden lauter, sie mussten ganz nah sein. Cora warf sich in einen Teppich, der ausgebreitet in einer Ecke lag, dann packte sie das eine Ende und rollte sich darin ein. Noch zweimal rollte sie sich um sich selbst, das musste reichen. Für den flüchtigen Beobachter lag da nur eine Teppichrolle in der Ecke. Cora war schlank, es würde nicht auffallen, dass der Teppich ziemlich uneben aussah. Hoffte sie.

Zwei Männer waren jetzt im Raum; sie konnte nicht verstehen, was sie sagten, da es eine indische Sprache war. Aber sie verstand »Anshu«, und sie erkannte Guru Singhs Stimme. Er hatte sie verraten! Was hatte er mit Anshu gemacht? Offensichtlich steckte nicht nur sein Onkel mit der Sandmafia unter einer Decke, sondern auch Guru selbst. Wenn er Anshu beseitigt hatte, war sie ganz auf sich allein gestellt. Guru gehörte dann zu denen, die auch Ganesh gefangen hatten. Cora zwang sich, ruhig zu bleiben und sich nicht zu bewegen, obwohl die Wolle des Teppichs kratzte und sie ein Niesen unterdrücken musste. Jetzt fiel ihr eigener Name, Guru hatte ganz klar »Cora« gesagt. Oder gab es ein Wort in seiner Sprache, das so ähnlich hieß? Da, wieder ganz deutlich »Cora«! Sie suchten sie! Nach ein paar Minuten offenbar hitziger Diskussion verließen die beiden Männer den Vorführraum. Cora wartete noch einige Minuten, dann rollte sie sich wieder aus dem Teppich und stand auf. Schnell weg hier. Vorsichtig steckte sie den Kopf aus der Tür, die Luft war rein. Sie rannte die Treppe hinunter, immer zwei Stufen auf einmal nehmend. Jetzt vernahm sie Schritte hinter sich, näher kommend, sie rannte schneller, alle Räume schienen jetzt plötzlich voller Menschen, die im Weg standen, wo kamen die alle her? Sie schob und drängelte, aber ganz Jaisalmer hielt sich gerade jetzt hier auf, jedenfalls kam es ihr so vor. Endlich gelangte sie durch den Antiquitätenraum im Erdgeschoss auf die Straße. Wohin jetzt?

Ganesh lag schwer verwundet, gefoltert und von einer Kobra vergiftet in Agra oder war auf dem Weg nach Pune, Anshu war verschwunden, aufgrund des Blutes auf dem Teppich mindestens verwundet, wenn nicht tot. Nur sie selbst hatte bisher Glück gehabt; sie war gerade noch entkommen. Sie musste weg hier und sich dann allein durchschlagen.

Das Ende der Welt, so hieß es doch bei Jim Knopf und Lukas. Die beiden hätte sie jetzt auch brauchen können.

Cora kannte niemanden in dieser Stadt, in dieser Wüste, keine zweihundert Kilometer von der pakistanischen Grenze entfernt. Sie sprach die lokale Sprache nicht und wurde von Verbrechern gejagt, die auch vor Folter nicht zurückschreckten. Was sollte sie nur tun? Zum ersten Mal, seit sie in Indien war, verspürte sie Angst.

21. Kapitel

Cora bemühte sich, langsam die Straße entlangzugehen, um keine Aufmerksamkeit zu erregen. Wieder einmal war es von Vorteil, dass sie sich die Haare gefärbt hatte und einen indischen Salwar trug. Sie blickte sich immer wieder misstrauisch um, dann betrat sie kurz entschlossen ein Coffee Day und setzte sich rasch an einen Ecktisch, den man von draußen nicht einsehen konnte. Erst einmal tief durchatmen. Niemand schien sie zu beachten. Was sollte sie tun? Eine Kellnerin kam an ihren Tisch und fragte sie nach ihren Wünschen. Sie bestellte einen Chai. Ob sie auch das WLAN-Passwort brauche? Ja, bitte, antwortete Cora abwesend. Als der Chai und der Zettel mit dem Passwort kamen, löffelte Cora unkonzentriert Zucker in die Tasse; gleichzeitig zog sie ihr Handy hervor. Aber wen sollte sie anrufen? Sie blickte auf das Display, eine SMS war eingegangen. Geistesabwesend drückte sie die Nachricht weg.

»Entschuldigung, darf ich dich etwas fragen?« Am Nachbartisch saß eine Inderin, etwa Mitte zwanzig, und schaute schüchtern lächelnd zu Cora herüber. Sie war sehr modern und westlich gekleidet, trug eine Jeans, ein modisches Top und Ballerinas. Ihre elegante Uhr passte farblich gut zu ihrem Schmuck, den goldenen Armreifen und den Ohrringen.

Auf der Stirn trug sie einen roten Punkt. Die langen Haare hatte sie zu einem frechen Pferdeschwanz zusammengebunden, was Cora in Indien bisher kaum gesehen hatte. Auf dem Tisch lag eine Designerhandtasche, aus der ein goldenes Smartphone hervorlugte.

»Ja, natürlich«, antwortete Cora und erwiderte etwas gequält das Lächeln. »Was ist denn?«

»Darf ich fragen, woher du kommst? Eine Ausländerin, die ganz allein in einem Café sitzt, ist hier in Jaisalmer schon ungewöhnlich. Bist du aus Amerika?«

Cora zögerte kurz, dann blickte sie sich vorsichtig um, nahm ihre Tasse, stand auf und setzte sich zu der Inderin an den Tisch. »Nein«, sagte sie leise. »Ich bin aus Deutschland.«

Die Inderin lachte erfreut. »Deutschland? Wie schön! Warte … Ich bin Lakshmi, aus Indien«, sagte sie in gebrochenem Deutsch. »Das war es auch schon, mehr kann ich nicht.«

»Sehr gut! Das ist besser als mein Hindi!«, lobte Cora. Dabei drückte sie sich weiter in die dunkle Ecke des Cafés.

»Oh, Hindi ist einfach! Du kannst auch schon mehr, als du glaubst! Du kennst doch das Dschungelbuch, oder? Was heißt Bär auf Hindi? Bhalu! Tiger? Bhag wie Baghira! Elefant? Hathi, wie Colonel Hathi! Ich bringe dir etwas bei, ja? Also, sprich mir nach: Mera nam … ähm, wie heißt du?«

»Cora. Cora Remy. Aber ich …«

»Warte!«, sagte Lakshmi eifrig. »Also: Mera nam Cora hai. Mein Name ist Cora.«

»Mera nam Cora hai. Richtig?«

»Wow, du lernst schnell! Aber unsere Sprachen sind ja auch verwandt, wusstest du das?«

Cora überlegte kurz; wenn sie hier eine Chance hatte, jemanden aus der lokalen Bevölkerung kennenzulernen, konnte die ihr vielleicht helfen. Es gab keinen Plan B. Jedenfalls war es erst mal gut, den Kontakt herzustellen. Sie sah Lakshmi also mit erstauntem Gesichtsausdruck an. »Verwandt? Deutsch und Hindi? Wie das denn? Und woher weißt du das?«

Lakshmi rückte näher. »Ich bin Studentin, ich studiere Sprachwissenschaft und Sanskrit. So, und das Spannende ist, dass es früher, vor Tausenden von Jahren vermutlich, eine gemeinsame Ursprache gab. Aus der haben sich dann die europäischen Sprachen im Westen und die indischen Sprachen hier in Indien entwickelt. Mutter heißt auf Sanskrit matr, Vater heißt pitr, also pater auf Latein; deva auf Sanskrit nannten die Römer deus. Gott. Auch die Grammatik ist sehr ähnlich. Total spannend!«

Cora hörte geduldig zu. Sie war nur halb bei der Sache, überlegte fieberhaft, was sie tun könnte. Irgendwie musste sie aus Jaisalmer verschwinden, sie musste nach Pune, zu Ganesh. Lakshmi plapperte unterdessen unentwegt weiter; ihre großen dunklen Augen strahlten vor Begeisterung. »Das gilt auch für die Zahlen. Ihr sprecht immer von den arabischen Ziffern, mit denen ihr rechnet; aber die Araber haben die Zahlen von den Indern! Ihr rechnet und schreibt indische Zahlen! Und die Null haben wir Inder erfunden, wusstest du das? Null und eins, die Sprache der Computer … Die ganze europäische Mathematik basiert auf indischen Entdeckungen. Und Schach, weißt du, Chaturanga hieß es bei uns … was ist denn, Cora?«

Lakshmi hielt bestürzt inne; sie hatte bemerkt, dass Coras Gesichtsausdruck immer abwesender wurde. Schach hatte auch bei Coras Chinaabenteuer letztes Jahr eine wichtige Rolle gespielt. Ihr chinesischer Freund Ma, was Pferd auf Chinesisch bedeutete, der General Jiang, der sie gerettet hatte, und Ganesh, der Elefant, der sie aus Indien heraus unterstützt hatte … alles Figuren aus dem klassischen Schachspiel. »Ach, nichts«, sagte sie schnell. »Ich habe nur an jemanden gedacht, nichts Besonderes. Alles gut. Was sagtest du über Schach?«

»Nein, nein«, unterbrach Lakshmi sie. »So einfach kommst du mir nicht davon. Los. Sag schon, was ist? Du bist doch traurig? Ein Mann?«, fragte sie neugierig und sehr interessiert.

Cora musste nun doch lachen. Sie mochte die offene Art, die für Inder so untypische Direktheit. Es tat ihr gut, einmal zu reden. Sie war sicher nicht der Typ Frau, die alles immer mit ihrer besten Freundin besprechen musste; aber die letzten Tage waren auch für eine Dr. Cora Remy anstrengend gewesen. Und dies schien eine dieser Begegnungen zu sein, wie man sie oft auf Reisen in unbekannte Länder hatte, wenn man Menschen traf, die man vermutlich nie wiedersehen würde: Man erfuhr in einer Stunde mehr übereinander als so mancher Ehepartner in einem langen Leben.

Sie zögerte kurz, schaute sich noch einmal prüfend um, dann bestellte sie noch einen Cappuccino für sich und einen Latte Macchiato für Lakshmi. Und dann erzählte sie Lakshmi von Ganesh, von Nepal, von ihrem treuen Fahrer Rahul, der nächtlichen Rettungsaktion unter dem Taj Mahal, der Reise hierher an die pakistanische Grenze und was heute in dem Teppichgeschäft geschehen war. Es dauerte lange, und es tat einfach gut. Lakshmi lauschte erst neugierig, dann entsetzt, dann wieder lächelnd, dann schrie sie beinahe auf. Sie durchlebte die ganzen Abenteuer geradezu physisch nach.

»So, da sitze ich nun. Ich weiß nicht wohin, was ich tun soll. Ich kenne hier niemanden, ich muss unbedingt Ganesh helfen, aber wie soll ich …« Sie schaute Lakshmi fragend an.

Lakshmi blickte sie mit offenem Mund an. »Unglaublich! Was du alles erlebt hast, und du bist erst wenige Tage in Indien! Ich dagegen versauere hier am Ende der Welt und sehne mich nach Abenteuern … Na gut, nicht nach solchen wie du.

Das ist mir doch zu gefährlich.« Dann nickte sie energisch. »Gut, alles verstanden. Eine irre Geschichte. Und ich dachte, Sprachen studieren sei aufregend … Also, hier ist der Plan. Du kommst natürlich erst mal mit zu mir. Meine Eltern werden sich freuen, dich kennenzulernen. Mein Bruder übrigens auch, so toll wie du aussiehst, fürchte ich … du bist echt wunderschön! Na ja, auf den passe ich schon auf. Dann sehen wir weiter. Okay? Komm!«

Mit diesen Worten packte sie ihre Sachen zusammen, legte ein paar Scheine auf den Tisch und zog Cora am Arm zur Tür. Gleichzeitig hielt sie ihr golden glitzerndes Mobiltelefon an ihr Ohr und redete ohne Pause hinein. Als sie draußen waren, fuhr auch schon ein leuchtend rotes, elegantes Jaguar Coupé vor. Der livrierte Fahrer stieg rasch aus und öffnete ihnen die Tür, und Lakshmi bedeutete Cora einzusteigen. Cora ließ sich erschöpft in ihren Sitz fallen. Nach der Hektik der vergangenen Stunden und der Gefahr war es einfach gut, einmal jemandem zu vertrauen. Und bisher waren alle Frauen, denen sie begegnet war, gute, starke, zuverlässige Frauen gewesen. Sie hatte beschlossen, sich auf Lakshmi einzulassen, statt sich allein nach Pune zu Ganesh durchzuschlagen.

Cora registrierte die verdunkelten Scheiben. Lakshmis Familie musste sehr reich sein. Nach etwa zehn Minuten Fahrt durch Jaisalmer, vorbei an Kühen, die im Dreck nach Essbarem suchten, durch enge Gassen, in denen Kinder lachend einem Reifen hinterherrannten, und schließlich einem kurzen Stück durch ein etwas vornehmer wirkendes Viertel hielten sie vor einem großen, wunderschönen Haus aus gelblichem Sandstein.

»So, da sind wir!«, sagte Lakshmi fröhlich. »Komm, ich stelle dir meine Familie vor.«

Wieder hielt der Fahrer ihnen die Tür auf, und sie stiegen aus und gingen auf den Eingang zu. Ein paar Stufen hinauf, dann öffnete sich eine große, braune Holztür und ein Boy schaute mit großen Augen auf die Ausländerin. Cora fiel trotz ihrer schwarz gefärbten Haare noch immer ausreichend auf, sobald ihr jemand direkt ins Gesicht sah. Ihre helle Haut, die Augen und auch ihre ganze Körperhaltung, ihr Gang waren einfach anders als bei einer Inderin. Lakshmi beachtete den Bediensteten gar nicht, sondern eilte voraus und rief fröhlich nach ihren Eltern. Das Haus schien sehr groß zu sein; der Wohlstand war offensichtlich, aber nicht protzig. Weitere Bedienstete huschten durch die hohe, helle Eingangshalle, bemüht, nicht aufzufallen. Mehrere Gänge zweigten von der Halle ab, im Hintergrund sah Cora eine geschwungene Treppe, die sich nach oben wand. Lakshmi zog sie an der Hand nach rechts in eine Art Wohnzimmer. Der Marmorboden war mit farbigen Mosaiken durchsetzt, die schweren dunkelbraunen Holzmöbel schienen jahrhundertealt zu sein, an den Wänden hing wunderschöne gerahmte Seidenmalerei. Cora sah Szenen aus der indischen Geschichte, jedenfalls vermutete sie das; Schlachtenbilder mit kämpfenden Soldaten und Fürsten in antik anmutenden Trachten, Elefanten und gelegentlich erstaunlich explizit erotische Darstellungen. An einer Wand, den Blick zum Fenster gerichtet, das auf einen Innenhof hinausging, stand auf einem Tisch ein großer, aus dunkelbraunem, fast schwarzem Holz geschnitzter Ganesh, bestimmt achtzig Zentimeter hoch. Der elefantenköpfige Gott schien Cora direkt anzuschauen, die großen Ohren standen frech ab, sein riesiger, kugelförmiger Bauch trug zu seinem entspannt-glücklichen Aussehen bei. Jemand hatte ihm eine Blumengirlande aus orangefarbenen Blüten um den Hals gelegt, zu seinen Füßen stand eine flache Schüssel mit indischen Süßigkeiten. Die mochte Ganesh, wusste Cora, und es ist immer gut, den Gott bei Laune zu halten.

Bevor Cora weiter über das Schicksal ihres eigenen Ganesh nachdenken konnte, setzte Lakshmi sie in einen antiken, sehr unbequem aussehenden Sessel mit gewaltigen Armlehnen; zu ihrem Erstaunen versank Cora fast vollständig darin, und der Sessel erwies sich als wunderbar weich und bequem. Sie fühlte sich rundum beschützt darin, auch wenn sie die Arme kaum auf den Armlehnen ablegen konnte, so tief war sie gerutscht. Am liebsten wäre sie jetzt eingeschlafen, müde genug war sie.

Aber da kamen ein Mann und eine Frau die geschwungene Treppe in der Halle hinunter und betraten das Wohnzimmer; das mussten Lakshmis Eltern sein. Die Mutter trug einen hellrosafarbenen Salwar Kameez, der perfekt mit ihrem hellbraunen Gesicht harmonierte; die schwarzen Haare trug sie lang und offen. Um die Schultern hatte sie einen schlichten, aber dennoch sehr elegant wirkenden blauen Seidenschal drapiert, zum Salwar passten die rosa Sandalen. Der Vater, eine würdevolle Erscheinung mit einem mächtigen, weißen und an den Enden hochgezwirbelten Schnurrbart, war ebenfalls traditionell indisch in eine weite Hose und ein sandfarbenes weites und über die Hose hängendes Hemd, eine Kurta, gekleidet. Sie begrüßten den Gast aus Deutschland sehr herzlich. Cora bewunderte den blauen Schal der Mutter. »Das ist eine wunderschöne Farbe!«, sagte sie und meinte das ganz aufrichtig. Lakshmi mischte sich sofort ein. »Das ist Indigoblau, aus der Pflanze«, sagte sie begeistert. »Das Wort zeigt schon den Ursprung, die Griechen nannten die Farbe ›indisch‹, daraus wurde dann Indigo. Es gab auch Indisch-Gelb, mit dem malte zum Beispiel der holländische Maler Vermeer van Delft, jedenfalls manchmal. Das wurde aus dem Urin von indischen Kühen gewonnen, die man zuvor mit Mangos gefüttert hatte. Und …«

Ihre Mutter hielt ihr die Hand vor den Mund. »Entschuldige, Cora, aber sie nervt manchmal. Lakshmi, halte dich zurück mit deinen ewigen Erzählungen ...« Sie lachte, der Stolz auf ihre Tochter war unübersehbar. »Aber erzähl lieber von Cora. Woher kennt ihr euch?«

Cora fühlte sich gleich in die Familie aufgenommen. Lakshmi berichtete kurz, worum es ging und wer Cora war. Da es schon spät war, kam man überein, dass Lakshmi und Cora noch einen Drink zu sich nehmen sollten, und dann würden sich alle wieder zu einem nächtlichen Imbiss treffen. Während die Mutter in die Küche eilte und den Köchen entsprechende Anweisungen gab, ging der Vater hinüber in seine Bibliothek; Cora und ihre unverhofft aufgetauchte neue Freundin setzten sich auf einen schmalen Balkon, der über die Dächer der Stadt hinausblickte.

Es war herrlich, im Dunkel zu sitzen, eine frische Lime Soda zu genießen und über Indien und Deutschland zu sprechen. Cora erzählte, wie sie in Rheinland-Pfalz aufgewachsen war, später Ingenieurswesen studiert und sich dann in der Promotion auf Hydroenergie spezialisiert hatte. Auch von Ganesh, ihrem Kommilitonen, berichtete sie, mit dem sie sich so gut verstanden, nächtelang zusammengesessen und über Gott und die Welt diskutiert hatte, bis er dann, nachdem sie seinen überraschenden Heiratsantrag abgewiesen hatte, tief verletzt nach Indien zurückgekehrt war. »Seitdem war Funkstille, bis zum letzten Jahr, als ich beruflich in China war und wir wieder Kontakt aufgenommen haben.« Allerdings nur telefonisch; der Himalaya trennte sie damals räumlich.

Lakshmi lauschte mit großen Augen, sie fand das alles sehr romantisch und war begeistert. »Und jetzt rettest du sein Leben!«, sagte sie mit verträumter Stimme. »Da könnte man doch ein tolles Bollywood-Drama daraus machen! Mit einem unser Topstars, Shah Rukh Khan oder Hrithik Roshan oder so ...«

Cora lachte. »Bollywood? Du träumst. Ich stehe nicht so auf Kitschfilme, ich lebe eher in der Realität. Die ist spannend genug, jedenfalls bei mir. Und diese gottgleichen Stars, die hier so verehrt werden, das liegt mir nicht. Ich habe ja schon Götter um mich, Ganesh, dann seinen Vater Shiva als Glücksbringer in meinem Taxi, ich habe sogar eine Savriti kennengelernt, Göttin der Action oder so. Habe ich vergessen. Was heißt eigentlich Lakshmi? Ist das etwa auch eine Göttin?«

»Ja, natürlich!«, grinste ihre indische Freundin. »Lakshmi ist die Göttin des Glücks, der Fruchtbarkeit, der Schönheit. Mein Name ist sprachgeschichtlich übrigens direkt verwandt mit dem lateinischen ›Lux‹ für Licht und dem englischen ›Luck‹ für Glück. Lakshmi – Luck! Indogermanische Sprachfamilie eben. Auf Bildern sieht man sie oft, wie sie einem Milchozean entsteigt, auf einer Lotosblüte stehend. Der Lotos gilt in ganz Asien als Symbol der Reinheit, da er meist im Schlamm wächst und aus diesem Schlamm aber diese wunderschöne weiße oder rosa Blüte hervorbringt. So, das bin ich also«, lachte sie.

»Nicht schlecht!«, musste Cora zugeben. »Aus einem Milchozean entstiegen … Wir haben auch so jemand, eine Venus. Das war bei den Römern die Göttin der Schönheit. Schaumgeborene Venus, das ist ein Bild aus dem 15. Jahrhundert eines berühmten italienischen Malers, Botticelli. Also hab ich endlich eine echte Venus kennengelernt! Na, dich stell ich besser nicht Ganesh vor!«

Lakshmi lachte wieder. »Zu spät … Die Göttin Lakshmi ist in der Mythologie auch manchmal eine Begleiterin des Ganesh«, sagte sie und zeigte ihre wunderschönen, ebenmäßigen weißen Zähne.

Als sie bald darauf bei einem Snack mit der Familie zusammensaßen, probierte Cora erstmals richtig scharfes indisches Essen, Laal Maas. Hatte nicht Anshu davon erzählt? Lammfleisch in roter Soße, mit viel Chili und Knoblauch. Dazu gab es Chapatis, Brotfladen aus Weizenmehl. Cora war einiges gewohnt, aber ihr traten die Tränen in die Augen, und sie war dankbar, als man ihr ein Lassi reichte, das erfrischende und das Brennen im Mund und Rachen löschende Joghurtgetränk. Puh, dachte sie. Bevor ich das nächste Mal sage, ich esse gern scharf, denke ich an Indien.

»Das Haus hier ist ein sogenanntes Haveli. Havelis sind ursprünglich Kaufmannshäuser«, erzählte Lakshmis Vater gerade. »Die Karawanen, die durch die Wüste zogen, machten hier halt. Bevor Indien 1947 geteilt wurde und Pakistan entstand, war Jaisalmer ein wichtiger Rast- und Umschlagplatz. Viele Kaufleute wurden durch den Handel sehr reich, und sie bauten sich diese herrlichen Häuser im Schutz des Forts. Man ließ die besten Steinmetze kommen, und die Bauherren überboten sich gegenseitig, um zu zeigen, wie reich sie waren. Die meisten Havelis …«

»Okay, das reicht!«, fiel ihm seine Frau ins Wort. »Wir wollen doch unseren Gast nicht langweilen. Wie können wir dir helfen? Was brauchst du?«

Cora sah sie dankbar an. »Das ist wirklich nett von Ihnen, aber ich weiß ja selbst nicht, was ich brauche. Ich möchte nach Pune, um bei Ganesh zu sein, aber ich denke, es ist besser, die Hintergründe seiner Entführung und des Anschlags auf ihn aufzuklären, damit helfe ich ihm sicher mehr. Mit Händchenhalten kommen wir nicht weiter. Aber ich stecke in einer Sackgasse; Anshu und Guru wollten mir helfen, dachte ich jedenfalls. Nun ist Anshu verschwunden, vielleicht ermordet, Guru will wohl auch mich verschwinden lassen. Und ich weiß gar nichts mehr.«

»Und du hast gar keinen Anhaltspunkt? Was haben sie denn über diesen Onkel in Malaysia erzählt?«, fragte Lakshmi.

»Guru wollte mir seine Adresse senden, er wohnt wohl nicht in Malaysia.«

Plötzlich fiel Cora etwas ein. Vielleicht hatte Guru ihr die Adresse schon geschickt? Da war doch diese SMS gewesen? Sie zog ihr Handy hervor und checkte die Nachrichten. Tatsächlich, die letzte stammte von Guru. Eine Adresse. Nariman Point, Mumbai. Aber warum sollte Guru ihr die Adresse senden, wenn er ihr nach dem Leben trachtete? Ob das eine Falle war? Nachdem sie ihm vorhin entwischt war? Wie auch immer, Cora wusste jetzt, wohin sie fahren würde. Sie musste nach Mumbai.

»Mumbai«, sagte sie entschlossen. »Da muss ich hin. Wie komme ich dahin? Können Sie mir helfen, ein Zugticket zu kaufen?«

Lakshmi schüttelte den Kopf. »Es gibt hier einen Bahnhof«, sagte sie. »Aber die Verbindungen nach Mumbai sind chaotisch. Warte kurz, ich checke das mal …« Sie wischte auf ihrem Smartphone herum. »Hier. Das dauert fast dreißig Stunden, ungefähr, und du musst mindestens dreimal umsteigen. Das ist für eine allein reisende Frau, noch dazu eine Ausländerin, in Indien nicht ratsam. Man kommt hier nur mit dem Auto weg. Also, wir könnten dir einen Fahrer organisieren, was meinst du? Pitaji, was ist mit unserem Fahrer? Kann der Cora nach Mumbai fahren?«, fragte Lakshmi ihren Vater. »Ji« war die höfliche Anredeform, die man oft an einen Namen anhängte. Auch bei der Anrede des eigenen Vaters.

Ihr Vater nickte. »Das geht«, meinte er. »Aber erst übermorgen. Morgen hat er frei, das kann ich ihm nicht zumuten. Er muss zu seiner Mutter. Übermorgen ist kein Problem!«

Cora sah ihn an. »Übermorgen? Tut mir leid, ich möchte nicht undankbar erscheinen, aber ich möchte so schnell wie möglich nach Mumbai. Ich fahre morgen, notfalls mit dem

Zug. Aber danke für Ihr Angebot.« Sie erhob sich. »Ich denke, ich lege mich jetzt hin; es scheint ja eine anstrengende Zugfahrt zu werden. Gute Nacht. Und noch mal danke für Ihre liebe Aufnahme!«

Die Eltern wünschten ihr ebenfalls eine gute Nacht; Lakshmi zeigte ihr das Gästezimmer. Cora war im Grunde gar nicht müde, aber sie wollte allein sein. So vieles ging ihr durch den Kopf. War es richtig, die Adresse in Mumbai aufzusuchen? Was würde dort geschehen, wenn doch Gurus Onkel in die Sache verwickelt war? Sollte sie nicht besser bei Ganesh sein? Was war mit Anshu, Ganeshs bestem Freund, geschehen? Genug Fragen, um nicht einschlafen zu können. Als sie ihr Zimmer betrat und sich umblickte, sah sie an der Wand gegenüber dem Bett eine Seidenstickerei, unter Glas gerahmt. Sie trat näher, eine Kampfszene aus dem alten Indien, Reiter in einer Schlacht, Elefanten, ihren Rüssel zum Angriff erhoben, Speere flogen durch die Luft. Cora bewunderte die Detailtreue der Darstellung. In der Mitte des Bildes war naturgemäß das größte Getümmel konzentriert; auf dem Boden lagen tote und verwundete Soldaten, einem spritzte das Blut aus dem aufgeschnittenen Hals heraus. Einem anderem wurde gerade von einem Pferdehuf der Kopf zerschmettert. Cora wandte sich ab; das brauchte sie jetzt gerade nicht.

Wie sehr diese Szene dem ähnelte, was sie noch in dieser Nacht erleben sollte, hätte sich niemand in dem alten, wunderschönen Haveli mitten im friedlichen Jaisalmer in der um diese Zeit absolut ruhigen Wüste Thar vorstellen können.

22. Kapitel

Der Chauffeur musste den Wagen abbremsen, als er sich der Menschenmenge näherte. Es war schlimmer, als der Mitarbeiter es am Telefon dargestellt hatte, oder es hatte sich zwischenzeitlich so entwickelt. Hunderte von Fischern und Arbeitern mit ihren Familien hatten sich zusammengerottet und blockierten die Straße. Im Scheinwerferlicht der schmalen Straße, die hinunter zum Strand führte, sah Khan wütende Gesichter und geballte Fäuste. Nicht gut, dachte er. Gar nicht gut. Sie riefen etwas, das Khan in seiner gepanzerten Limousine nicht verstehen konnte, aber die Botschaft war auch so klar. Sie protestierten gegen die Arbeitsbedingungen, wie so oft. Khan musste sich das selbst ansehen, so genau wusste er gar nicht, was für Arbeitsbedingungen das eigentlich waren. Wollte er auch nicht wissen, er hatte wahrlich andere Sorgen. Immerhin schuf er doch Arbeitsplätze, was hätten diese armen Teufel denn sonst arbeiten sollen? Keine Ausbildung, keine Schule oder sonst etwas; Hunderttausende zogen jedes Jahr nach Mumbai in der Hoffnung auf ein besseres Leben. Sie kamen vom Land und hatten aus Hunger und Armut ihre Dörfer verlassen, in denen sie ohnehin nichts besaßen. Sie waren zu jeder Art von Arbeit bereit, um ihre Familien zu ernähren.

Khan stieg aus; das hatte so keinen Sinn. Seine Leute warteten schon auf ihn, ein Vorarbeiter nahm ihn beiseite und führte ihn zu einem Unterstand, wo sie sich hinsetzen konnten. Man reichte ihm eine Tasse heißen Chai.

»Also, was ist eigentlich passiert?«, herrschte Khan den Mann an. »Wieso können Sie das nicht alleine lösen? Das kann doch nicht so schwer sein, ein paar Fischer zu beruhigen! Geben Sie ihnen Geld, das reicht doch meistens!«

Völlig verängstigt setzte der Mann zu einer Antwort an. Er schwitzte in seinem fleckigen Hemd, das nur mühsam den dicken Bauch überspannte, seine schwarzen Haare klebten auf seiner Stirn. Mit einem Taschentuch, das ebenfalls wenig ansprechend aussah, wischte er sich den Schweiß von der Stirn, dann kratzte er sich ausgiebig zwischen den fetten Beinen und stotterte: »Sir, ja, also, Sir, den ganzen Tag lief alles normal. Wie immer. Aber dann, vor etwa zwei Stunden, gab es irgendein Problem mit einem der Arbeiter, er blieb zu lange unten, niemand wusste, was los ist. Schließlich zogen sie ihn hoch, aber da war es schon zu spät. Er ... er ist tot, Sir.« Das Taschentuch war klatschnass inzwischen; der Vorarbeiter, der um seine Verantwortung wusste und noch nie persönlich mit dem mächtigen Boss gesprochen hatte, war kurz vor einem Panikanfall. Der Boss war nicht gerade für seine rücksichtsvolle Einfühlsamkeit in die Probleme seiner Untergebenen bekannt. Der Vorarbeiter wäre nicht der Erste, der seinen Fehler schwer büßen müsste.

»Kann mir mal jemand erklären, was eigentlich passiert ist?«, brüllte Khan jetzt. »Was läuft hier? Wie arbeiten die Männer, wie zum Teufel kann einer ertrinken? Bringt mir sofort einen von denen her, ich will das von ihm selbst hören!«

Nach wenigen Minuten brachten zwei seiner Männer einen zitternden Arbeiter heran. Mit seinem spindeldürren, nackten Oberkörper, den Dhoti, das indische Wickeltuch, um die Hüfte und durch die Beine geschlungen, barfuß, stand er wie ein Häuflein Elend vor dem mächtigen Mann, der sehr, sehr reich sein musste. Alle hatten Angst vor dem Boss, also hatte er auch Angst, ohne konkret zu wissen, warum. Nachdem er zunächst kein Wort herausbrachte, half man ihm mit einem kräftigen Schlag auf den Hinterkopf etwas nach. Langsam, zögernd, dann Mut fassend, erzählte er von seinem Arbeitsalltag bei der Beschaffung von Sand vor der Küste Mumbais. Er berichtete, wie er und die meisten seiner Kollegen von irgendwoher aus ganz Indien gekommen waren auf der Suche nach Arbeit. Sie waren Bauern, sie hatten das Meer noch nie gesehen, aber der Monsun und die brutalen Praktiken der Agenten, die ihnen das teure Saatgut verkauften, ruinierten viele von ihnen. Kam der Monsun zu früh, war die Ernte vernichtet; kam er zu spät, verdorrte alles. Und sie mussten Schulden machen bei den Agenten für das Saatgut, das sie mit der Ernte bezahlen sollten. Aber wenn die Ernte ausfiel? Die Schuldeneintreiber schreckten nicht davor zurück, die Bauern zu misshandeln und ihnen damit zu drohen, sich das nächste Mal ihre Töchter vorzuknöpfen. In ihrer Verzweiflung brachten sich jedes Jahr Tausende von Bauern um.

Khan wurde ungeduldig. Das wusste er ja alles, das wusste doch jeder in Indien. Kam der Mann endlich zum Punkt? Sein Vorarbeiter bemerkte die wachsende Gereiztheit seines Bosses und schlug den Arbeiter gleich noch mal auf den Kopf, damit dieser weitersprach. »Rede nicht so viel Unsinn!«, herrschte er ihn an. »Was passiert ist, will der Boss wissen!«

Der Mann zitterte am ganzen Leib, so eine Angst hatte er vor dem großen Boss. Hatte er etwas falsch gemacht? Würde man ihn bestrafen, ihm seinen Lohn verweigern oder ihn gar verprügeln und wegschicken? Wovon sollte er dann leben? Rasch erzählte er weiter, wie sie dann in die Städte gingen, er und viele andere eben nach Mumbai und wochenlang auf der Straße schliefen auf der Suche nach Arbeit. Wie man sie ansprach, ihnen einen guten Job versprach und wie sie dann unter lebensgefährlichen Bedingungen Sand vom Meeresgrund und auch aus den Flussläufen und Mangrovensümpfen Mumbais schöpfen mussten. Na ja, und da starben immer wieder Kollegen. Keiner von ihnen konnte schwimmen, keiner wusste, was geschah, wenn man zu schnell auftauchte, niemand erklärte ihnen etwas. Und sie waren rechtlos und konnten sich nicht wehren, wenn der Vorarbeiter den Lohn unter irgendeinem Vorwand einbehielt.

Khan schaute rasch zu seinem Vorarbeiter hinüber. Ein Blick auf den dicken, schwitzenden Mann, der unruhig auf seinem Stuhl hin und her rutschte, reichte ihm. Der Arbeiter sprach die Wahrheit.

Der Vorarbeiter sah vorsichtig zu Khan hinüber. »Soll ich ihn verprügeln, Sir?«, fragte er unterwürfig.

Khan schüttelte den Kopf. Wozu sollte das gut sein? Er hatte nicht alle Details gewusst; es war ihm auch egal, irgendwo musste der Sand ja herkommen. Und lukrativ war das Ganze, das war die Hauptsache. Aber wenn die Leute dabei starben, war niemandem gedient. Er entließ den zitternden Arbeiter, der dankbar wegrannte. Dann wies er den Vorarbeiter an, ihm die Familie des Ertrunkenen zu bringen und die Menschen auf der Straße zu vertreiben. Dafür bezahlte er schließlich die Polizei, damit sie ihm half. Wozu waren diese Taugenichtse sonst zu gebrauchen?

Khan ging zurück zu seiner Limousine; ehrfürchtig machten die Menschen Platz und wichen beiseite. Als sein Chauffeur anfuhr und die Türen elektronisch verriegelte, atmete Khan tief durch. Das war knapp gewesen. In Anbetracht seines nächsten Projektes konnte er öffentliche Aufmerksamkeit nicht gebrauchen. Es würde das größte, aber auch das riskanteste Projekt werden, hatte man ihm versprochen. Vielleicht ergab das bevorstehende Gespräch ja etwas. Der Mann, den er dort treffen sollte, besaß angeblich viel Macht. In welchem Bereich genau, wusste Khan nicht. Aber Macht war gut. Das gefiel Khan. Das passte zu ihm.

23. Kapitel

Als sie sich gerade, noch angezogen, auf ihrem Bett ausstreckte, hörte sie ein tiefes, sattes Brummen von draußen. Den Klang kannte sie! Unverwechselbar. Eine Harley-Davidson! Hier? In der Wüste? Rasch stand Cora auf und blickte aus dem Fenster hinab in den gepflasterten Innenhof des Havelis. Ein schweres Motorrad rollte gerade herein, der Fahrer schaltete die Zündung aus und nahm seinen Helm ab. Das musste Lakshmis Bruder sein, dachte Cora. Groß und kräftig wie sein Vater, trug er verwaschene Jeans, ein T-Shirt, eine Lederjacke und Turnschuhe. Er zog den Schlüssel ab, steckte ihn in seine Jackentasche und verschwand im Haus. Cora war früher zu Hause oft Motorrad gefahren; es war herrlich, in aller Ruhe durch die Straßen des Westerwaldes zu kurven. Sie hatte den Wind und die Freiheit immer genossen. Nicht mit zweihundert Sachen über die Autobahn brausen, das war nicht ihr Ding. Auf einer Harley fuhr man völlig anders. Na gut, das würde sie auch wieder tun, wenn das hier alles vorbei war. Frische Luft und Freiheit! Am liebsten mit Ganesh natürlich. Sie riss sich zusammen. Jetzt hatte etwas anderes Vorrang. Morgen würde sie mit dem Zug nach Mumbai fahren und den mysteriösen Onkel aufsuchen. Mumbai war eine Weltstadt, da sprachen wohl alle Englisch, das konnte ja nicht so schwierig, sein, dort jemanden zu finden. Mit diesen Gedanken ging sie zurück zu ihrem Bett und ließ sich in die Kissen fallen. Dann fiel ihr die Cloud wieder ein; ob sie noch mal nachsah, was Ganesh noch alles geschrieben hatte? Sie hatte nur ihr Handy, aber das WLAN im Haus war gut, und sie probierte es. Kurz darauf las sie weiter in den Worddokumenten, die Ganesh hochgeladen hatte.

... *CHINA*

Mehr als ein Viertel der Fläche Chinas ist von Wüsten bedeckt, die Fläche wächst jeden Monat um etwa 200 Quadratkilometer. Zehntausende Tonnen Sand werden jedes Jahr nach Beijing hineingeblasen, das für eine Hauptstadt sehr ungünstig liegt. Im Grunde liegt Beijing mitten in der Gobi ...

... Die Große Mauer wird seit 2000 Jahren von Sandstürmen zerstört. In vielen Orten drängt die Wüste nach Süden; in Longbaoshan begraben die Dünen die Häuser unter sich. Zwanzig Meter per Jahr bewegen sie sich vorwärts ...

... Bis zu 90 Prozent der »Verwüstung« sind auf Abholzung, Überweidung und zu starke Bewirtschaftung zurückzuführen ...

... Die Große Grüne Mauer, ein Mammutprojekt der chinesischen Regierung, soll die weitere Ausbreitung der Wüste verhindern oder verlangsamen. Gewaltige Anpflanzungen sollen Beijing vor dem Sand schützen. Aber dafür braucht man das Wasser, welches hier ohnehin rar ist ...

Das kannte Cora schon, das war ja das beherrschende Thema ihrer Tibetabenteuer gewesen. Sie las die Texte nur quer; immer wieder hatte Ganesh technische Details zum Sandabbau und -diebstahl notiert; aber auch kleine Bemerkungen, denen er nicht weiter nachgegangen war, schienen interessant.

Na gut, dachte Cora, das reicht. Es brachte sie nicht weiter, so interessant es auch sein mochte. Die Relevanz von Sand nicht nur für die Bauwirtschaft, sondern für das tägliche Leben aller Menschen war ihr nun klar geworden; es war wirklich beschämend, dass das niemand wusste! Oder jedenfalls nicht darüber sprach. Wieso waren diese Dinge nicht bekannt? Diebstahl von Sand, Sandmafia, Morde, ganze Inseln verschwanden, Strände wurden jedes Jahr neu aufgefüllt, damit die Touristen für den Sommerurlaub nicht ausblieben … Unglaublich. Aber für heute war es genug, sie war einfach zu müde. Cora loggte sich aus und steckte ihr Handy weg; nur kurz dösen, dann würde sie sich ausziehen. Sie schlief ein, bevor sie den Gedanken zu Ende gedacht hatte.

Mit einem Ruck fuhr sie hoch. Ein durchdringender Schrei hatte sie geweckt. Hatte sie das geträumt? Sie konnte sich erinnern, von Ganesh geträumt zu haben, von seinen großen, dunklen Augen, in denen sie versank, wunderbar tief hineingezogen in ihren Bann, sie wollte nie wieder loslassen, diesen Blick für immer festhalten; dann veränderten sich seine Augen plötzlich, wurden schmaler, zogen sich zusammen, waren ganz schmale Schlitze, kalt, böse, wurden zu den Augen einer Kobra, die sie gefühllos und unerbittlich ansah. Langsam wiegte die Kobra ihren Kopf hin und her. Hatte sie deshalb geschrien? Was war los? Cora sprang auf; sie hatte ja noch die Kleidung vom Vortag an und lief zur Tür. Unten waren Rufe und Schreie zu hören; sie konnte deutlich Lakshmi hören, die um Hilfe rief. Cora sah sich suchend um, konnte man irgendetwas als Waffe verwenden? In einer Ecke des Flurs vor ihrer Zimmertür stand auf einem Holztischchen eine antik aussehende Wasserpfeife, sie war aus Silber und Holz gearbeitet. Besser als nichts, dachte Cora, griff sich das schwere Stück und rannte die Treppe hinunter. Im Esszimmer lag Lakshmis Vater auf dem Boden, blutüberströmt, er stöhnte vor Schmerzen. Seine Frau kniete neben ihm und schrie laut, schien aber unverletzt. Cora rannte weiter, im Wohnzimmer war der schwere Holzganesh umgestürzt und lag in Stücken auf dem Boden. Lakshmis Bruder saß daneben und hielt sich den Bauch, in dem ein langes Messer steckte; er blickte sie mit einem Ausdruck voller Überraschung an, als begreife er nicht, was ihm da geschehen war. Er trug eine kurze Hose und ein T-Shirt, auch er hatte wohl schon geschlafen.

Während Cora noch wie erstarrt vor ihm stand, sah sie aus dem Augenwinkel, wie jemand auf sie zukam; in letzter Sekunde drehte sie sich halb zur Seite und schlug ihm die silberne Wasserpfeife gegen den Kopf. Es krachte, das Holz splitterte, aber auch der Kopf des Angreifers flog zur Seite und zeigte eine klaffende Wunde, aus der das Blut floss. Stöhnend ging der Mann zu Boden. Ein junger Bursche, sehr kräftig, er musste die Eltern im Schlaf überrascht haben. Wo war Lakshmi? Cora blickte hilfesuchend zu dem Bruder, der zu erraten schien, was sie dachte, und schwach mit dem Kopf Richtung Küche wies. Mit wenigen Sätzen rannte Cora in diese Richtung und prallte an der Tür mit einem weiteren Angreifer zusammen, der gerade herauskam. Guru Singh! Er holte weit aus, und Cora sah den geschwungenen Dolch, den er ihr in seinem Geschäft gezeigt hatte, in seiner Faust blitzen. Reflexartig, wie sie es jahrelang trainiert hatte, zog sie ihr Knie hoch und rammte es ihm zwischen die Beine, dann sprang sie einen Schritt zurück, drehte sich und trat ihm, der sich vor Schmerz instinktiv krümmte, mit aller Kraft mit dem Spann ihres Fußes gegen sein Kinn. Er stolperte zurück und krachte gegen den Türrahmen, dann rappelte er sich jedoch auf und streckte die Hand nach seinem Dolch aus, der ihm entglitten und auf den Fußboden gefallen war. Cora ahnte die Bewegung mehr, als dass sie sie sah, und war schneller;

mit einem raschen Ausfallschritt nach vorn griff sie sich den Dolch. Sie wollte ihn nur bedrohen, doch er stürzte sich auf sie und direkt in die Waffe hinein, die Cora reflexartig nach vorn geschwungen hatte. Das Messer drang tief in Singhs Unterbauch, er stöhnte laut auf. Cora ließ sofort los und wich gerade noch seiner massigen Gestalt aus, die zusammenbrach und nach vorn kippte. Hinter ihm kam jetzt die Küche in ihr Blickfeld, und dort sah Cora Lakshmi am Boden liegen. Ihr Nachthemd war blutgetränkt, und ihre leblosen Augen schienen direkt zu Cora zu blicken. Cora stieß einen Schrei aus, Lakshmi! Sie wollte zu ihr in die Küche rennen, da hörte sie Schritte aus dem Wohnzimmer. Das musste der erste Angreifer sein, der sie suchte. Das Geräusch einer Pistole, die entsichert wurde, war Cora vertraut; als Jägerin hatte sie das selbst Hunderte von Malen getan. Dagegen hatte sie weder mit der Wasserpfeife noch mit dem Dolch, der noch in Guru Singh steckte, eine Chance. Weg hier, war ihr erster Gedanke. Aber nein, sie musste sich um die anderen kümmern, sonst würde der Mann alle töten. Lakshmis Mutter hatte unverletzt ausgesehen; Cora lief rasch zurück ins Esszimmer. Lakshmis Eltern waren noch dort, die Mutter saß neben ihrem Mann. Wie im Schockzustand bewegte sie ihren Oberkörper rhythmisch vor und zurück, während ein Lächeln ihre Lippen umspielte. Ihr Mann lag jetzt ganz ruhig, er war wohl bewusstlos geworden. Cora machte rasch zwei Schritte auf die Mutter zu, dann nahm sie sie so sanft und dennoch energisch wie möglich und zog sie hoch. Wohin? Die Frau hing völlig willenlos in ihrem Arm. Cora erblickte eine große, mit Edelsteinen und kostbaren Intarsien verzierte Holztruhe in einer Ecke des Esszimmers; sie zog Lakshmis Mutter mehr, als dass sie sie trug, hinüber, hob den Deckel und wuchtete die zierliche Frau hinein, die keinerlei Widerstand leistete.

Dann schloss sie rasch die Truhe, keine Sekunde zu früh. Sie spürte, dass da jemand war, und hechtete aus der Tür in den Gang. Eine Kugel pfiff über sie hinweg, Holz splitterte.

Cora kroch weiter, um eine Ecke Richtung Wohnzimmer, in welchem Lakshmis Bruder lag. Er sah sie an, dann deutete er mit der Hand schwach auf seine Jacke, die achtlos über einer Stuhllehne hing. Cora kniete sich nieder und griff hinein; sie fühlte einen Schlüssel. Was sollte sie mit dem Autoschlüssel? Dann fiel ihr ein, was sie von ihrem Fenster aus gesehen hatte, bevor sie einschlief. Sein Motorrad! Aber fliehen, jetzt? Sie überlegte kurz, es war klar, dass sie gegen einen bewaffneten Angreifer keine Chance hatte, nicht hier in diesem Haus, in dem sie sich nicht auskannte. Sie musste Hilfe holen.

Cora nahm den Motorradschlüssel, nickte dem Bruder zu und lief rasch durch den Flur zu der Tür, die in den Innenhof führte. Da stand die Harley. Mit einem Satz saß sie darauf, steckte den Schlüssel ins Schloss und drehte ihn. Die Maschine sprang sofort an; das satte Geräusch war beruhigend, aber es würde nicht so einfach werden, die Maschine aus dem Hof zu bekommen. Ihre eigene Harley war eine Softail gewesen, die auch für Frauen gut zu führen war; dies war eine Fat Boy mit sicher über dreihundert Kilogramm. Für eine kleine und schmal gebaute Frau wie Cora nicht geeignet und daher auch kaum beherrschbar. Vorsichtig wuchtete Cora die schwere Maschine vom Ständer, schwankte kurz, ihre Zehenspitzen berührten gerade noch den Boden. Dann rollte sie an und gab Gas. Da schlug eine Kugel direkt neben ihr in einen Holzbalken; nichts wie weg hier! Hinter sich hörte sie Schritte, sie hatte keine Zeit, sanft anzufahren. Cora gab Gas, das Hinterrad brach weg und sie schlingerte ein wenig, dann hatte sie das Motorrad im Griff und schoss aus dem Tor auf die Straße. Es hatte offen gestanden, hier mussten die Angreifer hereingekommen sein. Sie hörte noch, wie jemand nachlud, dann bog sie auf gut Glück in die dunkle, zu dieser Uhrzeit noch völlig leere Straße ein und brauste los, durch das nächtliche Jaisalmer. Es war finster, es gab in dieser Gegend keine Straßenbeleuchtung. Die Sonne würde hoffentlich bald aufgehen; Cora wollte nur noch weg.

Aber zuerst musste sie Hilfe zum Haus ihrer Freundin schicken! Was hatte sie nur getan? Ihretwegen war Lakshmi gestorben, ihretwegen war eine glückliche Familie zerstört worden. Wie ging es den anderen, würden sie überleben? Cora war völlig verzweifelt, sie kämpfte mit den Tränen. Auf dem Motorrad konnte sie keine Tränen gebrauchen, aber ihre Augen füllten sich dennoch wie von selbst, und sie fühlte, wie ihr die salzige Flüssigkeit die Wangen herunterlief. Sie war schuld am Tod mindestens eines Menschen!

Nach einigen Kurven kam sie auf eine größere Straße und fuhr einfach weiter in der Hoffnung, aus der Stadt herauszukommen. Wo sollte sie eine Polizeistation finden? Und würden die ihr helfen, einer Ausländerin auf einem Motorrad, das ihr offensichtlich nicht gehörte, und die in eine Schießerei verwickelt war? Was hatte Savitri gesagt, die Managerin in ihrem Hotel in Agra? Geh nicht zur Polizei, da bist du nicht sicher! Nein, die Polizei aufzusuchen, war wohl keine gute Idee, selbst wenn sie gewusst hätte, wo eine Polizeistation zu finden gewesen wäre. Aber wohin dann?

In Ermangelung einer sinnvollen Alternative fuhr sie einfach weiter, die Straße hinunter. Gerade noch konnte sie einem Hund ausweichen, der plötzlich aus einer Toreinfahrt auftauchte, dann überholte sie eine Eselkarre, deren Besitzer wohl früh zur Arbeit musste. Sie zögerte kurz, dann bremste sie neben der Karre ab. »Police!«, rief sie dem Besitzer zu, der sie erstaunt ansah. »Police! Murder!« Und sie zeigte mit der Hand aufgeregt nach hinten in die Richtung, aus der sie gekommen war. Der Eseltreiber blickte nun ebenfalls nach hinten; irgendetwas schien er verstanden zu haben. Cora hatte keine Zeit zu verlieren, sie deutete nochmals unmissverständlich nach hinten, machte dann mit Daumen und Zeigefinger die weltweit übliche Bewegung, mit der man eine imaginäre Pistole abdrückte, und fuhr weiter. Schließlich kam sie an eine Kreuzung, ein Schild auf Englisch und in einer indischen Sprache zeigte die Richtungen an. Die Namen sagten ihr alle nichts, Ramgarh, Barmer, Nagaur. Es war noch zu dunkel, um eine Himmelsrichtung auszumachen; von den sternenklaren Nächten, die in Wüstenregionen immer beschrieben wurden, konnte hier leider keine Rede sein. Dicke Wolken hingen über ihr, kein Mond war zu sehen. Also wählte sie aus dem Bauch heraus Ramgarh und fuhr mit höchster Geschwindigkeit in diese Richtung. Ihr Bauchgefühl hatte sie noch nie im Stich gelassen.

Cora Remy, die deutsche Ingenieurin, brauste mutterseelenallein auf einer Harley-Davidson durch die Wüste Thar in die einzige Richtung, die sie nicht hätte einschlagen dürfen. Nach Westen, Richtung Pakistan.

24. Kapitel

Es war noch immer dunkel, und Cora fuhr jetzt konzentriert und vorsichtig. Sie konnte nur schemenhaft etwas erkennen; und wer wusste schon, ob da nicht ein Dromedar oder ein Esel oder sonst etwas auf der Straße lag? Die Straße war völlig eben, zweispurig und gut geteert; links und rechts davon breitete sich eine steppenartige Landschaft aus, soweit das im Scheinwerferlicht der Harley erkennbar war. Keine Sanddünen, nur kurzes Gras und harter Boden. An die Maschine hatte sie sich schnell gewöhnt, und es machte sogar etwas Spaß, auch wenn sie noch immer völlig geschockt von dem war, was sie mit ihrem Besuch bei Lakshmis Familie angerichtet hatte. Lakshmi! Sie hatte sie liebgewonnen in den wenigen Stunden, die sie zusammen waren, und jetzt war sie tot! Und nur ihretwegen! Cora war wütend, wütend auf diese Leute, die wahllos alles ausschalteten, was ihnen in die Quere kam. War Anshu auch gestorben, ihretwegen?

Sie verdrängte den Gedanken, sie musste sich konzentrieren. Was war das? Am Horizont sah sie einen hellen Schein. Riesig schien er zu sein, ein Feuer? Sie verlangsamte ihr Tempo und fuhr an den Straßenrand. Es sah aus wie eine helle Linie, die sich über den ganzen Horizont zog. Die Sonne war noch nicht aufgegangen, was konnte das nur sein? Irgendetwas stimmte hier nicht. Es gab hier doch nur Wüste, keine große Stadt weit und breit. Das Militär vielleicht? Aber eine helle Linie am Horizont? Vorsichtig fuhr sie weiter, sie war jetzt schon über eine Stunde unterwegs. Plötzlich tauchten zu ihrer Linken Formen aus dem Dunkel auf, flache, lang gestreckte Gebäude, daneben unförmige Gegenstände; was war das? Fahrzeuge, sah sie nun, Panzer und schwere Lkw. Sie hielt an. Da flammte ein Scheinwerfer auf, sie wurde in gleißendes Licht getaucht. Gleichzeitig hörte sie aus einem Lautsprecher eine Stimme, die in einer fremden Sprache etwas rief. Cora hielt an, stieg vorsichtig von der Harley, die sie nur mit Mühe sicher abstellen konnte, und hob beide Hände. Das konnte keine falsche Geste sein. Ein Fahrzeug löste sich aus der Dunkelheit und kam auf sie zu, geblendet hielt sie sich eine Hand vor die Augen. Sie hörte laute Rufe, dann sah sie, wie mehrere Soldaten auf sie zurannten, Maschinenpistolen im Anschlag. Cora rührte sich nicht. Einer der Soldaten bedeutete ihr mit der Maschinenpistole, sich auf den Boden zu legen, was sie mit ruhigen Bewegungen tat. Bloß nicht hektisch werden. Die waren vermutlich genauso nervös wie sie selbst.

Dann spürte sie, wie sie jemand hochzog, ihr die Hände hinter den Rücken riss und ihr Handschellen anlegte. Gut. Jedenfalls hatte man sie nicht gleich erschossen. Jetzt war sie wohl Gefangene der indischen Armee. Man stieß sie vorwärts, und sie taumelte mehr, als dass sie ging, auf eine Baracke zu. Die Sonne ging allmählich auf, und der Lichtstreifen am Horizont verblasste gegen den hellen Hintergrund. Irgendetwas stimmt mit dem Sonnenaufgang nicht, und nach kurzem Überlegen wurde Cora klar, was es war. Die Sonne! Sie ging nicht in der Richtung auf, in der sie gefahren war, sondern hinter ihr. Sie war also nach Westen gefahren! An die Grenze zu Pakistan! Das erklärte einiges. Da wurde sie schon in einen fensterlosen Raum geschoben; die Wände und der Boden bestanden aus Beton, ein abgenutzter Holztisch und zwei passende, also ebenfalls uralte Stühle standen in der Mitte, das war alles. Ein Soldat brüllte ihr etwas ins Ohr und stieß sie dann unsanft auf einen der Stühle. Sie hörte, wie jemand draußen die Harley anließ und auf den Hof neben das Gebäude fuhr, in dem sie saß. Der Soldat, der sie auf den Stuhl gestoßen hatte, stand mit der Maschinenpistole im Anschlag an der Tür. Er war überraschend jung, seine hellbraune, gefleckte Tarnuniform war ihm zu groß, und seine Hände zitterten. Er schien sehr nervös. Aus seiner Sicht verständlich; eine Ausländerin, auf die er aufpassen musste, und es war mit hoher Wahrscheinlichkeit das erste Mal, dass er diese Aufgabe hatte. Hoffentlich hielt er seinen Finger am Abzug ruhig. Was würde mit ihr geschehen?

Die Antwort sollte sie schnell erhalten. Die Tür ging auf, und ein Offizier, jedenfalls vermutete sie das aufgrund diverser ihr unbekannter Rangabzeichen auf der Uniform, trat ein. Ihr Bewacher salutierte, und der Vorgesetzte schickte ihn mit einem Wink zur Tür hinaus. Dann setzte er sich gegenüber von Cora auf den anderen Stuhl und musterte sie aufmerksam. Cora blieb ausreichend Zeit, ihn ebenfalls zu beobachten. Anfang vierzig, schätzte sie, groß und kräftig, markantes Gesicht, dichter, schwarzer Bart, der mit einem Band eng an das Gesicht gebunden war. Also auch ein Sikh! So musste ein Offizier wohl aussehen.

»Wer sind Sie?«, fragte er auf Englisch. Sein Tonfall war nicht unfreundlich, aber doch sehr irritiert, irgendwie. Die Spannung hier nahe der Grenze war immer sehr hoch, es konnte sich jederzeit ein Anschlag oder Ähnliches ereignen, und jetzt hatte er diese seltsame Frau vor sich, die er nicht einordnen konnte. Eine Terroristin? »Sie sind Ausländerin? Was machen Sie hier?«

Ja, das war eine gute Frage, dachte Cora bei sich. Was machte sie hier? Keine Ahnung. Sie war einem Mordanschlag entkommen, hatte eine Harley-Davidson gestohlen – na ja, geliehen, mit Erlaubnis des Besitzers, gewissermaßen – und musste nach Mumbai, um einem Freund zu helfen, der von der Sandmafia gejagt wurde. Hm. Vielleicht kein guter Schachzug, das Verhör, denn das war es ja wohl, so zu eröffnen. Sie musste Hilfe zu Lakshmis Haus schicken, aber wie? Sie hatte keine Adresse, nicht einmal einen Namen. Und wenn sie von dem Überfall berichtete, würde man sie nicht mehr gehen lassen. Dann fiel ihr die Harley ein. Wenn die Polizei das Nummernschild überprüfte, würde sie rasch auf den Besitzer und damit die Adresse stoßen und dorthin fahren. Vermutlich war es jetzt ohnehin zu spät, etwas für die Familie zu tun.

»Mein Name ist Remy, Cora Remy. Dr. Remy. Ich bin eine deutsche Wissenschaftlerin und hier in Indien, um ... mich über die Wassersituation hier in Rajasthan zu informieren. Ähm, ich habe mich verfahren, und wenn Sie mir sagen, in welcher Richtung Mumbai liegt, sind Sie mich gleich wieder los. Kein bürokratischer Ärger«, fügte sie rasch hinzu. Das half vielleicht, wer machte schon gern den ganzen Papierkram? Das war hier sicher nicht anders als zu Hause.

»Mumbai?« Er schaute sie entgeistert an. »Sie wollen allein auf dem Motorrad nach Mumbai? Haben Sie eine Ahnung von den Entfernungen hier in Indien? Und alleine als Frau ist das keine gute Idee. Und wieso fahren Sie Richtung Pakistan? Wissen Sie, das Sie direkt auf die Grenze zugefahren sind?«

Das stimmte allerdings, wie Cora zugeben musste. Sie war Richtung Westen gefahren! Militärisches Sperrgebiet, Tausende von Soldaten an einer der am besten bewachten Grenzen der Welt.

»Pakistan?«, tat sie ungläubig. »Das wusste ich nicht. Ich dachte, ich fahre nach Osten, aber in der Dunkelheit ... Sagen Sie, darf ich Sie etwas fragen?«, setzte sie frech hinzu. Mit Unterwürfigkeit kam sie hier nicht weiter, dachte sie. Flucht nach vorn! »Also, das riesige Licht, diese Linie, die ich am Horizont gesehen habe, ist das etwa ...?«

Der Offizier hatte kurz mit der Augenbraue gezuckt, als sie ihrerseits begann, ihn zu befragen, aber er ließ es zu. Auch an seinem Mundwinkel meinte sie eine leichte Bewegung gesehen zu haben, aber sein Gesicht blieb todernst. »Das ist die Grenze zu Pakistan, Frau Dr. Remy. Dreitausend Kilometer lang, wenn Sie das interessiert. Und wir Inder haben sie beleuchtet, zu unserer Sicherheit. Hundertfünfzigtausend Scheinwerfer erhellen die ganze Grenze bei Nacht. Das können Sie sogar vom Weltall aus sehen, schauen Sie mal auf Google«, setzte er stolz hinzu. »Dies dürfte die einzige Grenze der Welt sein, die nachts komplett beleuchtet ist. Das hat kein anderes Land der Welt geschafft. Aber zurück zu Ihnen. Ihre Geschichte klingt ziemlich unglaubwürdig. Noch dazu haben Sie ein Nummernschild aus Jaisalmer, wie kommen Sie als Deutsche an dieses Motorrad?«

Cora beschloss also, lieber bei der Wahrheit zu bleiben. Die Kunst bestand ja darin, nicht zu lügen, sondern nur nicht die ganze Wahrheit zu sagen.

»Ich habe in Jaisalmer eine Inderin kennengelernt, wir haben uns angefreundet, und ihr Bruder hat mir das Motorrad ... geliehen. Ich wollte es nach Mumbai fahren, und er wird es dort wieder abholen. Sie können das überprüfen und zu der Familie fahren; ja bitte, tun Sie das!«

Es war unwahrscheinlich, dass sich der Überfall auf Lakshmis Familie bis zur Armee herumgesprochen hatte, dachte (und hoffte) Cora. Vielleicht ließ er sie frei, und sie konnte entkommen, bevor er bei der Polizei nachfragte. Dann würden sie die Familie finden und hoffentlich diejenigen retten können, die noch lebten. Aber sie selbst musste dann weit weg sein.

Aber den Gefallen, sie freizulassen, tat der Mann ihr natürlich nicht. »Hören Sie, ich glaube Ihnen das nicht, was Sie mir da sagen. Aber das spielt keine Rolle, Sie sind in militärisches Sperrgebiet eingedrungen. Sie müssen hier weg, und das schnell. Ich muss Sie melden, das auf jeden Fall. Und mit der Maschine nach Mumbai fahren, das können Sie vergessen. Das ist zu gefährlich für eine Ausländerin. Was mache ich jetzt mit Ihnen?«

»Ganz einfach«, lachte Cora ihn keck an. »Sie lassen mich frei, und ich fahre nach Mumbai. Ich schaffe das schon. Okay?«

»Nein«, antwortete ihr der Offizier und strich seine Uniformjacke glatt, während er sich erhob. Langsam und nachdenklich strich er sich durch seinen Schnurrbart und zwirbelte die Enden nach oben. Der Bart war penibel gepflegt und pechschwarz; er schien sehr stolz darauf zu sein, so wie er sich immer wieder darüberfuhr. »So machen wir das sicher nicht. Sie bleiben hier, bis meine Vorgesetzten das geklärt haben. Vielleicht sind Sie ja eine pakistanische Spionin? Es gibt immer mehr davon, wir müssen sehr auf der Hut sein. Sie versuchen, unsere Reihen zu infiltrieren und Unruhen anzuzetteln.«

»Warten Sie«, rief Cora plötzlich, als er gehen wollte. Ihr war da eine Idee gekommen. Riskant, aber was hatte sie schon zu verlieren? »Ich möchte bitte mit Leutnant Khan am Flughafen Jaisalmer sprechen«, setzte sie dann hinzu. »Jetzt. Sofort!« Den Rang eines Leutnants hatte sie kurzerhand erfunden, irgendeinen Titel musste sie ja nennen. Hoffentlich erinnerte er sich an sie, und hoffentlich war es eine gute Erinnerung. Aber er hatte sie ja angelächelt, und er schien ein guter Bekannter von Anshu gewesen zu sein.

Verdutzt blickte der Offizier sie an. »Leutnant Khan? Wer soll das sein? Kenne ich nicht. Es gibt einen Major Khan, aber den kennen Sie ja wohl kaum. Soll das ein Trick sein? Wieso kennen Sie jemand am Flughafen?«, fragte er, jetzt misstrauisch geworden.

Cora nahm ihren ganzen Mut zusammen. »Fragen Sie ihn, dann verstehen Sie alles«, sagte sie mit fester Stimme.

Der Offizier schaute sie eine Weile nachdenklich an, dann nahm er sein Handy und verließ den Raum.

Na gut, dachte Cora, entweder bin ich gleich frei oder ich werde als Spionin erschossen …

Nach einer Viertelstunde kehrte der Offizier mit verstörtem Gesicht zurück. »Kommen Sie, Frau Dr. Remy. Wir gehen. Ich habe einen Anruf erhalten, von … ganz oben. Der Generalstab! Sie scheinen mächtige Freunde zu haben.«

Er zog sie am Arm mit sich, sanft, aber bestimmt. Cora folgte widerstandslos, was blieb ihr auch übrig. Draußen zeigte er auf ein flaches Gebäude nebenan. »Dort gehen Sie hinein. Sie können sich kurz frisch machen, in fünfzehn Minuten starten wir.« Dann ging er schnellen Schrittes über den weiten Platz und wollte gerade um eine Ecke verschwinden, als Cora ihm hinterherrief: »Hallo? Wohin gehen wir denn? Und wie?«

Der Offizier hielt an und drehte sich um. »Wir fliegen«, sagte er. »Sie kommen mit mir. Ihre Harley bleibt hier, die kann sich der Besitzer abholen. Ich muss Sie persönlich nach Pune bringen. Dort gibt es einen Militärflughafen, von dort kommen Sie leicht nach Mumbai.« Dann ging er rasch davon.

Cora verstand gar nichts mehr. Der Major hatte sie gerettet! Nur weil sie ihn gestern am Flughafen, als sie mit Anshu gelandet war, angelächelt hatte? War das wirklich erst gestern gewesen? Anshu! Wo war er? Lebte er noch? Er war doch ein Freund Guru Singhs, und der hatte versucht, sie zu ermorden! Aber das Blut auf dem Teppich war unmissverständlich gewesen, Guru musste Anshu überwältigt haben. Und Lakshmi und ihre Familie? Da stand sie nun, kurz vor der pakistanischen Grenze, und geriet immer tiefer in einen gefährlichen Strudel von Macht und Gewalt, den sie nicht verstand, der sie aber unaufhaltsam nach unten zu ziehen schien.

Eine Viertelstunde später saß sie wieder an Bord einer Militärmaschine, diesmal in Begleitung des Offiziers, der sie befragt hatte, und schnallte sich für den Flug nach Pune im Süden Indiens an. Sie waren die einzigen Passagiere in der kleinen Maschine, und der Offizier schien nicht begeistert von seiner Aufgabe als Kindermädchen für diese Ausländerin. Er betrachtete sie von der Seite; attraktiv war sie ja schon. Egal, heute Abend war er wieder zurück in Jaisalmer. Er nahm diesen Flug einfach als willkommene Abwechslung von der Routine des Dienstes. Und wenn ihn seine Vorgesetzten schon einmal um einen Gefallen baten, sollte man den ja auch nicht ablehnen.

»Wie heißen Sie eigentlich?«, fragte Cora interessiert, um das Schweigen zu brechen. Es konnte ja nichts schaden, ein wenig Konversation zu machen. »Meinen Namen kennen Sie ja auch!«, setzte sie selbstbewusst hinzu.

Er sah sie ruhig an, als überlegte er, wie er auf sie reagieren solle. »Singh«, sagte er schließlich. »Ich bin aus dem Punjab, das ist der Bundesstaat nördlich von Rajasthan. Ein Teil liegt in Pakistan, einer in Indien. Ich gehöre der Religionsgruppe der Sikhs an.«

»Dachte ich mir schon, als Sie Singh sagten!«, warf Cora ein. »›Löwe‹ heißt das, nicht wahr? Sie haben nichts mit dem Hinduismus zu tun, sind eine eigene Religion oder auch eine Nation, kein Kastenwesen, keine Diskriminierung ...«

Singh sah sie erstaunt an. »Sie kennen sich ja aus, Respekt. Stimmt alles. Und wir sind sehr stolz darauf. Wir waren früher oft Krieger, auch jetzt gehen viele zur Armee, so wie ich. Und wir sind eine sehr offene Religion, in unserem Heiligtum, dem Goldenen Tempel in Amritsar in Nordindien, ist jeder willkommen! Sie können dort einfach hingehen und an dem kostenlosen Essen teilnehmen, wo haben Sie das in anderen Religionen? Kennen Sie andere Sikhs?«

»Jaa ...«, meinte Cora gedehnt, als sie an Guru Singh dachte. »Aber der eine, den ich kenne oder jedenfalls kannte, war nicht so nett wie Sie.«

Singh sah sie nachdenklich an, sagte aber nichts.

Sikhs, Hindus, Muslime, Christen, dachte Cora bei sich. Was für Religionen würde sie noch kennenlernen? Und war es nicht im Grunde egal, woran die Menschen glaubten, warum musste man sich deswegen umbringen? Tief religiös war hier in Indien wohl jeder, das musste sie schon sagen. Ganz anders als in China, das sehr materialistisch eingestellt war und wo Religion im alltäglichen Leben der Menschen keine Rolle zu spielen schien. Bis eben auf Tibet. Dort hatte sie dieselbe Spiritualität angetroffen wie auch hier.

»Was ist denn nun eigentlich das Problem zwischen Pakistan und Indien?«, fragte Cora, jetzt wirklich interessiert. »Wenn ich es richtig verstanden habe, gab es doch zu Zeiten der Briten nur ein Land, und dann wurde es nach dem Abzug der Briten 1947 geteilt, richtig?«

»Ein trauriges Kapitel«, sagte Singh nachdenklich. »Eine Schande für unser Land. Die Briten teilten Indien in ein hinduistisches Indien und ein muslimisches Pakistan. Das Problem war die ziemlich willkürliche Grenzziehung, die nicht nur Bundesstaaten durchschnitt, vor allem den Punjab, sondern auch Straßen und Eisenbahnlinien. Es kam zu Massakern zwischen Hindus, Sikhs und Muslimen, grauenhaft. Die Verletzungen, die sich die Menschen damals antaten, sind bis heute nicht verheilt. Die Feindschaft reicht tief, und die Unterstützung der Taliban durch die pakistanische Regierung tut ihr Übriges. Die Anschläge auf Mumbai im Jahre 2008, unser indischer 11. September, wurden von Pakistan aus gesteuert und geplant. Sehen Sie, das kann man nicht einfach lösen mit Logik oder Vernunft. Dabei ist der Hinduismus die wohl toleranteste Religionsgemeinschaft, die es gibt. Ich sage bewusst Gemeinschaft, es ist ja keine Religion im Sinne des Christentums. Es gibt so viele Strömungen, Schattierungen, alles ist erlaubt, da nichts verboten ist!« Singh schwieg, und auch Cora hing eine Weile ihren Gedanken nach.

»Wissen Sie«, nahm Singh das Gespräch unvermittelt wieder auf, »lassen Sie mich Ihnen ein Beispiel geben. Ein Beispiel für die Intoleranz anderer indischer Religionen. Kennen Sie den Taj Mahal?«

Cora zuckte zusammen. Den Taj? Schon wieder? Wie kam er jetzt auf dieses Thema?

»Natürlich kenne ich den Taj, ich war gerade vor wenigen Tagen dort. Was meinen Sie, ein Beispiel für religiöse Auseinandersetzungen? Was ist denn damit?«

Singh lehnte sich vor. Er wirkte plötzlich sehr eifrig. »Sicher hat man Ihnen erzählt, der Taj sei ein muslimisches Grabmal, das Grab der Mumtaz Mahal, der großen und unsterblichen Liebe des Mogulherrschers Shah Jahan, richtig? Islamische Kunst, Intarsien, hergestellt von den besten Meistern ihrer Zeit, persische und afghanische Kunst und so weiter? Richtig? Nun, das ist die eine Version. Aber es gibt noch eine zweite. Und die lautet etwas anders. Wollen Sie sie hören?«

Coras Augen funkelten. »Und ob!«, rief sie.

Und Singh erzählte ihr eine unglaubliche Geschichte. Gemäß den Nachforschungen eines bekannten Professors, der auch darüber viel publiziert hatte, hatte Shah Jahan das Grundstück einem Maharaja abgepresst, dem gar nichts anderes übrig geblieben war, als es dem mächtigen Herrscher abzugeben. Aber es war eben kein unbebautes Grundstück gewesen, sondern ein Tempel hatte sich dort befunden, und zwar ein hinduistischer! Um ihn herum hatte man das angeblich muslimische Grabmal errichtet, aber tief in seinem Innern, unterhalb der Kammern mit den Cenotaphen der Mumtaz Mahal und ihres Mannes, befanden sich noch immer Beweise für den einstigen Shivatempel. Dokumente aus der Zeit des Shah Jahan, also aus der Mitte des 17. Jahrhunderts, berichteten bereits von einem großen Tempel an genau dieser Stelle!

Cora hielt den Atem an. Genau dort war sie vor wenigen Tagen gewesen! Unterhalb des Taj, in einer der zugemauerten Kammern. Allerdings hatte nichts auf einen Tempel hingewiesen, aber das konnte sie jetzt kaum als Argument einbringen. Und seltsam war es schon; wozu brauchte ein Grabmal überhaupt unterirdische Kammern?

»Ausländische Besucher Agras berichten Dinge, die nicht zusammenpassen. Ein französischer Juwelier, der im 17. Jahrhundert an den Hof Shah Jahans kam und dort wohl auch für ihn arbeitete, hat später in seinem Reisebericht vermerkt, dass die verstorbene Mumtaz nahe des Taz-i-Makan – also dem ›Taj-Gebäude‹ – begraben wurde. Aber wenn der Taj erst nach ihrem Tod errichtet wurde, kann das doch nicht sein? Andere Ausländer, die sich um diese Zeit ebenfalls dort aufhielten, beschrieben das Leben in Agra etwa sieben Jahre nach dem angeblichen Baubeginn, und sie erwähnen das Grabmal nicht einmal. Wie kann das sein? Wissen Sie, Frau Dr. Remy, es gibt noch jede Menge andere Hinweise darauf, dass da etwas nicht stimmt. Fanatische Hindus machen daraus die Geschichte einer gewaltsamen Umwidmung eines ihnen heiligen Shivatempels in ein muslimisches Bauwerk, wobei all die Edelsteine, das Gold, der Schmuck, den man in hinduistischen Tempeln findet, gestohlen wurden.«

Als Singh Coras skeptischen Blick sah, zuckte er mit den Achseln. »Sie wundern sich, dass ich all das weiß? Viele Inder wissen davon, aber tun es entweder als Unsinn ab oder reden nicht gern darüber, dass sie es ernst nehmen. Fragen Sie Ihre indischen Freunde, ich bin sicher, jeder hat schon von diesen Theorien gehört. Offiziell spricht man nicht darüber. Aber glauben Sie nicht, dass das berühmteste Bauwerk Indiens unumstritten ist! Und zwischen Hindus und Muslimen kann es jederzeit wieder zum Ausbruch von Gewalt kommen.«

Inzwischen war es früher Vormittag, und Cora hatte Hunger. Das musste wohl warten. Aber sie würde Ganesh bald wiedersehen, denn ohne ihn würde sie nicht nach Mumbai fahren, das hatte sie schon beschlossen. Sie würde ihn nicht mehr verlassen, nicht mehr, bevor all dies hier aufgeklärt war. Und danach ... würde man weitersehen. Cora lehnte sich in den unbequemen Sitz der Militärmaschine zurück und schloss die Augen. Das Schlimmste war vorbei, Ganesh befreit, sie bald mit ihm vereint, in Mumbai hatte er Familie. Was sollte noch passieren?

25. Kapitel

Es hatte immer schon Zweifel an dem üblichen Narrativ gegeben, an der Geschichte, wie sie seit Jahrhunderten erzählt wurde. Die große Liebe, das Denkmal an seine Frau, der schwarze Taj gegenüber. Alles Unsinn. Wieso hatten Radiocarbon-Untersuchungen an den alten Holztüren des Taj ergeben, dass dieses Holz viel, viel älter war als der Taj selbst? Wieso hatten europäische Reisende aus jener Zeit, als der Taj angeblich im Bau war, nichts davon berichtet? Zu eindeutig die Hinweise auf hinduistische Einflüsse am Bau; zu unlogisch die bisher angebotenen Erklärungen. Persönlich war er nach Teheran gereist, um im dortigen Nationalmuseum nach den Originalplänen des Taj Mahal zu suchen. Dort lagen sie angeblich, die einzigen Exemplare, die noch erhalten waren. Dort wollte er prüfen, was wirklich unter dem Taj verborgen war. Man hatte ihm Zutritt gewährt, aber die Pläne hatte man ihm nicht gezeigt. Natürlich nicht! Wie hätte wohl die Welt reagiert, wie hätte die indische Regierung reagiert, wenn bekannt geworden wäre, was viele schon immer vermuteten?

Nun, bald würde die Welt es erfahren. Er würde sich mit dem Mann verbünden, der die Pläne hatte einsehen dürfen. Es lief alles nach Plan, er hatte alle Figuren auf seinem

Schachbrett platziert. Und sie bewegten sich genau so, wie er es wollte. Er beobachtete jeden ihrer Schritte, hatte alle stets unter Kontrolle. Notfalls würde er die nötigen Schritte ergreifen.

Er musste lächeln. Wie naiv die Menschen doch waren! Hielten sich für Helden, für stark, und wussten doch nichts. Jeder nur eine Figur im großen Spiel. In seinem Spiel. Nun gut. Es wurde Zeit für den nächsten Schritt. Die nächste Figur musste an ihren Platz geschoben werden.

26. Kapitel

Er wollte die Augen nicht öffnen. Einfach nur weiterschlafen. Aber der Schmerz war so groß, als der Wagen abrupt bremste, dass er unwillkürlich aufstöhnte und dabei auch seine Augen aufriss. Wo war er? Wieder entführt? Er befand sich in einem Auto, so viel war klar. Auf dem Rücksitz, angeschnallt, aber sonst frei. Langsam hob er den Kopf. Wer war der Fahrer? Er sah nur verschwommen durch seine geschwollenen Augenlider, erkannte schemenhaft eine Gestalt vorn am Steuer. Die bewegte sich, drehte sich um, soweit er erkennen konnte. »Alles okay, Mr. Ganesh, Sir?«, fragte eine besorgte Stimme. Der Mann kannte ihn? Woher wusste er seinen Namen? Ganesh wollte sich aufrichten, aber er war zu schwach. Und so müde ... er ließ den Kopf wieder sinken. Dann wurde alles schwarz.

Tee. Es duftete nach Chai, die Masala-Gewürzmischung drang ihm deutlich und wohltuend in die Nase. Er lag bequem, seine Schmerzen waren nur gedämpft zu spüren. Er hörte auch Stimmen, zwei Männer, konnte sie aber nicht verstehen. Langsam öffnete er die Augen, sah durch einen schmalen Schlitz zumindest etwas, undeutlich, verschwommen. Wieso konnte er die Augen nicht ganz öffnen?

»Er wacht auf!«, sagte eine Stimme. »Ganesh? Wie geht es Ihnen? Bleiben Sie liegen, alles ist gut. Sie sind in Sicherheit. Ich flöße Ihnen jetzt etwas Tee ein. Achtung, er ist noch heiß. So, gut.« Ruhig und bestimmt klang die Stimme, ein älterer Mann. Liebevoll geradezu. Der Tee war wundervoll, Ganesh hatte so großen Durst. Dann ließ er sich wieder auf das Kissen zurücksinken, das ihn im Rücken stützte.

»Jetzt aufpassen, ich träufele Ihnen etwas in die Augen, dann können Sie sie gleich öffnen. So ist es gut, sehr gut. Versuchen Sie es jetzt bitte!«

Ganesh tat, wie der Mann es ihm sagte. Es tat kurz weh, dann konnte er einigermaßen gut sehen. Ein Gesicht direkt über ihm, runzelig, er sah schlohweiße Haare, gütig lächelnde Augen.

»Namaste!«, sagte das Gesicht. »Mein Name ist Tagore. Wir sind in Pune. Ihr Freund hier,« er deutete auf einen jungen Mann, der jetzt in Ganeshs Gesichtsfeld trat, »hat Sie gerettet und hierhergebracht. Sie verdanken ihm viel. Wie geht es Ihnen?«

»Tikh hai?«, fragte der junge Mann. »Alles okay? Geht es Ihnen gut?«

»Tikh hai«, lächelte Ganesh mühsam. »Alles okay. Danke. Sie haben mich gerettet? Wer sind Sie? Ich dachte … Cora … Wo ist sie?«

Während der Professor Ganesh über die Ereignisse der letzten Tage aufklärte, soweit er sie selbst erfahren hatte, stand Rahul schweigend daneben. Er hatte Ganesh im Auto viel über sich erzählt, ohne zu wissen, was dieser davon verstand oder überhaupt registrierte. Er hatte stundenlang gesprochen, um sich auf der langen Fahrt nicht so einsam zu fühlen: dass er nur ein einfacher Taxifahrer war, ein Adivasi, also einer der Ureinwohner Indiens, der sogenannten Sche-

duled Tribes. Damit stand er ganz unten in der streng hier-
archischen, nach Kasten geordneten indischen Gesellschaft,
eigentlich sogar außerhalb der Gesellschaft. Rahul war völlig eingeschüchtert von allem, was er hier erlebte. Natürlich
hatte er eingewilligt, seiner deutschen Freundin (so nannte
er sie nur für sich) Cora zu helfen. Dass er sie heimlich an-
starrte wie ein Wesen aus einer anderen Welt, was sie für ihn
ja auch war, hatte er natürlich nicht gesagt. Außerdem verdiente er hier so viel wie sonst in zwei Monaten nicht. Und
seine Frau war schwanger; er brauchte jede Rupie. Also hatte er den Auftrag, sie nach Agra zu fahren, sofort angenom-
men, hatte er Ganesh erzählt, während dieser auf der Rückbank schlief.

Aber dann kam das Abenteuer am Taj, so etwas hatte er
noch nie erlebt. Und wie mutig diese Frau war! Unglaublich!
Und als er dachte, es sei vorbei, rief die Deutsche an, er sollte den schwer verletzten Inder, den sie aus dem Kellerraum
gezogen hatten, nach Pune fahren. So weit weg von Delhi
war er noch nie gewesen. Eigentlich war das gar nicht erlaubt, dass ein Taxifahrer aus der Hauptstadt einfach quer
durch das Land fuhr, aber er hatte mit seinem Boss geredet,
und der hatte das mit den Behörden geklärt. Eben eine indische Lösung für das Problem gefunden, wie das üblich war.
Also jemanden motiviert wegzuschauen. Rahul fühlte sich
sehr unsicher hier im Süden. Die sprachen eine andere Sprache hier, nicht mehr Hindi wie im Norden, sondern Mahara-
ti, hatte ihm der Professor erklärt. Ganz anders. Er verstand
fast nichts. Sogar die Schrift war anders, er konnte zwar auch
nicht viel Hindi lesen, aber doch das Wichtigste; hier hatte
er große Mühe, auch nur die Werbeplakate zu entziffern. Es
gab so viele Sprachen in Indien! Zwei offizielle, Englisch und
Hindi, und dann ungefähr zwanzig weitere, die auch alle of-

fiziell galten. Und jede hatte ihre eigene Schrift! Ihm schwirr-
te der Kopf von den ganzen Erklärungen des alten Mannes.
Er war froh, dass Ganesh aufgewacht war, sonst hätte der
Mann gar nicht mehr aufgehört zu erklären. Ein sehr gebilde-
ter Mann, das sah man schon an den vielen Büchern, die hier
in den Regalen standen. Die hatte er nicht nur alle gelesen,
was an sich schon unvorstellbar war, sondern einige davon
hatte er selbst geschrieben! Rahul war ganz still geworden.
Er kam sich so dumm vor. Aber dann hatte Tagore ihn gelobt,
weil er so tapfer mit Ganesh durch halb Indien gefahren war,
und da hatte Rahul gewusst, dass er auch stolz auf sich sein
konnte. Aber das Erklären überließ er lieber dem Professor,
der jetzt Ganesh auf den neuesten Stand brachte und ihm alles erklärte, was seit der Flucht aus dem Taj vorgefallen war.

»Nun, und nachdem ich Ihre Freundin am Flughafen aus
den Augen verloren hatte, dachte ich nicht mehr an sie. Gestern rief sie mich plötzlich an und erzählte mir eine unglaubliche Geschichte. Irgendetwas von Ihnen und dem Taj, es
ging um Sand und Überfälle, ich habe auch nicht alles verstanden. Cora – ich darf sie doch so nennen? – also jedenfalls
bat mich inständig, Sie, Ganesh, aufzunehmen, Sie seien in
großer Gefahr. Ich war sehr erstaunt; ich bin Wissenschaftler
und rede nur mit meinen Büchern … Aber Cora sagte mir Ihren Namen, Ganesh, und dass sie mit mir über indische Religionen reden wolle, und das hat mich natürlich interessiert.
Also, hier sind Sie nun, in meinem Haus in Pune, und ich
weiß nicht recht, was ich mit Ihnen machen soll. Rahul, wissen Sie, wann Cora sich melden wird?«

Rahul schüttelte nur den Kopf. Ihm war das alles unangenehm, er wollte wieder nach Hause, nach Delhi, und das sagte er auch. Er hatte seine Pflicht getan, den gefolterten Mann
hier abgegeben, jetzt wollte er mit der Sache nichts mehr zu

tun haben. Ihm war klar, dass er selbst in Gefahr war, wenn herauskam, was er getan hatte.

»Darf ich jetzt gehen?«, fragte er kleinlaut. »Meine Frau macht sich sicher Sorgen. Ich müsste sie auch dringend anrufen.«

»Aber es wird gleich dunkel!«, rief Tagore aus. »Fahren Sie doch morgen. Sie sind Fahrer, ich weiß, aber die indischen Straßen sind bei Nacht gefährlich, und Sie kennen sich hier nicht aus. Morgen können Sie ganz früh los, das ist viel besser!«

Das sah Rahul ein. Er bat noch um eine Tasse Tee und verzog sich in eine Ecke des geräumigen Wohnzimmers, um mit seiner Frau zu telefonieren.

Ganesh sah ihm geradezu neidisch hinterher, als Rahul sich entfernte. Wann würde er mit der Frau reden können, die er liebte? Sie endlich in die Arme schließen? Das hatte er genau genommen noch nie getan. Aber er hatte es sich fest vorgenommen. Damals, am Druidenstein in Rheinland-Pfalz, hatte er ihr einen Antrag gemacht, sie hatte ihn abgewiesen. Jetzt war sie in Indien, und er würde sie nicht mehr gehen lassen. Er brauchte nur eine Chance. Er würde es nicht vermasseln. Aber jetzt musste er erst mal gesund werden. War er hier wirklich in Sicherheit? Im Krankenhaus hatte er das auch geglaubt, aber dann war plötzlich jemand in dem großen Raum gewesen, den Ganesh sich mit bestimmt zwanzig anderen Patienten teilte. Er konnte nichts sehen, aber er hörte eine Stimme nah an seinem Bett, bedrohlich, die ihm bekannt vorkam. Dann plötzlich die Erkenntnis, das war einer seiner Folterer, der da stand; Ganesh wollte schreien, aber er war sediert und stöhnte nur leise auf, was bei so vielen Kranken, denen es schlecht ging, und all den Angehörigen, die um die Betten versammelt waren, nicht weiter auffiel. Dann etwas Weiches, das sich auf sein Gesicht drückte, er bekam keine Luft, wollte um Hilfe rufen und konnte es doch nicht, dann wieder plötzlich Luft, so gute Luft, er atmete tief ein. Eine sanfte Stimme, eine Schwester, die sich nach ihm erkundigte, sie hatte den Angreifer vertrieben. Er war dann wieder eingeschlafen und wachte erst auf, als jemand seinen Namen rief und ihn rüttelte. Er solle aufstehen, jemand stützte ihn, ein Pfleger wohl, und dann fand er sich auf der Rückbank eines Autos wieder. Alles tat ihm weh, aber der Professor hatte gesagt, er sei nicht ernsthaft verletzt, nur Prellungen, Blutergüsse, starke Schmerzen auch von den Fesseln. Aber das Wichtigste war, dass die Kobra ihn nicht gebissen, sondern ihn nur angespuckt hatte. Das war meist genauso tödlich oder führte mindestens zur Erblindung; nur dank seiner von den Schlägen seiner Peiniger zugeschwollenen Augen hatte er das Glück gehabt, dass das Gift nur auf der Oberfläche seines Gesichts klebte. Er würde wieder sehen können, er musste nur zu Kräften kommen.

Er war in Sicherheit, und Cora würde bald bei ihm sein. Das war das Wichtigste. Mit Letzterem hatte er recht. Aber er sollte nur zu bald erfahren, wie sehr er sich mit der ersten Annahme irrte.

27. Kapitel

Cora schlenderte um den Pool herum und kam sich sehr fehl am Platze vor. Alle diese fein gekleideten Menschen, Ausländer in dunklen Anzügen mit seidenen Krawatten, von denen sie sich trotz der Hitze wohl einfach nicht trennen konnten; wunderschöne, stark geschminkte und mit Schmuck behängte Inderinnen in traumhaften, sommerlichen Salwars aus Seide oder Leinen, viele auch in Saris aus Seide oder Brokat, elegante Inder in sehr geschmackvollen und farbenfrohen Kurtas. Sie erkannte Sikhs und Muslime an der Bekleidung, immerhin. Man stand an Stehtischen, die in dem an den Garten angrenzenden Saal wie auch auf dem Rasen davor verteilt waren; livrierte Diener brachten Whisky für die Herren und leichte Sommercocktails für die Damen. Oder Wein, für jeden, der dies wollte. Dazu kleine Leckereien mit den dazugehörigen Dips; Samosas, mit Gemüse gefüllte Teigtaschen; Stücke von Tandoori Chicken, Lammspieße und viel klein geschnittenes, kaltes Gemüse. Die Stimmung war gelöst, die Temperatur angenehm, der Mond hatte seine volle Rundung beinahe erreicht und spiegelte sich in den ruhigen Wassern des Pools. Aus einer Ecke des Saals erklang ungewöhnliche Musik; zwei Trommler und ein Musiker, der ein Instrument spielte, das sie nicht kannte, einer Gitarre ähnlich, saßen etwas erhöht auf einem Podest und spielten gedankenverloren, als täten sie dies nur für sich selbst.

Konnte ein lauer Sommerabend schöner sein?

Nur sie, Cora, war nicht in gelöster, heiterer Stimmung. Wie auch?

Nachdem sie am späten Vormittag in Pune gelandet waren, hatte Singh sie am Ausgang des Flughafens verabschiedet und ihr geraten, sich schnell in die nächste Maschine nach Mumbai zu setzen. Das hatte sie ihm fest versprochen, dann hatten sie sich verabschiedet. Kaum war er weg, zog sie ihr Handy hervor und rief Rahul an, der ihr aufgeregt schilderte, dass sie wohlbehalten bei Professor Tagore angekommen waren und es Ganesh den Umständen entsprechend gut ging. Ihr fiel ein Stein vom Herzen, den ganzen Flug über hatte sie sich Sorgen gemacht. Dann hatte sie sich direkt am Flughafen ein Taxi genommen, die Adresse des Professors hatte sie ja in ihrem Handy. Und wie man mit indischen Taxifahrern umging, die ihr einen Spezialpreis anbieten wollten, wusste sie inzwischen auch. Das Beste war es, freundlich lächelnd nicht auf die Angebote einzugehen, sondern mit Bestimmtheit den korrekten Preis zu nennen oder noch etwas darunter, dann konnte man sich ruhig etwas nach oben handeln lassen. Wusste man den fairen Preis nicht, so hatte man auf jeden Fall deutlich unter dem Angebotspreis mit dem Handel zu beginnen, mindestens bei der Hälfte. Einen Preis, wie ihn Inder bezahlten, würde Cora in Indien ohnehin nie erhalten, das verstand sich von selbst. Aber es war ihr gelungen, sich eine Riksche zu nehmen, diese dreirädrigen Motorroller, die mit der frischen Luft als natürlicher Klimaanlage durch die Stadt brausten. Nach einigen lebensgefährlichen Manövern, nach denen sie den Rost der Busse, die sie fast streiften, von ihren Armen wegblasen konnte, reihte sich ihre Rikscha in den Verkehr Punes ein. Fünf oder sechs Millionen Einwohner hatte die Stadt, hatte Singh ihr im Flugzeug erklärt, eine alte Universitätsstadt und somit sehr renommiert. Schneller als ein Taxi waren sie in dem chaotischen Verkehr allemal, da sie ohne Rücksicht auf Verkehrsregeln zwischen den hupenden Bussen, Lkw und Pkw hindurchkurvten. Ihr Fahrer, der mit seinem über und über von Runzeln durchzogenen Gesicht, dem weißen Bart und den faltigen Händen viel zu alt für diese Tätigkeit wirkte, hatte einen tanzenden Shiva auf dem Armaturenbrett festgeschraubt, sah Cora. Er half also auch hier. Allerdings war er aus Plastik und mithilfe einer rot und grün blinkenden Leuchtdiode auch noch erleuchtet, in doppelter Hinsicht. Als Coras Blick auf die Sandalen des Fahrers fiel, deren Alter dem ihres Besitzers zu entsprechen schien und aus welchen er während der Fahrt ständig herausrutschte, warf sie einen weiteren bittenden Blick zu Shiva. Hoffentlich war er heute in seiner Funktion als Bewahrer unterwegs, nicht als Zerstörer!

Sie waren zu der angegebenen Adresse gefahren. Pune wirkte deutlich sauberer und entspannter als Agra, Cora sah kaum Bettler, dagegen jede Menge glitzernde Shopping-Malls, teure Autos und Geschäftsleute mit ihren unvermeidlichen Mobiltelefonen. Dazwischen dann wieder Frauen, mit dunklerer Haut als die Inderinnen, die sie bislang gesehen hatte; sie entstammten also vermutlich einer niedrigen Kaste, deren Angehörige häufig eine dunklere Haut hatten als die der höheren Kasten. Die Frauen gingen kerzengerade, um Körbe mit Steinen und Lehm zu balancieren, die sie wohl zu einer Baustelle trugen. Indien – wie immer in mehreren Zeitaltern zu gleicher Zeit.

Schließlich hielten sie vor einem mehrstöckigen Gebäude. Unten im Erdgeschoss befand sich ein Café, daneben ging es eine enge und steile Treppe nach oben. Zementreste und Bauschutt lagen auf den Stufen, als habe man nach der Fertigstellung des Gebäudes noch nicht sauber gemacht. Kabel hingen aus der Wand, an denen Lampen hätten befestigt werden sollen. Nichts schien fertig, und dennoch handelte es sich nicht um einen Neubau. Die Wohnung des Professors befand sich im dritten Stock, hatte er geschrieben. Cora rannte das Treppenhaus hoch, so schnell sie konnte; sie wollte nur noch zu Ganesh, jetzt, da er so nah war. Auf ihr Klingeln hin öffnete Professor Tagore lächelnd die Tür und ließ sie ein. Sie begrüßte ihn mit gefalteten Händen, *Namaste,* und sah unruhig an ihm vorbei. Wo war er? Mit einer Kopfbewegung schickte Tagore sie ins Wohnungsinnere. Cora nickte Rahul, der schüchtern im Türrahmen zur Küche stand, nur leicht zu und lief weiter geradeaus. Der Flur führte geradewegs auf ein größeres Zimmer zu, sie eilte hinein und kniete dann vor dem Sofa nieder, auf dem Ganesh lag.

Er schien zu schlafen; obwohl sie ihn das letzte Mal in dem grauenhaften Zustand gesehen hatte, in dem seine Folterer ihn zurückgelassen hatten, und er jetzt schon viel besser aussah, zuckte sie dennoch zusammen. Im Krankenhaus hatte man ihn notdürftig gereinigt, aber nicht wirklich sorgfältig. Wen interessierte ein auf der Straße gefundener Niemand? Erst hier in Pune hatte sich eine Krankenschwester, die Tagore gerufen hatte, um ihn gekümmert. Ganesh trug saubere Kleidung, die Schwellungen an seinen Augen waren stark zurückgegangen. Aber sein Gesicht war noch immer blau und rot gefleckt; seine Nase schien gebrochen. Den Rest seines Körpers konnte sie nicht sehen, aber sie konnte sich unschwer vorstellen, wie viele Blutergüsse und andere Verletzungen er haben musste. Sanft strich sie ihm übers Gesicht, dann drückte sie ihm einen Kuss auf die Stirn, vorsichtig. Er stöhnte und murmelte etwas; sie beugte sich tiefer zu ihm herunter. Was hatte er gesagt? Hatte er Schmerzen? Er flüsterte wieder etwas, sie hatte ihr Ohr jetzt ganz nah an seinem Mund. Da hob er plötzlich den Arm und zog sie zu sich heran; er hielt sie ganz fest. Eine Weile kniete sie so vor ihm, während er sie hielt; dann löste sie sich. »Ganesh! Wie geht es dir?«

Er versuchte zu lächeln, verzog das Gesicht aber stattdessen zu einer Grimasse. »Tikh hai, bestens«, sagte er. »Meine große indische Nase hat mir sowieso nie gefallen ...«

Cora lachte erleichtert. Seinen Humor hatte er also noch. Rahul brachte ein Glas Wasser, und sie flößte ihm ein paar Schlucke ein. Zärtlich strich er durch ihre kurzen schwarzen Haare. »Meine Inderin!«, sagte er leise und lächelte. »Steht dir gut, die neue Frisur. Blondinen sind ja völlig überbewertet ...«

Cora setzte sich neben ihn auf das Sofa und nahm seine Hand. Sie berichtete ausführlich, was ihr seit der Ankunft am Flughafen in Delhi passiert war. Ganesh hörte zu, stellte keine Fragen, bis sie fertig war. Dann aber schaute er sie nachdenklich aus seinen verquollenen Augen an. »Anshu ... Was ist mit ihm? Vielleicht ... aber das kann ich mir nicht vorstellen. Aber ... meinst du, er hat Guru geholfen? Nein! Es muss so gewesen sein, er brachte dich dorthin, damit Guru dir hilft, und dann ist er selbst Opfer geworden. Du hast Blut gesehen ... aber sicher lebt er noch! Er muss einfach noch leben! Aber das heißt, der Sandlord will uns beide erledigen! Vielleicht war sogar *er* das, in Agra im Krankenhaus! Mein Gott, mein bester Freund, vielleicht tot. Und alles meinetwegen, weil ich es nicht lassen konnte und unbedingt der Sandmafia auf die Spur kommen wollte. Guru hat Anshu unschädlich gemacht, vielleicht sogar getötet, wie deine Freundin Lakshmi und ihre Familie!« Ganesh konnte es nicht fassen.

Aber es gab keine andere Erklärung. Guru hatte Anshu hintergangen und versucht, auch Cora umzubringen.

»Ich kenne Guru gut«, sinnierte Ganesh vor sich hin. »Ich habe ihm von meinen Arbeiten am Taj erzählt, von der Sandmafia. Er sagte mir damals, sein Onkel kenne sich da aus, mit dem solle ich reden. Das wusste auch Anshu, deswegen hat er dich dorthin gebracht. Warum will man uns aus dem Verkehr ziehen? Es kann nur die Sandmafia sein; die schrecken auch vor Mord nicht zurück. Und wenn die Polizei die Toten und Verletzten in Lakshmis Haus findet, wird sie auch dich suchen. Du bist jetzt verdächtig, Cora! Was machen wir denn jetzt? Cora, du musst Indien verlassen, so schnell wie möglich. Wenn dich die Polizei findet, weiß ich nicht, was sie mit dir machen. Also, wir müssen dich zum Flughafen Mumbai fahren, und dann nimmst du die erste Maschine nach Hause! Oder besser noch, du fliegst direkt von Pune aus. Es gibt einen Direktflug nach Frankfurt!«

Cora schüttelte den Kopf so energisch, dass ihre kurzen schwarzen Haare herumwirbelten. »Nein, das geht nicht. Überleg doch mal, wenn mich die Polizei wirklich sucht, lässt sie auch die Flughäfen überwachen! Die wissen doch, dass ich von Mumbai aus nach Deutschland fliegen wollte. Nein, zum Flughafen darf ich auf keinen Fall. Ich muss so schnell wie möglich nach Mumbai und diesen mysteriösen Onkel treffen, den mit der Sandmafia, und dann das Rätsel lösen, wieso die dich überhaupt entführt haben. Und du musst mitkommen. Meinst du, du schaffst das? Allein kann ich in Mumbai doch nichts ausrichten!«

Ganesh nickte, schien selbst aber nicht sehr überzeugt zu sein. »Klar schaffe ich das. Wir fahren heute noch! Ich hatte sowieso nicht gedacht, dich davon abbringen zu können!« Er lächelte etwas gequält.

»Ich möchte mich ja nicht zu sehr einmischen«, ließ sich Tagore jetzt vernehmen. »Aber neugierig bin ich doch, als Wissenschaftler sozusagen, auch wenn das nicht mein Fachgebiet ist. Was hat es mit diesem Sand auf sich, von dem ich immer höre? Worum geht es da?«

Ganesh sah Cora an, dann den Professor. »Ich möchte Sie nicht unnötig in etwas hineinziehen«, begann er vorsichtig. »Aber ...«

»Nichts aber!«, meinte Tagore ungewöhnlich heftig. »Jetzt sitzen wir hier schon alle zusammen; in was möchten Sie mich nicht hineinziehen? Ich bin doch schon mittendrin. Und glauben Sie, jemand wird einem alten Professor etwas tun? Also los, ich bin gespannt. Sand. Was hat es damit auf sich? Wieso kümmern Sie sich darum, wo Sie doch Hydroingenieur sind?«

Und Ganesh begann zu erzählen, wie er beauftragt worden war, den Einfluss des Yamuna auf die Stabilität des Taj Mahal zu untersuchen. Schon wenige Jahre nach Fertigstellung des Taj vor fast vierhundert Jahren waren angeblich erste Risse aufgetaucht, die man mehr oder weniger gut hatte beheben können. Aber es kam zu weiteren Rissen in den nächsten Jahrzehnten, zumindest berichteten einige Quellen davon. Und jetzt, mit der zunehmenden Wasserknappheit im Yamuna, hatte die Archaeological Survey of India sich endlich dazu durchgerungen, eine Expertenkommission mit der Untersuchung der Sachlage zu beauftragen. Ganesh war zum Projektleiter ernannt worden. Er hatte den Taj selbst genau untersuchen lassen, nach weiteren Hinweisen auf die Stabilität geforscht, und auch Grabungen am und im Fluss waren geplant. Natürlich hatte er auch um die Genehmigung zum Betreten der seit Jahrhunderten zugemauerten Kammern des Taj ersucht, aber das war nicht so einfach. Während die Arbeiten vorangingen und er auf die Genehmigung wartete, hatten seine Mitarbeiter und er seltsame Vorgänge beobachtet. Immer wieder sahen sie ganze Lastwagenkolonnen, die am anderen Ufer des Yamuna entlangfuhren; sie fanden keine schlüssige Erklärung. Schließlich hatte sich Ganesh gegen die ausdrückliche Warnung seiner Vorgesetzten aufgemacht, um der Sache auf den Grund zu gehen. Schon bald hatte er entdeckt, dass flussaufwärts Sand aus dem Fluss gebaggert wurde, am helllichten Tag, unter den Augen der Behörden, und auf die Lkw verladen wurde. Seine Nachforschungen hatten ergeben, dass die Sandmafia ein blühendes Geschäft entwickelt hatte, um den immensen Bedarf an Sand, der zum Bauen in der Region Delhi benötigt wurde, zu befriedigen. Das ging ihn im Grunde nichts an, aber schnell hatte er die Relevanz für sein eigentliches Thema erkannt.

»Wissen Sie«, sagte Ganesh zu Tagore, der fasziniert zuhörte, »das Ausbaggern des Flussbettes führt dazu, dass sich der Lauf des Yamuna verändert. Die graben bis zu zehn Meter tief im Fluss, und das mitten im Flussbett. Wenn dann im Monsun große Wassermassen den Fluss füllen, suchen sie sich den einfachsten Weg und füllen die entstandenen Löcher aus; nahe Delhi hat sich das Flussbett um fünfhundert Meter verschoben! Irgendwann bricht die Uferböschung herunter, ganze Straßen und natürlich die dort gebauten Häuser sind bedroht. Und von den Umweltschäden gar nicht zu reden. Der unkontrollierte Abbau von Sand, vor allem nahe den Mangrovensümpfen im Norden Mumbais und auf hoher See, verändert das gesamte Ökosystem. Pflanzen und Fische sind davon ebenso betroffen wie die Wasserversorgung, denn oft gelangt verschmutztes oder Salzwasser nun ins Grundwasser, von dem die Menschen ja leben. Und die Vögel beispielsweise, die in den Mangrovensümpfen brüten, verlieren ihre Rückzugsgebiete. Das sind nur Beispiele, aber die Auswirkungen sind immens. Es gibt in ganz Indien eine Sandmafia, aber gerade in Mumbai, meiner Heimatstadt, ist sie am mächtigsten. Und damit habe ich mich natürlich beschäftigt, und da die Behörden auf meine Anfragen hin nicht reagierten, habe ich gedroht, an die Presse zu gehen. Na ja, den Rest kennt ihr. Irgendjemandem bin ich wohl auf die Füße getreten, und dann fand ich mich in dem Verlies unterhalb des Taj wieder. Ich wollte ja sowieso dorthin, aber nicht so … und gesehen habe ich auch nichts!«

Cora hatte aufmerksam zugehört; seine Version der Geschichte hatte sie ja auch noch nicht zu hören bekommen. »Also, du hast dich mit der indischen Sandmafia angelegt, richtig?«, fragte sie ihn. »Sehr gut. Die geben ja sicher nicht auf, nur weil wir dich befreit haben. Die werden dich jagen, oder mich auch, weil ich dich da rausgeholt habe. Der Taj interessiert die ja nicht, die Stabilität ist denen egal. Die wollen Geld verdienen, solange es geht!«

Auch der Professor hatte nachdenklich zugehört. »Sagen Sie, Ganesh, glauben Sie wirklich, dass der Taj bedroht ist? Für wie wahrscheinlich halten Sie es, dass seine Stabilität tatsächlich gefährdet ist? Das wäre ja eine Katastrophe unvorstellbaren Ausmaßes für die Kunst und Kultur Indiens, ja der Welt!«

Ganesh zuckte mit den Schultern, verzog aber sofort das Gesicht. Er hatte vor lauter Ereifern über sein Thema völlig vergessen, wie verletzt er war. »Ich kann das nicht abschließend beurteilen, wir sind ja noch mitten in den Arbeiten. Aber natürlich hat der Verlauf des Yamuna einen gewichtigen Einfluss, schließlich steht der Taj Mahal auf Holz, manche sagen Teak, manche meinen, es sei Ebenholz. Genau genommen sind es Holzringe, ineinander verschlungen und wiederum in miteinander verbundenen Brunnen befestigt. Kommunizierende Röhren. Und dieses Holz ist unglaublich hart, kann ewig überdauern, denkt nur an Venedig, das ja auch auf Holzpfeilern errichtet worden ist. Aber Venedig steht im Wasser, und genau das ist der Punkt. Solange das Holz nass genug bleibt, ist es praktisch unverrottbar; trocknet es aber aus, beginnt der Fäulnisprozess. Genau deswegen darf die Wassermenge des Yamuna nicht zu sehr abnehmen!«

Bei ein paar Samosas und Sandwiches, die der Professor von seinem Koch hatte zubereiten lassen, beratschlagten sie, was zu tun sei. Cora wollte so schnell wie möglich nach Mumbai; der Professor meinte, das sei jetzt doch zu gefährlich, da man nicht wisse, wie viel Einfluss Guru und eben auch sein Onkel hätten. Ganesh wollte auch nach Mumbai, aber zu seiner Familie. Rahul erbot sich, die beiden zu fahren. Die Krankenschwester, die schon herbeigerufen worden war, um sich um Ganesh zu kümmern, sollte ihn noch einmal untersuchen und feststellen, ob er wirklich transportfähig war. Am nächsten Morgen würden Cora und Ganesh nach Mumbai fahren und versuchen, mehr über den mysteriösen Onkel von Guru Singh herauszufinden, beschlossen sie schließlich.

»Ich muss später noch auf einen Brunch der deutschen Außenhandelskammer«, warf Professor Tagore ein. »Da ist eine deutsche Delegation eingetroffen, der auch ein alter Freund von mir angehört. Cora, kommen Sie doch mit! Essen können Sie da besser als hier, Sie lernen ein paar deutsche Geschäftsleute kennen, und hier können Sie jetzt sowieso nichts tun. Ganesh ist versorgt, und es wird Ihnen guttun, zur Abwechslung einmal mit normalen Menschen normale Gespräche zu führen.« Cora schaute zögernd zu Ganesh, aber der war schon wieder eingeschlafen. Konnte sie ihn in der Obhut der Krankenschwester lassen? Natürlich. So willigte sie ein;

es schien ein vernünftiger Vorschlag zu sein, den der Professor da machte.

Während sie auf den Fahrer warteten, schlenderte Cora interessiert durch die winzige Wohnung des Professors. Sie bestand nur aus dem Wohnzimmer, einem Schlafzimmer, einer Küche und einem Bad; dass der Professor hier allein lebte, war offensichtlich. Das Wohnzimmer war vollgestopft mit Büchern; Regale, deren Holzbretter sich schon bedenklich durchbogen, bedeckten jeden Zentimeter Wand, Bücher stapelten sich auf dem Boden. Im Flur stand ein antik anmutender, hölzerner Schrank, oben auf dem Schrank thronte eine sicher fünfzig Zentimeter hohe, bronzene Statue des Shiva in seinem Tanz: Nataraja. Während Cora noch sinnend davorstand, fiel ihr Blick auf ein Poster an der Küchenwand, das sie durch die offen stehende Tür erspähen konnte. Neugierig trat sie näher. Ein schneebedeckter Berg, riesig, in einer ungewöhnlich symmetrischen Form, wie sie ihn noch nie gesehen hatte. Gewaltige Furchen zogen sich durch die Bergflanke, mehrere quer und eine senkrechte, tief in den Fels gegraben. Ein beeindruckendes Bild, faszinierend, und die Majestät des in der Abendsonne funkelnden, mystisch erscheinenden Berges wurde durch den winzigen Menschen, der links im Bild zu sehen war, noch betont.

»Kailash«, hörte sie da die ruhige Stimme des Professors. Er war unbemerkt hinter sie getreten. »Schneejuwel. Kristallberg, es gibt viele Namen. Der heiligste Berg der Hindus und auch der Buddhisten, auch die Jains und die Anhänger der vorbuddhistischen, tibetischen Bön-Religion verehren ihn. Einer der wichtigsten spirituellen Orte der Welt. Er wird als der Berg Meru identifiziert, den man in vielen alten Schriften Asiens findet. Der Kailash liegt in Tibet, allerdings ganz im Westen. Seine Höhe beträgt ungefähr 6700 Meter, aber er wurde noch nie bestiegen. Da er heilig ist, erhält niemand die Erlaubnis dazu, und bisher haben sich alle Bergsteiger daran gehalten. Ich war dort mehrfach, als ich noch jünger und rüstiger war.«

Cora spürte die leichte Wehmut in seiner Stimme. »Ein wunderschönes Bild, Herr Professor!«, sagte sie leise. »Waren Sie zum Trekking dort? Und warum ist der so heilig?«

»Shiva!« Nur dieses Wort, mehr sagte Tagore nicht. Er schwieg eine Weile. Schließlich fügte er hinzu: »Kailash ist auch nur ein anderer Name für Shiva. Shiva lebte dort, Jahrtausende, bevor er zu den Menschen kam. Dort hat alles seinen Ursprung. Der Berg bildet zusammen mit dem heiligen See Manasarovar, nicht weit entfernt, ein Mandala, wie die Tibeter sagen. Ein Abbild der Welt. Der See, der Berg. Yin und Yang, weiblich und männlich, schwach und stark, dunkel und hell, feucht und trocken, weich und hart. Sehen Sie die Furchen an der Bergflanke?« Tagore trat näher an das Bild heran und deutete auf die unübersehbaren, außergewöhnlich symmetrischen Rillen, in denen sich der Schnee abgelagert hatte. »Manche Menschen sehen dort in diesen Vertiefungen die Swastika, das altindische Symbol für die Sonne und das Glück, aus dem dann später die Nazis das Hakenkreuz entwickelten … Übrigens entspringen dort oben im Himalaya, unweit des Kailash, tatsächlich vier der bedeutendsten Ströme Südasiens. Der Kailash ist der Anfang, das Zentrum von allem. Daher seine besondere Stellung innerhalb der Bergwelt des Himalaya, und sicher spielte auch immer schon seine außergewöhnliche Form eine Rolle und trug zu der ihn umgebenden Mystik bei. Übrigens, Sie sind ja Wissenschaftlerin, dort am Kailash befindet sich ebenfalls die Nahtstelle zwischen der eurasischen und der indisch-australischen Kontinentalplatte. Interessanter Zufall.«

Tagore wandte sich zu Cora und schaute sie nachdenklich an. »Sie sollten dorthin fahren, Cora. Es ist der Wunsch jedes tiefgläubigen Tibeters, einmal den Berg zu umrunden. So wie die Hadsch nach Mekka für die Muslime. Es gibt einen Pfad, genau genommen zwei, einen inneren und einen äußeren. Die äußere Umkreisung des Berges zu Fuß dauert etwa drei Tage, ein anstrengender Fußmarsch über dreiundfünfzig Kilometer, der von etwa 4600 Metern Höhe bis auf den gefürchteten Drolma-Pass in 5600 Meter Höhe hinaufführt. Sie überqueren auch ein Totenfeld, Sie wissen ja sicher, dass die Toten in Tibet nicht bestattet werden, sondern zerhackt und dann den Geiern überlassen werden?«

Cora zuckte zusammen; ja, das wusste sie. Wäre sie doch in Tibet beinah selbst dem Tod durch die Geier zum Opfer gefallen …

Tagore sprach unterdessen weiter; er steigerte sich in das Thema und seine Erinnerungen hinein. »Tibeter, die nicht gehen, sondern sich durch ständiges Niederwerfen fortbewegen, den ganzen Körper bei jedem Schritt auf den Boden werfend, brauchen manchmal ein bis zwei Monate dafür. Erst nach dreizehn Umrundungen des Berges auf dem äußeren Pfad hat man die Erlaubnis Shivas, den inneren Pfad zu betreten. Nach einhundertacht Umrundungen des Kailash geht man ins Nirvana ein, das heißt, man erlangt die Erleuchtung. Einhundertacht, die heilige Zahl der Hindus … Es gibt einhundertacht Namen für Shiva, und in seiner tanzenden Form, Nataraja, verfügt er über einhundertacht Tanzschritte, wussten Sie das? Übrigens, die Umrundung des Kailash nennt man Kora!«

Cora sah ihn erstaunt an. »Kora? Na, dann muss ich dort unbedingt hin! Drei Tage zu Fuß, sagen Sie? Bis auf 5600 Meter Höhe? Ganz schön anspruchsvoll. Haben Sie das gemacht?«

»Mehrfach!«, rief Tagore lebhaft aus, als ob er allein durch den Gedanken daran plötzlich wieder Energie schöpfte. »Man wird wiedergeboren, wenn man den Berg umkreist. Jede Umrundung entspricht einer Wiedergeburt. Die Kora gilt als der schwierigste Pilgerpfad der Welt ... Man muss nur darauf achten ...« Er verstummte. Cora hätte gern mehr erfahren, aber Tagore schien in Gedanken versunken, wie er so vor dem Bild stand, der nunmehr alte, weißhaarige Herr, und sich wohl an die Tage zurückerinnerte, als er als junger Mann den heiligen Berg umrundet hatte. Kailash. Schon wieder Shiva. Allgegenwärtig. Shiva, Nataraja, Ganesh. Indien ließ sie nicht los, diese faszinierende Götterwelt, auf die man sich einlassen musste.

Der Fahrer war inzwischen eingetroffen und wartete unten vor dem Haus, wie Tagore nach einem Blick auf sein Handy erklärte. Cora warf noch einen sorgenvollen Blick auf den schlafenden Ganesh und verließ dann mit dem Professor die Wohnung. Kurz darauf saßen sie schon in einem kleinen Suzuki-Maruti und fuhren durch das Zentrum Punes.

»Sagen Sie, Professor«, fragte Cora neugierig wie immer. »Auf der einen Seite haben Sie einen Koch und einen Fahrer, auf der anderen Seite fahren Sie ein relativ kleines Auto. In China letztes Jahr habe ich so viele reiche Leute mit großen Limousinen gesehen; hier in Indien sieht man viel weniger Luxuswagen. Wie kommt das?«

Tagore schmunzelte. »Wissen Sie, Personal ist hier sehr billig. Sich einen Koch oder Fahrer zu leisten, ist nichts Besonderes, das heißt nicht, dass man reich ist. Und im Gegensatz zu den Chinesen legen wir nicht so viel Wert auf teure Autos; bei dem Verkehr hier und auch dem Zustand unserer Straßen möchte kaum jemand eine teure Limousine fahren und bei jeder Fahrt Kratzer und Beulen riskieren. Aber es gibt viele arme Menschen, oft Bauern, die vom Land in die Großstädte drängen, um hier ihr Glück zu machen, und wenn wir sie als Personal beschäftigen, ist das meist besser und bequemer, als wenn ich selbst fahre. Und mein Koch kommt aus einer anderen Provinz, Bihar, sehr arm; er geht auch einkaufen und erledigt all das, wozu ich keine Zeit habe. Er schickt jeden Monat etwas Geld in sein Heimatdorf und ernährt so seine Eltern. In Indien sind Dienstleistungen sehr günstig zu bekommen, da so viele arme Menschen bereit sind, ihre Dienste für wenig Geld anzubieten. Und Steuern zahlen ohnehin die wenigsten; man schätzt, dass über neunzig Prozent der Inder in Bereichen arbeiten, in denen sie keine Steuern zahlen. Der Zuckerrohrverkäufer dort drüben, sehen Sie den?« Er zeigte auf einen Stand an der Straße, eine Art Kiosk; auf dem Boden lagen lange, grün-bräunliche Stangen Zuckerrohr. Der Mann, der dort – nur mit einem Dhoti, dem Wickelrock, bekleidet – arbeitete, führte eine Stange in eine Saftpresse und hielt ein Glas darunter, in das die milchige, weiß-gelbe Flüssigkeit floss. »Sehr lecker, kommen Sie, wir probieren mal!« Er rief seinem Fahrer etwas zu, der daraufhin einfach auf der Straße neben dem Stand anhielt. Die nachfolgenden Autos fuhren einfach um ihn herum; niemand störte sich daran, dass da jemand eine ganze Spur blockierte.

Cora und der Professor stiegen aus, und Cora betrachtete interessiert, wie für sie eine neue Stange ausgepresst wurde. Sowohl der Verkäufer als auch die ganze Presse waren schmutzig, die Gläser, die zur Verfügung standen, waren trüb und verklebt. Der Professor reichte ihr ein Glas, randvoll gefüllt. »Trauen Sie sich!«, sagte er auffordernd.

Also gut! Cora probierte, es schmeckte herrlich süß und erfrischend. »Lecker!«, rief sie aus. »Das ist ja toll. Und Sie? Oh …« Erstaunt sah sie, wie Tagore sein Glas, ohne es mit dem Mund zu berühren, in einem Zug leerte. Das war eine Kunst, wie er dann erklärte, und sehr praktisch. Damit mehrere Menschen aus einem Glas trinken konnten, durfte niemand es berühren, also lernte man früh zu schlucken, ohne das Glas zu berühren. Gar nicht einfach, wie Cora feststellte, die das natürlich auch sofort ausprobieren musste und sich den klebrigen Zuckerrohrsaft über das ganze Kinn schüttete, bevor sie sich an dem verschluckte, was trotzdem in ihren Mund gelangte. Die umstehenden Inder hatten ihren Spaß und lachten fröhlich.

»Sehen Sie«, sagte Tagore, als sie wieder im Wagen saßen, »gelegentlich kommt ein Polizist vorbei, trinkt ein Glas und bekommt etwas Geld zugesteckt, das ist einfacher und billiger, als Steuern zu zahlen. So kann der schlecht bezahlte Staatsdiener seine Familie ernähren, der selbstständige Unternehmer kann seinen illegalen Straßenstand behalten, der Kunde zahlt einen günstigen Preis für seinen Saft, und alle sind zufrieden. Mein Fahrer hier zahlt auch keine Steuern, er kann dafür seine Familie ernähren, da der Staat keine Renten ausbezahlt. Korruption in Indien, die bei euch in Deutschland immer so kritisiert wird, heißt eben nicht, dass man eine goldene Uhr verlangt, um Geschäfte zu machen, sondern dass man jeden Tag auf jeder Ebene immer etwas bezahlen muss, um das zu bekommen, was einem von Rechts wegen zusteht, der Staat jedoch nicht bereitstellt. Das ist das Problem. Wir Inder wollen das auch nicht, aber was soll man machen? Wo anfangen? Solange der Fisch vom Kopf her stinkt, solange unsere Politiker korrupt sind, wird sich das nicht wirklich ändern. Wir wollen nicht korrupt sein, wir müssen! Ich bekomme von einem Beamten keine mir zustehende Bescheinigung, wenn ich ihn nicht bestechе! Wir bewundern Deutschland auch deswegen, weil ihr so korrekt seid!«

»Na ja«, meinte Cora, »so korrekt sind wir auch nicht. Aber ich verstehe, was Sie meinen; wir haben natürlich eine ganz andere Rechtssicherheit. Aber wird sich das hier in Indien je ändern? Für uns Ausländer ist das sehr schwierig, weil wir an unsere Regeln und Vorschriften gebunden sind.«

Tagore schaute nachdenklich. »Ja, seit wir den neuen Premierminister haben, tut sich einiges. Er ist selbst nicht korrupt, soweit wir das wissen, und das macht viel aus. Er greift durch, bringt vieles in Bewegung. Aber vergessen Sie nicht, wir reden immer von einem Fünftel der Menschheit, das kann man nicht einfach ändern. Wir sind ja eine Demokratie, keine Diktatur wie in China, das erschwert natürlich vieles. Und dann die Religionen! Hat Ihnen schon mal jemand das Kastenwesen erklärt? Das müssen Sie verstehen, sonst verstehen Sie Indien nicht. Apropos verstehen, haben Sie sich mit Nataraja beschäftigt?«

»Beschäftigt nicht wirklich«, musste Cora zugeben. »Ich hatte da einiges zu tun, wissen Sie … aber ich habe die Figur des tanzenden Shiva oft gesehen, bei Rahul auf dem Armaturenbrett zum Beispiel. Warum ist das wichtig?«

»Wichtig? Ich weiß nicht, ob das wichtig ist«, meinte Tagore nachdenklich. »Die Figur zeigt Shiva im Tanz. Shiva ist der Schöpfer und Bewahrer und der Zerstörer. Der Tanz symbolisiert den Kreislauf von Schöpfung, Zerstörung und Wiedererschaffung des Universums. Verlassen Sie die Religion, denken Sie an Quantenphysik. Alles ist Bewegung, reine Energie. Teilchen erscheinen und verschwinden, aber sie sind immer da. Kennen Sie das CERN in Genf, das Europäische Zentrum zur Kernforschung? Alle Teilchen bewegen sich ständig, sind reine Energie. So, jetzt hören Sie zu: Der Tanz Shivas ist die religiöse Parallele zum Tanz der subatomaren Teilchen. Die Metapher des Tanzes Shivas als Nataraja vereint Religion, Mystik und moderne Physik. Deshalb haben die Inder dem CERN in Genf eine überlebensgroße Nataraja-Statue geschenkt, die nahe dem Eingang steht! Altindische Religionen und modernste Quantenphysik …« Tagore lächelte Cora an. »Alles hängt zusammen. Denken Sie an meine Worte, wenn wir uns das nächste Mal treffen! Aber ich sehe, wir sind schon da!«

So kam es, dass Cora jetzt am Pool eines Luxushotels entlangschlenderte und sich eigentlich zu Ganesh in die kleine Wohnung zurückwünschte. Verärgert über sich selbst, dass sie dieser langweiligen Einladung gefolgt war, stellte sie ihr Glas auf einem der Stehtische ab und wollte die Toilette aufsuchen, als sie jemand auf Deutsch ansprach: »Sie sehen aber nicht sehr glücklich aus! So ein schönes Ambiente, gefällt Ihnen der Empfang denn nicht?«

Cora drehte sich um. Eine Frau ihres Alters, offensichtlich Deutsche, lächelte sie freundlich an. »Hier, probieren Sie mal! Sehr lecker, Samosas, versuchen Sie mal! Schön scharf!« Auf einer Platte lagen rötlich gefärbte Teigtaschen; Cora nahm sich eine, höflich lächelnd, und probierte. »Sehr gut«, sagte sie. »Was ist das für ein Teig?«

»Kichererbsen!«, erwiderte die Dame freundlich. »Leben Sie hier in Indien?«

Es blieb Cora nichts anderes übrig, als in die Konversation einzusteigen. »Nein, ich bin nur zu Besuch«, sagte sie höflich. »Und Sie?«

»Ich gehöre zu der Wirtschaftsdelegation, wir waren in Chennai und Ahmedabad, jetzt Pune, und morgen geht's noch nach Mumbai. Oh, Entschuldigung, ich habe mich nicht vorgestellt. Mayer, Barbara Mayer. Anwältin aus Freiburg. Ich helfe deutschen Firmen hier, vor allem aus der Automobilindustrie. Ich bin oft in Indien. Ein unglaublich faszinierendes Land. Sind Sie auch häufiger hier?«

»Nein, zum ersten Mal. Ich bin Cora Remy. Ich … besuche einen Freund hier, morgen fahren wir nach Mumbai. Ich bin Ingenieurin, mein Büro hat hier einige Projekte.« Das sollte reichen, dachte Cora; wen interessierten schon technische Details? Vielleicht konnte sie das Gespräch schnell beenden und zurück zu Ganesh. Andererseits war die Dame wirklich nett, und es war auch schön, wieder Deutsch zu sprechen. Und nicht fürchten zu müssen, dass gleich wieder etwas passieren würde. Hier sicher nicht, auf einem Empfang der Handelskammer.

»Oh, Sie fahren auch nach Mumbai? Dann sehen wir uns dort vielleicht wieder. Wir wohnen im *Taj Hotel*, Sie auch? Ich habe dann noch ein Projekt dort in Dharavi.«

»Dharavi? Was ist das?«, fragte Cora zurück und überlegte gleichzeitig, wie sie dem ausführlichen Gespräch, das sich hier abzeichnete, entgehen konnte.

Die Anwältin, offensichtlich froh, dem langweiligen Smalltalk der anderen entgehen zu können, zog Cora am Arm auf eine Bank, die neben einer in Form zweier Elefanten mit gekreuzten Rüsseln geschnittenen Hecke stand. Cora registrierte das dunkle Kostüm, den dezenten Schmuck, alles sehr professionell und deutsch eben. Und irgendwie auch beruhigend, es gab schon ein Gefühl von Vertrautheit und Heimat; nach alldem, was sie in den letzten Tagen erlebt hatte, keine Selbstverständlichkeit. Und es war ein willkommenes Gefühl.

»Das hier, das ist der Luxus Indiens, Pool und Samosas, schöne Frauen und unglaublich viel Geld. Ich habe nichts dagegen, aber kennen Sie auch die andere Seite? Sie können nicht sagen, dass Sie in Indien waren, wenn Sie nicht auch die Armut gesehen haben!«

»Oh«, erwiderte Cora, »ich habe die andere Seite sehr wohl gesehen!« Wenn du wüsstest, wie sehr, dachte sie bei sich. »Und Armut sieht man ja an jeder Ecke, das kann man gar nicht übersehen!«

»Nein«, erwiderte Barbara Mayer. »Das meinte ich nicht. Natürlich sieht man überall Bettler und hungernde Kinder; hier in Pune oder in Delhi übrigens nicht so sehr wie in Mumbai. Mumbai ist da noch viel schlimmer. Und deswegen möchte ich das nicht nur aus meinem Luxushotel heraus sehen, mit einem Cappuccino in der Hand, und furchtbar finden. Oder einem Bettler etwas geben, um mein Gewissen zu beruhigen. Ich unterstütze seit Jahren ein Projekt in den Slums von Mumbai. Ein Waisenhaus, in dem Hindu-Mädchen aufgenommen werden; sie bekommen eine Ausbildung und werden auf das Leben vorbereitet. Sie glauben gar nicht, mit wie wenig Geld man da so viel Gutes tun kann!« Sie hatte sich richtig ereifert; man merkte ihr an, wie nahe ihr das Thema ging. Cora war unwillkürlich beeindruckt; sie hatte die Armut natürlich registriert, die Bettler bemitleidet, sich auch gefragt, wie die Inder damit klarkamen, das täglich zu sehen; aber selbst etwas zu unternehmen? Darüber auch nur nachzudenken, hatte sie bisher keine Zeit gehabt.

»Und wie sind Sie an das Projekt gekommen? Was genau machen Sie da?«, fragte sie, jetzt wirklich interessiert.

»Indische Freunde von mir hatten davon berichtet. Ich bin oft hier, weil ich deutschen Unternehmen helfe, hier Fuß zu fassen, Verträge aushandele und so weiter. Das macht Spaß, ja, aber wenn man dann sieht, wie reich wir sind, und hier … Also, ich erfuhr von diesem Waisenhaus. Viele reiche Inder unterstützen solche Projekte, social welfare. Man muss etwas von dem Reichtum zurückgeben, den man hat, ist auch gut für das Karma, wissen Sie, für das nächste Leben.« Sie zwinkerte Cora zu. »Manchmal denke ich, viele Leute hier tun das nur aus Eigennutz, um sich eine gute Wiedergeburt zu sichern. Aber was soll's, Hauptsache, sie tun etwas. So, und deswegen fahre ich immer, wenn ich hier bin, auch nach Dharavi.«

»Und das ist …?«, fragte Cora noch einmal vorsichtig nach. Sie wusste so wenig über dieses Land; jetzt war sie schon einige Tage hier, hatte unglaublich viel erlebt, aber was wusste sie?

»Oh, Entschuldigung, das wollte ich ja erklären. Dharavi, etwa zwei oder drei Quadratkilometer groß, der angeblich größte Slum Asiens. Da leben auf dieser kleinen Fläche über eine Million Menschen! Können Sie sich das vorstellen? Ich war bereits öfter dort, das kann man kaum beschreiben. Unter Slum habe ich mir das erste Mal natürlich das vorgestellt, was man aus dem Fernsehen aus Afrika kennt; in der Gluthitze sitzende Mütter und Väter, Hütten, Elend, weinende Kinder, Schmutz. Lethargie. Aber Slum ist ja kein definierter Begriff; das reicht von Pappwänden, die mit Draht zusammengehalten werden, bis hin zu gemauerten Häusern mit Strom und fließend Wasser. Dennoch wird Dharavi als Slum bezeichnet, eigentlich ist es eine Wohnsiedlung, die in sich wiederum eine der größten Fabriken Asiens beheimatet. Das Ganze ist eine einzige Fabrik; Sie finden dort alles, was sich in Handarbeit herstellen, recyceln und verkaufen lässt. Es wird ununterbrochen gearbeitet, produziert, gehandelt, zerstört, wiederaufgebaut. Und natürlich gibt es Armut und Elend und Ausbeutung und Gewalt, ja. Aber auch glückliche Gesichter, fröhliche Kinder, leckeres Essen.«

»Glückliche Kinder? Das klingt jetzt aber schon sehr romantisch verklärt, meinen Sie nicht? Der edle Wilde, so ungefähr wie bei Rousseau? Ich kann mir kaum vorstellen, dass die Menschen in den Slums, auch wenn sie Strom und Wasser haben, froh darüber sind, so zu leben. Die wollen doch auch da raus, eine Wohnung haben, ihre Kinder zur Schule schicken, sich satt essen. Oder? Sehen Sie das nicht ein bisschen zu einfach?« Naiv, hatte Cora sagen wollen, sich dann aber doch besonnen. Sie fand die Anwältin wirklich sehr sympathisch, und vor allem dass sie sich so für die Kinder im Waisenhaus einsetzte, imponierte ihr sehr. Aber jetzt stellte sie die indische Armut wohl doch etwas zu romantisch dar.

»Nein, gar nicht. Das ist nicht einfach, und ich sehe das auch nicht so. Aber gehen Sie mal dorthin, morgen, wenn Sie Zeit haben. Sie wissen doch, dass die Hindus an die Wiedergeburt glauben. Also, das Leben, das Sie jetzt gerade führen, ist nur eines von vielen Tausenden. Sie werden sterben, aber nur Ihr Körper; Ihre Seele steigt auf und wird in einem anderen Menschen wiedergeboren werden. Und wie Sie nun wiedergeboren werden, das hängt von Ihrem Leben ab, wie Sie es führen, wie Sie sich anderen Menschen gegenüber verhalten.«

»Ja«, sagte Cora. »Das wusste ich. Ich war mal in Tibet, da habe ich das selbst erlebt, wie sehr man an die Wiedergeburt in einem anderen Leben glaubt, und auch, wie der eigene Körper erst völlig zerstört sein muss, um wiedergeboren werden zu können.« Mit einem Schaudern dachte Cora wieder an ihr Abenteuer auf dem tibetischen Hochplateau zurück, als sie den Geiern zum Fraß vorgeworfen worden war.

»Gut«, fuhr die Anwältin fort, die ja nicht ahnen konnte, welche Erinnerungen sie in Cora auslöste. »Dann kennen Sie das ja. Also, wenn Sie wirklich glauben, dass Sie Ihre nächste Reinkarnation mitbestimmen können, durch Ihr Verhalten nämlich, dann ist ja die logische Konsequenz, dass dieses Leben das Ergebnis Ihres Verhaltens im letzten Leben ist.

Richtig? Also, wenn es Ihnen schlecht geht und Sie leben im Slum, sind arm und vielleicht auch krank, dann finden Sie das natürlich nicht gut, nein. Das mag niemand. Aber viele glauben, dass die Götter sie bewusst an diese Stelle gesetzt haben, als Buße gewissermaßen für etwas, das sie im letzten Leben getan haben. Also hadert man nicht, wie wir Christen, mit Gott, wieso geht es mir schlecht und den anderen so gut, sondern findet sich damit ab; es hat einen Sinn, auch wenn ich ihn nicht sehe, und ich arbeite doch besser daran, dass es im nächsten Leben besser geht. Ist doch logisch.« Mayer hatte sich richtig in Rage geredet, sie war offensichtlich sehr emotional bei diesem Thema.

Cora dachte nach. »Man kann ja auch als Tier wiedergeboren werden, sogar als Pflanze, habe ich gehört. Stimmt das?«

»Nicht ganz. Heute glauben das viele Hindus, ja, aber ursprünglich war das so nicht vorgesehen. Man geht heute davon aus, dass im ursprünglichen Hinduismus nur eine Reinkarnation als Mensch möglich war; nur die Brahmanen, die oberste Kaste der Priester, hat, um den Menschen Angst zu machen und sie kleinzuhalten, suggeriert, sie könnten sogar als Tiere wiedergeboren werden, wenn sie sich nicht an die Regeln hielten. So wie die katholische Kirche Ablass kassierte, mit dem man sich von den Sünden freikaufen konnte; das steht ja auch nicht in der Bibel.«

In diesem Moment wurden sie unterbrochen; Professor Tagore hatte Cora gesucht und gerade aufgespürt. »Ich freue mich, dass Sie hier so angeregt über Religion diskutieren, vor allem unsere Religionen. Ist doch so, oder? Ich habe nur etwas von Kaste und Brahmanen gehört, zu mehr reicht mein Deutsch nicht. Es gibt so viele hier in Indien. Kasten, meine ich. Also nicht offiziell, nein, die Verfassung sieht das nicht vor. Und damit, glauben die Politiker, sei das Problem gelöst.

Dabei weiß in jeder Firma jeder Mitarbeiter genau, aus welcher Kaste der andere stammt. Natürlich spielt das noch eine Rolle, egal was man Ihnen erzählt! Und genau genommen ist schon der Ausdruck Hinduismus falsch; das ist ja kein einheitliches Glaubensgebilde mit einem Gott, einer Bibel, den Zehn Geboten. Als die Briten nach Indien kamen, haben sie, wie ihr Europäer das ja gern tut, alles in Schubladen einsortiert, was sie vorfanden. Islam, Judentum, Christentum, ja, bekannt. Aber all diese seltsamen Inder, Punkt auf der Stirn, Glauben an heilige Kühe und elefantenköpfige Götter«, hier sah er Cora bedeutungsvoll an, »das verstanden die Briten nicht. Und da sie sich auch nie die Mühe machten, die einzelnen Religionen zu verstehen, summierten sie alles unter einem Namen. Alles, woran Hindus glauben, wurde als Hinduismus bezeichnet. Alles Unsinn. Die Briten hatten einfach keinen Respekt vor uns und unseren Traditionen!« Jetzt ereiferte er sich auch; so hatte Cora ihn noch gar nicht erlebt.

»Arroganz des Westens! Es war den Briten unbegreiflich, dass ihre ja offensichtliche kulturelle und geistige Überlegenheit den Indern einfach nicht klarzumachen war! Die lebten doch tatsächlich lieber in ihrem Dreck, als den Segnungen britischer Kultur hinterherzulaufen! Die wollten keine Christen werden, ist das nicht seltsam?«

Cora fand, dass es an der Zeit war, das Thema abzubrechen. Hochinteressant, ja natürlich, und es gab genug Gründe, warum religiöse Auseinandersetzungen heute aktueller denn je waren. Kriege um den wahren Glauben gab es immer, und was im Nahen Osten gerade passierte, zeigte ja die Aktualität des Themas. Sie jedoch wollte zurück zu Ganesh, und dann rasch nach Mumbai. Aber Tagore war nun mal Wissenschaftler, den bekam man nicht so schnell ruhig, wenn er erst mal in seinem Metier war.

»Der größte Aufstand während der gesamten britischen Herrschaft brach nicht etwa aus, weil man sich gegen die Herrschaft auflehnte, weil die Briten die Inder unterdrückten oder ausbeuteten, ihre Frauen misshandelten und ihre Bodenschätze raubten; nicht, weil sie die gesamte traditionelle Wirtschafts- und Gesellschaftsordnung zerstörten! Und das taten sie. Nein! Es ging um Religion! Die Briten hatten neue Gewehre eingeführt, Enfields, und das hineinzufüllende Pulver wurde in kleinen Papierhülsen geliefert. Patronen nannte man die. Man musste das Ende der Hülse abreißen, am besten mit den Zähnen, um dann das Pulver in den Lauf zu schütten. So. Da die Kugeln, die man auf das Pulver gab, eingefettet waren, sonst wären sie im Lauf stecken geblieben, kam unweigerlich etwas von dem Fett an den Mund. Das Fett stammte, diese Nachricht verbreitete sich in Windeseile unter den indischen Soldaten, von Rindern oder Schweinen. Je nach Religionszugehörigkeit war es also streng verboten, dieses Fett zu berühren. Das führte letztlich zum großen Aufstand gegen die Briten von 1857. Die Briten bezeichnen ihn bis heute als *mutiny*, als Rebellion, Meuterei. Eigentlich war es der erste Unabhängigkeitskrieg der Inder! Wir müssen uns von allem befreien, was schlechter ausländischer Einfluss ist! Wir Inder haben unsere eigenen Religionen und Kulturen, das hat Jahrtausende wunderbar funktioniert!«

Tagores Augen glühten regelrecht, er war ganz rot vor Aufregung im Gesicht geworden. Cora sah ihn erstaunt von der Seite an, was war denn mit ihm los? Es war sicher besser, wenn sie jetzt gingen. Sie tauschte einen Blick mit der deutschen Anwältin, die ihr verständnisvoll zunickte. Cora nahm Tagore am Arm und wollte sich gerade zum Ausgang begeben, als ihr die Anwältin noch etwas zusteckte. »Hier«, sagte sie. »Meine Karte. Da steht auch meine indische Handynummer drauf. Vielleicht sehen wir uns morgen in Mumbai; wenn Sie Lust haben, zeige ich Ihnen die Stadt!«

Cora wollte nicht unhöflich sein, sie würde sicher keine Zeit für Sightseeing haben. Also nickte sie freundlich, lächelte und verabschiedete sich. Draußen wartete schon der Fahrer auf sie, und Cora war froh, als sie wieder bei Ganesh in der Wohnung saß. Tagore hatte die Fahrt über kein Wort mehr gesagt; sein Ausbruch schien ihm selbst unangenehm.

Ganesh sah schon besser aus; der Schlaf und die Ruhe hatten ihm gutgetan. Die Krankenschwester hatte nach ihm gesehen und ihn frisch verbunden; einem Aufbruch nach Mumbai stand nichts im Wege. Sie beschlossen, keine weitere Zeit zu verlieren. Rahul würde sie gegen Mittag nach Mumbai fahren; die Krankenschwester hatte darauf bestanden, Ganesh am Vormittag noch einmal zu untersuchen. Cora hatte Rahul nach Hause schicken wollen, aber er wollte sie unbedingt weiterhin begleiten, wofür Cora ihm dankbar war. Eine weitere zuverlässige Person um sich zu wissen, war beruhigend. In Mumbai würden sie ihn dann verlassen, da sie dort keinen Fahrer brauchten. Nach kurzer Diskussion wurde entschieden, dass Cora und Ganesh im *Hotel Taj Mahal* wohnen würden. Ihnen war klar geworden, dass Ganesh in diesem Zustand nicht nach Hause konnte. Er würde sich endlosen familiären Diskussionen und Nachforschungen stellen müssen. Und irgendwie schien auch der Name des Hotels angemessen – nach dem, was sie am Taj erlebt hatten. Im Übrigen war es das berühmteste und schönste Hotel der Stadt; ein Muss für jeden, der Mumbai besuchte, wie Ganesh versicherte. Cora war zunächst dagegen, ein Luxushotel schien ihr gerade in dieser Stadt und nach Frau Mayers Schilderungen über Dharavi nicht angemessen. Als Ganesh Cora dann aber erzählte, dass er damals von dort aus die Satellitenübertra-

242

gung aus Tibet verfolgt hatte, als sie mit Ma dort ihre Abenteuer erlebte, ließ sie sich überreden, sozusagen aus nostalgischen Gründen. Sie legten sich noch für ein paar Stunden hin und schliefen, sie würden in Mumbai alle Kraft brauchen. Ganesh bekam das Bett im Gästezimmer des Professors, Cora nahm mit der Couch im Wohnzimmer vorlieb.

Am nächsten Morgen, gegen acht Uhr, weckte Tagore sie. Er hatte sie schlafen lassen, denn vor allem Ganesh konnte die Ruhe gut gebrauchen. Später, nach dem Frühstück, erschien die Krankenschwester noch einmal, sah nach dem Patienten und erteilte ihre Freigabe für die Fahrt nach Mumbai. Sie verabschiedeten sich voneinander, und der Professor versicherte Cora erneut, wie schon vor ein paar Tagen am Flughafen in Delhi, man werde sich noch einmal sehen. Und er hatte ja schon einmal recht behalten!

Cora und Ganesh nahmen hinten im Auto Platz und warteten auf Rahul, der noch telefonierte. Sicher mit seiner Frau, dachte Cora. Als er endlich einstieg, freute sich Cora auf den Aufbruch und die Stadt Mumbai, Heimat ihres Ganesh, und darauf, endlich dem Onkel Gurus näherzukommen. Sie würde ihn finden, da war sie sich sicher. Was genau sie dann allerdings tun würde, war ihr auch noch nicht klar; immerhin hatte sein Neffe versucht, sie umzubringen, und möglicherweise auch Anshu getötet. Das Treffen mit ihm versprach spannend zu werden. Und nicht ungefährlich.

Dass die erste Begegnung des Bosses der Sandmafia mit Cora vor allem für Ersteren schmerzhaft werden sollte, kam Cora nicht in den Sinn.

28. Kapitel

Er glaubte sich verhört zu haben. Was hatte man ihm da gerade vorgeschlagen? Aber es war wahr, sein Gegenüber war kein Spinner, sondern ein mächtiger Mann. Und schlau. Aber das hatte sogar ihm die Sprache verschlagen. Er, Khan, den so leicht nichts erschüttern konnte, der in den Meetingrooms zwischen Singapur und Dubai zu Hause war, gleichermaßen gefürchtet und gehasst. Und nun saß dieser eiskalte Gegenspieler ihm gegenüber und hatte ihm, ohne ein weiteres Wort zu sagen, eine Zeichnung über den schweren, dunklen Mahagonitisch geschoben. Ein weißer Bogen Papier, bestimmt über einen Meter breit und fast so lang, mehrfach gefaltet, und er hatte ihn vor ihm ausgebreitet. Dabei schob er lässig das edle Porzellan beiseite, das Khans Angestellter ihm ehrfürchtig serviert hatte. Aber er hatte es kaum beachtet; sein Blick und seine Gedanken galten dem, was auf dem Bogen Papier zu sehen war.

Sie saßen in Khans Büro in einem schicken Neubau im Bandra-Kurla-Komplex, im Norden Mumbais. Nicht weit vom Flughafen entfernt, war dies seit einiger Zeit der neue aufstrebende Stadtteil. Khan hatte sich bereit erklärt, den Mann hier zu treffen, da er ohnehin gerade in Juhu weilte, wenige Kilometer entfernt, und so der Aufwand gering war;

auch sein Gast kam direkt vom Flughafen und musste ebenso bald wieder zu seinem nächsten Ziel unterwegs sein. Zeit war alles, auch in Indien, von dem die ausländischen Geschäftsleute immer sagten, die Inder arbeiteten zu langsam, hätten ein anderes Zeitverständnis. Ja, vielleicht hatten sie das wirklich, wenn sie sich mit der Familie beschäftigten, mit ihrer Religion; dann kam zur Geltung, dass es auf Hindi, der wichtigsten Geschäftssprache Indiens, neben Englisch, nur ein gemeinsames Wort gab für »gestern« und für »morgen«: Kal. Aber im Geschäftsleben war Zeit Geld wie überall auf der Welt. Sie hatten sich knapp begrüßt; das Treffen war von professioneller Distanz geprägt, jeder wusste um Macht und Einfluss des anderen. Khan hatte mit vielem gerechnet: mit neuen Investitionsmöglichkeiten, mit einem lukrativen Deal, mit einem neuen Kunden. Aber dies hier hätte er sich in seinen kühnsten Träumen nicht vorstellen können.

Er betrachtete erneut die Zeichnung, die da vor ihm lag. Das würde die Welt erschüttern. Gut, nicht sein Problem. Ihn interessierte etwas ganz anderes. Deswegen war er angesprochen worden, wegen seines Interesses an allem, was mit Sand in Verbindung stand. Was würde es für ihn persönlich bedeuten? Als Mensch? Khan schaute prüfend auf die Zeichnung, dann hinüber zu seinem Gesprächspartner. Der betrachtete ihn lauernd, abwartend. Khan zögerte, dann beugte er sich interessiert nach vorn, um seine Aufmerksamkeit auf die Details des Vorschlages zu richten.

29. Kapitel

Als sie am späten Vormittag Tagore verlassen hatten und durch die Innenstadt Punes Richtung Nordwesten fuhren, fragte Cora: »Wie lange werden wir fahren? Es sind ja nur ungefähr hundertdreißig Kilometer, habe ich gesehen.«

»Sicher drei bis vier Stunden«, meinte Ganesh. »Erst mal müssen wir Pune durchqueren, das dauert mindestens eine halbe Stunde. Dann kommen wir auf den Highway, da geht es dann schneller, aber er führt durch die Berge hinunter nach Mumbai, und man weiß nie, wie der Straßenzustand ist. Und dann kommen wir in die Vororte Mumbais und fahren sicher noch mal mindestens eine halbe Stunde durch die Stadt. Weißt du, heute ist Mumbai eine Halbinsel, und wir müssen hinunter in den südlichsten Zipfel. Das dauert eben. Vergiss nicht, Mumbai hat so um die vierundzwanzig Millionen Einwohner. Eine Megacity, aber nicht mit einer so perfekten Infrastruktur wie Shanghai! Du wirst sehen, alles etwas entspannter, manche sagen auch, chaotischer …«

»Was meinst du mit ›heute ist Mumbai eine Halbinsel‹? War sie das früher nicht?«, fragte Cora, der die Formulierung nicht entgangen war.

Ganesh blickte aus dem Fenster. Sie hatten die Vororte Punes erreicht, und es ging besser voran. Immer noch vier bis fünf Autos, die sich nebeneinander auf zwei oder drei Spuren drängelten, Lkw, Busse, die allgegenwärtigen gelb-grünen dreirädrigen Rikschas, Motorräder mit bis zu fünf Personen darauf; der Vater fuhr, vor sich den kleinen Sohn auf dem Lenker sitzend, dahinter saß die Mutter und dazwischen noch mal zwei Kinder! Nur der Mann trug einen Helm; die Frau saß im Damensitz, den Sari fröhlich im Wind flatternd, und telefonierte unbekümmert. Überall auf der Straße liefen Menschen, immer mal wieder sah man einen Karren, von einem Esel oder einer Kuh gezogen. Cora sah plötzlich voller Entsetzen einen Bettler, der, da er keine Beine hatte, auf einem Holzbrett mit Rollen saß und sich mit den Händen fortbewegte.

»Ursprünglich gab es sieben Inseln, die dann im Laufe der Zeit von den Briten durch Landgewinnung miteinander verbunden wurden«, erklärte Ganesh unterdessen. »Der logistische Aufwand, von einer Insel zur nächsten zu gelangen, war einfach zu hoch. Und immer mehr Menschen strömten in diese ›schöne Bucht‹, wie die Portugiesen das ursprünglich nannten, bom bahia. Daraus machten die Briten dann Bombay. Von hier aus eroberte die British East India Company das ganze Land, jedenfalls wirtschaftlich, und beutete es gnadenlos aus, damit die Briten reich werden konnten. Der ganze wirtschaftliche Aufschwung Englands im 19. Jahrhundert ist der Ausbeutung und Unterdrückung Indiens zu verdanken. Unglaubliche Reichtümer haben die Briten von den Indern erpresst, harte Steuern von den Ärmsten und haben das einst wirtschaftlich erfolgreiche Land dermaßen heruntergewirtschaftet, dass es heute weltweit als Symbol für Armut gilt! In Zeiten einer furchtbaren Hungersnot, als Schiffe mit Getreide Abhilfe schaffen sollten, hat Churchill selbst dafür gesorgt, dass das Getreide in England für den Fall gelagert werden sollte, dass es vielleicht einmal dort benötigt werden würde. Er persönlich ist für den Tod von Tausenden verantwortlich, das ist alles nachgewiesen. Wie auch immer. Bombay wurde durch die Briten zum wirtschaftlichen Zentrum Indiens, und das ist es bis heute.«

»Und was ist mit den Deutschen?«, fragte Cora interessiert nach. »Seit wann sind die Deutschen in Indien, weißt du das auch?«

»Klar!«, lachte Ganesh. »Wenn man als Inder nach Deutschland zum Studium geht, informiert man sich doch vorher. Du weißt sicher, dass die Portugiesen seit dem Ende des 15. Jahrhunderts nach Indien fuhren. Zunehmend mehr Schiffe kamen nach Asien und kehrten reich mit Gewürzen, Seide, Tee und anderen Kostbarkeiten beladen zurück. Portugal wurde reich, und die Deutschen wollten daran partizipieren. Vor allem ein süddeutsches Handelshaus, die Fugger aus Augsburg. Die Deutschen lieferten das für den Schiffsbau in Portugal dringend benötigte Holz, gute deutsche Eiche, und dafür durften deutsche Kaufleute im Konvoi, also unter dem Schutz der Portugiesen, die gefährliche Fahrt nach Indien mitmachen. Jetzt kam hinzu, dass die Inder an europäischen Waren nicht interessiert waren und sich lieber in Silber und Kupfer bezahlen ließen. Die Fugger hatten durch ihre Bergwerkbesitztümer praktisch das Kupfermonopol. Und auch das Silber kam aus Deutschland, aus dem kleinen Ort Joachimsthal. Da man aus einer dortigen Mine Silber förderte und daraus Münzen schlug, nannte man diese Münzen Taler – die deutsche Währung! Daraus wurde später, als deutsche und holländische Auswanderer nach Amerika kamen, der Dollar!«

Cora war sichtlich beeindruckt. »Respekt, Ganesh, das wusste ich alles nicht! Und wie kommt es, dass es in Pune so viele deutsche Firmen gibt? Und sogar eine deutsche Handelskammer? Das habe ich ja gestern Abend auf dem Empfang erfahren«, fragte sie weiter.

»Pune war schon unter den Briten ein beliebter Rückzugsort für die Offiziere, weil dort das Klima besser ist. Es liegt in den Bergen, das hast du ja gesehen, es ist kühler, selbst der Monsun ist weniger schlimm. Und es gibt dort sehr gute Universitäten, also auch gute und gebildete potenzielle Mitarbeiter. Das war einer der Gründe, warum Volkswagen dorthin ging, und wie das so ist, folgten dann die anderen Hersteller, schließlich auch die Zulieferer. Dann richtete die Lufthansa einen Direktflug von Frankfurt nach Pune ein. Heute gibt es über tausendfünfhundert deutsche Firmen in Pune! Inzwischen folgerichtig auch eine deutsche Bäckerei mit Laugenbrötchen ... Wenn also eine deutsche Firma überlegt, wo in Indien sie ihre Niederlassung oder Produktion eröffnen sollte, steht Pune immer am Anfang der Überlegungen. Dabei sind die Grundstückspreise dort so hoch, dass es sich kaum noch lohnt, dorthin zu gehen; andere Standorte wären auch sehr gut geeignet. – So, siehst du, hier beginnt der Highway. Jetzt können wir schneller fahren.«

Die Landschaft wechselte, langsam schraubte sich die Straße die Berge hinauf. Jetzt, nach dem Monsun, leuchtete alles in kräftigem Grün; Cora erlebte ein völlig anderes Indien, als sie es in Rajasthan gesehen hatte, als sie auf ihrer Harley (nun gut, nicht *ihre* Harley!) durch die Wüste Thar gefahren war. War das wirklich erst gestern gewesen? Unglaublich.

Rahul hatte einen Sender mit fröhlicher Bollywood-Musik eingestellt, und so fuhren sie, begleitet von schmachtender Liebesmusik, zu der man sich lebhaft vorstellen konnte, wie das Liebespaar im Film gerade im Regen über eine Wiese tanzte, durch die Berge hinunter nach Mumbai. Gelegentlich, wenn Rahul wieder einmal plötzlich scharf abbremsen musste, stöhnte Ganesh auf; sein Kopf schmerzte noch immer, und seine zahlreichen blauen Flecken und Blutergüsse würden ihn noch länger daran erinnern, was er in Agra, gefangen im Taj, erlebt hatte. Aber insgesamt ging es ihm erstaunlich gut; die Tatsache, dass er Cora neben sich wusste, schien den Heilungsprozess deutlich zu beschleunigen!

Rahul gab nun richtig Gas; Cora hatte eben ein Schild mit der Geschwindigkeitsbegrenzung von neunzig Stundenkilometer gesehen, als er auf etwa hundertzwanzig beschleunigte. Offensichtlich interessierten die staatlichen Vorgaben niemanden. Die Straße war nun dreispurig in jeder Richtung; schon bald kamen sie an eine Mautstation, an der Rahul ein Ticket zog, sich kurz mit dem Bediensteten unterhielt und dann weiterbrauste.

Nach zwei Stunden zog Rahul den Wagen abrupt nach links und bog in eine Raststation ein. Der Parkplatz war voll; Mittelklassewagen meist japanischer Marken voller indischer Familien standen dort, telefonierende Geschäftsleute und rennende Kinder bevölkerten den ganzen Platz. Es gab eine Tankstelle und auch ein Restaurant. Rahul stieg aus und streckte sich, dann entschuldigte er sich mit einem Blick zu Cora und ging Richtung Toilette; Cora folgte erst ihm und dann dem Schild zur Damentoilette. Sie war schmutzige Toiletten noch von Tibet gewohnt und daher auf einiges gefasst; was sie hier vorfand, war aber erstaunlich sauber. Reichlich Wasser, natürlich nur die indische Variante einer Toilette, also ein Loch im Boden, aber alles mehr als akzeptabel. Sie war angenehm überrascht. Es war für sie gar nicht so einfach, sich mit der weiten Hose hinzuhocken und gleichzeitig das lange Oberteil festzuhalten, damit es nicht den schmutzigen Boden berührte, und sich dann auch noch mit Wasser zu reinigen, während die Inderinnen interessiert zusahen, wie die Ausländerin das bewerkstelligte. Sie trug wieder einen blauen Salwar, dazu einen weißen Schal um die Schultern und heute auch bequeme indische Sandalen. Den Schal hätte ich im Auto lassen sollten, dachte sie, als sie ihn sich mehrfach um den Hals wickelte, damit er aus dem Weg war. Insgesamt eine komplizierte Prozedur!

Als sie wieder auf den Parkplatz kam, hatte sie Durst und ging hinüber zu einem Kiosk neben dem Restaurant, der Getränke, Süßigkeiten und auch kleinere warme Speisen anbot. Aufgeschnittenes Obst lag verführerisch ausgebreitet in offenen Kisten, Fruchtsäfte glänzten in der Sonne. Cora trat näher, um sich das zu besehen, das sah alles sehr verlockend aus. Aber sie erinnerte sich an Ganeshs Worte. »In Indien gilt immer: Wash it, peel it, cook it – or forget it«, pflegte er zu sagen. Nichts essen, was roh ist, keine Säfte auf der Straße trinken. Bananen, ja, die konnte man schälen; eine frische Kokosnuss aufschlagen, auch fein. Aber offene Papayas, Mangos und so weiter? Lauwarmes Essen, das stundenlang in der Sonne gestanden hatte, Wasser unbekannter Herkunft? Eiswürfel in den Drink? Nie, nicht mal an der Hotelbar. Als sie sich suchend umschaute, ob es etwas gab, was auch nach diesen Standards genießbar war, fiel ihr Blick auf Rahul, der in einer dunklen Ecke hinter dem Kiosk telefonierte. Sie lächelte, er hielt es wohl keine Minute ohne seine Frau aus! Es wurde wirklich Zeit, dass er nach Hause kam. Sie würden ihn gleich nach der Ankunft im *Taj Hotel* verabschieden, nahm sie sich vor.

Cora war den Rufen »Garam chai, garam!« gefolgt, die ein Teeverkäufer ununterbrochen ausstieß; um den Hals hatte er eine Tasche gehängt, der er mit einer Hand kleine Glastassen entnahm, in der anderen Hand hielt er eine Blechkanne, aus der er heißen Milchtee in ein Glas füllte, sobald ein Kunde danach verlangte. Chai war Tee, also musste »garam« wohl »heiß« bedeuten, reimte sie sich zusammen. Da das Wasser ja gekocht hatte, war das wohl ungefährlich. Und der süße Tee stärkte und war erfrischend. Für zwanzig Rupien gönnte sie sich ein Glas. Kurz darauf fuhren sie weiter.

Ganesh war eingeschlafen und wachte gerade wieder auf, als sie zu ihm in den Wagen stieg. Er schaute sie unentwegt an, was jedoch durch seine Verwundungen und die noch immer angeschwollenen Augen nicht ganz so attraktiv wirkte, wie er sich das sicher vorstellte. Cora nahm seine Hand, und als Rahul anfuhr, schloss sie ihre Augen, lehnte sich zurück und freute sich auf Mumbai.

»Sind wir schon da?« Cora wachte auf, als Ganesh sie in die Seite stupste.

»Nein«, sagte er. »Ich möchte dir meine Stadt zeigen. Wir kommen vom Nordosten rein und fahren einmal quer durch. Das *Taj Hotel* liegt ja ganz im Süden. Wir kommen gleich durchs Moslemviertel, dann geht's an den Marine Drive, das ist die Uferpromenade. Vielleicht können wir auch das berühmte Hochhaus von Ambani sehen, einem der reichsten Menschen Indiens. Genauso teuer wie hässlich. Und da es schon Nachmittag ist, wird der Verkehr noch schlimmer sein als sonst.«

Cora blickte fasziniert auf das Geschehen draußen. Das war ja völlig anders als Pune! Sie hätte es nicht für möglich gehalten, aber die Straßen waren tatsächlich noch voller, noch chaotischer, noch schmutziger. Sie fuhren gerade an elenden Hütten vorbei; offensichtlich hatten die Bewohner irgendwelche Metallteile als Wände aufgestellt, diese mit einem größeren Stück aus Plastik als Dach verbunden und das Ganze mit Steinen beschwert und abgestützt. Sie fuhren ein oder zwei Kilometer an solchen Hütten entlang, teils zweistöckig erbaut, hinter denen man eine zweite und eine dritte Reihe erahnen konnte; vor einer Hütte, soweit man das Hütte nennen konnte, wusch eine Frau Kleider in einer Wasserschüssel; eine andere saß hinter ihrer Tochter und durchsuchte deren Haar nach Läusen; ein Mann hockte auf einem Dach und hämmerte, während ein Affe versuchte, ihm den Hammer zu stehlen ... erstaunlich viele Hunde liefen herum, balgten sich, kratzten sich unentwegt. Wenige Meter weiter: eine glänzende Glasfassade, ein Einkaufszentrum, in welchem unten ein Ausstellungsraum für Luxusautos untergebracht war. Hinter den Schaufenstern konnte Cora einen Bentley oder Rolls-Royce sehen, dann waren sie auch schon vorbei und hielten an einer Ampel. Auf der Verkehrsinsel mitten auf der Kreuzung stand ein kleiner Tempel oder eher Schrein, gemauert aus weißem Stein, innen hohl; dort saß eine Götterfigur, bunt bemalt, mit Blumen bekränzt. Zu ihren Füßen standen Schüsseln mit Opfergaben, Essen offensichtlich. Cora wusste gar nicht, wo sie zuerst hinsehen sollte, eine völlig neue Welt tat sich auf. Chaos und Ordnung: gelangweilte Polizisten mit ihren Schlagstöcken, die sich aber nicht darum kümmerten, dass niemand die Verkehrsregeln einhielt. Adrette Schulmädchen in ihren perfekt gebügelten Uniformen: weiße Bluse, brauner Rock, weiße Kniestrümpfe, feste Schuhe. Während am Straßenrand ein alter Mann in indischer Hockstellung, also auf den Fersen, saß und sich gerade unbekümmert erleichterte, befreite wenige Meter weiter der Fahrer eines Porsche mit einem Taschentuch vorsichtig den Schriftzug seines Luxuswagens vom Staub der Straße.

Ganesh beobachtete Cora von der Seite; belustigt registrierte er ihre großen Augen, die alles aufzusaugen schienen, was sie sahen. Das war Indien, sein Indien, aber die Wüsten

Nordindiens oder die heilige Stadt Rishikesh an den Ausläufern des Himalaya, in der er die Asche seines Vaters in den Ganges gegeben hatte und in der schon vor einem halben Jahrhundert John Lennon und George Harrison in einem Ashram meditiert hatten, das war auch Indien. Wie auch der Dschungel und die Teeplantagen in Assam und Darjeeling im Nordosten mit ihren radikalen Maoisten, die Indien bedrohten, oder die IT-Hochburg Bengaluru oder die katholischen Kirchen in der früheren portugiesischen Enklave Goa. Zehnmal so groß wie Deutschland ist Indien, dachte Ganesh wieder einmal. Und dann gehen die Deutschen »indisch essen«. Was soll das denn sein? Tandoori Chicken?

Rahul fuhr gerade am *Leopold* vorbei, dem berühmten Café, in dem sich seit Jahrzehnten (vermutlich dieselben) Ausländer aufhielten, schon früher ein Anlaufpunkt der Hippies. Hier und auch am Bahnhof und natürlich im *Taj Hotel* selbst hatten 2008 die furchtbaren Anschläge von Mumbai stattgefunden, als pakistanische Terroristen drei Tage lang das Land in Angst und Schrecken versetzt und Hunderte getötet und verletzt hatten, Ausländer wie Inder. Dann bog Rahul in die Straße ein, die zum Hotel führte, links und rechts sah Cora nun zahlreiche Touristenläden, die Teppiche, Antiquitäten und alles andere feilboten, was Ausländer gern kauften, ohne sich in das Getümmel des echten Indiens stürzen zu müssen. Die deutlich überhöhten Preise nahmen viele dafür in Kauf.

Als Rahul gegenüber des *Taj Mahal Palace and Tower Hotels* vorfuhr, erblickte Cora auf der linken Seite einen großen Torbogen aus hellbeigem Basalt, das berühmte Gateway of India, sechsundzwanzig Meter hoch, wie Ganesh ihr erklärte. Erbaut wurde es zu Ehren des britischen König George V., der als erster britischer Herrscher überhaupt nach Indien kam und hier 1911 erstmals indischen Boden betrat. Von hier aus, dem indischen Triumphbogen, verließen 1948 auch die letzten britischen Truppen Indien. Und hier stiegen Cora und Ganesh aus, denn sie mussten nur die Straße überqueren, um zum Hotel zu gelangen.

Es war Zeit, sich von Rahul zu verabschieden. Er war Cora richtig ans Herz gewachsen, er hatte ihr am Taj geholfen, Ganesh zu befreien, alles riskiert für sie, die Ausländerin, die er doch gar nicht kannte. Er war sehr tapfer gewesen, und das in einer Welt, die für ihn ebenso fremd war wie für Cora. Luxushotels und nächtliche Abenteuer waren nicht seine Welt, so wie Indien und alles, was sie hier erlebt hatte, für Cora neu war. Sie konnte nur erahnen, wie er sich fühlen musste. Sie umarmten sich zum Abschied, Cora bezahlte ihm die vereinbarte Summe und gab ihm noch zweitausend Rupien extra, für das Baby, wie sie ihm sagte, als er sich weigerte, das Geld anzunehmen. Eine gewaltige Summe in seinem Heimatdorf. Er sah sie lange und intensiv an, und auch Cora hatte das Gefühl, sich von einem Freund zu verabschieden. Aber das war nicht mehr seine Welt, und er musste zurück. Traurig stieg Rahul wieder in seinen Wagen und fuhr am Hafen entlang und am *Taj Hotel* vorbei, um sich auf die lange Fahrt nach Delhi zu machen.

Sie waren nun direkt am Meer, an der Ostküste der Halbinsel Mumbai, und vor dem Ufer dümpelten Hunderte von Fischer- und Touristenbooten; Erstere bereit, am frühen Morgen wieder auszulaufen, um mit hoffentlich reicher Beute auf den Fischmarkt zurückzukehren, Letztere, um Touristen nach Elephanta hinüberzufahren, der etwa eine Stunde Fahrt entfernt vorgelagerten kleinen Insel, die von Touristen wegen ihrer hinduistischen Höhlen gern aufgesucht wurde. Es fanden sich dort alte Shiva-Darstellungen, aus Stein gemeißelt, und man konnte einen hübschen Spaziergang über die Insel machen. Schräg gegenüber des Gateway of India, also nun zu Coras rechter Seite, lag majestätisch das berühmte *Taj Hotel*, erbaut von Jamsetji Tata, dem Gründer der heute immer noch mächtigen TATA-Group. Ganesh überschlug sich vor Eifer, seiner Freundin alles zu erklären.

»1903 wurde das Hotel eröffnet«, sagte er, während sie eine Lücke im dichten Straßenverkehr suchten, um die Straße zu überqueren. »Tata war aus dem damals elegantesten Hotel der Stadt hinausgeworfen worden, da er kein Weißer war, und beschloss daraufhin, ein noch schöneres Hotel zu errichten, in dem auch Inder absteigen durften. Es war und ist immer noch das beste Hotel der Stadt, hier wohnten nur Maharajas, Prinzen, ausländische Staatsoberhäupter, Filmstars. Noch heute steigt hier alles ab, was Rang und Namen hat.«

»Und wir!«, ergänzte Cora lachend. Ganesh musste auch lachen und zog sie rasch zwischen zwei fahrenden Autos hinüber ins Hotel. Dort mussten sie zunächst ihre Taschen durchleuchten lassen wie an einem Flughafen; seit den Anschlägen galten in ganz Indien erhöhte Sicherheitsmaßnahmen an allen Hotels. Cora hatte sich in Pune von Tagore eine Tasche und die nötigsten Reiseutensilien organisieren lassen, da sie bei dem Überfall in Jaisalmer ihr Gepäck natürlich hatte zurücklassen müssen. Sie selbst gingen ebenfalls durch eine Schleuse, vor welcher sie ihre Handys auch noch abgeben mussten, und gingen dann endlich die wenigen Stufen hinauf zu einer der drei braunen, hölzernen Drehtüren, die in die Lobby führten. Und damit betraten sie ein Paralleluniversum, wie Cora es später ausdrücken würde, wenn sie davon erzählte.

Eine große Lobby erstreckte sich vor ihnen, in der Mitte befanden sich auf weichen Teppichen eine ausladende Sitzgruppe sowie ein großer, runder Glastisch mit einem riesigen

Blumenbouquet. Rechts gab es weitere Sitzgelegenheiten und einen Flügel, an dem abends wohl für musikalische Untermalung gesorgt wurde; linker Hand erstreckte sich die lang gezogene Rezeption. Im Hintergrund sah man einen Durchgang zu Geschäften und zu den Aufzügen. Das Publikum war sehr gemischt; von reichen und elegant im Burnus gekleideten Arabern über amerikanische Touristen im obligatorischen und stets unpassenden Strandoutfit bis hin zu attraktiven Inderinnen der Oberschicht, die sich zum Cocktail trafen. Zwei junge Mädchen, Touristinnen, machten Selfies; die eine rief auf Deutsch der anderen zu: »Komm, Anne, jetzt raus zum Pool!«, und weg waren sie. Während Cora ihnen amüsiert nachschaute, ging Ganesh an die Rezeption und kümmerte sich um die Formalitäten. Welch ein Reichtum und Luxus, dachte Cora, und im Kontrast zu dem draußen herrschenden Elend fast unerträglich. Wo stand sie? Bei den Reichen, natürlich; so zu tun, als ob sie eigentlich ja den Armen viel mehr verbunden sei, wäre Hybris gewesen und Falschheit dazu. Nein, sie war den Armen nicht verbunden, sie konnte nicht einmal ansatzweise deren Leben nachvollziehen, und das Mitleid, das sie für sie hegte, war das geheuchelt? Was tat sie denn, um die Welt ein Stückchen besser zu machen? Konnte nicht jeder etwas tun, sicher, ja, aber was? Den Bettlern geben, reichte das? Sich über die Reichen zu empören, war es das? Sie hatte mal etwas gelesen, es ging etwa so: Wer mit zwanzig kein Kommunist ist, hat kein Herz, wer es mit vierzig noch immer ist, hat keinen Verstand. Gleichheit für alle funktionierte nicht, und sich eine Free-Tibet-Flagge auf das Auto zu kleben und gegen Glyphosat zu sein, war auch nicht ausreichend. Sie ging ihrem Job nach; sie hatte in Tibet etwas bewirkt, ja, und auch jetzt wieder kämpfte sie für etwas oder gegen etwas, auch wenn sie noch nicht so genau wusste, was das war. Vielleicht war das schon viel, sich empören, nicht nur an sich selbst denken. War sie damit glücklich? Fehlte etwas?

Unwillkürlich fiel ihr Blick auf Ganesh, wie er mit der ausnehmend hübschen Inderin an der Rezeption sprach; die Mitarbeiterin des *Taj Hotels* kicherte, er hatte so eine Art, die den Frauen gefiel. Sie hatte erst durch sein Leiden gemerkt, was sie für ihn empfand; reichte das? Würde sie mit ihm glücklicher sein? Nicht dass sie unglücklich war, es ging ihr gut damit, allein und als starke Frau durchs Leben zu gehen. Vielleicht war es ihr einfach nicht bestimmt, den richtigen Mann zu finden, dachte sie manchmal, wenn sich wieder einer verabschiedet hatte; dafür war sie unabhängig, und das war ihr wichtig. Aber jetzt, Ganesh …

»So, alles geklärt, wir werden hochbegleitet«, hörte sie da seine ruhige, sichere Stimme hinter sich. Man hatte ihm einen Blumenkranz um den Hals gelegt – orangefarbene Blumen, Marigold genannt, der deutsche Name fiel ihr nicht ein – als Zeichen der Begrüßung des Gastes, und jetzt bekam auch sie einen Kranz. Dazu tupfte ihr eine junge Mitarbeiterin des Hotels einen roten Punkt auf die Stirn, vorher hielt sie eine goldene Schale mit brennenden Teelichtern empor, kreiste damit symbolisch einige Male vor ihrem Gesicht und segnete sie so. Religion und Gottesfurcht auch hier im Fünf-Sterne-Hotel.

Die junge Inderin begleitete sie zu den Aufzügen im hinteren Teil der Lobby, und sie fuhren nach oben. Als sie auf den Gang hinaustraten, fiel Cora plötzlich auf, dass sie gar nicht wusste, wie Ganesh die Zimmer gebucht hatte. Wohnten sie zusammen? Aber er hatte sie nicht gefragt, und irgendwie war sie ganz froh, dass er die Entscheidung getroffen hatte. Welche, wurde klar, als sie vor einer Tür standen und die Angestellte das Zimmer mit der Türkarte aufschloss.

»Madam, this is your room«, sagte sie lächelnd zu Cora und bat sie einzutreten. Diese blickte verunsichert zu Ganesh, der aber schon ein paar Schritte weitergehumpelt war und über seine Schulter rief: »Ich wohne hier, zwei Türen weiter; du willst dich sicher frisch machen; ich muss meinen Verband erneuern. Sagen wir um achtzehn Uhr unten am Pool, okay?« Damit war er verschwunden. Okay, dachte Cora, und wusste nicht genau, ob sie enttäuscht oder erleichtert war. Seinen Verband hätte sie doch auch erneuern können … Damit schloss sie die Zimmertür von innen.

Sie waren kurz vor Mittag in Pune losgefahren und hatten fast vier Stunden für die gerade einmal hundertdreißig Kilometer bis hierher gebraucht. Cora nutzte die Zeit bis zur Verabredung mit Ganesh, um ihre verbliebenen Anziehsachen zur Wäsche abzugeben; sie bat um sofortige Erledigung, damit sie am nächsten Morgen wieder frische Kleidung hatte. Hundert Rupien, die sie dem zuständigen Boy mitgab, würden dafür Sorge tragen, dass ihre saubere Kleidung noch am selben Abend auf ihr Zimmer gebracht werde, wie er ihr versicherte.

Es war noch immer heiß, als Cora und Ganesh sich an einen Tisch auf der Terrasse des Hotels, direkt am wunderschönen, ovalen Pool, setzten. Das Wasser schimmerte grünblau, die beiden steinernen Löwen an den hinteren Rändern des Pools spien hohe Fontänen ins Wasser. Die Tische waren gut besetzt; im Wasser waren jetzt nur noch ein paar Kinder. Die meisten, die sich noch am Nachmittag hier gesonnt hatten, hatten sich nun auf ihre Zimmer zurückgezogen, um sich für das Abendessen umzuziehen. Nur ein kräftig gebauter Mann spielte mit seinem Sohn, der eine Mütze trug, am Beckenrand und zeigte auf die Löwen, von denen der vielleicht Sechsjährige respektvoll Abstand hielt. Er scheint etwas übergewichtig für sein Alter, dachte Cora, etwas Bewegung täte ihm sicher gut. Dann wandte sie sich wieder Ganesh zu; er sah besser aus; die Ruhe nach der Autofahrt hatte ihm gutgetan.

Als der Kellner kam, bestellte Ganesh kundig einige Snacks und eine Flasche Wein. »Du musst unbedingt den indischen Wein probieren, Cora«, sagte er stolz. »Wir haben da in letzter Zeit einige ganz gute Tropfen hervorgebracht. Wir probieren mal einen Grover, ja? Der Shiraz passt gut zu den scharfen Speisen hier in Indien, mal sehen, ob er dir schmeckt.«

»Ich wusste gar nicht, dass es indische Weine gibt«, meinte Cora.

»Oh doch, in Indien werden seit Tausenden von Jahren Weine angebaut. Es gibt auch noch den Sula zum Beispiel, aber der schmeckt mir nicht so gut.«

»Definitiv der Grover«, kam es da auf Deutsch vom Nebentisch. Cora wandte sich um, die deutsche Anwältin aus Pune, Barbara Mayer, hatte ihr Glas erhoben und prostete ihnen zu.

»Schön, Sie hier zu sehen«, sagte Cora erfreut. »So klein ist diese Millionenstadt also!«

»Alles, was Rang und Namen hat und etwas auf sich hält, wohnt im *Taj*«, erklärte die Anwältin fröhlich lächelnd. Dann erblickte sie Ganesh, der sich ebenfalls umgedreht hatte, und ihre Augen weiteten sich unwillkürlich, als sie sein noch immer etwas geschwollenes Gesicht und die Wunden sah.

»Schon okay, ich bin nur gefallen«, erklärte dieser rasch und grinste. »Nein, nein, war nur ein Witz. In Wirklichkeit schlägt Cora mich immer, wenn ich nicht gehorche. Das scheint in Deutschland so Sitte zu sein!«

Mayer grinste zurück. »Ja, wir deutschen Frauen lassen uns nichts gefallen«, sagte sie schlagfertig. »Und ihr indischen Männer braucht das doch, geben Sie es ruhig zu. Oder wäre Ihnen eine unterwürfige Inderin lieber, die Sie anhimmelt und immer alles tut, was Sie sagen? Ist doch langweilig!«

»Nun, jetzt, wo Sie es sagen«, grübelte Ganesh. »Klingt eigentlich recht verlockend ...«

Cora stupste ihn in die Seite, entschuldigte sich aber sofort, als sie sah, wie er vor Schmerz zusammenzuckte.

»Und?«, kam die Frage vom Nebentisch. »Wie gefällt Ihnen Mumbai? Schon erste Eindrücke gesammelt?«

Cora lud die Anwältin ein, zu ihnen an den Tisch zu wechseln, da sie allein saß. Sie stellte Ganesh vor, und sie einigten sich schnell auf ein »Du«, um die Kommunikation zu vereinfachen.

»Also, was macht ihr hier in Mumbai? Kann ich euch etwas zeigen? Ich bin ja öfter hier.« Barbara schien ehrlich interessiert.

Cora und Ganesh wechselten einen Blick. Sollten sie die neue Bekanntschaft einweihen? Besser nicht, sie würden sie eventuell nur in eine gefährliche Situation hineinziehen.

»Ich möchte Cora meine Stadt gern selbst zeigen!«, warf Ganesh rasch ein. »Sobald ich wieder besser zu Fuß bin, machen wir das! Aber«, setzte er hinzu, um das Thema zu wechseln, »was machen Sie als Anwältin denn hier in Mumbai? Dürfen Sie hier Rechtsberatung anbieten?«

»Es kommen zunehmend mehr deutsche Unternehmen nach Indien«, erzählte Barbara jetzt. »Und sie brauchen alle Unterstützung, sei es juristischer Art oder bei der Personalsuche. Oder einfach, weil sie mit den Kulturen hier nicht klarkommen. Viele verstehen die Bedeutung des Kastenwesens bei der Personalauswahl nicht, oder ihnen geht das freundliche, immer von einem Lächeln begleitete Kopfwackeln der Inder auf die Nerven. Ihr wisst ja, Deutsche brauchen eine klare Ansage, ja oder nein, und so macht man das hier in Indien nicht. Man ist höflich, lehnt eine Bitte nicht ab, sagt nicht, dass man etwas nicht kann. Was Inder für höflich halten, empfinden Deutsche als unehrlich. Es gibt viele Probleme in der Kommunikation, und da braucht man erfahrene Berater, die den deutschen Unternehmen helfen, hier Fuß zu fassen, denn der Markt, oder besser, die Märkte sind ja richtig spannend für viele deutsche Produkte. Eine interkulturelle Vorbereitung ist ein Muss!«

»Kann ich mir gut vorstellen«, nickte Cora. »Nach alledem, was ich hier schon erlebt habe, verstehe ich, dass ein Ausländer, der hier Geschäfte machen möchte, sich erst mal gut vorbereiten muss.«

»Ich fahre übrigens morgen nach Dharavi«, fuhr Barbara fort. »Das hatte ich dir ja schon erzählt, Cora. Du kennst das ja sicher, Ganesh, nicht wahr?«

»Natürlich!«, nickte Ganesh. »Jeder hier kennt das Stadtviertel, aber das ist keine gute Gegend für eine Ausländerin. Was machst du da?«

»Oh, ich treffe morgen eine Journalistin, die hier eine Vertreterin einer indischen Nichtregierungsorganisation interviewt. Es geht um irgendwelche mafiösen Strukturen in den Slums, bei denen die Hütten der Armen abgerissen werden sollen, um Platz für Hochhäuser zu schaffen. Das Land hier in Mumbai ist unglaublich wertvoll, Cora, in den Neunzigerjahren gehörte Mumbai zu den teuersten Pflastern der Welt, lag zwischenzeitlich sogar an erster Stelle vor London oder Tokio! Das führt dazu, dass die Slumbewohner bei aller Armut auf einem Stückchen Land leben, das Tausende von Dollar wert ist. Aber wenn sie es verkaufen, wo sollten sie dann hin? Sie könnten mit dem Geld nur Mumbai verlassen, außerhalb bekommt man dafür Wohnraum, aber da finden sie vielleicht keine Arbeit. Also bleiben sie hier, verkaufen nicht.

Die Bauspekulanten sind aber natürlich gut organisiert, und Dharavi, dieses riesige Gebiet mitten im Mumbai, ist eine prime location. Es gab immer wieder Pläne, das ganze Viertel einzuebnen und Luxuswohnungen für die Reichen zu errichten. Das scheitert an den ebenfalls sehr gut organisierten Strukturen dort; die Stadt hat inzwischen mehr oder weniger aufgegeben. Und Dharavi prosperiert, ihr müsst das sehen! Vor allem du, Cora, komm doch mit morgen! Du lernst diese Journalistin kennen, und das Interview wird sicher spannend. Baumafia in den Slums von Mumbai! Da passiert jede Menge, von dem die Welt nichts weiß, nichts wissen will. Und neben dieser Vertreterin der NGO, die mir Rede und Antwort stehen will, treffe ich noch einen Priester, der sich seit Jahren um die Armen in den Slums kümmert. Was habt ihr denn vor?«

Ja, was hatten sie vor? Ursprünglich hatte Ganesh Cora seine Heimatstadt zeigen und sie seiner Familie vorstellen wollen, aber in seinem jetzigen Zustand ging das ja nicht. Seine eigene Wohnung, in der er noch letztes Jahr gewohnt hatte, hatte er für die Zeit des Projektes am Taj, das sich über mindestens ein Jahr hinziehen sollte, untervermietet. Dort konnten sie auch nicht hin, daher hatten sie sich für das *Taj Hotel* entschieden. Genau genommen hatten sie keinen Plan, was sie am nächsten Tag eigentlich konkret unternehmen wollten. Mit ein paar Stunden Abstand wusste Cora nicht mehr, ob es wirklich eine gute Idee war, den Onkel von Guru ausfindig machen zu wollen. Sie hatte Ganesh gesagt, sie wolle diesen Onkel unbedingt treffen; wie sonst sollten sie weiterforschen, wer Ganesh warum gefangen genommen hatte? Ganesh war natürlich dagegen, er hielt das für viel zu gefährlich. Also warum nicht mit Barbara nach Dharavi fahren – es ging ja um die Baumafia, vielleicht ergab sich da etwas?

»Also, Cora, wenn du unbedingt willst, dann fahr doch mit Barbara nach Dharavi und interviewe diese Leute«, sagte Ganesh schließlich. »Ich muss mich um meine Projekte am Taj kümmern. Ich muss dort Bescheid sagen, dass ich noch ein paar Tage ausfalle; da überlege ich mir noch eine Ausrede. Dann ist die Frage, wie es dort überhaupt weitergeht und so weiter. Also, ich bleibe hier und hänge mich ans Telefon, okay? Wir treffen uns dann morgen zum Abendessen im *Khyber Restaurant*, das ist nicht weit von hier, direkt an der Kala Ghoda. Zu Fuß nur fünfzehn Minuten.«

»*Khyber*? Sehr gute Wahl, das kenne ich«, stimmte Barbara begeistert zu. »Cora, wir machen uns einen guten Tag in Mumbai. Wird sicher spannend. Ich denke, wir sind beide nicht so der Typ zum Shoppen, lieber etwas erleben und interessante Leute treffen, richtig?«

Cora war absolut einverstanden; stundenlang shoppen war so gar nicht ihr Ding. Sie würde sich später in einem der Geschäfte hier im Hotel ein paar Schals kaufen, Pashminas am besten, um sie mit nach Deutschland zu nehmen, aber das war es auch schon. Mehr brauchte sie nicht.

Inzwischen war das Essen serviert worden. Sie genossen die scharfen Speisen, zu denen der indische Rotwein wie von Ganesh versprochen wunderbar passte. Besonders der schwarze Dhal schmeckte Cora sehr gut: schwarze Linsen in einer sahnigen Soße. Dazu Garlic Naan, das Fladenbrot. Schnell war der Tisch voll; kleine Fleischstückchen aus dem Holzkohlengrill, dem Tandoor; ein südindischer Fisch, eingelegt in Kokossoße und serviert auf einem Bananenblatt; aus der lokalen Küche noch Okraschoten.

Es war noch immer sehr warm, obwohl es schon nach zwanzig Uhr war; Grillen zirpten im Gras, träge drehten sich die alten Deckenventilatoren aus der Kolonialzeit an der Decke der Veranda hinter ihnen. Vor ihnen leuchtete das Wasser des Pools jetzt tiefgrün, angestrahlt von Scheinwerfern unter Wasser. Am Nebentisch saß ein arabisches Ehepaar, traditionell und konservativ gekleidet; weiter vorn kicherten ein paar westliche Touristinnen, junge Mädchen in sehr kurzen und sehr engen Hosen und Hemdchen mit Spaghettiträgern, was allgemeines Missfallen erregte. Jedenfalls bei den anwesenden Damen. Auf dem Rasen machte eines der jungen deutschen Mädchen, die Cora schon in der Lobby gesehen hatte, kunstvoll einen Handstand. Ihre Freundin fotografierte sie mit ihrem Handy und rief lachend: »Lin, noch mal, hier«, während Lin zurückrief: »Anne, mach schnell das Bild für Sir, ich falle um.« Alles in allem eine zur Abwechslung einmal friedlich entspannte, touristische Atmosphäre.

Plötzlich hörten sie den Schrei eines Kindes, dann ein lautes Platschen. Alles schaute zum Pool, der kleine Junge, der vorhin dort mit seinem Vater gespielt hatte, war ins Wasser gefallen. Sein Vater stand einige Meter entfernt auf dem Rasen und telefonierte mit dem Rücken zum Pool. Cora fasste sich als Erste; sie sprang auf, rannte die wenigen Meter zum Becken und hechtete, ohne lange zu überlegen, kopfüber und möglichst flach hinein; der Pool war an dieser Stelle nur etwa 1,50 Meter tief. Sie musste sich kurz orientieren, dann sah sie die Füße des Jungen, der wild um sich trat. Schon tauchte sie auf, nahm das keuchende und panisch um sich schlagende Kind in den Arm und schwamm zurück an den Beckenrand. Dort stand inzwischen auch der Vater und zog seinen schreienden Sohn heraus, den Cora mit Mühe über den Rand schob; dann stemmte sie sich selbst mit einem eleganten Schwung hinauf. Da stand sie nun, tropfnass, in ihren Jeans und dem T-Shirt, während der Vater das hustende und weinende Kind zu beruhigen versuchte. Er beachtete Cora überhaupt nicht. Diese war außer sich vor Wut darüber, dass man nicht nur ein Kind um diese Uhrzeit überhaupt noch spielen ließ, sondern dann auch noch lieber telefonierte, als sich darum zu kümmern. Und das am Rand eines Schwimmbeckens! Schnurstracks ging sie auf den hochgewachsenen, kräftigen Inder zu und verpasste ihm, bevor er sich's versah, eine kräftige Ohrfeige. Ganesh und Barbara, die das Ganze beobachtet hatten, erstarrten; auch die anderen Gäste, die eben noch durcheinandergeredet und das Geschehen kommentiert hatten, verstummten. Einige lachten schließlich, mehr aus Verlegenheit denn aus Heiterkeit; so eine Szene sah man im *Taj Hotel* selten. Eine junge Frau schlug einen älteren Mann in aller Öffentlichkeit!

Das nasse Kind drückte sich an seinen Vater, dieser nahm seinen Sohn hoch und strich ihm zärtlich über die Haare. Dann wandte Khan sich mit vor Zorn gerötetem Gesicht der Deutschen zu.

30. Kapitel

Die Ohrfeige war so unvermutet gekommen, dass sogar der Kleine kurz zu weinen aufhörte und Cora verwundert ansah. Dem Vater war ebenfalls vor Überraschung die Sprache weggeblieben; erst als vereinzelt Applaus von den umstehenden Tischen aufkam, schien er zu realisieren, was da eben Ungeheuerliches geschehen war. Khan setzte seinen Sohn ab und machte zwei Schritte auf Cora zu, und für einen Moment war nicht klar, ob er sich bei ihr bedanken oder sie verprügeln wollte. Ganesh war aufgesprungen, auch Barbara hatte sich zu Cora gestellt, die noch immer mit wütendem Gesichtsausdruck auf dem Rasen stand und sich die nassen Haare aus dem Gesicht strich. Unmittelbar vor ihr baute sich der Vater des Jungen auf, der sich inzwischen beruhigt hatte und das Geschehen ebenso fasziniert beobachtete wie alle anderen Gäste auch; dann riss Khan sich zusammen, sagte höflich: »Thank you for saving my son!«, und ging mit seinem Sohn auf dem Arm quer über die Terrasse zu den Aufzügen, die zu den Luxussuiten führten.

»So ein Idiot!«, murmelte Cora, als sie sich wieder setzte. »Wie kann man nur! Hätte sich wenigstens anständig bedanken können!«

»Für die Ohrfeige?«, meinte Barbara belustigt. »Du bist ja wirklich gut drauf. Erst deine superschnelle Reaktion und dann die Zugabe … Das wird ein lustiger Tag morgen! Ich freu mich darauf, ihn mit dir zu verbringen. Aber schlag bitte keine Inder, wenn wir allein im Zug sitzen oder so … das wäre nicht gut! Vor allem nicht die Mächtigen und Reichen!«

»Zug?«, fragte Ganesh entgeistert. »Ihr fahrt nicht mit den überfüllten Vorortzügen nach Dharavi, oder?«

»Doch, das macht Spaß!«, meinte Barbara und grinste. »Ich fahre immer damit. Etwas voll, etwas gefährlich manchmal, aber das ist das wahre Indien. Taxi ist langweilig. Genau das machen wir!«

»Moment«, warf Cora ein. »Was sagtest du? Nicht die Mächtigen schlagen? Wer ist denn der Typ, der nicht auf seinen Sohn aufpassen kann? Kennst du ihn?«

»Ich? Halb Mumbai kennt ihn«, erwiderte Barbara. »Jedenfalls die, die mit ihm Geschäfte machen, und die, die unter ihm leiden. Manchmal gibt es da Überschneidungen bei den beiden Gruppen … Das ist Khan, der mächtigste Baulöwe von Maharashtra, also diesem Bundesstaat hier. Manche sagen, einer der mächtigsten Bauunternehmer in Südasien. In Pune arbeitet er mit vielen deutschen Firmen zusammen, die hier ihre Produktionsstätten aufbauen. Er baut ihnen die Fabriken, alles völlig legal und in Ordnung, da kann man nichts sagen. Er hat beste Verbindungen zur Regierung und kann immer wieder sehr gute Grundstücke anbieten. Es gibt keine Klagen; einige meiner Mandanten haben von ihm gekauft oder sich ihre Produktionsstätten von ihm bauen lassen. Sehr gute Qualität, die Termine werden eingehalten. Und das ist in Indien ja durchaus nicht selbstverständlich. Immer mehr Deutsche kommen ja nach Indien, viele um hier zu produzieren, da sie sonst als Zulieferer für die deutschen Hersteller nicht konkurrenzfähig sind. Und da erwarten sie natürlich, dass alles so läuft wie zu Hause. Sehr unrealistisch, aber Khan liefert. Das macht ihn anerkannt und akzeptiert in der Geschäftswelt. Soweit der legale Teil seiner Operationen, und viele Deutsche hier kennen ihn daher auch und nur so. Aber man munkelt auch, er sei mit der Mafia verbandelt, der Sandmafia genau genommen. Natürlich gibt es keine Beweise, aber er soll der Kopf der lokalen kriminellen Strukturen zumindest hier in Mumbai sein. Wahrscheinlich ist er aber in großem Stil tätig und organisiert den Sandhandel auch international. Da ist die Grenze zwischen legal und illegal sehr fließend. Genau das Thema, von dem ich dir eben erzählte.« Barbara grinste. »Du hast es geschafft, den mächtigsten Mann zu schlagen, den du hier in der Stadt überhaupt treffen konntest!«

Ganesh und Cora war gar nicht zum Lachen zumute. War das der Mann, den sie suchten? Der sich angeblich so gut mit der Sandmafia auskannte? Hieß das, er kannte sich nicht nur aus, sondern er war der Mafiaboss persönlich? Dann stünde er ja hinter den Anschlägen auf Cora und Ganesh! Und Cora hatte ihn soeben geschlagen …

»Die gute Nachricht ist, dass er hier im Hotel ist und wir jetzt wissen, wie er aussieht und heißt. Die schlechte, dass er mich nicht besonders mögen wird, wenn er erfährt, wer ihn da eben vor aller Augen beleidigt hat!« Cora hatte laut gedacht, ohne sich bewusst zu sein, dass Barbara noch neben ihr saß.

»Was heißt das, was meinst du?«, fragte diese jetzt verwirrt. »Du hast ihn gesucht? Was hast du denn mit der Mafia zu tun? Oder mit einem Baulöwen und seinen Machenschaften?« Sie klang ehrlich besorgt.

»Eigentlich wollte ich nicht darüber sprechen«, meinte Cora langsam. »Und schon gar nicht wollte ich dich da hineinziehen. Aber wenn du schon fragst, und da wir den Khan jetzt hier getroffen haben, erzähle ich dir, worum es geht. Aber ich bin klatschnass, können wir das auf das Frühstück verschieben? Ich würde gern aufs Zimmer und mir trockene Sachen anziehen.«

Da sie ihr Essen sowieso beendet hatten, verabschiedeten sich Cora und Ganesh von Barbara. Es war ein langer und für Ganesh anstrengender Tag gewesen, und morgen würden sie, Barbara und Cora, stundenlang durch Mumbai laufen, da war es gut, ausgeruht zu sein. Barbara wollte noch ein paar Mails schreiben und blieb noch etwas am Pool sitzen.

Cora und Ganesh liefen durch die Lobby hinüber zum Tower, dem modernen Anbau des alten *Taj Hotels*, in dem ihre Zimmer lagen. Eine Suite in der Luxusvariante, in dem alten Heritage Wing des *Taj*, konnten sie sich nicht leisten. Sie fuhren mit dem Aufzug hinauf zu den Zimmern.

»Gute Nacht!«, sagte Cora, als sie mit Ganesh vor ihrer Tür angekommen war. »Ich freue mich auf morgen, das wird bestimmt spannend, und vielleicht sehen wir auch etwas, was uns weiterhilft, dein Thema Sand weiterzuverfolgen. Was meinst du? Wir könnten ja …« Weiter kam sie nicht, da spürte sie seine Lippen auf ihren, und er hielt sie fest in seinen Armen, als fürchtete er, sie würde sonst ewig weiterreden. Was sie wohl auch getan hätte, um den Abschied hinauszuzögern. Schließlich löste er sich von ihr, sah sie mit seinen dunklen, fast schwarzen Augen durchdringend an, strich ihr über die Wange und sagte: »Gute Nacht, Cora. Schlaf gut!« Und war mit zwei Schritten an seinem Zimmer und darin verschwunden.

Cora stand noch immer an ihrer Tür, eigentlich lehnte sie mehr daran; es war ihr etwas weich in den Knien geworden. Schließlich gelang es ihr, die Tür aufzuschließen; als sie hinter ihr ins Schloss fiel, stand Cora vor dem Spiegel im Flur und betrachtete sich. Der rote Punkt auf der Stirn, den sie bei der Begrüßung erhalten hatte, war durch den Sprung in den Pool verwischt, sie sah aus, als hätte sie einen blutigen Strich auf der Stirn. Ihre Haare hingen noch immer nass herunter, die Bluse und Hose waren ebenfalls nass. Sehr attraktiv, dachte sie, da stehe ich mit Ganesh allein vor meiner Zimmertür, und dann sehe ich aus wie ein begossener Pudel! Kein Wunder, dass er nicht einmal versucht hat, in mein Zimmer zu kommen, wer will denn so eine? Sie schüttelte ihren Kopf, streifte ihre Schuhe ab und wollte sich gerade ins Bad begeben, als es klopfte. Mit einem Satz war sie an der Tür und riss sie auf, so schnell, dass Ganesh, der davor stand, unwillkürlich lachen musste.

»Oh, das ging schnell. Ich … äh … wollte nur sehen, ob alles okay ist, ich meine, hast du alles, soll ich jemand rufen …«

Diesmal war sie es, die seinen Mund mit einem langen Kuss verschloss. Sehr lange, und es fühlte sich gut an, richtig. Er duftete so indisch, würzig; jetzt, wo sie ihm so nah war, roch sie es erst, und er schmeckte auch so. Als sie sich von ihm löste, sah er sie an. Er sah auch an ihr vorbei, und sie wusste, dass genau hinter ihr, in seiner Blickrichtung, ihr Bett stand. Beide schwiegen, dachten dasselbe. Dann machte er einen Schritt zurück, beugte sich wieder vor, küsste sie noch einmal lange und anhaltend, flüsterte erneut: »Gute Nacht, meine liebe Cora!«, und war weg.

31. Kapitel

Mangos, Papayas, Ananas, Jackfruits ... Cora lief das Wasser im Munde zusammen. Zu dritt frühstückten sie in der Sea Lounge, dem im ersten Stock des alten Flügels gelegenen Restaurant des *Taj Hotels*. Sie saßen in einem Nebenzimmer, in dem nur wenige Tische standen; der Hauptsaal war überfüllt. Hier in diesem Raum befanden sich zwei Tische am Fenster, einer am Eingang und direkt dahinter, in einer Nische, ein weiterer. Am Eingang saßen Barbara, Cora und Ganesh. Cora musste diverse indische Speisen ausprobieren, die Barbara ihr empfohlen hatte.

»Du musst Aloo Parata probieren, das sind mit Kartoffeln und Zwiebeln gefüllte Pfannkuchen, dann auf jeden Fall eine Masala Dosa und natürlich Idli. Dazu ein Masala chai und ...« Barbara war nicht zu bremsen. Eifrig erklärte sie alle Zutaten und bestellte bei dem freundlichen Kellner immer weiter. Cora griff sich ein Aloo Parata und stand auf; kauend stand sie am Fenster und blickte fasziniert hinaus. Von diesem Raum aus hatte man einen wunderbaren Blick auf das Gateway of India und die Touristenboote, die um diese Zeit noch leer vor sich hin dümpelten, später aber um die alltäglichen Massen von indischen wie ausländischen Kunden wetteifern sollten.

Die Kellner in der Sea Lounge trugen Uniformen in der Farbe von Milchkaffee; freundlich und auch von den extravaganten Wünschen mancher Gäste nicht aus der Ruhe zu bringen, brachten sie alles, was gewünscht wurde, und waren sich dabei sehr wohl der Tatsache bewusst, dass sie selbst sich hier nie würden ein Frühstück leisten können. Und sie wussten auch, dass ihre Gäste darüber nicht einmal nachdachten. Am Klavier im Hauptraum saß eine junge Dame im Salwar und spielte die gleiche betont unaufdringliche Musik, wie man sie weltweit in ähnlichem Luxusambiente hören konnte. Eine dem Leben draußen völlig entrückte Welt, dachte Cora wieder einmal.

Als sich Cora etwas Papayasaft und frisches Obst vom Buffet holte, Melone, Ananas, Mango, wäre sie beinahe mit einem hochgewachsenen Inder zusammengestoßen, der über sie hinweg nach der Karaffe mit dem Melonensaft griff. Sie wollte gerade etwas sagen, als sie ihn erkannte: der liebevolle Vater von gestern Abend! Khan, der angebliche Mafiaboss! In diesem Augenblick schaute er sie ebenfalls an und erkannte sie sofort. Er nickte ihr kurz und betont knapp zu, das war wohl alles an Dank, was sie erwarten konnte. Cora drehte sich um und ging auf ihren Platz zurück; im Vorbeigehen sah sie den Jungen an einem Tisch sitzen. Er lächelte ihr schüchtern zu und winkte hinter einer großen weißen Serviette hervor, die man über seine Brust und seinen Bauch ausgebreitet hatte. Vor ihm standen diverse Teller mit Schokoladencroissants und anderen, ähnlich gesunden Köstlichkeiten. Cora winkte fröhlich zurück. Angesichts dieses Frühstücks wurde ihr schnell klar, wieso der Junge schon jetzt übergewichtig war. Aber für sie war nur wichtig, dass es dem Kleinen gut ging! Der Vater würde seinen verletzten Stolz ja wohl irgendwann überwinden; und wenn nicht, war es ihr auch egal. Die Ohrfeige hatte er verdient.

Hätte sie gewusst, dass ebendiese Ohrfeige ihr nur allzu bald das Leben retten würde, hätte sie ihn sicher gleich hier am Buffet noch mal geschlagen.

Bei einem scharf gewürzten Masala Omelett und einem Chai erzählten Cora und Ganesh von ihren Erlebnissen. Barbara hörte fasziniert zu; sie hatte als Beraterin zahlreicher deutscher Mittelständler viele Erfahrungen in Indien gemacht, aber denn doch etwas anderer Art. Als Ganesh schließlich geendet hatte, schwiegen sie alle drei eine Weile. Cora überlegte, warum ein so mächtiger Mann wie der angebliche Mafiaboss hier frühstückte und nicht in seinem eigenen Haus, aber, wie Barbara ihr erläuterte, war die Sea Lounge ein beliebter Treffpunkt auch für Geschäftsleute, und so konnte man das Angenehme, den exzellenten Service und den Ausblick, mit dem Nützlichen verbinden.

»Also, wie machen wir weiter?«, ergriff Cora ungeduldig die Initiative. »Wir kamen hierher, um Kontakt zu Gurus Onkel aufzunehmen, der angeblich viel über das Thema Sandmafia weiß. Jetzt haben wir zufällig möglicherweise den Mann kennengelernt, na ja, sagen wir, getroffen, das Wort trifft es ziemlich genau, denke ich ... Also, haben wir zufällig den Mann ...«

»Es gibt keine Zufälle!«, warf Ganesh beiläufig ein. »Wir sollten ihn hier treffen, das ist kein Zufall. So wie die Tatsache, dass du seinen Sohn gerettet hast. Karma.«

Cora sah ihn liebevoll an. Er hatte voller Ernst gesprochen. Bei so etwas scherzte Ganesh nicht. »Karma, ja? Von mir aus. Ich danke also meinem Karma, mir genau den Menschen hier zu präsentieren, den ich in Mumbai finden wollte. Wie auch immer, wie gehen wir vor? Soll ich ihn ansprechen? Hallo, mein Name ist Cora, Ihr Neffe hat ja versucht, mich umzubringen, und da das nicht funktionierte, möchte ich nur sagen, hier bin ich? Oder soll ich ihn fragen, ob er der Pate von Mumbai ist?« Sie musste selbst lachen.

»Wir können ihn jederzeit wieder ausfindig machen«, meinte Barbara. »Ich habe einen Vorschlag: Wir bleiben bei dem Plan, dass ich Cora heute Dharavi zeige. Dann kann Ganesh auf dem Zimmer bleiben und sich noch einen Tag ausruhen und seine Telefonate erledigen. Der Sandlord läuft euch nicht weg. Ich lasse über meine Kontakte hier und in Pune Informationen über Khan einholen und sehen, ob wir eine Verbindung zur Sandmafia finden. Dann sehen wir weiter. Wir müssen strukturiert vorgehen und nicht einfach zu einem der vielleicht gefährlichsten Männer des Landes hinübergehen und uns vorstellen.«

»Klingt vernünftig!«, meinte Ganesh. »Ich bin auch für Struktur und keine vorschnellen Abenteuer. Davon hatten wir schon genug. Seht ihr euch Dharavi an, ich bleibe hier und finde auch möglichst viel über diesen Khan heraus. Heute Abend wissen wir mehr und planen dann gemeinsam, wie wir vorgehen.«

Das war nun gar nicht nach Coras Geschmack. Der Sandlord war genau vor ihr, und dann sollte sie Sightseeing in Mumbai machen? Nicht mit ihr; neue Städte waren immer spannend, und sie war noch nie in einem Slum gewesen. Aber es gab wahrlich Wichtigeres zu tun. Es bedurfte der vereinten Überzeugungskraft von Ganesh und Barbara, um ihr klarzumachen, dass sie jetzt ohnehin nichts Konstruktives tun konnte. Manchmal musste man auch warten können, erklärte Ganesh in seiner lakonischen und pragmatischen Art.

»Also gut, ihr habt ja recht. Aber nur heute, morgen ist das Tourismusprogramm vorbei!«, gab sie schließlich nach. Ganesh stand auf, hauchte ihr im Vorbeigehen einen Kuss auf die Wange und humpelte auf sein Zimmer. Barbara kommentierte das nicht; sie grinste spitzbübisch zu Cora hinüber, dann ging auch sie hinunter in die Hotellobby, um ein Taxi zu bestellen. Cora blieb noch kurz sitzen, um eine Mail an ihren Chef in Deutschland zu schreiben, damit er wusste, dass sie noch ein paar Tage hierbleiben würde. Das würde sie ihren Jahresurlaub kosten, aber das war es wert.

Während sie durch ihre Mails scrollte, hörte sie aus der Nische hinter ihrem Tisch einen Gesprächsfetzen, der sie sofort hellwach werden ließ. Sand. Worum ging es da? Sie konnte den Tisch nicht einsehen, da eine große Pflanze ihr den Blick versperrte, aber zwei Männer unterhielten sich auf Englisch; einer davon sprach mit starkem ausländischen Akzent, den sie nicht zuordnen konnte. Vorsichtig lehnte sie sich etwas zurück, um besser hören zu können.

»Ich bin sehr daran interessiert, in Ihr Projekt zu investieren«, sagte der Ausländer gerade zu dem anderen, dem Akzent nach indischen Mann. »Aber ich muss wissen, wie hoch das Risiko ist.«

»Ganz einfach«, hörte Cora nun den Inder sagen. »Das Risiko ist gleich null. Seit etwa zehn bis fünfzehn Jahren hat der Bauboom in Indien massiv zugenommen. Es wird rund um die Uhr gebaut, und gerade hier in Mumbai ist der Bedarf an Sand immens. Es gab immer schon Sandabbau, legal wie illegal, aber jetzt ist die Nachfrage so hoch, dass es ein sehr lukratives Geschäft geworden ist. Und keine Sorge, die Beamten und die Polizei haben wir im Griff, die helfen uns. Im Grunde sind sie sogar das Fundament unseres Profits!« Er lachte.

»Und wie geht das? Wie schaffen Sie es, die Polizei da herauszuhalten?«, fragte der andere. »Es gibt doch immer welche, die man nicht … sagen wir motivieren kann wegzuschauen?«

»Eben!«, rief der Inder. Dann senkte er wieder seine Stimme, Cora hatte Mühe, alles zu verstehen. »Das ist es ja gerade! Wir motivieren sie nicht wegzuschauen. Sondern hinzuschauen. Sandabbau ist in ganz Indien ein offenes Geheimnis, das könnte man gar nicht unentdeckt durchführen. Ich erkläre es Ihnen. Wir schicken Schiffe hinaus aufs offene Meer, die den Sand vom Meeresboden absaugen. Dann informieren wir die Polizei, die den illegal geschürften Sand konfisziert. Da die Polizei den Sand nicht verwerten kann, wird er öffentlich versteigert. Unter staatlicher Aufsicht. Die Einheit heißt Brass, das sind etwa 4,5 Tonnen. Also kommen wir zu der Auktion, auf der unser Sand versteigert wird, den wir vorher ohne Genehmigung haben schürfen lassen. Dann ersteigern wir den Sand! Dafür erhalten wir eine Quittung, aber statt der beispielsweise fünfzig Brass, die wir ersteigert und bezahlt haben, stellt der Beamte eine handgeschriebene Quittung über fünfhundert Brass aus. Damit gehen wir nun entweder zu der Stelle, an welcher der konfiszierte Sand gelagert wird, und holen uns fünfhundert Brass ab, die haben wir ja legal ersteigert und laut Quittung auch bezahlt. Oder wir fahren aufs Meer hinaus, saugen weiter Sand vom Meeresboden, und wenn die Polizei kommt, zeigen wir die Quittung vor, die uns fünfhundert Brass zugesteht. So oder so ist es ein Riesengeschäft und auf dem Papier völlig legal! Und da der Bauboom so viel Sand verlangt, kommen die Bauherren gleich zu uns, da sie nirgends so viel Sand erhalten wie bei uns. Was sagen Sie nun?«, hörte Cora die triumphierende Stimme des Inders.

»Beeindruckend, in der Tat. Also, worüber reden wir? Wie kann ich mich beteiligen?« Der Ausländer schien sehr begierig, in das Geschäft einzusteigen.

»Hier, ich habe Ihnen die Unterlagen mitgebracht. Sie müssen aber wissen, dass … wir … neues Großprojekt … aktuelle Entwicklung …«

Eine amerikanische Familie mit zwei Kindern kam laut redend in das Nebenzimmer der Sea Lounge und ließ sich bewundernd über den Ausblick aus. Cora konnte nur noch Wortfetzen verstehen; zu ihrem Ärger dachten die Amerikaner gar nicht daran, Rücksicht auf andere Gäste zu nehmen. Es hatte keinen Sinn, sie musste jetzt gehen. Konnte sie einen Blick in die Nische riskieren, in der die beiden Männer saßen? Nein. Sie saß ja direkt an der Tür und zurückzugehen wäre zu auffällig gewesen. Sie stand auf, schob ihren Sessel an den Tisch und wollte gerade gehen, als sie noch einen Wortwechsel mitbekam, der sie mitten in der Bewegung erstarren ließ.

»Ich … gehört … neuestes Projekt … Taj Mahal … Problem? … Einmischen … Gefährlich für uns?«

»Nein, das haben wir … Kontrolle. Keine Sorge. … Chef wird … beseitigen …«

Der Rest ging in einem entzückten Aufjauchzen der Mutter der amerikanischen Familie unter, die offensichtlich gerade etwas *really awesome* in dem ganzen Gewühl unten am Hafen entdeckt hatte. Mit einem giftigen Seitenblick verließ Cora den Raum und ging durch den Hauptsaal hinaus.

Als sie die Sea Lounge verlassen hatte, stand auch Khan auf, bat seinen Sohn, kurz zu warten, und winkte einen der Kellner zu sich heran. Er flüsterte ihm etwas ins Ohr und setzte sich wieder. Der Kellner verließ das Restaurant und folgte Cora durch das berühmte, mit weichem roten Teppich ausgelegte und aufgrund seiner Erhabenheit und Opulenz beeindruckende Treppenhaus und die Treppe hinunter in den Gang, der zur Lobby führte.

32. Kapitel

Die schwarzen Augen blickten sie kurz an, nicht unfreundlich, eher interessiert. Cora hatte noch nie eine so große Ratte gesehen. Als diese dicht an ihrem Gesicht vorbeirannte, meinte Cora, ihr Fell zu spüren, der große Schwanz zuckte direkt vor ihren Augen. George Orwell, *1984*, kam ihr in den Sinn, als Winston in dem berüchtigten Raum 101 zwei ausgehungerte Ratten direkt vor seinem Gesicht erblickte … Dann huschte die Ratte weiter, geschäftig, als habe sie noch etwas vor und könne sich jetzt wirklich nicht mit dieser Frau beschäftigen, die da plötzlich auf der Leiter vor ihr stand. Cora hatte keine Einwände. Sie stieg rasch weiter die schmale Holzstiege empor, die sie in den dritten Stock eines aus Stein erbauten Gebäudes führte, in einer dunklen, kaum einen Meter breiten Nebengasse, mitten im Herzen des größten Slums Asiens, wo sie umgeben war von über einer Million Menschen, überwiegend Männern (oder sah man einfach nur wenige Frauen?), die sich in ihr unbekannten Sprachen verständigten und sie mit einer Mischung aus Neugier und Misstrauen beobachteten, Teil einer größeren Einheit (konnte man in diesem Moloch von Einheit sprechen?), die sich Mumbai nannte und fast ein Drittel der Einwohnerzahl von ganz Deutschland umfasste.

Obwohl es heller Tag war und die Sonne wie offensichtlich immer in Mumbai von einem blauen und wolkenlosen Himmel schien, war es hier oben, zwischen zwei eng aneinander gebauten Häusern, fast dunkel. Die Leiter war schmal, gerade passten zwei Füße nebeneinander, und sie war sehr steil. Die Ingenieurin in Cora schätzte sogleich den Winkel, bestimmt fünfundachtzig Grad? Zwei Stockwerke hatte sie schon passiert, in das dritte sollte sie kommen, hatte Barbara ihr zugerufen und war dann, vor ihr die Leiter emporkletternd, im Halbdunkel verschwunden. Also gut. Weiter ging es, dann, oben angekommen, erblickte sie zu ihrer Linken einen Eingang. Sie verließ mit einem großen Schritt die Leiter und trat in die niedrige Türöffnung, die sich als dunkler, nahezu schwarzer Absatz entpuppte, von welchem direkt eine weitere Tür abzweigte. Sie stand offen, trübes Neonlicht schimmerte von drinnen, und Cora betrat einen vielleicht zwanzig Quadratmeter großen Raum.

Zwei junge Männer saßen im Schneidersitz auf dem Boden, vor und neben sich diverse Lederstücke unterschiedlicher Größe, Farbe und Dicke. Ein Topf mit Klebstoff, ein Pinsel, ein scharfes Messer. Sie blickten nicht auf, als Cora den Raum betrat, sie arbeiteten konzentriert weiter. Immer zwei Streifen Leder fassten sie zusammen, bestrichen sie mit Klebstoff, dann klebten sie sie zusammen. Dann schnitten sie sie vorn wie hinten sauber ab und legten sie beiseite. Wieder war ein Gürtel fertig, der in wenigen Tagen irgendwo in Asien oder Wochen später in einem europäischen Geschäft an einem eleganten Ständer hängen würde. Lederschnipsel, Farbmuster, Stoffreste, Metallschnallen lagen durcheinander auf dem Boden, dazwischen Dreck, Staub, Mäusekot. Rechts von der Tür, durch welche Cora hineingekommen war, sah sie einen großen Tapeziertisch, der ebenfalls mit den unterschiedlichsten

Arbeitsmaterialien sowie Werkzeugen aller Art bedeckt war; nur am äußersten Rande lag ein Stapel bereits fertiger Ledergürtel, achtlos aufeinandergeworfen. Die Wände waren in einem hässlichen Hellgrün gestrichen, vermutlich war es die günstigste Farbe gewesen, die zu haben war, dachte Cora. Barbara stand ihr gegenüber, unter einem Fenster auf halber Höhe, das aber nur auf eine nur wenige Zentimeter entfernt direkt gegenüberliegende Wand führte, also weder Licht noch Luft hereinließ. Es war heiß und stickig und roch nach Klebstoff; nach wenigen Minuten schon spürte Cora, wie ihr die giftigen Dämpfe Kopfweh bereiteten und die Augen tränen ließen. Auf einem kleinen Tisch zu ihrer Linken lagen fertige Gürtel sowie lederne Handtaschen, Bestellbücher, ein Laptop, Stifte, Papier. Barbara betrachtete die Ware kritisch, sie schien zu überlegen, ob, und wenn ja, was sie kaufen sollte.

»Schau mal, hier«, sagte sie gerade und zeigte auf eine schöne blaue Handtasche. »Das wäre doch etwas. Sieht gut aus, gute Lederqualität, die Verarbeitung ist auch sehr gut. Die Nähte sehen perfekt aus. Was meinst du, soll ich die nehmen?«

Cora bemühte sich, interessiert zu schauen. Wenn sie den Tag schon hier verbringen musste, wollte sie gern etwas über die Menschen hier und ihre Lebens- und Arbeitsweise erfahren, aber sicher keine Handtaschen kaufen. Barbara hatte sie überzeugt, mit dem Vorortzug nach Sion zu fahren, der nächstgelegenen Station zu dem Teil Dharavis, der mehr oder weniger gefahrlos besucht werden konnte. Ganz gefahrlos war ein Slum natürlich nie, aber in diesem Teil gab es große Straßen, Geschäfte und Restaurants, die man auch als Ausländerin aufsuchen konnte. Barbara war hier schon oft gewesen und kannte sich recht gut aus, jedenfalls wusste sie, wohin sie besser nicht gingen. Cora war ja von Natur aus eher furchtlos, und so liefen die beiden Frauen bald darauf durch Dharavi.

Die Fahrt mit dem Zug war schon ein kleines Abenteuer gewesen; erst mussten sie am Bahnhof Churchgate an einem Schalter anstehen und das Ticket kaufen, während Hunderte Inder das Gleiche am selben Schalter versuchten. Als eine ältere Dame sich vor Cora drängte, ließ diese sie höflich vor; nach der dritten Person, die das versuchte, diesmal ein junger Mann, dämmerte ihr, dass sie so nie an die Reihe kommen würde. Die nächste Dame, die sich vorzudrängen versuchte, stieß Cora entschlossen beiseite und behauptete ihren Platz in dem kaum als Schlange zu bezeichnenden Gewühl vor dem Fahrkartenschalter. Schließlich gelang es ihnen, ihre Fahrkarten zu erstehen, und sie liefen auf einen der vielen Bahnsteige, von denen im Minutentakt Züge in den Norden der Stadt ausliefen. Die einfahrenden Züge waren übervoll, die Menschen hingen in Trauben außen an den Türen, ein Wunder, dass niemand herunterfiel. In Anbetracht der hoffnungslos verstopften Straßen waren diese Vorortzüge die einzige Möglichkeit für Hunderttausende, von ihren Wohnorten in den günstigeren Außenbezirken in das Geschäftsviertel im Süden und wieder zurück zu gelangen. Die Züge hatten keine Türen; es war auch so heiß genug. Entsprechend waren die Plätze direkt an den Öffnungen die begehrtesten, dort standen die Menschen dicht gedrängt, während im Wageninnern viel Platz war. Wer mutig genug war, stand direkt an der Tür, mit einem Bein schon über den Gleisen schwebend, was die beste Luft bedeutete, aber auch das höchste Risiko, mit der Masse hinausgeschwemmt zu werden, ob man wollte oder nicht. Oder unterwegs herauszufallen.

Nachdem die Menschenmassen sich in den Bahnhof ergossen hatten und langsam verteilten, mussten sie rasch einsteigen, denn auch jetzt warteten Tausende mit ihnen auf dem Bahnsteig. Barbara und Cora bestiegen einen der nur für Frauen reservierten Züge; eine, wie Cora fand, sehr moderne und angenehme Errungenschaft, um in all diesem Gedränge nicht auch noch mit männlichem Forscherdrang angesichts des geheimnisvollen weiblichen Körpers in Berührung zu kommen. Die Sitze waren einfach, aber der Zug war sauber; die im Vergleich zu Deutschland unzähligen Haltegriffe an der Decke ließen vermuten, wie viele Menschen hier zu Stoßzeiten unterwegs waren.

Nach etwa zwanzigminütiger Fahrt entlang pittoresker (man könnte auch sagen: unglaublich schmutziger) Bahnhöfe, auf denen die Menschen dicht gedrängt standen, während fliegende Händler Chai und Süßigkeiten anpriesen, vorbei an Fabrikruinen und plötzlich auftauchenden blitzenden Glasfassaden einer Shopping-Mall, erreichten sie schließlich ihren Bahnhof, Dadar, an dem sie umsteigen mussten nach Sion, ihrem eigentlichen Ziel. Barbara erzählte, dass der Name Sion sich von Zion, dem Berg in Jerusalem ableitete, weil die Jesuiten im 16. Jahrhundert hier eine Kapelle mit diesem Namen errichtet hatten.

Diejenigen, die direkt an den Türen standen, warteten nicht, bis der Zug hielt, sondern sprangen noch während der Fahrt ab, um schneller anzukommen; die Kunst bestand nach Coras Beobachtung darin, die richtige Geschwindigkeit abzupassen und dann gleich nach dem Aufkommen auf dem Bahnsteig noch einige Meter in Fahrtrichtung mitzurennen, statt gleich stehen zu bleiben.

Die Hitze des Vormittags hatte eingesetzt, und die gleißende Sonne blendete sie, aber sie schlugen rasch den Weg in eine schmale Straße ein und hielten sich im Schatten der Häuser. Als sie Durst bekamen, kaufte Barbara für wenige Rupien am Straßenrand zwei Kokosnüsse, die der Händler mit einer großen Machete frisch und kunstvoll aufschlug. Er reichte ihnen die Nüsse und zeigte ihnen, wie man am besten an das darin befindliche Wasser herankam, die Kokosmilch. Mit einem Plastikstrohhalm nämlich, den man anschließend achtlos auf die Straße warf. Cora verstand einfach nicht, warum niemand zumindest so viel Rücksicht auf seine Umgebung nahm, den Müll doch in einen Abfallbehälter zu werfen (von denen es allerdings auch nur wenige gab, wie sie eingestehen musste).

»Die Inder halten ihr Haus perfekt sauber«, erklärte Barbara. »Aber was außerhalb des Hauses geschieht, und sei es der Bürgersteig direkt vor der eigenen Haustür, das interessiert niemanden. Das wird in der Verantwortung des Staates gesehen, nicht in der eigenen. Ausgerechnet die Inder, die doch so naturverbunden sind, die mit Yoga und Ayurveda so viel Beschäftigung mit dem eigenen Körper und dessen Gesundheit verbinden, sie vernachlässigen ihre Umwelt in für uns unverständlichem Maße. Und da niemand sie zwingen kann wie in China, in der Diktatur, ändert sich auch nichts.«

Cora zögerte, aber dann warf sie nachdenklich ein: »Hm. Klingt ja fast wie eine Verteidigung der Diktatur. Ich weiß, dass du das nicht so meinst. Aber es gibt so vieles hier, was ich nicht verstehe. Nimm doch die Stellung der Frau in der indischen Gesellschaft. Man liest immer von Ausbeutung und Unterdrückung, wie siehst du das? Du hast doch mehr Indienerfahrung als ich.«

»Es gibt sehr viele Frauen in Indien, die sehr erfolgreich sind«, erwiderte Barbara. »In allen möglichen Branchen, auch in der Industrie, in leitenden Funktionen. Die größte Bank Indiens wird von einer Frau geleitet, das gibt es bei uns in Deutschland nicht! Die Inder hatten hier schon in den Siebzigerjahren des vergangenen Jahrhunderts mit Indira Gandhi eine Frau als Premier. Und in den Neunzigerjahren wäre mit Sonia Gandhi, die aus Italien stammt, beinahe eine Ausländerin Premierministerin geworden! Also, so rückständig ist Indien nicht, wie unsere Presse das immer darstellt.«

Schweigend und nachdenklich gingen sie weiter. Die Kokosnuss war sehr erfrischend und hygienisch unbedenklich, da frisch geöffnet. Danach lud Barbara Cora auf ein Paan ein, eine in ganz Südasien erhältliche Spezialität. In ein grünes Blatt wurden dünne Scheiben oder kleine Stücke einer Betelnuss eingewickelt, hinzu kamen manchmal Kautabak, immer aber Kardamom, Zimt, Koriander, Gewürznelken, manchmal sogar noch Anis. Das Ganze steckte man sich in den Mund und kaute darauf herum; es schmeckte süßlich-scharf, und so entstand ein rötlicher Saft, den die Inder meistens auf die Straße oder an die nächste Wand spuckten. Mit rot verfärbten Zähnen und gesättigt machten auch Cora und Barbara sich dann auf, den Slum zu erkunden.

Slum? Cora sah Geschäfte, Häuserzeilen, breite Straßen, Taxis. Das war nicht ein Slum, wie sie ihn sich vorgestellt hatte. Aber, wie sie von Barbara erfuhr, war der Begriff Slum ja nicht irgendwie näher definiert; diese gewaltige Ansammlung von Menschen und ihren Behausungen in sehr unterschiedlicher Qualität, von armen Bettlern und wohlhabenden Geschäftsleuten, von teils katastrophaler Hygiene und Hilflosigkeit der Polizei, von mafiösen Strukturen und Kriminalität, aber auch von Fabriken und erstaunlicher Produktivität, auch das war ein Slum. Nur das übliche Narrativ von Ausbeutung und unerträglicher Armut gepaart mit Lethargie, das stimmte hier nicht.

Nach einigem Herumschlendern hatte Barbara Cora in eine Gasse gezogen, wo man Handtaschen und Gürtel und andere

Lederprodukte kaufen konnte. Genau die Produkte, die später mit einem teuren Label versehen in den Luxusboutiquen zwischen Shanghai und New York zu erstehen waren, wenn auch zu anderen Preisen. Da das Arbeiten mit Leder, also mit Tierhaut, für die meisten höheren Kasten verboten war, weil unvereinbar mit ihren Vorstellungen von religiöser und spiritueller Reinheit, blieb es den untersten Kasten und auch den Kastenlosen vorbehalten, diese Nische zu besetzen. Die Kuh, einst als Zugtier und Milchspender in der agrarischen Gesellschaft unersetzlich, hatte im Laufe der Zeit einen immer höheren Stellenwert erhalten; schließlich war es verboten worden, sie zu töten, da man sie ja zum Überleben brauchte. Also war auch der Umgang mit ihren körperlichen Überresten unrein, verboten. Vor allem Muslime waren daher im (florierenden) Rindfleischhandel tätig, da die Kuh im Islam ja nicht als heilig galt.

Welche Dame der feinen Gesellschaft, die in Paris eine teure Handtasche erstand, hätte gedacht, dass diese in einem Slum in Mumbai gefertigt worden war? Und hätte sie sie dann noch gekauft, wenn sie gewusst hätte, dass Dharavi entstanden war, weil viele südindische Dalits, Kastenlose, hierhergekommen waren, um in ihrer Heimat der Diskriminierung zu entgehen? Mit dem Wachstum Mumbais, damals noch Bombay, im Süden der Halbinsel waren die ungeliebten Industrien wie Gerbereien und Schlachthöfe, aber auch die Müllhalden, das Recycling der Millionenstadt, in den Norden gedrängt worden. Nachdem also zunächst der Müll dort im Norden, an den Ufern des Mahim Creek, abgeladen worden war, lud man in der Folge die Industrien dort ab und nun schließlich die Menschen. Durch den Film *Slumdog Millionaire* war Dharavi bekannt geworden, dort wurde er gedreht, dort lebten die Protagonisten, damals Kinder, im Film wie in der

Realität auch jetzt wieder im Elend. Heute gab es geführte Touren durch den Slum, sogar ein Hotel, in welchem Touristen wohnen konnten.

Cora langweilte sich bei diesem Einkauf; Shopping war nicht ihre Spezialität, und es gab so viel Spannendes zu sehen. Sie sagte Barbara, sie wolle sich draußen ein wenig die Füße vertreten und sich umsehen, sie würde auf der Straße warten. Vorsichtig stieg sie die Leiter wieder hinunter. Unten angekommen, blickte sie sich unschlüssig um. Wohin? Wäre sie nur im Hotel bei Ganesh geblieben oder hätten sie gemeinsam etwas unternommen! Langsam ging sie die Straße entlang und besah sich die Auslagen der Geschäfte, blickte in eine sehr dunkle Nebengasse, die man wohl besser nicht betrat, und winkte einigen Kindern zu, die lachend und schreiend an ihr vorbeiliefen.

Einige Meter weiter stand eine junge Frau im Eingang einer Ladentür und blickte sie neugierig an. Cora lächelte freundlich, und auch die Inderin lächelte ein breites, ihre strahlend weißen Zähne zeigendes Lächeln. Sie winkte Cora zu, doch in den Laden zu kommen; in der Auslage sah Cora neben allerlei touristischem Tand auch Nachbildungen der verschiedenen indischen Götter, den obligatorischen Ganesh, aber auch diese tanzende Figur, die sie schon oft gesehen hatte. Wie hieß die noch? Nataraja, hatte der Professor gesagt. Shiva war das, in einem Strahlenkranz, auf einem Bein tanzend. Ein wunderschönes Exemplar, es strahlte golden, war also vermutlich aus Messing oder Bronze, vielleicht dreißig Zentimeter hoch. Die Inderin hatte Coras Blick sofort bemerkt, nahm den tanzenden Shiva rasch aus der Auslage und hielt ihr die Statue hin.

»Nataraja!«, sagte sie und lachte. Nataraja, der tanzende Shiva, mit der Kobra als Attribut. Cora betrat das Geschäft und nahm den Nataraja zur Hand. Wunderschön gearbeitet, alle Details waren gut zu erkennen. Der Kreis, in dem Shiva tanzte und der das Universum symbolisierte, der Dämon, den er unterworfen hatte und der folgerichtig unter seinem Fuß abgebildet war, die Kobra in seiner Hand, die Sanduhrtrommel in einer der drei anderen Hände. Sie machte einen Schritt nach vorn, um im Schein einer Lampe die Kobra zu betrachten. Eigentlich ein wunderschönes Tier, dachte sie.

»How much?«, fragte sie über ihre Schulter die Verkäuferin, erhielt aber keine Antwort. Cora wollte sich nach ihr umdrehen. Die Kobra in der Hand Shivas war das Letzte, was sie sah. Dann spürte sie einen Schlag auf den Hinterkopf, und alles wurde schwarz.

33. Kapitel

B arbara war sehr zufrieden, die schöne Tasche erstanden zu haben. Und ein gutes Werk hatte sie auch noch getan; sie hatte den Hersteller, die Arbeiter hier im Slum, direkt unterstützt und nicht die üblichen Zwischenhändler, deren Gewinnmarge das Einkommen der Arbeiter um ein Vielfaches übertraf. Aber wo war Cora? Es war noch nicht Zeit, ins Hotel zurückzufahren, doch wollte sie Cora ja noch mehr von dem Slum zeigen und auch die Journalistin treffen, die sich in den Slums engagierte. Und dann gegen Nachmittag würden sie wieder mit dem Zug oder, wenn sie zu müde waren, mit einem Taxi zurück ins *Taj Hotel* fahren. Sie mussten sich nach dem ganzen Staub und Schmutz noch für das Abendessen im *Khyber Restaurant* frisch machen.

Barbara verließ die Werkstatt und kletterte die Leiter hinab; Cora war nirgends zu sehen. Hm. Sicher war sie nur wenige Meter weiter gegangen, sie hatten ja vereinbart zusammenzubleiben. Barbara blickte nach links und rechts, nichts. Und jetzt? Aufs Geratewohl ging sie die Gasse entlang bis zur nächsten Querstraße, auch da sah sie niemanden, jedenfalls keine Ausländerin. Natürlich waren die Gassen voller Menschen, aber Cora hätte sie an der Kleidung schon erkannt. Sie hatte Coras Handynummer nicht, sonst hätte sie das probiert.

Was tun? Am besten wartete sie am Fuß der Leiter, dahin würde Cora ja sicher zurückkehren. Also lehnte Barbara sich an die Hauswand, betrachtete ihre Umgebung und die emsig vorbeieilenden Passanten; Kinder spielten, Geschäftsleute in Anzug und Krawatte sahen auf ihre Handys, Frauen im Salwar gingen, eifrig telefonierend, an ihr vorbei. Es hätte eine beliebige Geschäftsstraße in einer guten Einkaufsgegend von Mumbai sein können, nicht Dharavi. Barbara wartete. Nach einer Weile wurde sie doch unruhig, sie begann sich Sorgen zu machen. Cora war klug und selbstständig, ja, und dass sie in schwierigen Situationen alleine klarkam, hatte sie ja offensichtlich schon in Tibet unter Beweis gestellt. Aber das hier war anders, ein indischer Slum war anders gefährlich als ein tibetisches Hochland. Es gab hier Tausende von Möglichkeiten, jemanden verschwinden zu lassen oder selbst versehentlich irgendwo falsch abzubiegen und nicht mehr zurückzufinden. Es gab Armut und Gewalt und die Mafia. Aber am wahrscheinlichsten war es, versuchte Barbara sich selbst einzureden, dass Cora gleich wieder auftauchen würde, fröhlich lachend, wie meistens, und irgendeine Geschichte zum Besten gab, die sie gerade erlebt hatte. Vielleicht war sie in eine Teestube gegangen und hatte sich eine Tasse Chai Masala gegönnt, um den Staub hinunterzuspülen. Verdammt, dachte Barbara, wieso hatte sie vergessen, sich Coras Handynummer zu notieren? Ah, da fiel ihr etwas ein, sie hatte aber doch Ganeshs Nummer, und der wiederum … ja, wieso war sie nicht gleich darauf gekommen? Während sie ihr Telefonbuch durchscrollte, kamen ihr jedoch Zweifel. Wie würde Ganesh reagieren, wenn sie ihm sagte, Cora sei verschwunden? Sicher nicht gerade begeistert. Andererseits war jetzt schon fast eine halbe Stunde vergangen, irgendetwas stimmte nicht. Sie machte sich Vorwürfe, schließlich hatte sie ja Cora hierhergebracht. Also doch Ganesh anrufen? Kurz entschlossen wählte sie seine Nummer.

»Hallo, Barbara, seid ihr schon auf dem Rückweg?« Ganesh klang fröhlich, und irgendwie fühlte Barbara sich dadurch noch schlechter. Schnell sagte sie ihm, sie warte auf Cora, aber die sei nicht gekommen, und jetzt habe sie ihre Nummer nicht, ob er vielleicht mal kurz …

Ganesh lachte nur. »Ja, so kenne ich sie, immer unterwegs und nie da, wo sie sein soll … ich rufe mal kurz durch und sag ihr Bescheid!«

Nervös wartete Barbara auf seinen Rückruf und die Nachricht, dass alles in Ordnung sei. Der Rückruf kam, aber Ganesh hatte Cora nicht erreichen können. »Kann es sein, dass der Empfang bei euch nicht gut ist?«, fragte er, und Barbara hörte die Besorgnis in seiner Stimme. »Sie geht nicht ran. Wo seid ihr denn genau? Wieso ist sie nicht bei dir?«

»Wir waren einkaufen, und sie wollte sich ein wenig allein umschauen«, berichtete Barbara. »Wir waren hier an dieser Ecke verabredet, aber sie kommt nicht. Was machen wir jetzt?«

Einen Moment herrschte Stille. Dann hörte sie, wie Ganesh mit leiser Stimme sagte: »Ich weiß auch nicht. Wie sollen wir Cora zwischen einer Million Menschen im größten Slum Asiens finden?«

34. Kapitel

Sie versuchte es abzuschütteln, aber es ging nicht. Irgendetwas saß auf ihrer Hand und wollte nicht verschwinden. Cora wurde wütend, wieso ging das nicht? Sie schlug mit der Hand gegen den Boden und wachte auf. Es war dunkel, nicht völlig, aber doch so, dass sie ihre Umgebung nur schemenhaft erkennen konnte. Sie lag auf dem Boden, auf Erde, fest gestampft. Langsam setzte sie sich auf. Sie befand sich in einer Hütte, einem Holzverschlag eher, vielleicht drei mal vier Meter groß. Es gab keine Möbel oder andere Gegenstände, nichts, völlig leer war die Hütte, aber sie war auch nicht schmutzig, sondern alles war sehr sauber gefegt. Nur in einer Ecke stand ein Eimer, gefüllt mit Wasser. Das würde sie besser nicht anrühren. Durch einige Löcher in den schiefen Holzbrettern, die als Wände dienten, konnte sie sehen, dass es draußen hell war. Wie lange hatte sie hier gelegen? Ihr Kopf tat weh. Sie begann sich zu erinnern, genau, sie hatte in diesem Geschäft nach dieser Statue gefragt, Shiva Nataraja, und dann plötzlich war alles weg. Schwarz. Man hatte sie niedergeschlagen, so viel schien klar. Und wo war sie jetzt? Langsam stand Cora auf; leise, denn draußen, unmittelbar vor ihrer Tür, hörte sie Stimmen. Mehrere Männer oder Jugendliche eher. Sie lachten laut und unterhielten sich mit der

Unbekümmertheit der Jugend gegenüber allem, was um sie herum passierte. Cora ging vorsichtig zur Tür und sah durch einen Spalt hinaus.

Es waren Teenager, drei, die rauchend auf dem Boden saßen; ein weiterer lehnte an der Tür zu ihrer Hütte, sie stand direkt hinter ihm. Sie hatten Jeans an, T-Shirts, waren ungewöhnlich dunkel, wobei ihre weißen Zähne blitzten, wenn sie lachten. Ihr fiel ein, dass Barbara erklärt hatte, der Slum wäre ursprünglich durch Zuzug von vielen Migranten aus Südindien, Tamil Nadu, entstanden, dort waren die Menschen deutlich dunkler. Cora strich sich langsam den Dreck von der Hose und ihrem T-Shirt und überlegte. War sie eine Gefangene? Waren das ihre Wächter, diese Kinder? Gegenüber sah sie eine weitere Hütte, ihrer eigenen wohl nicht unähnlich, und links und rechts ebenso, soweit sie das sehen konnte. Alles sehr ärmlich, nicht mehr breite Straßen und Geschäfte wie vorhin (war es denn nur vorhin gewesen oder gar gestern?), sie war wohl nicht mehr in der Gegend, in der sie Barbara verlassen hatte. Das sah eher nach dem Teil Dharavis aus, von dem Barbara ihr abgeraten hatte. Es gab, wenn man in Sion den Vorortzug verließ, wie sie es getan hatten, eine Straße, die den Slum in zwei Teile trennte; die andere Seite, auf der sie nicht gewesen waren, war weitaus gefährlicher, hatte Barbara erzählt. Da gab es mehr Armut, mehr Gewalt, Trunkenheit, Drogendealer und eben so etwas wie die Mafia, die in der besseren Gegend nicht mehr so einflussreich war wie vor Jahrzehnten. Oder dies jedenfalls nicht zeigte.

»Da gehen wir besser nicht rein!«, hatte ihre Freundin ihr gesagt. »Das ist nichts für zwei weiße Frauen. Da gibt es Straßenzüge, die komplett von der Drogenmafia beherrscht werden. Komm, wir gehen hier entlang.« Und damit hatte sie Cora auf die Seite gezogen, auf der sich eine Geschäftsstraße in die Häuserschluchten hineinzog und wo sie dann die Kokosnüsse gegessen hatten.

Und jetzt? Was tun? Wenn sie sich bemerkbar machte, was würden die Jungs mit ihr machen? Gut, sie waren halbe Kinder, aber sie waren zu viert und zusammen sicher stärker als sie. Und vermutlich würden sie sofort Verstärkung bekommen, das hier war ihr Revier, nicht Coras. Nein, besser, wenn sie sich nicht zeigte und erst mal abwartete. Sie tastete in ihrer Hose nach ihrem Handy, nichts. Natürlich hatten sie ihr das Handy abgenommen. Aber worauf sollte sie warten? Dass jemand kam und sie endgültig aus dem Spiel nahm? Sicher nicht. Da, wieder war da etwas, diesmal an ihrem Fuß! Cora schüttelte sich instinktiv und schaute herunter; sie meinte, einen Schatten zu erkennen, der sich aber zu ihrem Entsetzen zu bewegen begann. Sie beugte sich nieder und sah genauer hin. Ein schwarzer Skorpion, wenige Zentimeter groß, saß, nun wieder regungslos, auf dem dunklen Boden neben ihrem Fuß. Große Scheren, sie meinte sogar, eine Behaarung zu erkennen. Oder waren das Schatten? War der eben auf ihrer Hand gewesen, als sie bewusstlos gewesen war? Was nun?

Sollte sie ihn zertreten? Es wäre ihr wohl ein Leichtes gewesen, aber irgendwie brachte sie es nicht über sich. Nicht nur, weil sie nicht sicher war, ob ihre dünnen Turnschuhe dafür geeignet waren. Und ein Stich dieses Mitbewohners ihrer Hütte wäre vermutlich sehr schmerzhaft, wenn nicht tödlich. Aber er hatte ihr nichts getan, und ihn einfach zerquetschen … Sicher schlechtes Karma, dachte sie. Dann musste sie trotz der Situation lächeln. Indien machte sich langsam bemerkbar, jetzt dachte sie auch schon an Karma, bevor sie handelte! Langsam zog Cora ihren Fuß zurück und machte dann einen großen Schritt nach hinten. Abstand. Besser noch einen Schritt. Schon stand sie mit dem Rücken an der hinteren Wand ihrer Hütte. Was nun? Die Jungs draußen hatten Spaß und tranken weiter; aber was, wenn ihnen das Trinken zu langweilig wurde und ihnen einfiel, dass da in der Hütte eine wehrlose Ausländerin lag? Cora hatte kein Bedürfnis, darauf zu warten.

Nach einem vorsichtigen Blick auf den Skorpion, der noch immer reglos dasaß, drehte sie sich um und betrachtete die Wände. Ihre Augen hatten sich an das Halbdunkel gewöhnt, und nun erkannte sie, dass die Wände auf drei Seiten aus Holzbrettern bestanden, die vierte Seite aber, die Rückwand, aus einem großen Stück Blech. Da kam sie nicht durch. Sie schaute nach oben; auch das Dach war aus Blech, vermutlich mit Steinen oder Kisten beschwert, nichts zu machen. Hm. Sie musste hier weg, fliehen, bevor die zurückkamen, die sie hierhergebracht hatten. Und das waren sicher nicht die Teenies vor der Tür gewesen. Der Boden bestand aus festem, hartem Lehm oder Erde; ein Loch zu graben, war sinnlos, das würde sie nie schaffen. Nochmals besah sie sich den hinteren Teil ihres Gefängnisses. Sie konnte keine Möglichkeit entdecken, sich selbst zu befreien.

Cora schloss für einen Moment die Augen. Sie hatte Ganesh aus dem Taj gerettet, war dem Mordanschlag in Jaisalmer entkommen, mit dem Motorrad an die pakistanische Grenze gefahren, nach Pune geflogen worden, nachdem sie die indische Armee gefangen genommen hatte; und nun, nachdem alles so weit in Ordnung schien und sie endlich bei Ganesh war, hatte sie nichts Besseres zu tun, als in den gefährlichsten Teil der Stadt zu laufen und dort prompt in einer Hütte gefangen gehalten zu werden! Es reichte langsam. Und der Skorpion trug auch nicht zu ihrem Wohlbefinden bei. Sie sehnte sich nach der Ruhe und Kühle ihrer Heimat …

Plötzlich reagierte ihr Unterbewusstsein auf eine Bewegung am Boden. Reflexartig zuckte sie zusammen, als sie sah, wie sich etwas über den Boden bewegte. Der Skorpion hatte sich in Bewegung gesetzt und lief, erstaunlich behände, an ihr vorbei und verschwand im Dunkel der Rückwand. Vorsichtig folgte Cora ihm mit dem Blick, schließlich ging sie auf die Ecke zu, in der er gerade verschwunden war. Dort, wo die Bretterwand an das Wellblech grenzte, gab es ein kleines Loch auf dem Boden, groß genug für ihren Freund, aber nicht für … Moment, Cora, dachte sie, schau erst mal genau nach! Knie dich hin! Sie beugte sich herunter, sah den Skorpion nicht mehr und kniete sich schließlich auf den Boden in der Hoffnung, dass der Skorpion inzwischen einen Ausweg gefunden hatte. Sie drückte gegen die Bretter, nichts zu machen. Dann versuchte sie es mit dem Blech, und tatsächlich, es bewegte sich etwas. Sie drückte fester, und es gelang ihr, eine Ecke etwas nach hinten zu biegen. Das Loch war noch immer viel zu klein, aber jetzt hatte sie eine Aufgabe. Mit aller Kraft drückte sie weiter gegen das Blech und bog es vorsichtig nach außen, es gab zentimeterweise nach. Sie schwitzte, der Schweiß lief ihr an Kopf und Armen hinunter und tropfte auf den Boden. Erst jetzt wurde ihr bewusst, wie heiß und stickig es in der Hütte war. Es musste um die Mittagszeit sein; vermutlich war sie nicht sehr lange bewusstlos gewesen. Schließlich konnte sie nicht mehr und musste eine Pause einlegen. Erschöpft lehnte sie sich an ein Brett und wischte sich mit der Hand den Schweiß aus ihrem Gesicht.

Unvermittelt wurden die Stimmen draußen lauter, dann hörte sie eine andere, erwachsene Männerstimme, die neu hinzugekommen war. Der Mann brüllte etwas, und die Jungs waren sofort ruhig. Das klang nicht gut. Cora wusste, der Typ konnte jeden Moment die Tür aufstoßen, und dann …

Sie musste weiterarbeiten, kniete sich wieder hin, drückte gegen das Blech, schob mit all ihrer Kraft, und schließlich war das Loch unter dem herumgebogenen Blech so groß, dass sie es riskieren konnte. Musste. Sie legte sich flach auf den Boden und steckte den Kopf vorsichtig durch die Öffnung. Eine Gasse, die hinter der Hütte vorbeiführte, genauso eng und schmutzig wie die vor der Hütte. Aber leer, niemand war zu sehen. Schnell schob sie ihren schmalen Oberkörper durch die Öffnung und zog sich nach vorn, gut, jetzt noch die Hüfte und dann die Füße. Gerade wollte sie sich mit den Armen emporstemmen, um ihren Körper durch die Öffnung zu ziehen, als sie direkt vor ihren Augen den Skorpion sah. Er saß vor ihr (oder stand er? Woran sah man das?) und schien sie anzublicken, auch wenn sie keine Augen erkennen konnte. Was nun? Stillhalten, auf keinen Fall bewegen, das wusste ja jeder, aber sie musste hier durch. Stillhalten war also keine Option. In diesem Moment wurde die Tür hinter ihr aufgerissen, und eine Männerstimme rief etwas. Das nahm ihr die Entscheidung ab. Mit aller Kraft, die sie noch hatte, zog sie sich nach vorn – und schrie auf vor Schmerz, als sich die scharfe Kante des Blechs in ihren Oberschenkel bohrte. Cora hielt mitten in der Bewegung inne, der Schmerz schien übermächtig. Dann nahm sie sich zusammen und stützte sich auf ihren Ellbogen auf; sie war jetzt dicht über dem Skorpion, der reglos genau unter ihrem Oberkörper verharrte.

»Tu mir nichts, ich habe dir auch nichts getan!«, flüsterte sie mehr zu sich als zu ihm, er rührte sich nicht. Da spürte Cora, wie etwas nach ihrem Fuß griff; sie trat kräftig nach hinten, traf irgendetwas, hörte einen mehr erstaunten als schmerzerfüllten Ausruf und zog sich schließlich, den eigenen Schmerz an ihrem Oberschenkel ignorierend, ganz durch das Loch. Rasch sprang sie auf und blickte noch einmal dankbar hinunter zu ihrem Freund, dem Skorpion, der ihr diesen Ausweg gezeigt hatte. Karma. Sie hatte ihn am Leben gelassen, und er hatte sich revanchiert. Begann sie Indien zu verstehen?

Dann fing sie an zu rennen, nur weg hier, nach wenigen Schritten schon aber knickte sie ein. Sie schaute an sich hinunter; ihr Oberschenkel blutete, ein Riss zog sich quer durch die Jeans. Sie musste weiter! Hinter sich hörte sie aufgeregte Stimmen, wohin? Cora blickte sich kurz um und sah einen großen, dicken Mann in einem roten Hemd, der schnaufend die Verfolgung aufgenommen hatte. Weiter, einfach die Gasse hinunter, immer weiter, Cora stieß eine alte Frau beiseite, die gerade um eine Ecke bog, und sprang über sie, als diese zu Boden fiel. Sie rannte, so schnell ihre Schmerzen es zuließen, hinter sich das Rufen ihres Verfolgers, der sich hier natürlich auskannte, ihm Gegensatz zu ihr. Der Boden bestand nur aus Dreck und Erde, alles war voller Unrat, dem sie ständig ausweichen musste, Glasflaschen und leere Dosen lagen herum. Erstaunte Gesichter tauchten aus dunklen, türlosen Eingängen auf, schauten ihr nach, zwei Hunde hatten begeistert beschlossen, das neue Spiel mitzumachen, und rannten kläffend hinter ihr her. Die Hütten waren nun teils gemauert, Strommasten standen an den Wegkreuzungen, sie hörte grelle Popmusik und die Stimmen laufender Fernseher. Gerade noch konnte sie einem kleinen Kind ausweichen, das unvermittelt vor ihr auftauchte und sie aus großen, tiefschwarzen Augen bestaunte. Es war nackt, die Haare verfilzt und wirr, der Mund verschmiert. Nach mehreren Ecken, um die sie gebogen war, wurde die Gasse breiter, schließlich eine Straße, geteert, Geschäfte, das Gewimmel der Menschen wurde dichter. Sie war dem Dschungel der elendsten Hütten entkommen und rannte nun eine Straße entlang, aber ihr Verfolger konnte sie jetzt noch besser sehen, und sie meinte, ihn dicht hinter sich zu spüren. Cora merkte trotz ihrer stechenden Schmerzen und der Konzentration auf die Straße, dass es seltsam roch; der Gestank bereitete sich aus, und sie schien direkt darauf zuzulaufen. Noch eine Kurve, dann stand sie plötzlich vor einem Bach oder einem kleinen Fluss, jedenfalls einer ekligen Kloake, einer grünlich schimmernden Brühe, die träge an ihr vorüberfloss. Und jetzt? Sie hatte keine Zeit zu überlegen, Stimmen hinter ihr kamen näher, mit einem Satz hechtete sie über das Geländer, das sie von der Kloake trennte, schrie kurz auf, als das verletzte Bein auf den Boden auftrat, und kauerte sich schnell an die Böschung, bemüht, nicht in die Brühe abzurutschen. Sie hielt sich an einigen Büschen fest, die hier wuchsen, ihr einziger Halt. Ihr wurde schlecht von den Gerüchen, vielleicht auch von der Anstrengung, den Schmerzen, der Hitze, dem Schlag auf den Kopf. Und nicht nur das, ihr wurde schwindlig. Cora begriff, dass das nicht nur Abfälle und Exkremente waren, die da dicht unter ihr trieben; das waren giftige, schillernde Substanzen, die da entsorgt wurden, und sie saß direkt darüber und atmete die toxischen Gase ein. Nur nicht loslassen, dachte sie. Dieser Giftcocktail und ihre offene Wunde am Bein waren keine gute Kombination.

Plötzlich hörte sie die Stimmen ganz dicht über ihr; sie wagte nicht, den Kopf zu heben, aber vermutlich standen sie direkt an der Böschung und suchten nach ihr. Hatte der Typ im roten Hemd Verstärkung geholt? Ob die Büsche sie gut genug verdeckten? Sie würde es gleich erfahren. Eine heftige Diskussion setzte ein, schließlich schienen die Männer sich zu verteilen, da die Stimmen wieder schwächer wurden, aber aus verschiedenen Richtungen noch zu hören waren. Erleichtert atmete Cora aus und merkte erst dadurch, dass sie die ganze Zeit die Luft angehalten hatte. Sie entspannte sich ein wenig, fürs Erste war die Gefahr vorüber, hoffte sie. Würden sie wiederkommen? Sicher. Schnell weg hier.

In diesem Moment riss die Wurzel, an der sie sich festgehalten hatte, aus der Erde der Böschung und Cora rutschte die letzten Meter hinunter zu der giftigen, jetzt gerade sogar schaumigen Oberfläche. Verzweifelt griff sie um sich. Da packte eine starke Hand sie um ihr Handgelenk und zog sie vorsichtig, aber bestimmt nach oben. Panisch blickte sie hoch; war es der Mann im roten Hemd? Nein, ein junger Mann hielt sie eisern fest, sie sah nur die strubbeligen Haare, das fast schwarze Gesicht und einen kräftigen Unterarm. Mit ihrer freien Hand griff sie danach und zog sich daran hoch; schließlich erreichte sie das Geländer oben an der Kante zur Straße und fiel erschöpft auf den Asphalt.

Ihr Retter tippte sie vorsichtig an der Schulter an; Cora sah hoch. Er grinste verschwörerisch und legte die Hand auf seine Lippen, sie sollte ruhig sein. Dann half er ihr auf die Beine. Er trug einen schmutzigen Dhoti, den indischen Wickelrock, der zwischen die Beine geschlungen wurde, und ein zerrissenes Unterhemd; offensichtlich war der Slum hier seine Heimat. Er war barfuß. Cora lächelte ihn dankbar an, dann blickte sie sich vorsichtig um. Er verstand, schüttelte den Kopf und bedeutete ihr mit einer Handbewegung mitzukommen. Langsam folgte sie ihm, er drehte sich immer wieder um und trieb sie zur Eile an. Dass sie verfolgt wurde, hatte er offensichtlich verstanden. Sie gingen nicht auf der großen Straße, sondern durch zwei Hinterhöfe, vorbei an Schmutz und Müllhalden; auch hier folgten ihr unzählige Augenpaare, aber niemand sprach sie an, niemand wirkte auch nur gefährlich. Von ihren Verfolgern abgesehen, hatte Cora sich in diesem Slum nicht einen Moment unsicher gefühlt. Unbehelligt trottete sie einfach hinter dem jungen Mann her, was blieb ihr auch übrig? Schließlich bogen sie um eine Ecke, und er blieb stehen. Als sie neben ihm stand, zeigte er nach vorn. »Sion!«, sagte er. »Train. You go. Fast!«

Cora nickte, sehr gut. Die Bahnstation, von hier aus konnte sie zurückfahren. Sie lächelte ihn an und faltete die Hände zum indischen Gruß, dann sagte sie: »Thank you!«

»Tik hai«, erwiderte er, »okay«, dann grinste er wieder und war verschwunden. Cora blickte sich kurz um, überquerte die Straße und humpelte so rasch wie eben möglich in die Bahnstation. Den Ticketschalter ignorierte sie und ging gleich auf den Bahnsteig. Welche Richtung? Sie sprach aufs Geratewohl die erste Person an, die neben ihr stand; eine junge Inderin, die ihren Blick konzentriert auf ihr Handy gerichtet hatte.

»Sorry, direction Churchgate?«, fragte Cora, die sich den Namen der Station gemerkt hatte, an der sie und Barbara im Süden Mumbais eingestiegen waren.

»Yes, this platform. But you have to change at Dadar!«, antwortete die junge Dame sofort freundlich, blickte dann aber etwas ängstlich an Cora hinunter. Eine Ausländerin, verdreckt, mit Blut an der zerrissenen Hose, die noch dazu sehr unangenehm roch. Sie machte zwei Schritte zurück, was Cora ihr nicht verübeln konnte. Richtig, in Dadar musste sie umsteigen. Glücklicherweise fuhr der Zug gerade in die Station ein; Cora sprang rasch auf und verschwand in einem Abteil. Erschöpft ließ sie sich auf eine Sitzbank fallen. Es musste früher Nachmittag sein dem Sonnenstand nach, und die Züge nach Süden, ins Stadtzentrum und das Geschäftsviertel waren nicht mehr so voll. Abends fuhren die, die in der Stadt arbeiteten, sich dort aber keine Wohnung leisten konnten, wieder hinaus, in den Norden, in die Vororte. Ihr Abteil war fast leer; die wenigen Mitfahrer, alles Männer, betrachteten sie neugierig. Cora war es egal. Müde, durstig, blutend, verdreckt – ein paar gaffende Männer waren da auszuhalten. Als sich ein Mann in einer schwarzen Lederjacke, der gerade noch auf den anfahrenden Zug aufgesprungen war, neben sie setzte, schloss sie ihre Augen.

So konnte sie auch nicht sehen, dass unter der geschlossenen Lederjacke ihres Sitznachbarn der Kragen eines roten Hemdes hervorblitzte.

35. Kapitel

Er hatte sich entschieden. Das Treffen hatte ihm lange nachgehangen; der Vorschlag war zu verlockend. Er würde sein Leben, so wie er es bisher gekannt hatte, verändern. Eine völlig andere Dimension eröffnen. Heraus aus der Anonymität, hinein in den Fokus der Öffentlichkeit, in die weltweite Aufmerksamkeit. Wollte er das? Es wäre eine echte Herausforderung, und er liebte Herausforderungen. Eine ganz neue Dimension seines Sandimperiums; dagegen waren sein Projekt der Landgewinnung in Singapur oder die Inseln vor Dubai geradezu unspektakulär, weil sie im Verborgenen stattfanden. Dies hier würde die Weltöffentlichkeit aufmerksam machen. Aber andererseits ... Er musste gut überlegen.

Dann lächelte er, als er nochmals auf den Plan sah. Khan hatte sich entschieden.

36. Kapitel

Als der Zug hielt, öffnete Cora unter Aufbietung all ihrer Willenskraft ihre Augen. Wo waren sie? In Dadar jedenfalls nicht. Sie wusste nicht genau, wie oft sie gehalten hatten, also musste sie genau aufpassen. Sie musste wach bleiben. Ihr Abteil hatte sich weiter geleert, sie konnte gut sitzen bleiben. Zwei Stationen später war es so weit, sie las das Schild Dadar, als der Zug in den Bahnhof einrollte, stand auf und stellte sich schon an die Türöffnung. Der frische Wind tat gut. Ihr Bein pochte; die Blutung hatte aufgehört, aber es tat bei jedem Schritt weh. Sie musste das unbedingt von einem Arzt untersuchen lassen. Aber erst mal zurück ins Hotel, dachte sie, als sie durch den Bahnhof lief, den Massen folgend. Wie fand sie jetzt den Anschluss nach Churchgate? Während sie auf einem Bahnsteig stand und suchend um sich blickte, sprach sie plötzlich jemand von der Seite an.

»You need help, Miss?«, fragte ein freundlich lächelnder Mann.

»Yes!«, sagte Cora erleichtert. »Where is the train to Churchgate?«

»Come with me!«, erwiderte der Mann und ging voran. Sie folgte ihm über eine Brücke, die über die Gleise auf die andere Seite des Bahnhofs führte. Hunderte von Menschen drängelten sich um sie herum, stießen, riefen, trugen Einkäufe und Aktenkoffer. Der Lärm war immer und überall unglaublich; was an Hupen auf den Straßen fehlte, wurde hier auf dem Bahnhof durch lautes Schreien der Verkäufer, die ihren Chai und ihre Süßigkeiten anpriesen, wettgemacht. Die Sonne brannte noch immer gnadenlos, und Cora lief mehr in Trance hinter dem Mann her, als dass sie wirklich auf ihre Umgebung achtete. Sie stiegen über eine breite Treppe wieder von der Überführung hinunter zu den Gleisen, und der Mann zeigte ihr, wo sie sich anstellen musste. Sie bedankte sich und lächelte ihn an; aber er drehte sich nur um und verschwand in der Menge. Wieder ein ausnehmend freundlicher, hilfsbereiter Mensch, wie viele, denen sie in Indien schon begegnet war.

Kurz darauf fuhr der Zug ein, und Cora sprang, jetzt schon geübt, mit einem Satz hinein. Keine gute Idee, wie sie merkte, als sie aufkam und ein höllischer Schmerz ihren Oberschenkel durchfuhr. Langsam, ermahnte sie sich selbst. Bald würden sie in Churchgate sein, dann würde sie sich ein Taxi zum Hotel suchen. Und wieder bei Ganesh sein, der sich sicher schon Sorgen machte. Hoffe ich, dachte sie bei sich.

Das Abteil war nicht sehr voll; sie setzte sich vorsichtig auf eine Bank und blickte aus dem vergitterten Fenster. Die Gitter dienten wohl der Sicherheit; so bekam man immer frische Luft, und niemand konnte herausfallen. Oder aussteigen ... Lower Parel hieß die Station, an der alle aus ihrem Waggon ausstiegen, bis auf einen Mann in Jeans und einer schwarzen Lederjacke. Nach kurzer Fahrt sah sie die Schilder für Mahalakshmi, den nächsten Bahnhof. Innerlich stöhnte sie, war es noch weit bis Churchgate? Sie hatte jedes Gefühl für die Entfernung verloren. Die Schmerzen nahmen zu; ihr ganzer Schenkel pochte. Aber da war noch etwas, was sie störte; sie konnte sich nicht konzentrieren; irgendetwas in ihrem Unterbewusstsein beunruhigte sie, aber sie wusste nicht, was es war. Sie war doch in Sicherheit, der Wind tat gut, bald würde sie im Hotel sein. Aber etwas stimmte nicht, und als der Zug in den Bahnhof rollte, wurde ihr ungutes Gefühl immer stärker. Der Mann in der Lederjacke hatte sich erhoben und war näher zu ihr getreten, als Cora an die offene Tür trat, um bessere Luft zu atmen. Der Zug fuhr in die Station ein und verlangsamte die Geschwindigkeit. Cora wusste nicht warum, aber etwas nagte an ihr, etwas hatte sie registriert, ohne es genau zu verstehen.

Als der Zug bremste, aber noch zu schnell fuhr, um abzuspringen, sah Cora zerstreut einer Frau in einem leuchtend roten Sari nach. Was für eine wunderschöne Farbe, dachte sie. Und dann, unvermittelt, war alles klar. Der rote Sari hatte in ihrem Hirn die Verbindung zu dem geschaffen, was nur ihr Unterbewusstsein registriert hatte: Der rote Hemdkragen unter der Lederjacke des Mannes neben ihr. Sie schlug ihm mit dem Ellbogen in den Magen, und bevor dieser sich von seiner Überraschung erholt hatte, gab sie ihm einen Stoß nach hinten, sodass er krachend auf eine Bank fiel und sich den Kopf an einer der Haltestangen stieß. Cora nahm allen Mut zusammen und sprang vom inzwischen langsamer gewordenen Zug auf den Bahnsteig. Ihr verletztes Bein knickte sofort weg, und sie stürzte, aber es gelang ihr, sich halbwegs sicher abzurollen und auf der Seite liegen zu bleiben. Rasch erhob sie sich unter den erstaunten Blicken der Umstehenden; manche lachten auch, da sie es amüsant fanden, dass die Ausländerin offensichtlich nicht in der Lage war, elegant aus einem fahrenden Zug zu springen. Cora humpelte so schnell wie möglich in die Sicherheit der Menschenmassen, die sich die Treppen empordrängelten.

Wie hatte er es geschafft, sie zu entdecken? Schlimmer noch, wieso hatte sie das nicht früher bemerkt? Was war sein Plan gewesen? Vielleicht wollte er sie aus dem Zug stoßen; aber nein, das hätte er längst machen können. Sie wusste es nicht, aber jetzt musste sie schon wieder entkommen, und weit würde sie mit dem Bein nicht laufen können. Ein Taxi wäre am besten, aber der Typ war nicht weit hinter ihr, und wenn sie keines fand oder keines anhielt, wäre sie ihm auf der Straße ungeschützt ausgeliefert. Nein, sie musste sich verstecken. Aber wo?

Cora wurde mit den anderen Passagieren, die sich wie immer in einem dichten Pulk zum Ausgang bewegten, hinausgespült. Sie blickte nach links und rechts, was war besser? Spontan rannte sie nach links, die Straße entlang. Schon nach wenigen Metern ging die Straße in eine Brücke über. Cora humpelte hinauf und auf der anderen Seite hinunter. Da, von der Brücke führte eine kleine, unscheinbare Treppe hinunter in ein Gewirr von Gassen. Gebückt und hoffend, dass er sie nicht gesehen hatte, schlich sie die Treppe hinunter. Sie wandte sich nach links, mehrere Frauen saßen dort auf Stühlen und spielten mit ihren Kindern in der Sonne. Gegenüber warb ein Frisörladen mit einem großen Schild um Kunden; genau genommen war es kein Ladengeschäft, sondern ein Mann saß auf einem Stuhl in der Sonne, während ein anderer ihm die Haare schnitt. Weiter, nur weiter. Sie bog nach links ab.

Und betrat, ohne es zu wissen, das Labyrinth der Dhobi Ghats, die größte »Open-Air«-Wäschereianlage Mumbais und wahrscheinlich der ganzen Welt.

37. Kapitel

Schon nach wenigen Schritten hatte Cora völlig die Orientierung verloren. Ein Gewirr von mit schiefen Steinplatten ausgelegten Wegen führte zwischen zahllosen Waschtrögen aus Beton hindurch, etwa einen Meter hoch, gefüllt mit Wasser, mit undurchsichtigen Brühen, Laugen, Seifen; das Ganze wurde überragt von kunstvoll errichteten Hütten, die wiederum zwei- oder dreistöckig aufeinander zu balancieren schienen. Dazwischen, jede Sicht auf wenige Meter beschränkend, Wäscheleinen, die sich unter der Last von Hunderten von weißen, nicht voneinander zu unterscheidenden Hemden bogen; Saris, meterlang, flatterten im Wind; auf den Wegen liefen die Wäscher, die sich hier um die Wäsche Mumbais kümmerten, mit nacktem Oberkörper und zumeist auch barfuß umher und schleppten riesige Säcke voller Schmutzwäsche heran, verteilten sie auf die Waschtröge und waren schon wieder verschwunden. Wo bin ich hier hingeraten, fragte sich Cora, als sie versuchte, einen Überblick über das Areal zu bekommen. Unmöglich; sie konnte nicht einmal abschätzen, ob es wenige Meter in jede Richtung waren oder Hunderte, über die sich das ganze Geflecht aus Betonmauern, Leinen, Hütten, gelegentlichen Waschmaschinen, spielenden Kindern und den vielen dunkelhäutigen und oft bis zur Hüfte in irgendwelchen Flüssigkeiten stehenden Menschen erstreckte.

Fast fing sie an zu verzweifeln. Sie wollte doch nur raus hier, ein Taxi nehmen und zu Ganesh ins Hotel! Das konnte doch nicht sein, dass sie jetzt, gerade der Gefahr der Hütte (und ihres Mitbewohners) im Slum entkommen, schon wieder in etwas hineingeraten war, was sie immer weiter von Ganesh zu entfernen schien. Was um Himmels willen war das? Noch nie hatte sie so viel Wäsche auf einer Fläche gesehen, weder die riesigen Säcke, die von den kleinen, schmächtigen Männern getragen wurden, noch die Wäscheleinen voller Hemden, die irgendwo im Gewimmel der Hütten verschwanden. Aber es blieb keine Zeit zum Nachdenken, sie musste sich verstecken, schon wieder, aber wo? Dunkle, misstrauische Blicke trafen sie; hier hatten fremde Frauen, eine Ausländerin noch dazu, nichts verloren. Beinah wäre sie gestürzt, als sich ein Wasserschwall aus einem Seitenweg über ihre Füße ergoss, eine grau-weiße Flüssigkeit, Schmutzwasser wohl. Sie konnte sich noch an einem Eisenstab festhalten, der aus einer Betonwand ragte; aber dann konnte auch Cora sich nicht mehr auf den Beinen halten. Ihr Schenkel schmerzte unerträglich, es war so heiß, sie war so müde, sie wollte sich endlich ausruhen. Hinsetzen, anlehnen, am liebsten an Ganesh. Stattdessen musste sie durch Mumbai rennen, erst der Slum, jetzt diese Großwäscherei oder was auch immer dies war. Cora ließ sich langsam auf den Boden gleiten, irgendwie war ihr auf einmal alles egal.

Ein paar spielende Kinder blickten neugierig auf sie herab. Was war das? Eine Frau saß auf dem Boden, wollte sie mitspielen? Da kam ein Mann, bekleidet nur mit einem Dhoti, der Oberkörper nackt, barfuß; mit einem harschen Befehl verscheuchte er die Kinder und betrachtete Cora. Er sah eine

Ausländerin, die, offensichtlich verletzt, auf dem Boden saß und mit müden Augen zu ihm emporsah. Mit einer Geste bedeutete er ihr aufzustehen und mitzukommen; als er aber sah, wie sie sich bemühte, sich mit zusammengebissenen Zähnen an der Stange emporzuziehen, half er ihr vorsichtig und so sanft, als habe er Angst, sie könne zerbrechen. Trotz seines ausgemergelten Körpers war er unglaublich stark und zog sie mühelos empor. Cora nahm die Hilfe dankbar an und stützte sich auf ihn; gemeinsam humpelten sie an den Kindern vorbei, die sie mit aufgerissenen Augen anstarrten. Sie gingen einen der vielen Wege entlang, die durch das scheinbare Chaos führten, kamen um eine Biegung und standen vor einer der Hütten oder Behausungen. Sie war aus Beton gebaut, stabil, hatte keine Tür, und es war so dunkel drinnen, dass Cora keinen Meter hineinsehen konnte. Absolute Dunkelheit, dachte sie, wie kann man dort wohnen? Aber der Mann zog sie unbeirrbar weiter hinein, und sie folgte, unfähig, sich dagegen aufzulehnen. Und warum auch? Er schien ihr helfen zu wollen, sie vertraute ihm instinktiv.

Der Boden des Raumes bestand aus festgestampftem Lehm; der Raum selbst war vielleicht drei Meter breit, wie Cora erkannte, als sich ihre Augen an die Dunkelheit zu gewöhnen begannen. An der hinteren Wand, vier oder fünf Schritte entfernt, sah sie – wie auch an den Seitenwänden – Regale. Einfache, unbehauene Holzbretter, schwarz vor Dreck und Ruß und Staub, und darauf standen Metallboxen. Auch sie glänzten vor Fett und Dreck. All das nahm Cora mit einem Blick wahr, ohne es wirklich zu registrieren, es war ihr egal. Der Mann legte sie vorsichtig auf den Boden, auf eine Decke, die dort zusammengerollt lag, und trat dann einen Schritt zurück, als wolle er sein Werk betrachten. Cora sah ihn dankbar an, aber obwohl sie am liebsten eingeschlafen wäre vor

Erschöpfung, wusste sie doch, dass sie etwas unternehmen musste. Sie richtete sich auf und sagte, während sie Daumen und kleinen Finger der rechten Hand an ihr rechtes Ohr hielt und so die international verständliche Geste des Telefonierens nachahmte: »Mobile? I need a mobile phone!«

Der Mann nickte sofort eifrig, das schien er verstanden zu haben. Er legte seinen rechten Zeigefinger auf seine Lippen, um ihr zu bedeuten, sie solle ruhig sein; dann verließ er den Raum und war verschwunden. Ob er wiederkommen würde? Ob er ihr helfen würde oder doch eher dem Typ mit dem roten Hemd, der hinter ihr her war? Cora lehnte sich an die dreckige Wand und streckte vorsichtig ihr Bein aus. Der Schmerz war höllisch, aber mehr Sorge als der Schmerz bereitete ihr die Gefahr, dass Dreck in die Wunde geriet. Aber hier, wo sie jetzt lag, in einem fast schwarzen Raum irgendwo in dieser Wäscherei, gab es nichts, womit sie ihre Wunde hätte reinigen können. Und allein wollte sie es nicht riskieren hinauszugehen. Sie hörte das Rufen der Kinder, den Lärm der Menschen, die draußen ihrer Arbeit nachgingen, fröhliches Lachen und Befehle, und immer wieder kam jemand direkt vor der Tür draußen vorbei und ging weiter, ohne einen Blick in die Hütte zu werfen.

Sie schrak zusammen, als der Mann plötzlich wieder im Raum stand. Er lächelte, beugte sich zu ihr nieder und reichte ihr ein Glas mit heißem Tee. Dankbar nahm Cora es entgegen und schlürfte das süße Getränk; als sie spürte, wie es ihr die Kehle hinabfloss, war dies ein wunderbares Gefühl. Warm und wohltuend; nach alldem, was sie erlebt hatte, schien es ihr wie eine innere Liebkosung.

Dann fasst der Mann an seine hintere Hosentasche und holte ein Handy hervor, ein neues Modell eines japanischen Herstellers. Rasch griff Cora danach und wollte schon Ganesh anrufen, als ihr einfiel, dass sie seine Nummer ja nicht auswendig konnte! Sie hatte alle Nummern in ihr eigenes Handy eingespeichert, aber auswendig? Hier in Indien? Voller Verzweiflung schossen ihr die Tränen in die Augen. Was sollte sie jetzt tun? Barbaras Nummer konnte sie ebenso wenig, auch nicht die von Rahul oder dem Professor. Sie kannte niemanden in Indien, den sie hätte anrufen können. Der Mann vor ihr schien ihre Verzweiflung zu spüren, er setzte sich neben sie auf den Boden, als könne er sie so unterstützen. Was sollte sie tun?

Fischer! Ihr Chef in Deutschland! Ja, natürlich, den rief sie ständig an, dessen Nummer kannte sie. Aber konnte sie von diesem Handy aus ins Ausland telefonieren? Sie musste es versuchen. Cora wählte rasch die Ländervorwahl für Deutschland und dann die ihr vertraute Nummer. Eine Stimme sagte etwas in einer indischen Sprache, Cora verstand nichts. Sie reichte dem Inder das Handy, und er lauschte kurz; dann schüttelte er den Kopf. Das ging also auch nicht! Was nun? Cora dachte angestrengt nach. Sie konnte nur deutsche Nummern auswendig; aber ins Ausland telefonieren ging nicht, dafür war dieses Handy offensichtlich nicht freigeschaltet. Also gut, sie würde eine SMS versuchen.

Aber ... wo war sie? Was sollte sie schreiben?

Hallo, Herr Fischer, ich wurde entführt, in einem Slum in Mumbai festgehalten, konnte mithilfe eines Skorpions fliehen und weiß jetzt nicht, wo ich bin?

Das war wohl keine gute Idee. Cora überlegte, dann fragte sie den Mann vor ihr: »Where am I? What is this?«

»This Dhobi Ghat, Miss!«, kam die Antwort sofort zurück. Aha. Dhobi Ghat. Nun gut, Ganesh würde damit sicher etwas anzufangen wissen. Also schrieb sie an ihren Chef in Deutschland, an den Leiter des Ingenieurbüros in Koblenz, für das sie arbeitete: *Hallo, Herr Fischer, bin noch in Mumbai, schreiben Sie bitte Ganesh, dass ich in Dhobi Ghat bin? Er soll mich abholen! Ich erkläre das später, danke und Gruß, Cora.*

Mehr konnte sie nicht tun. Sie drückte auf *Send*, aber die SMS ging nicht raus, der Balken, der die Übertragung anzeigte, blieb nach der Hälfte der Strecke stehen. Cora wollte ihrem Retter gerade das Handy zurückgeben, als eine massige Gestalt plötzlich den Eingang zu dem Raum, in dem sie sich befanden, verdunkelte. Sie sah nur einen schemenhaften Umriss, aber der Mann, der sie hierhergebracht hatte, drehte sich um und fiel vor Schreck vor dem, was er da erblickte, auf die Knie. Mit einem einzigen Befehl wurde er aus dem Raum geschickt. Die im Dunkel nicht zu erkennende Gestalt näherte sich jetzt Cora.

Cora hatte keine Waffe, nichts, womit sie sich hätte verteidigen können. Ihr Oberschenkel schmerzte und pochte, aber sie drehte sich rasch auf die Seite und stand auf, so schnell sie konnte. Kaum stand sie, an die Rückwand des Raumes gepresst und nur mit dem Handy in der Hand, das sie dem Angreifer wohl kaum an den Kopf werfen konnte, als sie eine Stimme vernahm: »Hallo, Dr. Remy. Möchten Sie mich noch einmal schlagen? Mit dem Handy diesmal?«

38. Kapitel

Langsam, allmählich? Oder Big Bang, in einem einzigen, gewaltigen Akt? Er lächelte, ein schönes Gedankenspiel. Mehr Aufmerksamkeit würde der Big Bang generieren; reizvoller war das Langsame, erst adagio, dann andante, vielleicht war Zeit für andantino, dann presto, die Kontrolle verlierend, ma non troppo, dann schließlich prestissimo. Finale furioso. Ja, das war gut.

Die Vorbereitungen waren getroffen, alles an seinem Platz. Sein Astrologe hatte ihm nochmals bestätigt, wie glückverheißend der ausgewählte Termin war. Die Ingenieurin war aus dem Weg geräumt, ihr Freund war zu diesem Zeitpunkt auch keine Gefahr mehr. Alles war bereits vorbereitet.

Nachdenklich schaute er auf die Statue, die, von einem durch das geöffnete Fenster hereinbrechenden Sonnenstrahl getroffen, plötzlich aufblitzte. Nataraja, der Tanzende, Zerstörer und Bewahrer in einem. Er würde zerstören und somit im gleichen Akt bewahren. Liebevoll strich er über den Strahlenkranz, der den tanzenden Shiva umgab. Er hatte die Figur erst vor Kurzem erworben; Chola-Dynastie, 11. Jahrhundert. Ältere Exemplare eines Nataraja waren nicht auf dem Markt, auch in Museen gab es nichts aus wesentlich früheren Zeiten. Er besaß ein unschätzbar wertvolles Exemplar. Es hatte nicht nur der finanziellen Mittel bedurft, sich diese Statue zu sichern; die Versteigerung war nicht offiziell erfolgt. Nur Eingeweihte waren geladen, vermögende Personen, die auch die richtige Einstellung besaßen. Nur über das Darknet kommunizierten sie; alles andere wäre zu gefährlich gewesen. Aber er hatte diese Statue haben müssen, Nataraja, Sinnbild all dessen, wovon er immer geträumt hatte. Und in Kürze würde es wahr werden.

Wieder traf ein Sonnenstrahl auf die Bronze. Shiva schien ihm zuzuzwinkern. Er wusste dieses Zeichen zu deuten. Es würde ein großer Sieg werden. Morgen schon.

Finale furioso. Er hatte sich entschieden.

39. Kapitel

Cora blinzelte, um das Gesicht zu erkennen. Aber die Worte waren eindeutig gewesen. Der Sandlord, der Mafiaboss von Mumbai, der Mann, den sie zwar gesucht, aber dann erst mal geohrfeigt hatte, bevor sie mit ihm reden konnte, stand vor ihr. Und er versperrte den Eingang bzw. für sie den Ausgang aus dieser menschlichen Waschanlage.

Cora ließ das Handy sinken, das sie wie zur Abwehr vor sich gehalten hatte. »Nein, ich ... ahhh!« Bevor sie weitersprechen konnte, durchfuhr wieder ein Stich ihr Bein, und sie sackte zusammen. Mit einem Schritt war Khan bei ihr und fing sie auf, bevor sie auf den Boden prallte. Langsam legte er sie auf den Boden und setzte sich dann genau vor sie.

Cora sah ihn an. »Werden Sie nicht schmutzig, hier in diesem Dreck?«, fragte sie spöttisch, nachdem sie ihren Schock über dieses Zusammentreffen überwunden hatte. »Ihre schöne Kurta!«

Khan betrachtete sie, ohne ein Miene zu verziehen. »Ihnen geht es ja noch ganz gut, dass Sie schon wieder frech werden, hm?«, meinte er ruhig. »Aber keine Sorge. Ich werde schmutzig, ja, aber für mich ist das nicht schlimm. Ich bin hier aufgewachsen, das hier sind meine Wurzeln. Diese Art Dreck ist mir vertraut, und ich schäme mich nicht dafür. Nicht jeder ist wie Sie, Frau Remy, im Luxus eines der reichsten Länder der Welt aufgewachsen! Nicht jeder hatte zu Weihnachten das Problem, zu viele Spielsachen geschenkt bekommen zu haben! Sich mal wieder überfressen zu haben vor lauter Gans und Alkohol und Süßigkeiten! Nein, das war nicht meine Kindheit. Für mich war Weihnachten oder jedenfalls ein Festtag, wenn es überhaupt etwas zu essen gab. Dass meine Mutter dafür mal wieder hungerte, wusste ich nicht. Und saubere Wäsche hatte ich die ersten zwanzig Jahre meines Lebens praktisch nie an. Ich bin hier aufgewachsen, Frau Remy, gar nicht weit von hier, in Dharavi. Mein Vater hat hier gearbeitet, als Wäscher, sein Leben lang. Hier habe ich gespielt, wir planschten in der Lauge, weil wir nichts über die Chemikalien wussten, die hier verwendet werden, wir kämpften um Wäschereste, mit den anderen Kindern, die auch Hunger hatten, die auch nichts zum Anziehen hatten. Also, nein, keine Sorge um meine Kurta, das ist schon okay!«

Er sah sie ganz ruhig an, hatte auch seine Stimme nicht erhoben, und der Vorwurf, den er ihr gemacht hatte, traf sie umso tiefer. So meinte ich das nicht, wollte Cora schon erwidern, aber dann fiel ihr auf, wie dumm so ein Satz gewesen wäre. Sie wusste doch gar nichts über ihn, über sein Land, hatte sich aber über ihn lustig gemacht. Natürlich würde sie nie ermessen können, was es hieß, hier aufzuwachsen, Hunger zu haben, täglich ums Überleben kämpfen zu müssen.

»Wo bin ich denn hier?« Sie klang jetzt recht kleinlaut, um aus der Defensive zu kommen.

»Dhobi Ghat Mumbai«, erwiderte er trocken. »Steht im Guinness Buch der Rekorde als größte Waschanlage der Welt, in der Menschen die Wäsche mit der Hand waschen. Ich schätze, sechstausend bis siebentausend Menschen arbeiten, wohnen, leben hier. Sie arbeiten vierzehn Stunden am Tag und reinigen alles, was aus den umliegenden Hotels der Stadt, aus den Clubs, den kleineren Wäschereien an Wäsche hergebracht wird. Hemden, aber auch Bettwäsche, Krankenhauslaken, alles. Waschen, schrubben, färben, bleichen, bügeln, eben alles. Sehr beeindruckend, vor allem für deutsche Touristen.« Er blickte sie durchdringend an. »Sie stehen den ganzen Tag, stundenlang, in diesen Waschtrögen aus Beton, in der Lauge, in den Farben, und arbeiten. Das Bügeln erledigen meist die Frauen, aber nicht mit modernen Bügelmaschinen, wie Sie das in Deutschland haben, sondern mit alten Bügeleisen, die noch mit heißer Kohle befüllt werden. Die könnten Sie kaum hochheben, geschweige denn bewegen. Strom wäre zu teuer. Zehn Rupien pro gebügeltem Hemd zahlen die Hotels, vier davon bekommt die Frau, die tatsächlich bügelt, also können Sie sich vorstellen, wie viele Hemden jemand täglich bügeln muss, um zu überleben. Um seine Familie zu ernähren. Zweihundert mindestens. Und die Leute leben hier, in den kleinen, dunklen und fensterlosen Räumen, die Sie ja schon kennengelernt haben. Zehn bis fünfzehn schlafen in diesem Raum hier, in dem wir jetzt sind! In Schichten, einer kocht immer für alle. Jeder hat eine Metallbox, sehen Sie, da oben auf den Regalen, in der er seine persönliche Habe verstauen kann. Fünf Stunden Schlaf, dann geht es weiter. Jeden Tag, keine Pause, keine Ferien. Und dann das Gift; hier wird mit starken Bleichmitteln gearbeitet, um auch verschmutzte Hemden wieder weiß zu bekommen. Und die Krankenhauswäsche muss ja auch sterilisiert werden, auch das wird hier gemacht. Aber das sind gefährliche Arbeiten, das geht sehr rasch auf die Gesundheit. Eine mühevolle Arbeit, aber wir Inder sind fleißig. Die Stadt schätzt den jährlichen Umsatz auf hundertfünfzig Millionen Dollar! Bei wenigen Rupien pro gewaschenem Hemd muss man da ganz schön schuften.«

Er schwieg.

Cora sah ihn an. »Sie sagen das so sachlich!«, fauchte sie mit wiedergewonnener Courage. »Hier geht es um Menschen! Wie können Sie so ruhig bleiben, Sie sind so unglaublich reich, und hier leiden die Kinder, und die Menschen in Dharavi leben unter furchtbaren Umständen. Ich habe da vorhin ein Kind gesehen … Vielleicht neun oder zehn Jahre alt. Das stand in einem dieser finsteren Gänge, die völlig verqualmt sind von den Dämpfen, von dem Ruß. Es rührte irgendetwas in einem Topf herum. Ein absolut surreales Bild. Es war kaum älter als Ihr Sohn, können Sie sich das vorstellen? Kinderarbeit unter furchtbaren Umständen! Das sah aus wie auf den Bildern aus der Zeit der industriellen Revolution, die ich in der Schule gesehen habe … grauenhaft!« Sie schwieg erschüttert. Der Anblick des Kindes, das da in verdreckten Kleidern an diesem riesigen Topf gestanden und darin gerührt hatte, war ihr sehr nahegegangen.

»Mumbai ist unbarmherzig!« Khan blieb gelassen. »Das Kind wird wohl auch später hier arbeiten, wie sein Vater und vielleicht sein Großvater schon. Aber es hat Arbeit, es kann essen, es kann wohnen. Es hat ein Dach über dem Kopf und ein Auskommen. Das ist mehr, als Hunderttausende von Menschen in Mumbai haben, von den Millionen in ganz Indien ganz zu schweigen.«

»Und«, fuhr Cora dazwischen, »was machen Sie denn, um Ihren Mitmenschen zu helfen? Sie haben es geschafft, und ich rede noch nicht von den Mitteln, mit denen Sie das erreicht haben! Ist es nicht besser fürs Karma, wenn man ein guter Mensch ist? Rechnet sich doch, oder? Also, was tun Sie?«

Khan blickte sie an, wieder mit diesem ruhigen Blick, ohne jede Aggression. »Werden Sie ruhig polemisch, damit kann ich umgehen. Aber Sie wohnen ja auch im *Taj Hotel*, nicht wahr? Was hat denn das Abendessen gekostet, bei dem Sie gerade saßen, bevor Sie mich geohrfeigt haben? Hätten Sie von dem Geld nicht auch besser etwas für die Armen getan, die vor dem Hotel stehen und betteln? Na, sehen Sie! So einfach ist die Welt nicht. Es gibt überall auf der Welt Armut und Reichtum, auch bei Ihnen in Deutschland. Vielleicht sind die Unterschiede nicht so groß, aber auch Sie haben Tafeln, an denen die Armen anstehen und um Essen bitten. Oder? Und es werden immer mehr, habe ich gelesen. Und was machen Sie? Ich lasse mir meinen Reichtum nicht vorwerfen; ich habe hart dafür gearbeitet, ich bin in Dharavi aufgewachsen! Erzählen Sie mir mit Ihren zwei Tagen Erfahrung Mumbai nicht, was Armut ist! Das ist doch die eigentliche Arroganz; Sie kommen hierher, haben keine Ahnung von uns, von diesem Land, diesen Menschen, aber gleich Ideen, wie man alles besser machen kann. Ich habe viele europäische Kunden, die kommen immer mit Ideen, hier müsste man mal aufräumen, die Leute zwingen, die Straßen zu kehren, man könnte, man sollte, man müsste … Und natürlich sind die Reichen schuld daran, dass viele arm sind. So einfach ist das nicht. Auch ich tue viel für die Gesellschaft, ich spende an viele Institutionen, habe selbst ein Waisenhaus in Mumbai aufgebaut. Aber die Armut kann auch ich nicht besiegen, das ist die Aufgabe der Regierung. Und jedes Einzelnen, der arm ist; ich habe es schließlich auch geschafft!«

Jetzt war auch er laut geworden. Cora hatte ihn wohl an einer empfindlichen Stelle getroffen, dachte sie.

»Wieso sind Sie eigentlich hier?«, fragte sie jetzt, als ihr das Absurde ihrer Situation bewusst wurde. Da saß sie (Gefangene oder in Freiheit?) in einem schmutzigen Verschlag irgendwo in dieser Megacity, und unterhielt sich in aller Ruhe mit dem mächtigen Mafiaboss über Armut und Menschenrechte: als ob sie nicht verletzt wäre, zu Ganesh zurückkehren wollte, verstehen wollte, wie das alles eigentlich zusammenhing!

»Sie haben mich doch verfolgen lassen, haben mich entführt, hatten meinen Freund Ganesh sogar gefoltert, ihn im Krankenhaus in Agra fast getötet – was soll das alles? Was haben Sie jetzt mit mir vor? Intellektuelle Gespräche führen, um Ihr Gewissen zu beruhigen, und mich dann doch noch entsorgen?«

Langsam schüttelte Khan den Kopf. »Sie verstehen das nicht. Ich gehe hier meinen Geschäften nach, und dann kommt so ein Ingenieur, der sich um den Taj kümmern soll, und mischt sich plötzlich in Dinge ein, die ihn nichts angehen. Er hat Informationen über den Sandhandel eingeholt, er hat mit Journalisten gesprochen, und das kann ich gar nicht gebrauchen. Und da haben meine Leute sich eben darum gekümmert; ich wusste zunächst nichts davon. Ich habe andere Sorgen, glauben Sie wirklich, ich kümmere mich um jeden kleinen Ingenieur, der sich für schlau hält? Ich war zu der Zeit in Malaysia, dann war ich in Singapur, nächste Woche habe ich einen Termin in Beijing. Auch China braucht Sand, massive Mengen sogar, um im Südchinesischen Meer Inseln zu bauen und Fakten zu schaffen. Und ich kann den Chinesen helfen, ihn zu bekommen. Das wird mein größtes Projekt; ich werde den Chinesen helfen, ihre Anwesenheit im Südchinesischen Meer auszubauen! Sehr lukrativ, kann ich nur sagen! Sand ist ein Produkt, mit dem gehandelt wird, so einfach ist das. Angebot und Nachfrage. Ihr Freund kam uns in die Quere, und gut, vielleicht haben sie ihn etwas hart angefasst. Aber als wir bemerkten, dass Sie sich auch noch einmischen, dass Sie einfach nicht aufgeben, da mussten wir weitere Maßnahmen ergreifen.«

»Maßnahmen?«, explodierte Cora jetzt. »So nennen Sie das, wenn Sie eine unschuldige Familie überfallen, in Jaisalmer? Maßnahmen?«

Khan zuckte mit den Schultern. »Tut mir leid für Ihre Freundin, aber ich sagte schon, Sie kamen uns in die Quere. Mein Neffe hat das übernommen, und ja, das war unnötig. Er muss noch viel lernen. Tatsache ist, dass Sie sich in Dinge einmischen, die Sie nichts angehen. Ich habe Sie nach Pune fliegen lassen, damit Sie nach Hause, nach Deutschland zurückkehren! Und was machen Sie? Kommen nach Mumbai, in meinen Slum, und jetzt sind Sie hier und machen mir Vorwürfe? Wer hat Sie gebeten hierherzukommen? Was geht Sie denn der Sand an, mit dem ich mein Geld verdiene?«

Innerlich kochte es in ihr, aber Cora zwang sich, ruhig zu bleiben. Dieser Mann war ein Verbrecher, und das würde er auch bleiben. Immerhin war er beherrscht und sachlich, er diskutierte mit ihr, und es stimmte ja auch, dass sie sich mal wieder in etwas eingemischt hatte, das sie nichts anging.

»Was heißt das, Sie haben mich nach Pune fliegen lassen? Was hatte das mit Ihnen zu tun? Wo ist Anshu? Was haben Sie mit ihm gemacht? Was machen Sie jetzt mit mir?« Cora funkelte ihn an.

»Frau Remy, meine Leute haben Sie und Ihre Freunde quer durch Indien verfolgt, und ich weiß auch, was sie mit Ihnen gemacht hätten, wenn ich mich nicht eingemischt hätte. Sie wären jetzt nicht hier, glauben Sie mir. Ich möchte keinen Ärger mit den Behörden, mit den Medien, und eine Ausländerin, der hier in Indien etwas geschieht, ist nicht gut fürs Geschäft. Also habe ich sie zurückgehalten; sie sollten Ihnen und Ihrem Freund Angst machen, mehr nicht. Und glauben Sie wirklich, irgendein Offizier in Jaisalmer würde Sie persönlich nach Pune fliegen? Das geschah nur, weil ich das so angeordnet habe. Wir hatten Sie die ganze Zeit im Visier, und ich habe dafür gesorgt, dass Sie da rauskommen. Ich hatte wirklich geglaubt, Sie hätten genug von Indien und würden nach Hause fliegen. Aber Sie können es nicht lassen, Sie machen immer weiter! Meine Leute hätten Sie längst erledigt, glauben Sie mir. Sie sind doch unwichtig, einfach nur ein Ärgernis, mehr nicht.

Aber jetzt, nachdem Sie meinem Sohn das Leben gerettet haben, habe ich beschlossen, Sie in Ruhe zu lassen. Sie können gehen. Ich bin Ihnen das schuldig. Mein Sohn ist mein Leben. Gehen Sie, und wir sind quitt. Und bitte, Frau Remy: Kommen Sie mir und meinen Geschäften nie mehr in die Quere. Nochmals werde ich nicht so gnädig sein. Sand ist ein weltweites, ungemein lukratives Geschäft. Und Sie, Frau Remy, werden das nicht ändern. Ich habe noch ganz andere Pläne, und in den nächsten Tagen werden Sie hören, was alles möglich ist. Und nötig, jedenfalls aus der Sicht mancher Menschen. Ich teile das nicht alles, aber das geht Sie auch nichts an. Fahren Sie nach Hause, reden Sie darüber, es wird ohnehin niemanden interessieren. Die Menschen haben andere Sorgen, und Sand gehört sicher nicht dazu. Ihr Freund soll seiner Arbeit am Taj Mahal nachgehen, solange das … egal. Aber er soll sich nicht in meine Angelegenheiten einmischen. Habe ich mich klar ausgedrückt?«

Cora sah ihn stumm an. Sie konnte gehen? Damit hatte sie nicht gerechnet. Es war vorbei. Die Jagd quer durch Indien war vorbei. Khan würde sie in Ruhe lassen, wenn sie sich aus dem Thema Sand heraushielt. Und er hatte recht, wenn er sagte, dass die Menschen, denen sie davon erzählen konnte, andere Sorgen hatten. Sie würde dennoch darüber sprechen, zu Hause, in Deutschland, allerdings würde sie ein weltweites Geschäft, in das Regierungen zahlreicher Länder involviert waren, nicht beenden können. Aber sie konnte den Finger in die Wunde legen, konnte versuchen, dem Thema mehr Beachtung zu verschaffen. Erst mal musste sie hier raus, sie wollte zu Ganesh, und sie musste dringend zu einem Arzt.

»Aber ... aber die Menschen hier? Die unmenschlichen Arbeitsbedingungen, unter denen Sie den Sand schürfen lassen, damit können Sie leben?« Cora hatte noch nicht aufgegeben. »Sie haben es geschafft, und ich akzeptiere die Leistung, sich aus diesem grauenhaften Slum emporgearbeitet zu haben zu Ihrem Reichtum. Aber die Mittel, die sind inakzeptabel, und damit ist alles inakzeptabel, was Sie erreicht haben!«, fuhr Cora fort und sah Khan dabei direkt in die Augen. »Sie haben es nur auf dem Rücken anderer Menschen erreicht, Sie lassen andere für sich leiden, und das kann ich nicht hinnehmen. Ich bin erst seit Kurzem hier, in diesem so ungemein faszinierenden Land, richtig. Ich habe nicht viel von Indien verstanden, auch das gebe ich zu. Aber wenn auch nur etwas davon stimmt, wenn es tatsächlich so ist, dass man hier glaubt, sein nächstes Leben beeinflussen zu können, dann, Mr. Khan, sehe ich schwarz für Ihr nächstes Leben! Sie sind kein guter Mensch, auch wenn Sie das vielleicht glauben, weil Sie mich jetzt freilassen. Arbeiten Sie an Ihrem Karma!«

Draußen waren das Geschrei und Gerufe lauter geworden; Cora hörte, wie einzelne Stimmen etwas riefen, und es schien, als ob sich mehrere Menschen dem Eingang näherten. Kinder rannten aufgeregt vorbei, laut rufend, und plötzlich stand der Mann in der Tür, der sie hierhergebracht hatte. Er sagte etwas zu Khan, es klang wie eine Entschuldigung. Dann wurde er beiseitegestoßen, und Ganesh trat in den Raum.

»Cora!«, rief er aus, als er sie erblickte. »Bist du okay? Los, komm!«

Cora hatte sich bei ihren letzten Worten mühsam erhoben und an der Wand abgestützt. Jetzt stand sie direkt vor Khan, der noch auf dem Boden saß. Sie blickte ihn direkt an. »Und bringen Sie Ihrem Sohn Schwimmen bei«, sagte sie leise. »Und den Respekt vor der Würde des Menschen. Vielleicht wird er dann ein besserer Mensch als Sie!«

Sie schob sich an ihm vorbei und fiel Ganesh in die Arme, der sie gerade noch auffangen konnte. Auf ihn gelehnt, humpelte sie hinaus, und sie ließen Khan, der noch immer nicht aufgestanden war, in der Behausung zurück. Gemeinsam verließen Ganesh und Cora Dhobi Ghat, vorbei an den Waschtrögen, an den Menschen, die unbeeindruckt weiterarbeiteten. Hier passierte viel, menschliches Leid und Freude, Glück und Unglück, darum konnte man sich nicht jedes Mal kümmern. Die Arbeit konnte nicht warten, die Kundschaft drängte.

Nachdenklich spielte Khan, der noch immer auf dem Lehmboden saß, mitten in Dhobi Ghat, wo sein Vater gearbeitet hatte, wo Khan als Kind gespielt hatte, mit seinen Manschettenknöpfen. *Sha*, das chinesische Zeichen für Sand, gefiel ihm. Er wusste nicht, warum, er vermochte die chinesischen Zeichen nicht zu lesen. Aber beim Kauf hatte er sich das Zeichen und seine Herkunft und Zusammensetzung erklären lassen. Auf der linken Seite sah er drei Striche, sie symbolisierten das Element Wasser, drei Wassertropfen eben. Rechts dann eine Strichabfolge, die »wenig« oder auch »klein« bedeutete. Also Sand als der Ort, an dem wenig bzw. kein Wasser war. Er mochte die inhärente Logik der chinesischen Zeichen. Kein Wasser. Trockenheit. Damit verdiente er Geld. Aber die Worte der Ausländerin hatten ihn getroffen: »... *vielleicht wird er dann ein besserer Mensch als Sie* ...«

Langsam erhob er sich und verließ die Hütte.

Als Cora und Ganesh auf der Straße waren, winkte Ganesh dem Fahrer, mit dem er gekommen war und der auf ihn gewartet hatte. Ganesh hatte Fischers Anruf erhalten, der ihm die seltsame SMS von Cora vorgelesen hatte, und war sofort losgefahren. Einmal an der Wäscherei angekommen, war es nicht schwer gewesen, Cora zu finden. Jeder wusste, dass da eine Ausländerin in einem der Räume lag und mit dem Sandlord sprach.

Auf der Rückfahrt saßen sie schweigend nebeneinander auf der Rückbank des Wagens. Cora lehnte erschöpft an Ganeshs Schulter. Es gab nichts zu sagen. Und das, worüber sie beide zu sprechen hatten, hatte Zeit bis zur Rückkehr ins Hotel.

40. Kapitel

ücken?«, rief Cora erstaunt aus. »Ausgerechnet Mücken? Wieso denn das?«

Ganesh lachte. »Da staunst du, was? Aber ja, leider stimmt es. Die derzeit größte Gefahr für den Taj Mahal stellen die Mücken dar. Zu Millionen setzen sie sich auf den Marmor, denn der Yamuna ist so verschmutzt, so tot, dass darin praktisch nichts mehr lebt. Die Mücken haben keine Feinde, sie können sich beliebig vermehren. Und das Wasser oder besser diese Brühe da unten«, er zeigte mit dem Finger nach vorn, wo sich ein trübes Rinnsal in der Mitte des Flussbettes entlangschlängelte, »besitzt einen sehr hohen Phosphatgehalt. Das lieben die Viecher wohl, und die Hitze bis fünfzig Grad halten sie gut aus. Der Marmor des Taj färbt sich grünlich von den Ausscheidungen der Mücken, ein echtes Problem. Und chemisch reinigen kann man ihn nicht, also versuchen die Fachleute es auf die natürliche Art. Der ganze Taj, angefangen mit der Kuppel, bekommt eine Schlammpackung verabreicht; der Schlamm trocknet und zieht den Schmutz aus dem Marmor. Danach ist er wieder blendend weiß.«

»Beeindruckend!«, meinte Cora und lehnte sich, behaglich seufzend, an einen Felsen. Sie saßen im Mehtab Bagh, dem auf der dem Taj gegenüberliegenden Seite des Yamuna angelegten Garten, von dem aus sie vor wenigen Tagen mit Rahul zu ihrer nächtlichen Befreiungsaktion aufgebrochen war. Jetzt, am späten Vormittag, war es hier noch nicht so überfüllt; die meisten Touristen sahen sich jetzt den Taj an und kamen erst am Nachmittag auf diese Seite, wenn sie überhaupt die Zeit dafür aufbrachten.

Einige Bienen summten um sie herum, ein sanfter Wind war aufgekommen, und es war einfach ein herrlicher Tag. Ganesh hatte ihr versprechen müssen, sich aus der Sandmafia zukünftig herauszuhalten; die Drohung Khans war eindeutig gewesen. Dass Ganesh ausgerechnet Cora so etwas versprechen sollte, entbehrte nicht einer gewissen Ironie, da sie sich ja selbst ständig in Dinge einmischte, die sie nichts angingen.

Er reichte ihr die Tüte mit den Samosas, die sie sich als Snack mitgebracht hatten. Dann goss er aus einer Thermoskanne etwas Chai in ihren Becher. »Uns geht es gut!«, seufzte er wohlig. »Vor Kurzem noch halbtot geprügelt, verfolgt, du warst an der Grenze zu Pakistan, dann in Dharavi, schließlich deine Begegnung mit dem Sandlord – und jetzt sitzen wir hier in der Sonne, und alles ist gut!«

»Na ja«, frotzelte Cora mit einem Seitenblick auf sein Gesicht, das noch immer von blauen Flecken überzogen war. »Einen hübscheren Inder hätte ich schon gern dabei, aber was soll's, ich bin ja nicht anspruchsvoll …« Sie grinste. Ganesh knuffte sie in die Seite, und zusammen fielen sie lachend ins Gras.

Sie waren am Vorabend aus Mumbai kommend in Delhi gelandet und hatten am frühen Morgen die Autofahrt zum Taj auf sich genommen, um wenigstens einmal in Ruhe und gemeinsam die unwirkliche Schönheit des Mausoleums zu genießen. Auch musste Ganesh seine Arbeiten zur Statik des

Taj fortsetzen. Nach Coras Abenteuer in den Dhobi Ghats hatte Ganesh sie ins Hotel zurückgebracht; ein Arzt hatte ihre Wunde versorgt, und sie hatten sich, nach ausführlichen Erzählungen, von Barbara verabschiedet. Die musste wieder nach Deutschland zurück, und so hatten Cora und Ganesh den nächsten Flug nach Delhi genommen. Cora wollte ihm die Stelle zeigen, von der aus sie mit dem Boot übergesetzt hatten, und berichtete aufgeregt und haarklein jedes Detail.

Ganesh sah sie immer wieder liebevoll und voller Bewunderung von der Seite an. »Du bist unglaublich!«, sagte er. »Wie konnte ich dich nur finden? Unter allen Menschen dieser Welt, ausgerechnet dich …«

»Das verstehst du nicht, Ganesh!«, meinte Cora mit todernstem Gesicht. »Das nennt man Karma, weißt du, das kommt aus Indien. Alles ist vorherbestimmt. Und so war es dir vorherbestimmt, mich zu treffen. Aber auch Ganesh und Shiva. Die Kobra des Shiva, die dich, Shivas Sohn Ganesh, nicht tötete. Der Skorpion, den ich in der Hütte in Dharavi verschonte, und er hat mir dann den rettenden Ausweg gewiesen. Alles gehört zusammen …«

Sie lachten wieder. Es war friedlich, die Sonne, die Ruhe, der Taj genau vor ihnen. Und sie waren zusammen. Was konnten sie mehr verlangen? Als Ganeshs Handy piepte, reagierte er daher auch nicht. Er lag faul im Gras und hatte nur Augen für Cora. Aber das Handy gab keine Ruhe, und schließlich griff Cora danach. »Eine WhatsApp!«, sagte sie beiläufig. »Soll ich sie dir vorlesen?«

»Wenn es sein muss … Sicher fragt jemand nach, wann ich wieder zur Arbeit erscheine … klar, mach ruhig«, murmelte Ganesh.

»Also, hier steht … warte … oh, sie ist von der Archaeological Survey of India. *Freuen wir uns … mitteilen zu können …* ah!

Sie haben dir die Genehmigung erteilt, die Räume unterhalb des Taj zu besichtigen! Na toll, jetzt brauchen wir sie nicht mehr. Wir haben sie schon besichtigt, jedenfalls einen …«

»Und der reicht mir auch völlig!«, warf Ganesh rasch ein. »Mehr brauche ich nicht, danke.«

»Wieso? Du musst dich noch um das Thema Wasserdruck kümmern, und dafür wäre es schon wichtig, dass du mal hinuntersteigst.« Cora war mit einem Schlage wieder hellwach. Vergessen waren die Sonne, die Mücken, die Samosas. »Los, das machen wir. Ist doch spannend!«

»Wenn ich jetzt etwas nicht brauche, ist es Spannung!« Ganesh gähnte zufrieden und schloss seine Augen. Nach einer kurzen Weile öffnete er sie wieder. »Aber interessant wäre es natürlich schon … steht da etwas von dem Baoli?«

»Baoli? Was ist das? Nein, hier steht nur, die Räume … obwohl, Moment, hier: *Dies umfasst auch die Genehmigung zur Untersuchung des Baoli im Südturm!* Ganesh, was ist das?« Cora sah ihn neugierig an.

Ganesh stöhnte theatralisch. »Ich ahne Schlimmes …«, sagte er lächelnd. »Du gibst ja doch keine Ruhe … Ein Baoli ist eine Art Brunnen, meistens viele Stockwerke tief. Stufenbrunnen heißen sie genau genommen. In Indien sind das oft riesige unterirdische Bauwerke, die können viele Meter Kantenlänge haben, und dann gibt es stufenförmig Abgänge hinunter, um Wasser zu schöpfen. Es gibt sehr berühmte Baoli in Indien; manche, wie der Chandi Baoli in Rajasthan, aus dem neunten Jahrhundert müsste der sein, spielen sogar in Hollywoodfilmen eine prominente Rolle. Der zum Beispiel ist zwanzig Meter tief, und über dreitausend Stufen führen in absoluter Symmetrie hinunter, das kannst du im Film *Dark Knight* sehen! Aber im Taj Mahal ist es nur ein normaler Brunnen, der sich in einem der Südtürme des Taj befindet.

Die vier Minarette sind ja drei Stockwerke hoch, aber dieser Turm, und nur dieser eine, hat auch unterhalb der Grundlinien nochmals drei Stockwerke, und zu denen führt der Baoli hinunter. Er diente wohl zur Wasserversorgung unabhängig vom Yamuna in Zeiten großer Trockenheit. Es gibt ja vier achteckige Minarette um den Taj herum; die beiden Nordtürme zum Fluss hin haben Stufen, die in einer Öffnung der Sandsteinterrasse zum Fluss hinunterführen. Sie sind für Touristen gesperrt.«

»Wasserversorgung?«, fragte Cora erstaunt nach. »Wieso braucht ein Mausoleum denn eine Wasserversorgung?«

Ganesh warf ihr einen Blick zu. »Bitte, Cora, keine Verschwörungstheorien mehr! Was weiß ich, das ist nicht bekannt. Natürlich ist das seltsam, deswegen behaupten ja viele Menschen, der Taj sei kein Mausoleum, sondern ursprünglich ein hinduistischer Tempel gewesen. Weil es so viele Ungereimtheiten gibt. Wahrscheinlich war das Wasser nur für die Moschee gedacht, die sich dort befindet. Eine ganz einfache Erklärung.«

»Okay, aber wenn wir da runter dürfen … Los, komm, wir sehen uns das mal an!«, schlug Cora begeistert vor.

»Jetzt?« Ganesh war nicht angetan. »Wir liegen hier im Gras, die Sonne scheint, und du willst schon wieder da rüber?« Sehr überzeugend klang sein Widerstand nicht; auch ihn reizte die Idee, in den Turm hinunterzusteigen. Dafür war er schließlich beauftragt worden, und es war sehr selten, dass jemand eine Genehmigung erhielt, in den Baoli hinunterzusteigen.

Und so kam es, dass sie schon kurz darauf wieder auf dem Weg auf die andere Flussseite waren, diesmal aber nicht per Boot, sondern mit dem Wagen, den großen Umweg nehmend, der sie durch die halbe Stadt führen würde.

41. Kapitel

Diesmal mussten sie nicht vor dem Taj in der Schlange der Wartenden anstehen, wie bei Coras letztem Besuch, sondern gelangten dank Ganeshs Sonderausweis über einen Seiteneingang direkt auf das Gelände. Wie Millionen von Touristen vor ihnen und Hunderte gerade jetzt liefen sie Hand in Hand entlang des Wasserlaufs, der sich schnurgerade vom Eingang direkt auf das Mausoleum zu erstreckte. Die Perfektion der Perspektive wie auch die Symmetrie der gesamten Anlage waren berauschend; selbst Ganesh, der durch seine Arbeiten diesen Weg schon unzählige Male gegangen war, war immer wieder aufs Neue beeindruckt. Und jetzt lief er erstmals mit Cora diesen Weg!

Sie zogen sich, wie es vorgeschrieben war, weiße Stoffüberzüge über ihre Schuhe, um den weichen Sandstein und auch den Marmor nicht zu beschädigen. Dann erklommen sie rasch die Plattform, liefen aber nicht wie die meisten Touristen direkt nach rechts, zum Eingang ins Mausoleum, sondern weiter nach links, wo sich die Moschee befand. Am hinteren linken Ende der Plattform sah Cora eines der vier Minarette, die den Taj Mahal begrenzten, und direkt vor ihnen, am vorderen linken Ende der Plattform, den Südturm. Cora und Ganesh näherten sich dem Turm, dessen Zugangstür wie bei allen Minaretten fest verschlossen war. Der Zugang war seit Jahren für Touristen nicht mehr gestattet, da die schiere Menge der Schaulustigen das Bauwerk beschädigt hätte und auch die Sicherheit der Besucher beim Aufstieg nicht hätte gewährleistet werden können.

»Und wie kommen wir jetzt da rein?«, fragte Cora, die mit ihrer Sonnenbrille, den hellen Jeans und der bunten Bluse wie die perfekte Touristin aussah. Nach alldem, was sie in den letzten Tagen erlebt hatte, wollte sie auch durch den Freizeitlook deutlich Abstand gewinnen zu den Ereignissen, der Angst, dem Schmutz, einfach allem. Jetzt war sie nur noch hier, um freie Zeit mit Ganesh zu verbringen. Er sah das genauso und wünschte sich auch ihre blonden Locken wieder zurück, aber das würde noch etwas dauern. Jetzt sah er sich suchend um.

»Es muss hier irgendwo einen Wärter geben, der mir den Schlüssel aushändigen darf«, murmelte er vor sich hin. »Mal sehen, ich frage da drüben mal.«

Mit diesen Worten ging er hinüber zu der Moschee, wo sich ein Uniformierter auf einen Stuhl in den Schatten verzogen hatte und vor sich hin döste. Nach kurzem Wortwechsel mit ihm kehrte Ganesh zurück und schwenkte fröhlich lachend einen Schlüssel in der Hand.

»Alles klar, wir können!«, rief er ihr zu. Er steckte den schweren Eisenschlüssel in das Schloss der Holztür, die sich problemlos öffnen ließ, und ging voran. Drinnen herrschte ein angenehmes Halbdunkel, aber sie mussten ihre an die grelle Sonne gewöhnten Augen erst eine Weile an die Lichtverhältnisse adaptieren, bevor sie etwas sehen konnten. Durch Maueröffnungen in großer Höhe fiel genug Licht herein, sodass Ganesh die Tür hinter sich schloss. Sicherheitshalber schloss er von innen ab, um keine weiteren unerwünschten Besucher hineinzulassen. Die plötzliche Stille war wohltuend nach dem Lärm draußen, wo sich die Touristenströme über das ganze Areal verteilten.

Als Cora und Ganesh sich an die Lichtverhältnisse gewöhnt hatten, erkannten sie, dass sie direkt vor einem schmalen, hüfthohen Geländer aus Stein standen. Zu ihrer Linken wand sich eine Treppe nach oben; das war der früher öffentlich zugängliche Aufgang in die oberen Stockwerke des Minaretts. Vor ihnen aber, auf der anderen Seite des Geländers, ging es in die Tiefe; ein Brunnenschacht, der an den inneren Rändern abgestuft war, sodass man mit etwas Umsicht durchaus hinunterklettern konnte.

»Wie tief ist das noch mal?«, fragte Cora, als sie sich über das Geländer beugte.

»Drei Stockwerke«, antwortete Ganesh. »Schon damals, beim Bau des Taj, war auf die Wasserzufuhr durch den Yamuna kein Verlass. Bei einem schwachen Monsun gab es nicht genug Wasservorräte, um die restlichen neun Monate eine ausreichende Versorgung zu sichern. Daher baute man diesen Brunnen; wie weit er tatsächlich reicht, ist nicht bekannt. Mir jedenfalls nicht. Aber sieh mal, wenn ich hinunterleuchte, das sieht doch viel tiefer aus, was meinst du?«

Ganesh leuchtete mit seinem Handy in die Tiefe. Die Innenwände des Brunnens waren sauber gemauert und mit Sandsteinplatten verkleidet. Schon wenige Meter unterhalb des Geländers waren Öffnungen in den Wänden zu sehen.

»Was sind denn das für Öffnungen?«, fragte Cora erstaunt. »Ein Brunnen hat doch keine Öffnungen, das ergibt doch keinen Sinn?«

Auch Ganesh wusste darauf keine Antwort zu geben.

»Weißt du was, ich frage noch mal den Wächter draußen, vielleicht hat der eine stärkere Lampe!«, sagte er und schloss die Tür wieder auf. Während er im gleißenden Sonnenlicht verschwand, leuchtete Cora neugierig in die Ecken des Turmes. Sie trat näher an die steinerne Umrandung heran. Da sah sie unter der Treppe, die nach oben führte, etwas liegen. Vorsichtig umrundete sie das Geländer und bückte sich unter die unterste Stufe der Treppe. Ein Seil lag dort, aber nicht nur das. Haken, Karabiner, Handschuhe, ja sogar eine Stirnlampe waren zu einem Bündel zusammengerollt. Was war denn das? Das sah aus wie eine komplette Ausrüstung, um in den Brunnen zu steigen. Aber wer wollte denn da hinunter, ins Wasser? Nachdenklich betrachtete Cora das Seil, dann zog sie es vorsichtig zu sich heran. Es war neu, definitiv, kein Staub darauf. Als sie das Seil losließ und es auf den Boden fallen ließ, betrachtete Cora erstaunt ihre Hände. Sie waren schmutzig, aber mehr noch: Sie waren feucht. Das Seil war erst vor Kurzem benutzt worden, wenn es jetzt noch nass war.

Ganesh schob die Tür auf und betrat den Turm wieder. »Ich habe eine Taschenlampe, perfekt!«, rief er fröhlich und ließ die Lampe wie zum Beweis mehrfach aufblitzen.

»Sieh mal, Ganesh!« Cora zeigte ihre Hände vor, dann wies sie auf das Seil und die anderen Gegenstände. »Jemand war hier, und er oder sie ist erst kürzlich in den Brunnen gestiegen. Bis zur Wasseroberfläche oder vielleicht sogar tiefer. Das Seil ist nass. Und der Länge nach zu urteilen«, sie überlegte kurz, »sind das mehr als drei Stockwerke. Rechne mal drei Meter pro Stockwerk, das wären gerade neun Meter, aber das Seil ist mindestens zwanzig Meter trocken, ab dann erst nass! Das hieße ... sieben Stockwerke! Kann das sein, dass der Brunnen viel tiefer ist, als du gesagt hast?«

Ganesh sah sie erstaunt an. »Ich habe den Wächter gefragt, und er meinte auch, der Baoli sei mindestens sieben Stockwerke tief! Und noch etwas sagte er. Er war sehr gesprächig, ist ja auch ein langweiliger Job, den er da hat. Er schien froh, mal mit jemandem reden zu können. Also jedenfalls meinte er, dass sich in Höhe jedes Stockwerkes Öffnungen befinden, die zu unterirdischen Räumen führen. Was in den Räumen ist, weiß er auch nicht; da darf niemand hinunter. Aber sie wurden speziell so angelegt, um die Klimaanlage zu nutzen, die der Brunnen darstellt. Durch das kalte Wasser gelangt die gekühlte Luft in die Räume und belüftet sie so. Genial, nicht wahr?«

Cora war in Gedanken ganz woanders. »Warum klettert jemand da hinunter?«, grübelte sie. »Und das heute? Viel länger kann es nicht her sein … wir müssen da hinunter!«, stellte sie dann fest.

Das war keine Frage gewesen, erkannte auch Ganesh sofort. »Und warum sollten wir das jetzt tun?«, gab er zurück. »Wir haben Urlaub, die Sonne scheint, wir sind viel zu gut angezogen, um da hinunterzuklettern, was geht es uns an? Komm, wir gehen mal hoch in die oberen Stockwerke, und ich zeige dir den Taj von einer einzigartigen Perspektive, wie sie kein Tourist sieht!«

Cora sah ihn wortlos an, und Ganesh musste lachen. »Okay, es war ein Versuch. Als ob ich nicht wüsste, wie es ist, dich umzustimmen! Aussichtslos … du willst wirklich in den Brunnen steigen? Mit dem Seil und den Karabinern? Jetzt?«

Cora grinste verschwörerisch. »Klar, das will ich. Niemand darf da hinunter, nur du hast die Erlaubnis erhalten. Und wieso war dann jemand dort unten? Und was hat es mit den Räumen auf sich? Unterirdische Räume, die auf einen Brunnen hinausführen? Und da unten ist Wasser, Ganesh, wir sind Hydroingenieure, du untersuchst die Auswirkungen des Wasserdrucks des Yamuna auf den Taj … Wir müssen da runter! Vielleicht ist das wichtig für deine Arbeit. Los, wir binden das Seil an das Geländer und klettern hinunter. Hilf mir!«

Bevor er weiterprotestieren konnte, war Cora schon dabei, das Seil aufzurollen. Sie band es geschickt um einen Pfosten des steinernen Geländers, knüpfte dabei einen Abseilachter und zog ein paarmal prüfend daran. Dann nickte sie Ganesh zu, der die Karabiner sortiert hatte und ihr jetzt reichte. Cora band sich die Stirnlampe um den Kopf, schaltete sie ein und schwang sich über die Brüstung. Ganesh behielt die Taschenlampe, die er von draußen mitgebracht hatte, und beugte sich über das Geländer.

»Sei vorsichtig, Cora!«, ermahnte er sie. »Klettere nur bis zur ersten Öffnung und dann erst mal hinein; vielleicht siehst du ja in dem angrenzenden Raum etwas, das uns weiterhilft. Dann brauchst du nicht so tief hinunterzusteigen … Und achte auf dein Bein!«, fügte er besorgt hinzu. Coras Verletzung, die sie sich bei der Flucht aus der Hütte in Dharavi zugezogen hatte, war nicht tief; der Arzt im *Taj Hotel* in Mumbai hatte die Wunde gereinigt und versorgt. Aber es war sicher nicht gut, das Bein schon jetzt wieder so zu beanspruchen.

»Alles klar, zu Befehl!«, lachte Cora, als sie sich abseilte. Nach wenigen Metern hatte sie die erste Öffnung erreicht und spähte hinein, soweit der Schein ihrer Stirnlampe reichte. Sie sah einen Raum, schmucklos und leer, mit Steinplatten ausgekleidet. Uninteressant.

»Ich muss tiefer hinunter!«, rief sie nach oben. »Hier ist nichts zu sehen!«

Ohne auf eine Reaktion von Ganesh zu warten, war sie schon auf dem Weg nach unten. Auch in den nächsten Stockwerken war nichts zu sehen; Cora sah in jede Öffnung und erblickte dahinter nichts als leere Räume. Schließlich war sie fast am Seilende angelangt; das musste das siebte Stockwerk unterhalb des Terrassenniveaus sein. Wenn sie nach oben sah, konnte sie Ganesh gerade noch sehen, wie er über das Geländer schaute; er aber konnte nicht so tief hinunterblicken, da der Schein seiner Lampe dazu nicht ausreichte.

»Ist alles in Ordnung, Cora?«, rief Ganesh nach unten. »Ich kann dich nicht mehr sehen. Es wäre mir lieber, wenn du wieder hochkommst!«

Cora rief fröhlich zurück: »Ach, keine Sorge! Alles gut hier unten. Ich sehe noch in diesen einen Raum, dann komme ich wieder hoch.«

Sie war jetzt direkt über der Wasseroberfläche, die schwarz und undurchdringlich schimmerte. Etwas plätscherte unter ihr; vermutlich eine Kröte, dachte Cora. Sie schwang sich in die Öffnung, die sich nur wenige Zentimeter über der Wasseroberfläche befand. Mit einer Drehung ihres Kopfes leuchtete sie mit der Stirnlampe in den dahinterliegenden Raum. Er schien ebenso leer wie die anderen, höher gelegeneren; aber er war viel größer. Neugierig kletterte Cora ein wenig hinein, bis das Seil spannte und sie nicht weiter konnte. Nach kurzem Überlegen löste sie das Seil, das sie sich um den Bauch geknüpft hatte, und sprang mit einem Satz ganz in die Öffnung. Mit einem weiteren Sprung stand sie in dem Raum, der sich dahinter erstreckte.

Sie bewegte ihren Kopf, um durch den Lichtschein einen Überblick zu erhalten. Auch dieser Raum war leer, mit Steinplatten ausgelegt, nichts Besonderes. Aber durch die Größe konnte sie nicht ganz bis in den hinteren Teil leuchten und ging ein paar Schritte nach vorn. Und dann sah sie die Tür. Am anderen Ende des Raumes befand sich eine hölzerne Tür, und sie stand leicht offen. Langsam ging Cora darauf zu. Als sie sie erreicht hatte, schob sie den eisernen Türgriff vorsichtig nach außen, bis sie ganz offen stand. Cora machte zwei weitere Schritte nach vorn durch die Öffnung. Sie stand jetzt auf einer schmalen Plattform aus Sandstein, etwa einen Meter tief. Sie schien sich entlang der Wand um einen riesigen Raum zu erstrecken. Das Licht von Coras Lampe spiegelte sich auf dem Boden des Raumes tausendfach, womit war der Raum ausgelegt? Cora kniff ihre Augen zusammen und konzentrierte sich. Und dann sah sie es. Der Boden war kein Boden. Es war eine Wasseroberfläche.

Cora stand am Rand eines unterirdischen Sees, so gewaltig schien die Ausdehnung des Raumes. Ein See konnte es nicht sein, aber ein Wasserreservoir, eine Zisterne vielleicht? Unter dem Taj? Sie konnte das Ende der Zisterne nicht erkennen, der Raum war zu groß. Die Wasseroberfläche war absolut ruhig, nur ganz sanft schwappten kleine Wellen gegen die Umrandung. Im regelmäßigen Abstand von wenigen Metern ragten Säulen aus Holz aus dem Wasser, die die gewaltige, gemauerte Decke trugen. Die Luft war gut und keineswegs muffig, es musste also eine gute Frischluftzufuhr geben. Der Brunnen? Aber das funktionierte nur, wenn die Tür offen stand. Es sei denn, es gab noch einen anderen Zugang.

Was bedeutete das alles? War dies die Grundlage des Taj, befanden sich hier unter der Wasserfläche die mystischen Brunnen, die mit Holzringen versehen waren und die Stabilität des gesamten Gebäudes garantierten? Also die Anlage, die nie jemand gesehen hatte und deren Pläne angeblich nur in Teheran lagerten?

Sie musste das unbedingt Ganesh zeigen. Cora wollte gerade umkehren und in den Brunnenschacht zurückkehren, als ihr etwas auffiel. Um die Säulen herum schienen Seile geschlungen worden zu sein, die miteinander verbunden waren. Was war das?

Cora leuchtete auf die Säule, die ihr am nächsten stand. Nein, das waren keine Seile. Das waren ... Kabel. Kabel? Das Licht war zu schlecht, aber sie verfolgte eines der Kabel genauer. Es führte um die Steinsäule herum, nach oben, und dann zur nächsten weiter. Aber da war noch mehr; irgendetwas war direkt unter dem Kapitell der Säule, unmittelbar unter der Decke, befestigt. Ein ... Päckchen. Ihr Blick folgte den Kabeln quer durch den Raum, soweit der Lichtstrahl reichte. Die Lampe flackerte etwas, sodass sie sich sehr genau konzentrieren musste, während sie vorsichtig auf der schmalen Umrandung einige Schritte weiterging. Alle Säulen schienen untereinander durch die Kabel verbunden, und an jedem Kapitell, soweit sie das sehen konnte, hing so ein Päckchen. Und jetzt erkannte Cora auch, was da hing. Das waren keine gewöhnlichen Päckchen, und es waren auch keine gewöhnlichen Kabel.

Das war Sprengstoff. Der gesamte unterirdische Raum war mit Sprengstoffladungen bestückt, die untereinander verbunden waren. Eine einzige Zündung, vermutlich ferngesteuert, und alles würde explodieren. Und damit auch alles, was darüber lag ...

In diesem Moment erlosch ihre Stirnlampe. Die Batterie war zu schwach geworden.

42. Kapitel

H ello, Miss Cora!«
Cora glaubte ihren Ohren nicht zu trauen. Was war das?
Hatte sie da jemand bei ihrem Namen gerufen? Hier unten, in der Dunkelheit der Zisterne? Und wer um alles in der Welt …?

Da flammte ein Licht auf, dann noch eines, dann weitere. Nach und nach wurde die ganze Anlage sichtbar; überall waren versteckte Scheinwerfer angebracht, die sie übersehen hatte. Oder nicht hatte sehen können. Das Ganze war noch viel größer, als sie vermutet hatte; selbst durch die Scheinwerfer, die das Gewölbe hell erleuchteten, war das Ende nicht zu sehen. Aber wenn sie auch nicht erkennen konnte, wie weit sich die Wasserfläche erstreckte, konnte sie doch sehr genau sehen, was sich genau vor ihr befand. Wenige Meter von ihr entfernt, ebenfalls auf der umlaufenden Plattform, stand jemand und hielt eine Taschenlampe in der Hand. Er hatte sie bei ihrem Namen gerufen.

»Rahul?«, war alles, was Cora hervorbrachte. Die Überraschung stand ihr ins Gesicht geschrieben. »Aber …«

»Ja, Rahul«, antwortete der schmächtige Mann, der ihr gegenüberstand. Sein sympathisches Lächeln war verflogen, und er wirkte gar nicht mehr linkisch und unsicher, wie sie ihn in den Tagen zuvor kennengelernt hatte. Aus dunklen, hasserfüllten Augen starrte er sie an. »Sie können es nicht lassen, nicht wahr?« Sein Englisch war perfekt. Wo war sein starker Akzent geblieben, seine unsichere Ausdrucksweise? Seine unterwürfige, demütige Haltung? »Wir haben doch alles getan, um Sie aus der Sache herauszuhalten. Wir haben Ihnen geholfen, Ihren Freund zu retten, und Sie sollten endlich unser Indien verlassen. Lassen Sie uns in Ruhe! Sie werden unser Land nie verstehen, uns nie verstehen und nicht, was wir tun müssen!« Rahul war immer lauter geworden, jetzt schrie er sie fast an.

»Aber … was müsst ihr tun? Und wer seid ihr?« Cora konnte es noch immer nicht fassen. Was machte Rahul hier? War das der Rahul, der sie beschützt hatte? Der mit ihr Ganesh befreit hatte? Konnte sie sich so in einem Menschen getäuscht haben?

»Wir? Naxaliten. Maoistische Widerstandskämpfer. Haben Sie noch nie gehört? Wir kämpfen seit Jahrzehnten für ein Indien, das uns unsere Rechte wiedergibt, für eine maoistische Befreiung von der korrupten, unfähigen Regierung, die dieses Land ruiniert! Ich stamme aus dem Nordosten Indiens, aus Darjeeling, nahe der tibetischen Grenze, und ich werde ab morgen einer der Anführer der Unabhängigkeitsbewegung sein! Wir müssen der Welt zeigen, dass es uns gibt! Indien wird nie wieder sein, was es einmal war, und es wird noch heute geschehen!«

»Was wird geschehen? Wovon sprichst du?«, rief Cora aus.

Rahul lachte hämisch. Betont langsam lenkte er den Strahl der Lampe, die er in der Hand hielt, auf die Kabel, dann schwenkte er auf die Kapitelle der Säulen. »Nun, was glauben Sie wohl? Wir sprengen den Taj Mahal. Das berühmteste Bauwerk Indiens, das Symbol muslimischer Baukunst und ausländischer Herrschaft über Indien. Viele Hindus sind ja ohnehin der Auffassung, hier habe früher ein hinduistischer Tempel gestanden, dem Shiva geweiht. Shiva, aus dessen Haaren einst der Fluss Ganges entsprang, daher ist der Ganges heilig. Heute wird sich wieder Wasser, sehr viel Wasser, ergießen. Können Sie sich nur ansatzweise vorstellen, was die Zerstörung dieses Monuments für Indien bedeutet? Die Muslime werden glauben, fanatische Hindus hätten den Taj gesprengt. Die Hindus werden das abstreiten, und es wird Chaos über Indien hereinbrechen. Blutvergießen wie nach der Unabhängigkeit 1947! Tausende werden sich gegenseitig umbringen, das Land versinkt in der Anarchie. Die Regierung wird stürzen; keine Regierung überlebt so etwas. Und das wird unsere Chance sein!« Er lachte wieder. Triumphierend hob er seine rechte Hand, und erst jetzt sah Cora, was er dort festhielt. Eine kleine Statue. Nataraja.

»Die werden wir so platzieren, dass man sie gut findet!«, rief Rahul lachend aus. »Wir haben Hunderte von Natarajas auf dem Gelände versteckt. Das wird der Beweis sein, den die Muslime brauchen, um an die hinduistische Verschwörung zu glauben! Shiva, der Zerstörer, wird seine Aufgabe sehr gut erledigen. Was interessieren uns Hindus oder Muslime; die ganze Welt wird auf uns blicken!«

»Aber … das ist doch Wahnsinn! Wer steht hinter dir? Das war doch nicht deine Idee? Und wieso das Theater die ganze Zeit? Du hast Ganesh gerettet, du hast ihn nach Pune gefahren … warum?« Cora musste Zeit gewinnen, aber wozu? Was sollte sie tun? Sie musste irgendwie Ganesh warnen.

»Ich sollte Sie im Auge behalten, und das ging am besten, wenn Sie mir vertrauen! Glauben Sie wirklich, ein einfacher Taxifahrer aus Delhi wäre mit einer Ausländerin mal eben quer durch Indien gefahren? Hätte nachts einen Mann aus dem Taj Mahal befreit und ihn dann nach Pune gebracht? Das darf doch niemand, kein einfacher Fahrer in ganz Indien hätte so etwas gewagt! Ich hatte meine Anweisungen, und ich habe sie sehr gut ausgeführt. Sie haben mir vertraut, und so konnte ich Sie immer im Auge behalten. Und nachts in den Taj klettern, das habe ich so oft getan ...« Er lachte wieder. »Ich kenne mich hier sehr gut aus. Sonst wäre doch kein einfacher Mann mit Ihnen gegangen! Wie naiv Sie sind!«

Cora stand fassungslos auf dem schmalen Umlauf um die Zisterne. Rahul war ein völlig anderer Mensch, wie er so dastand, die Nataraja-Statue in der einen, die Taschenlampe in der anderen Hand. Stolz, selbstsicher bis zur Arroganz, den Kopf erhoben. Er war nicht mehr der schwache, junge Mann. Sie wusste nicht, ob sie es mit ihm würde aufnehmen können. Den Taj sprengen? Wenn dies hier unten wirklich die Grundlage der Konstruktion war, dann war es durchaus möglich ... die Ingenieurin in ihr überschlug rasch die Ausmaße des Areals, die statischen Möglichkeiten. Denkbar wäre es ... In jedem Fall würde der Schaden unermesslich und irreparabel sein. Und die Naxaliten hätten das Chaos und die Gewalt, die sie herbeisehnten, um die Regierung zu stürzen.

Rahul riss sie aus ihren Überlegungen. »Also gut, Sie wollen es ja so. Los, da rüber!« Er zeigte mit der Hand auf eine entfernte Ecke der Plattform. »Schön da stehen bleiben. Gut. Ich werde jetzt langsam zu Ihnen herüberkommen und Ihnen ein Kabel zuwerfen. Damit binden Sie sich an eine Säule, klar? Wir wollen doch nicht, dass es noch mehr Ärger gibt. Vielleicht überlebt Ganesh es dann da oben!« Er zeigte mit der Hand zu der Holztür, durch welche Cora hereingekommen war. Cora zuckte zusammen. Also wusste er von Ganesh!

»Und, Miss Cora, wenn Sie Ärger machen, wird auch Ganesh sterben. Ich bin nicht allein, wie Sie ja schon vermutet haben. Also tun Sie besser, was ich sage!« Er war jetzt bis auf wenige Meter an sie herangetreten und warf ihr ein Kabel zu.

»Rahul! Ja, ihr werdet ein gewaltiges Blutvergießen beginnen. Das wird euch gelingen. Aber wollt ihr das wirklich? Indien zerstören? Ihr werdet niemals an die Macht kommen, glaubt ihr wirklich, dass ihr die Regierung übernehmen könnt?« Cora gingen die Argumente aus. Was sollte sie tun? Widerstand leisten, dann würde auch Ganesh in Gefahr sein; vermutlich war der andere Mann bereits oben bei ihm. Aber einfach nachgeben und sich selbst fesseln? Das wäre ihr sicherer Tod.

»Wo ist denn dein Partner? Wer steht hinter dir, wer hat dir das alles eingeredet? Noch so ein Naxalit? Das schafft ihr nie!« Langsam griff sie sich das Kabel, das vor ihren Füßen gelandet war.

Rahul zeigte auf eine Säule neben ihr. »Los, fesseln!«, herrschte er sie an.

»Und ich dachte immer, du telefonierst mit deiner Frau!« Cora nickte nachdenklich, während sie verzweifelt überlegte, was sie tun konnte. »Dabei hast du dir weitere Anweisungen geholt, richtig?«

Rahul grinste nur und zeigte wieder auf das Kabel. »Los jetzt! Denken Sie an Ganesh!«

»Und wie kommst du hier raus?«, fragte Cora, während sie langsam das Kabel um die Säule wickelte. »Wenn ihr das alles hier zerstört, was ist mit dir? Dein Partner ist ja wohl in Sicherheit, oder? Aber wenn du auf mich aufpassen musst, wirst du mit mir untergehen!«

Für einen Moment glaubte sie so etwas wie ein Zögern in seinen Augen gesehen zu haben, aber Rahul fasste sich schnell. »Das lassen Sie mal meine Sorge sein!«, rief er. »Ich bin ja nicht allein. Mein Partner informiert mich, wenn alle Vorbereitungen abgeschlossen sind, und dann werde ich rechtzeitig nach oben klettern. Es gibt einen weiteren Ausgang, hinten am anderen Ende.« Er wies mit dem Kopf in die Richtung, wo sich die Holzsäulen im Halbdunkel verloren. »Er wird gleich hier sein. Sie werden sich freuen, da bin ich mir sicher!«

»Nicht gleich, sondern jetzt!«, ertönte da eine Stimme aus der Entfernung. Jemand näherte sich sehr behutsam entlang der Plattform, die um die Wasserfläche herumführte. »Hallo, Cora! Namaste!«

Cora hatte das Kabel an der Säule befestigt und hielt sich daran fest, als sie die weißen Haare, den Anzug und die wohl obligatorischen weißen Turnschuhe erkannte. Tagore!

»Habe ich nicht gesagt, wir werden uns wiedersehen? Ich hätte Ihnen das gern erspart, aber Sie haben aus meinen Erzählungen über Indien nichts gelernt. Ihr Karma war es, hierherzukommen und hier zu sterben. Das habe ich auch erst vor Kurzem erkannt.«

Cora starrte ihn sprachlos an. Tagore stand hinter alledem? Er war die treibende Kraft hinter dem Sprengstoffanschlag auf den Taj Mahal, den die Naxaliten planten? Mit geweiteten Augen sah sie, was er am Gürtel trug. Ein kleines Funkgerät.

»Ja, Sie staunen, ich weiß … Aber, Cora, es ist doch nicht so schwer zu verstehen. ich hatte es Ihnen doch erklärt. Sie haben Ganesh im Studium in Deutschland kennengelernt, weil es Ihnen bestimmt war, in Indien zu sterben. Deswegen kamen Sie nach Indien, deshalb saßen Sie neben mir im Flugzeug. Kein Zufall, es gibt keinen Zufall. Zufall ist für euch alles, was ihr euch nicht erklären könnt. Ganesh, sein Vater Shiva, die Kobra. Der Tanz des Shiva Nataraja, das Symbol für alles, was wir Hindus in Indien seit Jahrtausenden wissen und was ihr im Westen jetzt erst quantenmechanisch erforscht! Vor dreitausend Jahren wurde in den Veden, den ältesten Schriften, niedergeschrieben, die Welt sei eine Illusion, *Maya*, so hieß das damals, eine schwer durchschaubare Täuschung, hinter der sich vielleicht eine ganz andere, vielleicht auch gar keine Realität verbirgt. Klingt seltsam? Genau das sagte auch der Film *Matrix*, in den ihr alle gerannt seid. Die Welt als eine Täuschung, *Maya*, *Matrix*. Und es gibt genug Wissenschaftler, die genau das vermuten. Was wir wahrnehmen, ist nicht die Realität. Vielleicht gibt es gar keine Realität. Lesen Sie Zhuangzi, den chinesischen Philosophen, und seinen Schmetterlingstraum. Was ist Realität, was Traum? Die Buddhisten sagen, die Dinge um uns herum haben keine Substanz, es gäbe nur Leere. Alles sei nur ein Traum. Und, was ist in den Atomen? Leere, nichts weiter. Selbst im Atomkern, nur Leere. Die winzigsten Partikel, die wir kennen, haben keine Ausdehnung. Reine Energie. Es gibt keine Materie in den Dingen, in den Atomen, es ist nur Energie. Vielleicht wird man die Quantenphysik nie verstehen, aber nach allem, was wir wissen, entspricht sie ziemlich genau dem, was in den Veden niedergeschrieben wurde. Wie es später auch die Buddhisten sagten. Erkennen Sie die Weisheit Indiens, Cora? Ihr seht nur Armut und Elend, das heutige Indien, ihr seht nicht das jahrtausendealte Wissen. Wir denken in anderen Zeiträumen. Und es wird Zeit, dass die Welt versteht, was Indien ist. Dafür sind wir hier, dafür werden Sie sterben, und alle anderen auch.«

Cora hatte sich noch nicht von ihrer Überraschung erholt, Tagore hier zu sehen. Der liebe Professor, der sich nicht einmal den Schuh selbst binden konnte! Oder zumindest hatte sie das geglaubt. Gesagt hatte er es nie, fiel ihr ein. Sie war auf seine äußere Erscheinung hereingefallen, den Prototyp des liebenswerten, weil etwas trotteligen Professors, der mit seinem unglaublichen Wissen und seinen ewigen Hinweisen auf Karma nicht ganz von dieser Welt war ...

Sie war seinem Vortrag nur mit halbem Ohr gefolgt und hatte versucht, die Zeit dazu zu nutzen, sich über die Situation klar zu werden. Sie war hier unten, wieder einmal gefangen, aussichtslos, kein Skorpion würde ihr diesmal helfen können. Ganesh stand oben, er wartete auf sie, wusste er überhaupt, was hier geschah? Hören konnte er es wohl nicht. Aber er war nicht in Gefahr, solange Rahul und Tagore hier unten waren. So lange konnten sie den Sprengstoff nicht zünden.

»Professor, ich habe ihr gesagt, sie soll sich fesseln. Dann können wir nach oben gehen und zünden, richtig?«, fragte Rahul nun.

Tagore sah ihn ruhig an. »Richtig«, sagte er. »Gib mir mal den Nataraja!«

Rahul trat zu Tagore und reichte ihm die Figur. »Wozu brauchen Sie die? Wir gehen doch gemeinsam nach oben?«

Tagore bedachte ihn mit einem verächtlichen Blick. »Wieso sollten wir? Wir bleiben doch hier, Rahul, wir werden nicht nach oben gehen.«

Rahul sah ihn unsicher an. »Aber ... unser Plan ... Sie hatten doch gesagt, wir ...«

Tagore lachte auf. Er hielt plötzlich eine Pistole in der Hand und zeigte damit auf seinen Verbündeten. »Rahul, lieber Rahul, wie naiv du doch bist. Glaubst du wirklich, ich möchte, dass die Naxaliten an die Macht kommen? Ihr habt doch keine Ahnung, ihr seid verbohrte Spinner, Maoisten! Wenn ich das schon höre. Mao ist lange tot, und ihr redet von Maoismus? Nicht einmal in China gibt es noch Maoisten, die wirklich an ihn glauben. Nein, das ist doch Unsinn. Indien braucht eine Wiedergeburt, aus den Trümmern muss etwas völlig Neues erwachsen. Es geht um Religion, nicht Politik! Das alte Indien muss wiederauferstehen, all die ausländischen Einflüsse der letzten zweitausend Jahre werden hinweggefegt! Christentum, Islam, die Mogulherrschaft und natürlich vor allem die arroganten Europäer! Unsere Aufgabe ist es, die Trümmer zu schaffen. Andere werden den Aufbau schaffen. Dank dir, mein lieber, naiver, träumender Rahul, konnte ich alles vorbereiten, konnte ich auch diese Deutsche hier und ihren Freund im Auge behalten. Verstehst du?«

Nein, Rahul verstand nicht. Er stand einfach nur da und wusste nicht, was er tun sollte. Völlig perplex starrte er auf die Waffe in der Hand des Professors. Cora dagegen hatte sofort begriffen. Tagore hatte Rahul für seinen Zweck, sein Ziel missbraucht. Dafür gesorgt, dass er nichts allein unternahm, ihn angeleitet, um sein eigenes Ziel, die Zerstörung Indiens im religiösen Blutrausch, zu verwirklichen. Vorsichtig löste sie das Kabel von ihrer Hand, während sie fieberhaft überlegte, was sie tun konnte. Tagore war offensichtlich verrückt, aber nicht so verrückt, dass er nicht wusste, was er tat. Er wollte sterben, und er wollte sie alle mit in den Tod reißen.

Cora stand mit dem Rücken zur Wand, direkt neben der Säule, an die sie sich hatte anbinden sollen. Tagore war näher getreten, an Rahul vorbei, aber nicht nahe genug, als dass sie einen Angriff riskieren konnte. Rahul stand von Cora aus gesehen hinter Tagore, und er fasste sich langsam.

»Aber, Professor, Sie haben mir versprochen, dass ich einer der Anführer der Naxaliten werde! Ich werde ein wichtiges Amt in der neuen Regierung bekleiden, haben Sie gesagt! Ich verstehe nicht, wieso … was soll das?« Er zeigte auf die Pistole, die noch immer auf ihn zeigte.

»Du?« Tagore schüttelte seinen Kopf, wie ein Lehrer es tat, dessen Schüler einfach nicht begreifen wollte, was doch so einfach zu begreifen war. »Rahul, Rahul. So viel Einsatz, so wenig Verstand! Regierung? Welche Regierung denn? Wir planen das Chaos, das werden wir schaffen! Shiva«, mit diesen Worten hob er die Statue in die Höhe, »der Zerstörer Shiva wird dafür sorgen, dass Indien im Chaos versinkt! Und er wird ein neues Indien schaffen, Shiva, der Schöpfer! Wer braucht denn dich dazu? Danke für deine Hilfe, aber es ist vorbei!«

Mit diesen Worten hob er die Pistole. Einen Moment starrte Rahul ihn an, dann sprang er mit einem Schrei auf den Professor los. Die Kugel traf ihn noch im Flug; Rahul war tot, bevor er auf dem Boden aufkam. Sein Blick drückte Verwunderung aus. Nur Verwunderung, nichts weiter.

Der leblose Körper rollte an den Rand der Plattform; dort blieb er liegen, schwankend, als könne er sich nicht entscheiden, ob er ins Wasser hinabfallen solle oder nicht. Tagore nahm ihm die Entscheidung ab und schob ihn mit einem verächtlichen Tritt über die Kante in das tiefschwarze Wasser. Mit einem seltsam gurgelnden Geräusch verschluckten die dunklen Wasser den toten Rahul. Im Fallen drehte sich der Leichnam, und für einen im wahrsten Wortsinne Augenblick schien er Tagore direkt anzusehen. Der Professor zuckte zusammen. Cora erkannte ihre Chance. Mit zwei Schritten war sie bei Tagore und trat nach seiner Hand, die die Pistole hielt. Aber Tagore hatte rechtzeitig reagiert und drehte sich – erstaunlich behände für sein Alter – weg von ihr. Coras Fuß traf die andere Hand, die den Nataraja hielt. Tagore heulte auf, seine Finger öffneten sich, und die Statue flog hoch empor. Reflexartig griff Tagore danach, als wolle er seinen Shiva vor dem Fall ins Wasser bewahren, aber die Statue prallte an die Decke und fiel von dort herab auf die Plattform, wo sie klirrend liegen blieb. Der Professor schwankte, fing sich aber und zielte mit der Pistole auf Cora.

»Guter Versuch! Unterschätzen Sie einen alten Mann nicht, und vor allem unterschätzen Sie das Schicksal nicht! Sie können ihm nicht entkommen, verstehen Sie, Cora? Sie werden hier sterben, mit mir, und das können Sie nicht ändern. Shiva ist stärker als Cora. So einfach ist das.«

Cora stand direkt vor Tagore, aber er hatte die Pistole. Aus dieser Entfernung konnte er sie gar nicht verfehlen, was sollte sie tun? Der Professor benutzte die Hand, die vorher den Nataraja gehalten hatte, und nestelte an seinem Gürtel herum. Er holte das Funkgerät hervor und hielt es triumphierend hoch. »Sehen Sie, Cora, gleich ist es vorbei. Irgendwie auch schade, dass wir es nicht miterleben, aber das Opfer muss sein. Ich muss sicher sein, dass die Explosion das Gewölbe zerstört und mit ihm alles, was darüber ist. Die Wucht ist genau berechnet, die Säulen werden brechen. Ich hatte Gelegenheit, die originalen Baupläne einzusehen. Der Sandlord persönlich, der Einzige, der sie in Teheran einsehen durfte, hat sie mir gezeigt! Sie kennen ihn ja. Unvorstellbare Profite hat er gewittert, wenn das hier alles in Trümmern liegt. Wiederaufbau oder Abtransport, es winken große Aufträge. Und wir haben weiteren Sprengstoff unterhalb der Kuppel angebracht. Können Sie sich das Bild vorstellen, wie zwölftausend Tonnen Marmor und Sandstein zusammenbrechen? Wie gesagt, schade, dass wir das nicht von außen mit ansehen können. Die Muslime werden das nie verzeihen, und Indien wird in Gewalt versinken. Es kann nur eine Kraft geben, die siegreich daraus hervorgeht: der Hinduismus. Shiva wird siegen.«

»Das wird er!«, brüllte Cora urplötzlich, so laut, dass Tagore zusammenzuckte. Der Augenblick der Unaufmerksamkeit reichte Ganesh aus. Er war Cora den Brunnenschacht hinunter gefolgt, als sie nicht wiedergekommen war, und hatte dann den Schuss gehört. Geräuschlos war er von innen aus dem Raum herausgekommen, der das Gewölbe und den Brunnenschacht verband, und unbemerkt hinter Tagore getreten. Mit dem Nataraja, den er vom Boden aufgehoben hatte, schlug er Tagore mit aller Kraft auf das Handgelenk, sodass dieser die Pistole fallen ließ. Mit einem Aufschrei schwankte Tagore und drohte ins Wasser zu fallen. Cora sah, wie sein Finger den Knopf auf dem Funkgerät suchte. Sie stürzte sich auf ihn, und gemeinsam fielen sie in die schwarzen Fluten, die gegen die Säulen schwappten. Sie gingen sofort unter.

Sie verschwanden im Dunkel, und Ganesh stand hilflos am Ufer und wartete darauf, dass Cora wieder auftauchte. Da erst registrierte er den leblosen Körper von Rahul, der vor ihm trieb. Seine Augen weiteten sich, als er ihn erkannte. Er bückte sich nieder und zog Rahul an den Rand; mit Mühe hievte er den schweren, triefenden Leichnam aus dem Wasser. Es erschien Ganesh wie eine Ewigkeit, aber es waren nur Sekunden gewesen. Jetzt tauchte auch Cora auf. Prustend kam sie an die Oberfläche und hielt ihm das Funkgerät entgegen. Ganesh nahm es vorsichtig auf und legte es auf den Boden. Dann half er Cora aus dem Wasser. »Wo ist Tagore?«, fragte er leise.

»Da unten!«, zeigte Cora auf das Wasser. »Ich habe versucht, ihm das Funkgerät zu entreißen, er stieß mit dem Kopf gegen eine Säule; er ist tot, glaube ich. Ich ... ich wollte das nicht, Ganesh!«

Ganesh zog sie an sich. »Da hast nichts getan, was du dir vorwerfen müsstest, Cora! Shiva hat ihn besiegt. Ohne die Statue des Nataraja hätte ich keine Waffe gehabt. Karma. Er wird gleich wieder an die Oberfläche kommen. Komm, wir lassen ihn hier unten und machen, dass wir wegkommen. Ich finde es passend, dass er hierbleibt. Sein Taj Mahal, sein Grab. Für immer!«

43. Kapitel

Cora und Ganesh saßen am Pool des *Oberoi Hotel* in Agra. Ein Kellner hatte gerade zwei Fresh Lime Juice gebracht; auf einem Tischchen zwischen ihren Liegestühlen stand ein Teller mit Sandwiches. Die Gartenanlage lag etwas tiefer als das Hotel; von hier aus sah man den Taj Mahal nicht, nur aus den Gästezimmern selbst. Aber das war auch nicht nötig, beide hatten erst einmal genug von dem Anblick, mochte er auch noch so schön sein. Einfach nur in der Sonne liegen, ausruhen, entspannen. Ganesh hatte sich einen Sonnenschirm herangezogen; als Inder lag er nicht so gern in der prallen Sonne. Sie blickten über die Wasseroberfläche des Pools, die aufgrund der tiefblauen Kacheln wunderbar schimmerte.

»Und«, meinte Ganesh schließlich. »Wie findest du Indien? Was wirst du zu Hause erzählen?«

»Eine Woche Indien, ich muss sagen, ich habe alles erlebt, was man sich wünschen kann, und etwas mehr …«, meinte Cora nachdenklich. »Das schöne Indien, die unglaublich freundlichen Menschen, Lakshmi, ihre Familie …« Sie stockte. Räusperte sich. Ganesh gab ihr die Zeit, die sie brauchte. »Savriti im Hotel, das fantastische Essen, all die religiösen Einflüsse und Informationen… aber auch Professor Tagore und Rahul, die ich so mochte, jedenfalls bevor sie mich umbringen wollten! Wie konnte ich mich so in ihnen täuschen! Was soll ich erzählen? Ich denke, selbst wenn ich noch Monate hier verbringen würde, ein klares Bild von Indien hätte ich noch immer nicht. Wer es erleben will, muss hierherkommen. Muss mit den Menschen sprechen, die Gerüche, die Religionen, das Essen, all das selbst erleben. Es ist ein ungemein faszinierendes Land, diese unglaubliche Vielfalt! Ich kann mir gut vorstellen, dass das stimmt, was schon Barbara sagte: Indien polarisiert. Viele lieben es, müssen immer wieder hierher, trotz der Armut und all der Probleme; andere waren einmal hier und nie wieder. Es ist schwer, täglich den Anblick all des Elends zu ertragen, vor allem, wenn man geschäftlich hier ist und sich nicht ausführlich damit beschäftigen kann. Aber Indien ist so spannend, man muss es gesehen haben. Wie soll man Dharavi beschreiben, wie den Dhobi Ghat, die Wäscherei? Wie den Hinduismus? Eine Lebenseinstellung, keine Religion, so viel habe ich von Tagore gelernt.«

»Und, gehörst du zu denen, die immer wiederkehren möchten, oder …?«, fragte Ganesh, und bei diesen Worten drehte er sich ganz zu ihr und sah sie mit seinen großen, fast schwarzen Augen durchdringend an.

»Das hängt ja nicht nur von mir ab!«, erwiderte sie und sah ihn an. »Aber … da du mich fragst … mein Karma ist es wohl, dass ich wiederkomme. Wie sollte ich ohne Ganesh durchs Leben kommen? Ich brauche seinen Schutz, seinen Rat. Und vielleicht braucht auch ein Ganesh etwas Schutz? Oder etwas anderes?«

»Na, bitte, wir sind in Indien! Ich möchte jetzt keine Anzüglichkeiten hören!«, ertönte da eine Stimme hinter ihnen.

Beide drehten sich ruckartig um. Das war doch … Lachend stand da ein Inder, in sportlichen Shorts und mit freiem

Oberkörper, und hielt ein Glas Kingfisher Bier in der Hand. Er prostete ihnen zu. Dann trat Anshu einen Schritt nach vorn und setzte sich zu Ganesh auf die Liege.

Dem hatte es die Sprache verschlagen. Cora fand zuerst wieder zu sich.

»Anshu!« Sie stand auf und gab ihm eine schallende Ohrfeige, sodass die anderen Gäste am Pool erstaunt herübersahen. »Das war dafür, dass du uns nicht gesagt hast, dass du lebst! Und jetzt hast du hoffentlich eine gute Ausrede für all das, was in Jaisalmer passierte, sonst ertränke ich dich gleich im Pool, hier und jetzt!«, funkelte sie an. Und Anshu wusste, dass sie das nur halb scherzhaft meinte.

»Okay, okay!«, hob Anshu beschwichtigend die Hand. »Ich hätte mich schon heute Morgen melden sollen. Aber ich wollte doch eure Überraschung nicht verpassen! Ich war gestern schon hier im Hotel, als ich von dem hörte, was im Südturm des Taj passiert ist. Vorher hätte ich mich also nicht bei euch melden können. Ich war in dem Zimmer mit dem Teppich, als du gegangen bist«, sagte er dann und wandte sich an Cora. »Und dann kamen zwei Männer und haben mich überwältigt und in einen anderen Raum gebracht. Sie sagten, ich müsse ihnen helfen, dich gefangen zu nehmen, sonst würden sie meine Familie töten. Du erinnerst dich an die Frau, bei der wir gewohnt haben? Das war meine Tante, und der kleine Junge gehört auch zur Familie, ein Neffe von mir. Ich hatte keine Chance. Also ging ich zum Schein darauf ein. Als wir zurückkehrten, warst du nicht da. Guru und sein Freund diskutierten heftig, ich stand nur dabei.«

»Ja, diese Diskussion habe ich mitbekommen; ich lag in einen Teppich eingerollt in einer Ecke!«, warf Cora ein.

»In einem Teppich?«, fragte Anshu ungläubig. »Cora …! Da hast du dir ja eine ganz spezielle Frau ausgesucht!«, meinte er grinsend zu Ganesh, der ihn noch immer misstrauisch ansah, ohne ein Wort von sich zu geben. Aber er war von der Liege aufgestanden und hatte sich auf Coras Liege gesetzt. Die Fronten waren klar.

»Also, als wir dich nicht fanden, haben wir das ganze Lager abgesucht. Nichts, du warst weg. Daraufhin haben sie behauptet, ich hätte dich gewarnt, und haben mich gefesselt und in den Keller gesperrt. Dort war ich die ganze Zeit! Ich konnte nichts tun, Cora, Ganesh, ihr müsst mir glauben! Und gestern kam plötzlich jemand und hat mich befreit; er sagte, der Boss habe das entschieden.«

»Das war Khan, der Sandlord!«, rief Cora. »Nachdem ich mich mit ihm in der Wäscherei unterhalten hatte, hat er auch dich freigelassen.«

Anshu stand auf. »Es tut mir so leid, liebe Cora!«, sagte er ernst. »Ich weiß nicht, was ich sonst sagen soll. Ich hätte dich nie verraten. Und du, Ganesh, du bist doch mein bester Freund, ich …«

Ganesh und Cora standen gleichzeitig auf. Einen Moment lang sagte keiner der drei etwas, dann umarmte Ganesh seinen Freund. »Schön, dass du wieder da bist, mein Freund!«, sagte er leise. Er hatte Tränen in den Augen. Auch Cora musste jetzt schlucken. Dann nahm sie Anshus Hand.

»Komm, lieber Anshu!«, sagte sie zu ihm und führte ihn ein wenig weg von der Liege. Er schaute sie überrascht an. »Was ist?«, wollte er fragen, aber da erhielt er schon einen kräftigen Stoß vor die Brust, während sie ihm gleichzeitig das Bein wegzog. Mit der Bierdose in der Hand flog Anshu in den Pool.

»Das musste sein!«, lachte Cora laut auf. Dann zog sie Ganesh mit sich, fort von der Liege, vom Pool, in dem Anshu noch immer nach Luft schnappte. »Wir gehen jetzt und schauen mal nach unserem Karma. Komm!«

Als sie auf ihrem Stockwerk angekommen waren, zog sie die Zimmerkarte hervor. Diesmal hatte sie die Entscheidung, ob sie getrennt oder zusammen wohnen sollten, nicht Ganesh überlassen, wie im *Taj Hotel* in Mumbai. Diesmal hatte sie, Cora, gebucht. Und dann öffnete sie die Tür zu der herrlichen Suite, die auf die Namen Dr. Cora Remy und Dr. Ganesh Sethna gebucht war und einen direkten Blick auf das schönste Bauwerk der Welt garantierte: den Taj Mahal.

Und dann noch ...

Dies ist nun schon der dritte Band der erfolgreichen Asienthriller um die deutsche Heldin Dr. Cora Remy. Sie alle verbinden Spannung und Action mit Hintergrundwissen um die jeweilige Region und um Themen von weltweiter Brisanz: Wasser als unsere wichtigste Ressource im ersten Band, chinesische Direktinvestitionen in Europa im zweiten und nun, im dritten Band der Reihe, Sand.

Aha, denken Sie, Sand. Na und? Gibt's doch wie Sand am Meer ... Nun, das kommt darauf an. Zum Bauen, seien es Gebäude, Autobahnen oder Atomkraftwerke, benötigt man Sand einer bestimmten Form und Qualität, und dies ist eben nicht der Sand der Wüsten, sondern der begrenzt verfügbare Sand der Flüsse und Meere. Wussten Sie, dass die Araber Sand zum Bauen importieren? Aus diesem nach Wasser wichtigstem Rohstoff der Menschheit kann man gewaltige Profite schlagen, und die weltweit aktive Sandmafia hat dies gut erkannt. Ich habe dies am Beispiel der indischen Sandmafia in dem vorliegenden Thriller verarbeitet, aber das Thema ist weltweit von höchster Brisanz und keineswegs auf Asien begrenzt. Vielleicht lesen Sie dieses Buch ja am Strand, irgendwo, dann denken Sie daran, wenn Sie den Sand durch Ihre Finger rieseln lassen ...

Also auch in diesem Band keine reine »fiction«, sondern durchaus auch »science«, neben aller Spannung und einer Jagd durch das faszinierende Indien, dem Land (erstaunlich vieler) meiner Vorfahren. Seit Jahrzehnten fahre ich dorthin und habe daher auch diesmal nur Orte beschrieben, die ich gut kenne; alles, wie es hier beschrieben ist, entspricht der Realität, sei es die Grenze zu Pakistan oder die Slums von Mumbai. Auch die Kontroversen und Geheimnisse um den Taj Mahal, das schönste Gebäude der Welt, und seine verschlossenen Kammern gibt es so tatsächlich. Und die von der indischen Sandmafia ausgehende Gefahr, wie bei den Recherchen vor Ort deutlich wurde...

Mit meiner Frau Lisa habe ich Indien von Ladakh bis Mumbai, von Darjeeling bis Udaipur oft bereist; ich hoffe, viele weitere Reisen durch das immer wieder »Incredible India« werden folgen und wir sitzen noch oft bei ein paar Samosas am Pool des traumhaften Taj Mahal Hotels in Bombay! Danke für deine Geduld und Inspiration! Dank auch an Erdmute Lang und Larissa Epp für die kritische Durchsicht und viele Anregungen! Nicht viele Menschen geben mir konstruktive Kritik, und das ist das Wertvollste, was ein Autor bekommen kann.

Und natürlich danke ich Ralf Kramp und seinem Team vom KBV für ihr Vertrauen in mich und meine seltsamen Themen ... Nicola Härms, meine unermüdliche Lektorin, hat auch diesmal wieder viele Fehler eliminiert und durch unerbittliches Nachhaken dafür gesorgt, dass ich vieles überdenken musste. Danke dafür!

Eine Staue von Shiva als Nataraja, als tanzende Gottheit, steht vor mir auf dem Tisch, während ich dies schreibe. Ich habe sie in einem kleinen tibetischen Geschäft in Darjeeling erstanden und sie hat mich stets daran erinnert, dass auch ein Autor ein klein wenig wie ein Shiva ist: Als der Schöpfer (einer Geschichte), der Bewahrer (seiner Figuren) und der Zerstörer (all der schlechten Versionen, die ich gelöscht habe …). Und Shivas Sohn, Ganesh, schaut mir ebenfalls zu, mit seinem verschmitzten Lächeln. Ja, gut, es wird weitere Geschichten um Cora geben. Und um Ganesh …

Bombay, im Sommer 2018.